T0179584

BESTSELLER

Elísabet Benavent (Valencia, 1984) es licenciada en comunicación audiovisual por la Universidad Cardenal Herrera CEU de Valencia y máster en comunicación y arte por la Universidad Complutense de Madrid. Ha trabajado en el departamento de comunicación de una multinacional. Su pasión es la escritura. La publicación de *En los zapatos de Valeria, Valeria en el espejo, Valeria en blanco y negro, Valeria al desnudo, Persiguiendo a Silvia, Encontrando a Silvia, Alguien que no soy, Alguien como tú, Alguien como yo, El diario de Lola, Martina con vistas al mar, Martina en tierra firme, Mi isla, La magia de ser Sofía, La magia de ser nosotros, Este cuaderno es para mí, Fuimos canciones* y *Seremos recuerdos* se ha convertido en un éxito total con más de 1.000.000 de ejemplares vendidos. Sus novelas se publican en 10 países y los derechos audiovisuales de la Saga Valeria se han vendido para su adaptación televisiva. En la actualidad colabora en la revista *Cuore*, se ocupa de la familia Coqueta y está inmersa en la escritura.

Para más información, visita la página web de la autora: www.betacoqueta.com

También puedes seguir a Elísabet Benavent en Facebook, Twitter e Instagram:
🄵 BetaCoqueta
🄣 @betacoqueta
🄾 @betacoqueta

Biblioteca
ELÍSABET BENAVENT

Valeria en el espejo

DEBOLS!LLO

Papel certificado por el Forest Stewardship Council®

Primera edición en Debolsillo: septiembre de 2015
Séptima reimpresión: febrero de 2019

© 2013, Elísabet Benavent Ferri
© 2014, Penguin Random House Grupo Editorial, S.A.U.
Travessera de Gràcia, 47-49. 08021 Barcelona

Printed in Spain – Impreso en España

ISBN: 978-84-9062-899-7 (vol.1091/2)
Depósito legal: B-15.761-2015

Impreso en Novoprint
Sant Andreu de la Barca (Barcelona)

P628997

Penguin
Random House
Grupo Editorial

A mis Valerias, Cármenes, Lolas y Nereas.
Gracias por inspirarme.

1

VACACIONES

Salí al balcón del pequeño hotel de Gandía y me encendí un cigarrillo. Acababa de darme una ducha y me sentía relajada y tranquila. Miré el humo ondulante y pensé que debía dejarlo y de paso ahorrar, pero le di una calada que me llegó hasta los pies. Empezaba a ser una costumbre eso de decirme cosas y no hacerme ni puñetero caso.

Me apoyé en la barandilla y deseé no tener que volver a la realidad de nuevo cuando amaneciera. El mar ondeaba a lo lejos y sobre él la luna iba dejando esquirlas en el agua. Allí todo era así, sencillamente bonito. Sin preocupaciones, sin dobles sentidos. Solo agradable. Ojalá aquella noche durara días. No me veía preparada para volver y asumir lo que me esperaba.

En un principio, aquellas vacaciones parecían una mala idea. Todo el mundo opinó que pasar diez días sola después de lo que había ocurrido solo serviría para darle vueltas a la cabeza sin parar. Y ya se sabe: con las cosas tan hechas no suele tener demasiado sentido eso de pensar. Había dado por perdido mi matrimonio, me había colgado de uno de esos hombres que nunca nos convienen y había acordado separarme. Bueno…, habría sido mejor pensar antes de hacer.

Sin embargo, contra todo pronóstico, estar sola había sido una delicia desde el trayecto en tren hasta aquella noche, quizá porque seguía sin arrepentirme de las decisiones que había tomado, aunque las maneras hubieran sido poco «elegantes». Si tuviera que cambiar algo de lo que hice…, solo cambiaría el orden.

Inevitablemente, me había llevado en el equipaje el recuerdo de ciertas cosas que sí quería meditar. Víctor. Cómo no. Un Víctor que lo ocupaba todo y que apenas me dejaba pensar en otra cosa.

«Esperaré a que me llames, Valeria, pero no lo haré eternamente».

Hasta soñaba con ello, y en mis sueños nunca llamaba en el momento indicado.

No había sabido nada de él desde que nos besamos en la puerta de su estudio y, aunque estaba satisfecha con mantenerme firme con aquel distanciamiento, me inquietaba plantearme si sería algo puntual o si lo nuestro quedaría en lo que había sido hasta el momento.

Víctor. Madre de Dios santísimo. Qué portento. Aún me daba vueltas la cabeza cuando lo recordaba desnudo entre mis piernas, haciéndome gruñir de placer, llevándome hasta el coma. Víctor tenía aquel poder; me atontaba. Y no solo en la cama. Pero estaba tan reciente la decisión de separarme de Adrián…, no podía dejar de tener remordimientos por desearle tanto.

Adrián sí me había llamado en un par de ocasiones para saber cómo andaba y cuándo saldría publicado mi libro. Buf…, mi libro. Sí, ese libro que escribí sobre los últimos meses de mi vida y la de mis chicas. Aquello iba a traer cola. Sabía que muchas personas no estaban preparadas para verse tan reflejadas en algo que acabaría a la venta en las estanterías de las librerías. Y más me valía que se vendiera mucho, porque ahora que Adrián no estaba en casa, la economía dependía de mí solita. Pero ¿comprendería él que lo expusiera de esa manera? Sí, me había encargado de no utilizar su nombre real, pero para la gente que nos conocía sería tan evidente…

Mi editor, agente o quienquiera que sea Jose me había telefoneado el mismo día que salí de vacaciones para decirme que habían decidido publicar el libro lo antes posible. Ya lo habían maquetado y estaba en proceso de corrección. Y todo esto en… ¿qué? En semanas. No dejaba de sorprenderme.

Yo lo dejé en manos de mis editores e intenté desentenderme hasta donde pude de un asunto así. Contar mi vida en un libro…, ¿en qué momento había empezado a perder la cabeza?

Volví de pronto a pensar en Víctor. Ni siquiera estaba segura de que fuera a esperarme un tiempo prudencial. Quizá en aquel mismo momento se despedía de alguna niña guapa con un beso en la boca en cualquier portal. O peor. A lo mejor había echado mano de esas «amigas recurrentes» a las que había dejado de ver por mí y estaba entregado al fornicio con la espalda perlada de sudor y la respiración irregular, jadeante. ¡Ay, por Dios, con ellas no! ¡Conmigo, conmigo!

Víctor era un pecado con patas. Sin embargo…, tenía que esperar; no podía precipitarme.

Cerré los ojos y lo recordé recorriéndome entera con la lengua.

Barajé la posibilidad de mandarle un mensaje durante aquellas vacaciones, puramente de cortesía, claro, pero sabía que se me iba a ver el plumero. Ahora que volvía a estar (entre comillas) soltera, tenía miedo de no interesarle. Ya se sabe, ahora que podía a lo mejor no quería. Su reacción al confesarle que había dejado a Adrián no fue lo que se dice de cuento de hadas. En las novelas románticas esas cosas no pasaban. En las novelas románticas ellos, a pecho descubierto, lo dejaban todo por estrechar a las heroínas entre sus brazos, mientras el viento les mecía los cabellos. Nada más lejos de la realidad. En la vida real las cosas nunca eran tan idílicas.

Si quería saber algo de él sin tener que dar un paso al frente, lo más sencillo hubiera sido preguntarle a Lola, que lo veía más o menos con asiduidad, pero no quería que ella se enterara aún de que Víctor me había marcado tanto. A decir verdad, llegaba el momento de tener que confesarlo todo y no estaba preparada. Mejor esperaba a que saliera publicado el libro y ella pudiera leerlo. Me sentía ruin, pero es lo que tiene ir de valiente por la vida y airear las aventuras sexuales de una.

Me tapé la cara en un acto reflejo en cuanto me acordé de las sorpresas que iban a encontrar mis conocidos cuando empezaran a leerlo. En casa de mis padres iba a estar completamente vetado. ¿Y si lo publicaba bajo pseudónimo? Bah, lo pensaba demasiado tarde. Aquello me pasaba por hacerme la chulita.

El móvil sonó sobre la mesita de noche. Un mensaje. Me pregunté de quién sería mientras me terminaba el cigarrillo. Hacía dos días que había hablado con Lola; una semana que había llamado a Nerea y a Carmen. Esa misma mañana había hablado con mi madre y con mi hermana para preguntarle cómo iba con su embarazo. Más tarde en el tren había recibido una llamada de Adrián y su despedida sonó a «dejo la pelota en tu tejado para que me devuelvas la llamada»; ni siquiera me salió decirle que me marchaba unos días de la ciudad.

Quise que aquel mensaje fuera de Víctor…, eso me animaría la noche. ¿A quién quiero engañar? Me alegraría la semana o hasta el mes, según en qué tono lo hubiera escrito. Apagué el cigarrillo en el cenicero que había en la mesa de la terraza y entré en la habitación mientras me convencía de que no debía desilusionarme si al final eran los de la compañía telefónica con el último recibo. Cogí el móvil y respiré hondo, como los atletas que se preparan para batir un récord, y…

Allí estaba: «Sé que no debería mandarte este mensaje, que quedamos en que esperaría tu llamada y todas esas cosas, pero… solo quería decirte que sigo alerta por si un día apareces sin avisar. Algo me dice que lo harás. Mis sábanas te echan de menos. Víctor».

Lo leí por lo menos cinco veces seguidas. Como era nueva en esto de los ligues, me obsesioné con desentrañar el sentido de cada palabra, de cada frase. Suspiré frustrada al darme cuenta de que seguía siendo tan críptico como siempre. Vale, me echaba de menos, pero… ¿y si lo único que me añoraba eran sus sábanas? ¿Cuándo narices estaba estipulado que era buen momento para volver? Además, ¿quería decir con ese mensaje que empezaba a desesperarse o simplemente que…?

Qué fatiga esto de ser soltera…

Ligué pensamientos. Víctor y mi libro. Ay, Dios…, el libro. ¿Qué narices me había empujado a vender mi «diario» a la editorial? Ale, allí, con todos mis sentimientos bien descritos… ¡Por si no era lo suficientemente absurda por mí misma! Toma, Víctor, léeme bien a fondo.

Me volví a tapar la cara con las manos.

2

VUELTA A LA REALIDAD

Entré en mi piso con reticencia. Tenía la sensación de que al abrir encontraría a Adrián tirado en la cama, revisando unas fotografías en su portátil. Suspiré. La realidad era otra y debía ir acostumbrándome. Al fin y al cabo, los dos nos lo habíamos buscado, ¿no? Teníamos lo que merecíamos.

Había que pensar en positivo. Como decía Lola al menos ahora tenía todos los armarios de la casa para mí. Para celebrar mi soltería, me había regalado un conejito a pilas, un pijamita de *pilingui* y una botella de ginebra que seguían esperándome sobre la mesa baja de mi «sala de estar». ¿Esa iba a ser mi vida ahora? Orgasmos mecánicos proporcionados por un pedazo de látex que no te abrazaba después del sexo y un copazo en soledad.

No. Prefería a Víctor.

Y hablando de Víctor...

Aún no había tenido fuerzas ni inspiración para contestarle el mensaje. Quería hacerlo, pero quería hacerlo bien. Ya se sabe, sonar natural y ocurrente a la vez, con un toque enigmático y sexi. Y despreocupado, sobre todo despreocupado. Nada que le diera a entender que me acostaba todas las noches con unas ganas aberrantes de que me atara a su cama y me convirtiera en su esclava.

Claro, como si resultara tan sencillo ser de repente la chica ideal. Y es que en el fondo me sentía como quien sostiene a alguien por el hilo que escapa de una de sus mangas. ¿Quién me decía a mí que Víctor no huiría en cuanto viera que mis intenciones iban más allá de la simple aventura? Una cosa es lo que uno dice, en el fragor y calor de la batalla, y otra muy distinta lo que uno hace cuando todo se calma. Y él ya no había reaccionado demasiado bien a mi separación...

Me senté en el suelo, encendí el aire acondicionado y cogí el móvil. No sabía si es que hacía mucho calor o es que pensar en Víctor encendía mi hornillo interior, pero la cuestión es que me sudaba hasta el alma. Qué poco sexi. ¿Qué habría visto ese chico en mí?

Hice tres intentonas, pero acabé borrando el texto. Me tumbé en la cama y medité acerca de la cantidad de mujeres que se habrían visto en aquella situación con Víctor. Y él habría recibido mensajes de todas las índoles posibles: calientes, divertidos, sofisticados, ocurrentes, buenrolleros... ¿Cuál era definitivamente mi estilo?

Al final opté por contestarle con sinceridad; necesitaba expresar lo que sentía. Total dentro de nada iba a poder leer con total honestidad cómo me había ido colgando de él poco a poco de espaldas a mi marido, hasta no poder quitármelo de la cabeza. Vaya plan.

Al meollo: «Me gustó mucho recibir tu mensaje. Apareceré cuando menos te lo esperes, pero dile a tus sábanas que... Bueno, mejor pensado ya se lo diré yo, ¿no?».

Lo releí y, con los ojos cerrados, pulsé enviar. No me di tiempo de pensar en ello.

Dejé el móvil sepultado por un montón de cojines sobre la cama y cogí el teléfono fijo. Llamé a mi hermana enseguida para mantenerme ocupada y mientras tanto preparé café. Cuando volví a revisar el móvil, cual yonqui, la respuesta estaba anunciada en el *display* exterior, lo que me dibujó en la cara una estupenda sonrisa de idiota.

«Tengo ganas de verte. Mi casa me recuerda a ti. Mi despacho me recuerda a ti... Todas y cada una de las cosas que tengo ganas de hacer quiero hacértelas a ti. Necesito verte (besarte, tocarte, abrazarte, desnudarte...) pronto. ¿Me estoy portando muy mal? Tendrás que volver para meterme en vereda».

Levanté la cara, miré al infinito y después enarqué las cejas.

Vamos a ver. ¿Qué significaba exactamente eso? Porque, la verdad, sonaba a pistoletazo de salida. ¿Era una señal para que le llamara ya? ¿Había pasado el tiempo suficiente? ¿Se había dado cuenta de que quería estar conmigo? ¿O es que le picaba y tenía ganas de mojar? ¿No tenía para eso un montón de mujeres dispuestas?

Ay, Dios...

Tenía tantas ganas de verle..., quizá demasiadas. Me había pasado ya muchos ratos muertos tratando de desentrañar si Víctor era solo un capricho de mi apetito sexual o algo más y ya tenía bastante claro que estaba colgada de él. Pero aún estaba a tiempo de pararlo, alejarlo para siempre y olvidarlo. Tenía que recordar qué clase de chico era Víctor; hacía ya mucho tiempo que yo había dejado de creer en cuentos en los que el chico cambia. ¿Estaba dispuesta a tragar con lo que significaba encorsetar a Víctor en la monogamia?

Aquello no había por dónde cogerlo. Lo mejor era la callada por respuesta y meditar.

El teléfono de casa interrumpió la meditación apenas unos minutos después. Era Lola, que me llamaba desde su trabajo:

—¿Ya estás en casa? —Ni hola ni qué tal… Lola en vivo y en directo.

—Sí. —Sonreí.

—¿Hogar dulce hogar?

—Bueno, no sabría decirte. De repente es como otra casa.

—Claro. Un pisito de soltera muy guay que te sirva de picadero, muchacha. Pero si te aburres, nos vamos de compras —y respondió de forma automática como si esa fuera a ser la respuesta con independencia de lo que sucediera.

—Estás trabajando, Lola.

—Pero me duele un diente… —contestó con aire grave.

—Estás a punto de coger vacaciones; reserva todos esos planes para cuando estés libre. Seré toda tuya.

Lola lanzó un ronroneo sugerente y después siguió hablando:

—Suena muy lésbico. ¿Cuándo sale el libro?

—Mañana.

—¿Habrá presentación?

—No, han hecho campaña en medios escritos. Te enseñaré los recortes.

—Anoche hablé con Víctor. Nos encontramos en una cervecería.

A bocajarro. Pero ¡qué cabrona! Esas cosas deben ir precedidas de una suave conversación introductoria del tipo: «¿A que no sabes a quién me encontré ayer?».

—Sí…, esto…, me envió un mensaje —contesté tratando de hacerme la interesante.

—Lo sé. Me dijo que llevaba tiempo queriendo llamarte pero que quería darte espacio. Algo de que quedasteis en que tú dejarías la situación respirar y un montón de bla bla bla sentimental. No sabes lo raro que suena escuchar a Víctor en esos términos. Por más que me extrañe, está loco por ti. A decir verdad, creo que fue escuchar tu nombre y empalmarse. —Víctor empalmado. Menuda visión más tórrida me vino a la cabeza. Tórrida y sobre la barra de su cocina, para más señas—. ¿Val? —preguntó para cerciorarse de que seguía al teléfono.

—Sí, sí, estoy aquí. Pero dime…, ¿qué ha pasado con el «no te fíes de él»?

—A todo cerdo le llega su San Quintín.

—Creo que el dicho no es así. —Me reí.

—Bah, qué más da, tú me entiendes. ¿Tienes ganas de verle?

—Sí, pero no quiero precipitarme, que crea que voy a por todas y salga corriendo despavorido. Además…, ¿y Adrián? Es demasiado pronto.

Y a pesar de todo no me creía ni una palabra de lo que estaba diciendo. Tenía unas ganas tremendas de precipitarme. Especialmente hacia su cama y que después me abrazara entre las sábanas.

—Deberías quedar con Víctor y charlar —contestó Lola.

—Con Víctor no puedo charlar. —Me arrepentí del comentario y cambié de tema pronto—. Pero dime, ¿a qué viene esta campaña pro Víctor?

—No es ninguna campaña. Es solo que… Adrián me dio una patada emocional. Me tocó las pelotas. Era el único hombre en el que confiaba. Por su culpa he perdido la fe en la humanidad.

Me revolví el pelo. Joder, aún escocía hablar del tema.

—Yo también me porté mal. —Miré al suelo.

—Creo que Víctor ha sido más valiente.

—¿Que quién?, ¿que Adrián o que yo?

—Que los dos. Al menos hasta ahora.

—Si hubiera tosido cuando le dije que me separaba, se le habrían escapado las gónadas. No suena muy heroico, ¿a que no?

—Démosle tiempo para que trague sus gónadas y vuelvan al sitio. De todas maneras, como carezco de la mitad de la información trascendental de la historia…

Me quedé callada. No quería responder a aquella provocación de Lola. Ponerme a explicarle mis episodios sexuales con Víctor con todo el detalle que ella pediría iba a resultarme agotador y… quería pensar en otra cosa. Las pulsiones que me invadían cuando me acordaba de Víctor no debían de ser sanas.

Gracias a Dios, ella carraspeó y, cambiando el tono de voz, dijo:

—¿Salimos el fin de semana? Carmen y Nerea se apuntan. Solo chicas. Para celebrar que has vuelto, que ha salido tu libro, que estamos en edad de merecer…, esas cosas.

—Estaría bien. —Sonreí.

—Me han hablado muy bien de un garito bastante pijo. Echamos el lazo a un par de niños bien y que nos inviten a copas. Podíamos obligar a Nerea a emborracharse y venderla a alguien.

—Qué mala eres. ¿Cómo anda el «tema Sergio»?

—No hay «tema Sergio».

—No te hagas la dura.

—Es que no me interesa para nada.

—Pero… —repliqué.

—A ver…, que yo sepa no ha vuelto con su novia, pero qué quieres que te diga… Es un gilipollas vestido de tipo duro. Y eso es muy lamentable. Oye, voy a apuntar lo del viernes en la agenda, por tanto queda fijado y ya no te puedes rajar.

Vaya, parecía que para Lola también había temas que escocían.

—¡Uhhhh! ¡El poder de la agenda roja! —dije con tono de voz en off de película de terror.

—Es la biblia, reina, y ella manda.

Colgó sin más, como siempre.

Mi libro…, mierda. Me encendí un cigarrillo y crucé hasta los dedos de los pies con la esperanza de que todos se lo tomaran con humor.

3

El libro salió un miércoles. Nerea fue la primera en terminarlo. Me escribió un correo electrónico el jueves a las doce de la noche dándome la enhorabuena. Le había gustado mucho, aunque quería aclarar algunas dudas sobre su personaje.

«¿En serio soy tan estirada? Voy a tener que soltarme la melena. Y, vaya, Val, debes de quererme mucho porque no soy ni de lejos tan guapa como cuentas en tu libro».

Sonreí. Al menos ella se lo había tomado con humor y había pasado por alto los comentarios no siempre bienintencionados que yo había vertido sobre la educación que le había dado su familia. Nerea no quería enfadarse conmigo por algo que, no obstante, hacía mucho tiempo que sabía. Nunca he tragado demasiado a su madre y es algo que no consigo disimular.

Y así, en su correo, se despedía dándome las gracias y confesando lo importante que la hacía sentir ser el personaje de una novela publicada: «Lo más emocionante será que nadie sabrá que soy yo, como si fuera una superheroína».

Lola fue la segunda. Lo leyó de un tirón. Había acabado el libro a las seis de la mañana y no había ido a trabajar con la excusa de que no había pegado ojo. En realidad, había pasado la noche muerta de la risa. Por Lola no debía preocuparme, pero en su conversación, antes de acostarse a las ocho de la mañana, me dijo que iba a tener que tratar ciertos temas con más cautela cuando la sucia periodista estuviese delante. Creo que la sucia periodista en este caso era yo. Lo cierto es que le había encantado verse a sí misma en su papel de mujer fatal y que además recordara siempre sus respuestas ingeniosas.

Carmen y Borja hicieron una competición para ver quién acababa antes el libro. Ganó Borja. Estaba muy emocionado con el hecho de que en mi imaginación fuera una suerte de Bogart y no pareció importarle que Nerea le juzgara en un primer momento como lo hizo. Borja era un chico maduro y estaba de vuelta de todas estas cosas.

Carmen, sin embargo, se sintió un poco más molesta, pero no por su papel; le había gustado mucho poder verse a sí misma con los ojos con los que las demás la veíamos. Se sintió fuerte, pero me confesó en un correo electrónico que había ciertas cosas de ella que preferiría que Borja no supiera. Supongo que no lo diría por su «inconfesable» pasión por Facebook, porque de eso Borja seguro que ya se había dado cuenta.

Carmen para sus cosas era muy suya, y no es que me moleste. Al contrario. Me sentí algo culpable. ¿Qué derecho tenía yo de airear sus historias amorosas por ahí? Sin embargo, no se enfadó. Me reprendió, lloriqueó y después me prometió salir aquella noche con nosotras y, de paso, traer el libro para que lo firmara.

Ya había vendido, al menos, cuatro ejemplares. Esperaba que no fuesen los únicos, porque me había pasado por el banco a actualizar mis dos libretas, la de mi cuenta corriente y la de ahorro, y había sentido ganas de tirarme bajo las ruedas del primer coche que pasara por la calle. Alguien se iba a tener que apretar el cinturón muy mucho o… buscar otro trabajo.

Adrián y Víctor me preocupaban incluso más que mi penosa situación financiera. El hecho de que describiera con pelos y señales mis encuentros sexuales con Víctor podía dolerle a Adrián como un disparo en pleno estómago. Sin embargo, incluso barajando la posibilidad de que aquello le sentara fatal y decidiera no volver a verme en su vida, había una parte de mí que se resistía a arrepentirse de ello. No estaba segura de si se trataba de mi venganza personal, pero la Valeria más chulita me daba palmaditas en la espalda y me convencía de que no había ninguna mentira en aquellas páginas. Si Adrián no quería saber la verdad de las cosas, que cerrara los ojos o se pusiera de cara a la pared. Pero… ¿no era un poco cruel por mi parte haber aireado los detalles del final de nuestro matrimonio de aquella manera? ¿No significaba aquello que yo aún estaba demasiado dolida?

Escrito o no, seguiría sin saber si él mentía con el tema de su relación con Álex. Y es que lo que había escrito en mi libro era, solamente, lo que yo imaginé que había pasado entre ellos. La verdad es que el resultado de aquel viaje a Almería pudo ser el primero, el último o uno de tantos polvos en una relación mucho más consolidada de lo que creía. No sabía más y, además, debía resignarme. Adrián no publicaría un libro con todos sus sentimientos para que yo pudiera comprenderlo. Tendría que hacer el esfuerzo por mi cuenta.

Aun así, tranquila al seguir teniendo a Carmen, Nerea y Lola de mi parte, me preparé para salir aquella noche a celebrar que si funcionaba como tocaba, tendría una segunda parte que escribir y vender y... seguir tirando.

4

A las nueve recién salida de la ducha recibí la visita inesperada de Nerea, Carmen y Lola ya engalanadas para aquella noche. Estaban exultantes, guapas y muy emocionadas. Hacía siglos que no salíamos las cuatro de marcha. De pronto era como volver a tener veinte años.

Habían planeado sorprenderme para celebrar la publicación de mi libro y allí estaban, cargadas con bolsas de comida japonesa y botellas de vino. Al verlas entrar grité como una chiquilla y todas me abrazaron. Luego saltamos en círculos mientras nos jaleábamos a nosotras mismas. Y todo eso sin una gota de alcohol. Ole.

Después me metí en el baño para secarme el pelo y cuando salí la cena ya estaba servida en la mesita baja del espacio que hacía las veces de salón. Había cuatro copas de vino llenas y ellas charlaban sobre el último tratamiento para el cabello. No pude más que sonreír. Hay cosas terriblemente simples y frívolas que pueden hacernos profundamente felices.

Nos acomodamos sobre cojines en el suelo y comenzamos con el protocolo de la salsa de soja, el *wasabi*, los palillos... Ellas hablaban animadamente del libro y se reían de tal o cual anécdota y yo mientras pensaba en cuánto tardarían en llegar al tema que realmente querían tratar. Las conozco demasiado, en el fondo las cuatro son unas morbosas, y aunque Carmen tuviera más información que el resto, también estaba muerta de ganas de escuchar los detalles.

Lola se cansó de monsergas pronto y, cortando a Nerea, que recordaba muy animada el episodio de Maruja Limón, dijo:

—Bueno, Valeria, aunque Nerea opine que estos temas no se tratan en la mesa, creo que es momento de que nos expliques ese capítulo tan tórrido del libro...

—¡Eh! ¡Que estaba hablando! —se quejó Nerea.

—¿Estabas contando algo sobre pollas enormes que hagan disfrutar? —contestó Lola con el ceño fruncido—. ¿Eh? Contesta...

—No.

—Pues deja hablar a las mayores y aprende de lo que escuches. Valeria..., el capítulo tórrido, haz el favor.

—¿Qué capítulo? —Me hice la loca, mientras me acercaba la copa de vino a los labios—. ¿El tuyo con Sergio?

—Venga, Valeria... ¡¿Le echaste tres polvos en una noche y te lo callaste!? —preguntó Carmen ofendida.

—¿Tres polvos? ¡Doce en un fin de semana!, si no me equivoco. Te debió de dejar el... —dijo Lola.

—Licencias literarias —la interrumpí.

—¡Y una mierda! —replicó Lola con una carcajada.

—¿Y cómo puedes estar tan segura de que fue real y no algo imaginado?

Se acercó con una sonrisa en la boca.

—Lo primero, porque tú no tienes tanta imaginación. —Lanzó una carcajada—. Al menos no ese tipo de imaginación. Y segundo, porque tiene su firma, nena.

—Huy, sí, Víctor es el zorro pero en plan sexual —me burlé.

—Hombre, buena polla tiene, desde luego, no necesita espada.

Todas nos echamos a reír y yo, para no faltar a la tradición, me atraganté y empecé a toser como una loca. Carmen alargó su manita y me dio un par de golpes en la espalda. Cuando me recuperé y respiré hondo, a pesar de lo que pensaba, no dejaron de insistir.

—Valeria… —suplicó Nerea.

Y si hasta Nerea insistía es que era completamente necesario.

—Bueno… —suspiré, y dejé la copa sobre la mesa.

—Pero ¡Val!, ¡que somos nosotras! —se quejó Carmen.

—¿Qué queréis que os diga? —Me encogí de hombros—. Pues sí, evidentemente es verdad.

—¿Todo? ¿Lo de su despacho también es cierto?

Me tapé la cara.

—Sí —respondí con la voz amortiguada por las palmas de las manos.

—¿Yyyyyy? —dijeron al unísono.

—¿Y qué? —les pregunté sin terminar de apartar las manos de la cara.

—Si no quieres entrar en detalles con nosotras, podemos…, ya sabes… A lo mejor el que nos pone al día es él después de leerse el libro —contestó Lola con malicia.

Suspiré profundamente de nuevo. Si había sido capaz de escribir todas aquellas cosas tan personales en un libro, podría desahogarme con mis mejores amigas, ¿no?

—Todo lo que escribí es cierto. Las frases, los besos, el sexo y todos los detalles que conté. Todo. Víctor no fue un polvo loco de una noche por despecho.

—No, desde luego, fueron doce en un fin de semana —replicó Carmen con una sonrisita.

—Víctor me gusta y… estoy confusa. Tengo unas ganas enormes de verle porque fue… brutal. Brutal. Ni siquiera os lo podéis imaginar.

Lola aplaudió y me tocó un pecho.

Después de cenar y de recoger la mesa, me metí en el baño a arreglarme. Mientras tanto Lola, Carmen y Nerea se entretuvieron sirviéndose una copa y poniendo música. Las escuchaba reírse a carcajadas, canturrear y jalear a Lola, que debía de estar bailando a lo gogó encima de mi mesita de centro a juzgar por el sarao. Y me costó horrores maquillarme… Entre el vinito de la cena y la risa que me producía oírlas… por poco me convierto en Batman.

Salí con unos vaqueros estrechos tobilleros y un top negro de palabra de honor con escote en corazón y mis amigas se me quedaron mirando sorprendidas. Sí, era un poco descarado, pero… ¿por qué no? ¿No era lo que se esperaba de mí ahora que estaba separada? Aún estaba decidiendo si me gustaba o no esa parte de mí misma.

Apoyada en la cómoda, me abroché las sandalias negras de tacón alto con tachuelas y cogí el bolso de mano.

—¿Vamos? —dije sonriente.

—Qué bien te queda la soltería, *so* puta. —Se rio Carmen con una mirada de admiración.

Le mandé un beso y les guiñé un ojo maquillado en negro Batman.

Fuimos al local del que Lola había escuchado hablar y a juzgar por la cantidad de gente que había haciendo cola, ella no había sido la única que había recibido referencias. Era la una en punto de la madrugada y aquello parecía la Puerta del Sol en fin de año… Vamos, el infierno.

La gente charlaba y se saludaba frente a la puerta formando un tumulto considerable que nos dificultó la sencilla tarea de entrar. No quería ni imaginarme cómo estaría el local por dentro. Cuando por fin llegamos a la entrada, nos cobraron como un millón y medio de euros por pasar.

—Espero que la consumición incluya final feliz —le dijo con soltura Lola al chico que le cobró el pase.

A pesar de todo, el local no estaba abarrotado. Sí oscuro y con la música muy alta, supongo que lo normal en una discoteca. Me sentí extraña. Hacía demasiado tiempo que había perdido la costumbre de darme un garbeo nocturno y aunque me pasease así, con mis renovadas ganas de ser coqueta y parecer sexi, me sentiría muchísimo mejor en casa, tomándome una copa de vino con Víctor. Pero eso me lo callé. Era una noche de chicas, ¿no?

Nos instalamos junto a la barra del fondo, pedimos unas copas, bailamos, nos reímos y Lola y yo nos fumamos medio paquete de cigarrillos en un rato.

Pronto Lola localizó a un grupito de chicos guapos que tendrían más o menos nuestra edad y se acercó a ellos como embajadora de buenas intenciones. Mientras Nerea, Carmen y yo cotilleábamos sobre el aspecto de estos, Lola se colgó del brazo de uno, se subió a caballito de otro e hizo un pulso con un tercero, mientras el cuarto pedía unas copas para nosotras. Tardaron apenas diez minutos en venir y hacer las presentaciones formales.

Y sí, eran muy simpáticos y también muy monos; quizá hasta me hacía falta que alguien me regalara los oídos como estaba haciendo uno de ellos, preguntándome cómo una chica como yo podía estar sola. Pero... ¿alguien adivina en quién estaba pensando yo?

Yo no quería ligar. Yo quería ligarme a Víctor. Y... ¿qué estaría haciendo él en aquel preciso momento? ¿Ligar con otras, quizá?

Un ratito después, y aunque no dejaban de invitarnos a copas y adularnos, me arrepentía soberanamente de haber dejado que Lola nos trajera a aquellos tíos. Yo no iba a enrollarme con él ni de lejos, pero, aunque traté de dejárselo claro siendo de lo más siesa, era evidente que aquel chico quería mis bragas en su bolsillo. Cuando empezó a ponerse pesado llamé en un gesto a Carmen y le pregunté si me acompañaba al baño. Nerea se nos unió y Lola se quedó allí, guardándonos las cosas…, por decir algo.

—Joder, qué pesados —soltó Carmen en una exhalación—. Nunca pensé que me gustaría tan poco ligar en una discoteca. Me ha dicho tres veces que por Navidad quiere que le deje meter la cabeza entre mis pechos.

Me giré alucinada hacia ella.

—¿Qué dices? —le dije con el ceño fruncido.

—Lo que yo te diga —asintió con expresión asqueada pero divertida—. Y a mí lo que me gustaría sería dejarlo en una habitación a solas con Borja. —Las tres nos echamos a reír—. Va y me dice: «Nena, no dejes que la sociedad te presione. ¿Quién dice que las gorditas no podéis estar buenas?». ¡Venga ya! ¿Estás de coña? ¡Vete con tu madre a comer pepinillos, soplagaitas!

Tanto Nerea como yo le pedimos que no hiciera caso. Si algo es Carmen, es preciosa. A veces los hombres están rematadamente ciegos.

Cuando ya llegábamos al baño abriéndonos paso trabajosamente, atisbé algo por el rabillo del ojo que me hizo pararme en seco. Nerea se estampó contra mi espalda.

—¿Qué pasa? —me preguntaron las dos a coro.

Me giré despacio hacia el otro lado de la barra y miré las caras de la gente en busca del motivo por el cual el corazón estaba a punto de reventarme en el pecho. Dios mío, ¿estaba empezando a ser una de esas chicas obsesionadas? Respiré despacio y cuando ya iba a reanudar el paso… lo vi. Lo vi.

—Joder… —balbuceé, y noté cómo la sangre iba abandonándome la cara.

Carmen cogió aire sorprendida y Nerea me miró de reojo, midiendo mi expresión. Allí estaba Víctor, vestido con una camisa negra arremangada y unos vaqueros, con una copa de balón en la mano y una jovencita menuda y rubita, que se le enroscaba cuanto podía.

—Dios, vámonos —dijo Nerea de pronto.

—¿Cómo nos vamos a ir? Nos quedamos hasta saber si es un gilipollas. Si es un gilipollas iros vosotras, que yo me quedo a explicárselo —contestó Carmen muy resuelta.

La rubia se acercó a cuchichearle al oído. Él se agachó para que ella pudiera llegar y, de paso, dejó que la chica le pasara los brazos alrededor del cuello. Sentí una oleada de rabia que no supe ubicar. ¡Era tan nueva en todas aquellas cosas!

Cuando acabaron con los secretitos, él levantó la cabeza y la miró con las cejas arqueadas y una expresión divertida. Negó con la cabeza y ella siguió parloteando, poniéndose tocona. Tragué saliva y me obligué a conservar la calma.

Solo era un chico. Solo un hombre de todos los que había en el mundo. Lo que yo había hecho, mi aventura, mi separación…, todo, lo había hecho porque quería. No por él.

La rubia abrió el bolsito que llevaba colgado y le colocó una tarjeta sobre el pecho. Víctor puso la mano encima, sosteniéndola, y su acompañante dio media vuelta y se marchó con un golpe de melena. Antes de perderse de vista se volvió para mirarlo de nuevo y Víctor sonrió sensualmente y le guiñó un ojo.

Estuve a punto de pedirles a las chicas que nos fuéramos. Ya avisaríamos a Lola desde fuera del local. Pero entonces Víctor hizo algo que no me esperaba. Tocó el hombro de uno de los chicos que tenía detrás y, con una sonrisa de lo más descarada, le dio la tarjeta de la rubia.

—¡Oh, qué mono! —escuché decir a Nerea.

—Nada de mono… —Se rio Carmen—. ¡Es un cabrón! Pero ¡un cabrón de los que molan! Valeria…, ¿aún llevas bragas?

—Esa pregunta es propia de Lola… —respondió Nerea tras un bufido.

Su amigo miró la tarjeta con extrañeza, Víctor le hizo un gesto con la cabeza en dirección a la chica que se alejaba y después se dieron la mano entre carcajadas.

—¿No vas a acercarte? —me preguntó Carmen muy emocionada.

—No. —Negué con la cabeza.

—Huy, claro que no —repitió muy repipi Nerea—. A ver si se va a creer que esto ha sido una encerrona.

—Menuda tontería. ¿Es que ella no tiene derecho a salir adonde le plazca?

Puse los ojos en blanco e intenté arrastrar la discusión hasta el baño, pero Carmen y Nerea parecían inmersas, de repente, en una batalla dialéctica sobre la liberación de la mujer.

—Joder, ¡que necesito ir al baño de verdad! —me quejé.

Ellas, ni caso.

—Sí, claro, Carmenchu, y Borja dejará su trabajo para cuidar a los niños cuando os caséis.

—¿Y quién te ha dicho que vaya a casarme, Nerea? Sabes que hay más finales que los de Disney, ¿verdad?

Rebufé y cuando estaba dispuesta a escaparme sola hasta los lavabos, unos dedos fríos se cernieron sobre mi antebrazo con firmeza.

Me aparté el pelo de la cara y me volví en esa dirección. Por poco no vomité el higadillo allí mismo cuando los ojos de Víctor chocaron de golpe con los míos desde tan cerca.

—Hola —dije con un hilo de voz.

Víctor se acercó; su mano derecha me cogió de la cintura y la izquierda trenzó los dedos con los míos. No dijo nada en un primer momento; después de unos segundos de silencio que se me hicieron eternos, se inclinó y me susurró al oído:

—Y entonces apareciste…

Cuando quise darme cuenta, sus labios estaban sobre mi boca y sus brazos me estrechaban con ansiedad. Me dejé llevar sin preguntarme nada. Solo aquel beso… Y sus labios húmedos resbalando sobre los míos, abriéndose sobre mi boca cuando su lengua lo invadía todo, acariciando la mía.

Si nos hubiéramos encontrado en la calle y se hubiera dado aquella situación, el beso habría durado horas, seguro. Habríamos buscado un lugar tranquilo y nos habríamos besado y besado y besado como adolescentes. Pero no nos hallábamos ni en un parque ni en su casa ni en la mía ni en un discreto callejón oscuro. Estábamos abrazados, apretándonos, comiéndonos a besos con alivio, no con lujuria. Era extraño en una discoteca…, había que ponerle fin.

Sus amigos empezaron a silbar a unos pasos de distancia y cuando nos separamos compartiendo una sonrisa, nos encontramos a Nerea y a Carmen mirándonos con la boca abierta.

—Hola, chicas. —Les sonrió pasándose una mano sobre sus labios—. No os había visto.

—Hola —respondieron las dos al tiempo que levantaban la mano a modo de saludo.

Víctor se echó a reír y llamó a sus amigos con un gesto.

—Estos son unos colegas —dijo cuando llegaron hasta nosotras. Los señaló uno a uno, diciéndome sus nombres, pero yo estaba demasiado pendiente de la presión que ejercían sus dedos entre los míos como para atender a palabras.

Asentí y saludé. Carmen y Nerea de pronto habían desaparecido. Las vi huir a grandes zancadas entre la gente como las perras que eran, seguramente a contarle a Lola lo que había pasado y a pedir sus refuerzos.

—Una vieja amiga, supongo —comentó de pronto uno de los amigos de Víctor—. Tus tácticas siempre han sido más depuradas que ir abordando a todas las chicas guapas del local de esa manera.

Víctor se echó a reír, negó con la cabeza y les dijo:

—Esta es Valeria. —Me sonrió, encantador.

Y lo mejor fue apreciar que todos sus amigos entendieron de qué se trataba tan solo con escuchar mi nombre. Yo tenía nombre en su vida. Yo significaba algo…, solo cabía interesarse en descubrir qué era ese algo. ¿Sería «Valeria, la mujer de mi vida» o «Valeria, la tía que me calzo»?

De pronto me sentí mareada y avergonzada. Lola, Nerea y Carmen seguían desaparecidas en combate, todos sus amigos nos miraban y lo único que yo quería era abrir una zanja en el suelo y desaparecer; por suerte, pareció que a Víctor le apetecía lo mismo, puesto que me dio un codazo y dijo a todos los espectadores:

—No tiene buena cara. Voy a llevarla fuera.

Me levantó en volandas y me llevó hasta la puerta del local como un saco. Me despedí de sus amigos y, mientras me retorcía para soltarme, le pedí entre grititos que me dejara en el suelo. Cuando llegamos a la puerta, el de seguridad nos pidió por favor que nos comportáramos o saliéramos. Y… salimos.

Con Víctor volvía a tener la edad que realmente tenía y… me gustaba mucho esa sensación.

Hacía una noche estupenda, de esas en las que apenas hace calor y corre una brisa agradable. Era una noche para pasear, pero creo que yo no llevaba el calzado adecuado para ello. Aun así Víctor y yo andábamos sin ningún rumbo en particular. Tampoco hablábamos. Solo caminábamos muy juntos.

Sin más, Víctor se paró y nos miramos.

—Qué coincidencia, ¿no? —dijo sonriendo.

—Pues sí —asentí—. Aunque no desecharía la posibilidad de que fuera cosa de Lola.

—¿Tú crees?

—No lo sé. —Me reí—. Pero ya la conoces…

Asintió y, sonriendo, añadió:

—Me la encontré la semana pasada y le comenté que tenía ganas de verte. Hay algunas cosas que quiero hablar contigo.

—Suena a asunto serio. ¿Tengo que llamar a mi abogado?

—Puede. —Me hizo un guiño.

—Desembucha.

Temí que fuera a recriminarme algo del libro, pero, para mi tranquilidad, dijo:

—Ha pasado casi un mes… y no he sabido nada de ti. —Y lo acompañó con un mohín.

—Bueno, te dije que necesitaba tiempo para entenderme. Tú pareciste estar de acuerdo. —Miré al suelo y pateé un par de piedras.

—Pensé que me llamarías pasados unos días. —Se inclinó y buscó encontrarse con mis ojos—. Si ha sido un pulso para ver quién cedía antes, lo has hecho muy bien. He perdido.

—No, qué va. —Sonreí avergonzada—. Creo que es hora de confesar que no sé jugar a estas cosas. Llevaba mucho tiempo fuera del mercado, ¿recuerdas?

Víctor me acarició la cara y la yema de sus dedos viajó por mi cuello hasta mis clavículas.

Levanté la vista y me quedé mirándolo. Recé por que los nervios que me estaban llenando y revolviendo el estómago no me hicieran parecer una imbécil. Al fin, contesté:

—Además…, no sé si esto es buena idea.

Se acercó un poco más a mí y me cogió por la cintura.

—¿El qué no es buena idea?

—Esto. Tú y yo.

—Tú y yo…, ¿en qué términos?

Miré hacia el cielo y resoplé en una carcajada contenida.

—Qué mala persona eres… —susurré.

—Mira, Valeria, yo puedo desaparecer por donde he venido si tú me lo pides, pero es que no llego a creerme que sea lo que realmente quieres.

—No, no es lo que quiero. —Esperé que con la nocturnidad y alevosía mis mejillas sonrojadas pasaran desapercibidas.

—Yo tampoco. Ahora bien, ¿y Adrián?

¿Y Adrián? ¡Y yo qué sé! Ya hasta se me había olvidado añadir a mi exmarido en la ecuación con la que pretendía ordenar mi vida. Y tendría que hacerlo, al menos para asignarle un espacio concreto. Así que contesté lo único que se me ocurrió:

—Es complicado —y después de decirlo me mordí el carrillo, torciendo la boca.

—¿Me plantarás por él dentro de unos meses?

¿Dentro de unos meses? ¿No era eso mucho suponer? Y digo por su parte, no por la mía. Cada vez era más evidente que estaba loca por él.

—Me acabo de separar. No tengo ni idea de qué haré mañana —musité.

—Y aún llevas la alianza. —Me miré la mano y me di cuenta de que ni siquiera había reparado en ello. Él prosiguió—: Por más que quiera negarlo, yo también estoy algo confuso, pero ¿qué hacemos si no? Me muero por besarte y… creo que tú también.

Dediqué un microsegundo a pensar que aquello era una aventura sexual que se acabaría cuando alguno de los dos agotara su apetito, pero no me gustó. Sin embargo, como él decía, ¿qué íbamos a hacer? Hacerme la dura y decirle que a mí no me apetecía que me llevara a casa y me hiciera todas las guarrerías que supiera era absurdo y sobre todo mentira. Hacerse la estrecha después de hacer el amor con él catorce veces en cuatro días no tenía demasiado sentido.

—Yo también quiero que me beses —dije con la boca pequeñita.

—Pues no creo que haya nada más que hablar.

Entramos en mi piso algo tímidos. Necesitábamos hablar con tranquilidad, aunque empezaba a dudar de que pudiéramos conversar en una habitación en la que hubiera una cama o cualquier superficie horizontal... Bien mirado, la verticalidad tampoco suponía ningún problema para él. Pero necesitaba meterme en mi casa, traerlo conmigo y ver qué tal quedaba Víctor en mi vida. Imaginarlo allí dentro en el día a día y los ratos muertos. Además, nunca me gustó hablar sobre sentimientos en la calle, porque creo que se dispersan y se pierden por ahí, con tanto aire libre.

Cuando salí del cuarto de baño me encontré a Víctor sentado en el alféizar de la ventana. Me acerqué y él me atrajo y me colocó entre sus piernas. Ese solo gesto, tirando de mis caderas hacia las suyas, me calentó.

Oh, Dios, Valeria, tranquila...

La diferencia de altura entre nosotros facilitó el primer beso aunque él estuviera sentado y yo de pie. Nos acercamos, inclinando ambos la cara, y nos rozamos inocentemente los labios. Después Víctor tomó el control y me besó de esa manera tan suya y profunda, dejándome su sabor en toda la boca. Compartimos una mirada y apoyamos la frente en la del otro.

Habría sido mejor que me besara con pasión sucia, de la que no sirve de nada, para hacerme creer que no iba a llegar a más. Tenía miedo de ilusionarme demasiado para descubrir después que era solo un pasatiempo. Seguía sin saber qué era exactamente lo que había entre nosotros y, sobre todo, adónde llegaríamos con ello.

Me sentó de lado en sus rodillas, me quité las sandalias y seguimos besándonos lánguidamente. La piel de su mentón estaba áspera, cubierta por su típica barba de tres días, y sus pestañas aleteaban en mis mejillas, cosquilleando sobre mi piel. Suspiré y él susurró:

—He pensado demasiado en ti. ¿He sido un imbécil?

Me reí y no contesté. Mejor dejarle con la duda por el momento.

Se levantó y vagabundeamos por la estancia mientras nos besábamos. Paramos junto a la cama y su lengua se enredó en la mía. Me gustaba el olor de Víctor. Me gustaba el sabor de Víctor. Me gustaba el tacto de su piel debajo de la yema de mis dedos. Me gustaba escuchar el timbre de su voz y ver lo verdes que tenía los ojos.

Nos tumbamos sobre el colchón a la vez. Tiró al suelo los cojines y se recostó.

—Esta tarde terminé de leer tu libro. —Sonrió con benevolencia mientras se sostenía con los brazos sobre mí.

Oh, Dios…

—¿Y? ¿Cuál es tu veredicto? —Jugueteé con su pelo.

—Fue muy esclarecedor.

—¿Demasiado?

—Para nada. Es como si me hubiera caído del cielo tu manual de instrucciones.

Me reí, sonrojándome.

—¿Te gustó?

—Sí. Es tierno y divertido. También es sexi. —Se acomodó entre mis piernas.

—¿Sí? —Mis manos bajaron acariciándole la espalda.

—Me excité muchísimo. —Se incorporó y se quitó la camisa, pasando despacio de un botón a otro—. Me dio la sensación de que siempre lo pasaste muy bien conmigo, ¿no?

Qué tortura verle desnudarse tan despacio…

—La soberbia es un pecado capital, querido Víctor.

—Y la lujuria también. —Se levantó.

Lanzó su camisa fuera de la cama, sobre la mesita de noche, y empezó a desabrocharse los botones del pantalón vaquero. Tenía un torso perfecto y estoy segura de que lo sabía. Su vientre, duro, marcaba cada uno de sus músculos; era como para volverse loca. Yo siempre pensé que los chicos como él solo existían en los anuncios, en las pelis y en los videoclips de la MTV. Pero ahí estaba. Víctor.

Sacándome de mi estado contemplativo, nunca mejor dicho, tiró de mi brazo hasta hacerme salir de la cama y me preguntó al oído cómo se quitaba mi top. Bajé la cremallera que tenía bajo el brazo izquierdo y me lo quité, dejando a la vista el *bustier* de palabra de honor. Después me desabroché los vaqueros.

—Soberbia, lujuria… Creo que esto está mal de la cabeza a los pies —susurré con la intención de jugar un poco con él.

—Bueno, al leer el libro me dio la sensación de que algo más hay, ¿no?

Me bajó los pantalones vaqueros de un tirón y yo agité los tobillos para lanzarlos hacia un rincón.

—¿Crees que soy demasiado explícita? —Mejor no contestar a aquella provocación por el momento.

Y les tocó el turno a sus vaqueros, que terminaron junto a los míos.

—No. —Negó con la cabeza mientras se acercaba hacia mí—. Creo que quizá deberías haberlo sido más. Te dejastes algunos detalles que yo sí recuerdo con especial... cariño.

—¿Como qué?

—La primera vez que nos acostamos. ¿Puedes girarte? —se interrumpió a sí mismo.

Me giré. Víctor me colocó de rodillas sobre la cama y me desabrochó el sujetador.

—La primera vez que nos acostamos te lamí la espalda entera. Y me pareció que te gustaba.

Sentí el recorrido de su lengua desde el inicio de mi ropa interior hasta el cuello, donde se entretuvo para, después, seguir hasta mi boca, donde compartimos saliva pornográficamente al tiempo que nos tirábamos sobre el colchón.

Y aquello me mató definitivamente.

Rodamos, nos frotamos, gemimos y, cuando ya no podíamos más, nos deshicimos de la ropa interior. Allí estaba Víctor, con su cuerpo perfecto y totalmente preparado para volver a llevarme a la luna. Maldito mamón; me tenía donde quería. ¿Qué iba a hacer? ¿Pedirle que parara y que nos tomáramos un té? Pues no. Soy humana.

Abrí las piernas y las enganché a sus caderas. Su sexo y el mío se rozaron y gimió levemente.

—Aunque si hubieras entrado en más detalle, tu libro sería porno —jadeó.

—Así que de este modo es mejor, ¿no?

—Sí. Mejor. Así sigue siendo solo nuestro —ronroneó. Se acercó a mi oído y añadió en voz muy baja—: ¿Dónde guardas los preservativos?

Ups…, con eso no contaba…

Me quedé mirándolo y negué con la cabeza.

—No tengo —contesté.

Arqueó sorprendido su ceja izquierda.

—¿Se los llevó Adrián cuando se fue?

Me mordí el labio de abajo, sopesando las posibilidades…

—Víctor…, necesito saber una cosa, pero no quiero que creas que te pido explicaciones.

Él arqueó las cejas y se sostuvo con sus brazos sobre mí.

—¿Qué pasa?

—Tú… ¿te acuestas con otras?

—¿Ahora? —consultó con el ceño fruncido—. No. La última chica con la que estuve fuiste tú. Necesitaba…

Bajé la mano y comprobé que su erección había disminuido un poco. Le acaricié. Él se calló al momento.

—No tengo condones, Víctor —empecé a decir en un tono firme—. Pero tomo la píldora… —Arqueó las cejas de nuevo—. Quiero que seas sincero. No quiero arriesgarme a… —comencé a explicar.

Víctor no me dejó terminar. Me besó en los labios profundamente y después, recuperando la sonrisa, me dijo:

—¿Confías tanto en mí?

Le acaricié la cara.

—Sí. Creo que sí. ¿Me equivoco al hacerlo?

—No. Nunca lo he hecho así. —Levantó las cejas—. Siempre fui muy… cuidadoso.

—Si no es así, prefiero que me lo digas. No pasará nada… —balbuceé.

—Lo sé. Pero es que esta será mi primera vez.

¿Ya habíamos llegado a aquel momento de intimidad? *Pero vamos a ver, Valeria…, ¡que apenas os conocéis!* Bueno. ¿Y qué? Nada de lo que pudiera decirme mi lado sensato serviría de algo aquella noche.

Víctor y yo giramos en la cama y me acomodó sobre su regazo; en un movimiento de cadera le sentí ejerciendo presión. Mi cuerpo cedió y me retorcí de placer ya con la primera penetración; mis pezones se irguieron y Víctor lanzó un gemido mientras su mano derecha agarraba mi pecho izquierdo.

—¡Joder! —exclamó.

—¿Te gusta? —pregunté.

—Es tan… —Cerró los ojos mientras se clavaba los dientes en el labio inferior—. Diferente. La sensación…

Me moví y él gimió con un tono grave que me excitó. Serpenteé sobre su cuerpo y me sentí poderosa. Por primera vez en mucho tiempo me consideraba una mujer sensual, deseable; sexual.

—Valeria… —Sonrió—. ¿Qué me has hecho?

Víctor me miraba con la boca entreabierta y jadeaba rítmicamente. Sus manos me acercaban y me alejaban, ayudándome mientras yo me dejaba caer sobre su regazo, provocando unas penetraciones cada vez más profundas. Mis caderas subían y bajaban sobre él y sus dedos se me clavaron con más fuerza.

—Joder, nena, cómo me pones... —gruñó mientras se incorporaba con un gemido ronco. Y se incorporó con tanta fuerza que me tumbó hacia atrás y cayó sobre mi cuerpo. Se coló dentro de mí superficialmente y salió. Volvió a entrar para retirarse después. Gemí frustrada y él sonrió—. ¿Ya quieres terminar? —susurró.

Me mordí el labio con fuerza para no gritar que sí y Víctor aprovechó el silencio para darme la vuelta y colocarme de espaldas a él. Metió las manos bajo mi vientre y de un empujón me incorporó, dejándome de rodillas ante él. Me movía como si yo fuera de juguete...

—Abre un poco más las piernas, nena —gimió mientras su erección tanteaba mi entrada. Me sostuvo de la cintura y se hundió en mí de golpe—. Es tu postura preferida, ¿no? —susurró con malicia—. Como en tu sueño.

Lancé un grito que no pude controlar cuando en aquella postura dio con esa parte sensible de nosotras, sí, esa que no siempre tenemos la suerte de saber que está ahí. Y no sé cómo lo hice, pero con las siguientes dos penetraciones me fui, sin más y sin previo aviso. Fue una sensación completamente nueva para mí. Simplemente me derretí en un orgasmo goloso y suave, que a pesar del placer, no me calmó, sino que me incendió. Cuando pude coger aire lo único que sentí fueron ganas de más...

—¿Terminaste? —preguntó.

—Sí, pero no pares…, no pares, joder…

Me incorporé un poco, me dejé caer hacia atrás, reclinándome sobre su pecho, y noté con gusto el tacto de sus muslos detrás de los míos. Una fuerte embestida me sorprendió y un gemido se me escapó sin contención, rebotando en las cuatro paredes de la estancia principal de mi casa. Arrugué la sábana dentro de mi puño y me concentré en el soberbio y sicalíptico sonido de su piel chocando con fuerza contra la mía y la sensación de cómo se colaba dentro de mí, abriéndome, llenándome. Víctor dejó en el aire una respiración gutural.

—Me corro… —me avisó.

—Sí… —jadeé.

—¿Dentro?

—Sí… —repetí más allá que acá.

—Me corro…, ¿lo sientes?

Cómo me excitó aquello… Me excitó tanto que, cogiendo aire con los dientes apretados, yo también me corrí otra vez. Jadeé y me retorcí. Los dedos de Víctor se clavaron sobre mis caderas y de pronto, con la frente apoyada en mi nuca, se vació dentro de mí en dos embestidas.

Fue una sensación extraña…, nueva pero a la vez tremendamente familiar. Fue como si hubiera reservado esa intimidad para compartirla con él, cuando la verdad es que siempre pensé que era algo especial que le regalé a Adrián. Pero ya daba igual. A partir de aquel momento, sería para él. Solo para él, me dije, mientras notaba cómo el calor de su semen me humedecía.

Los dos nos dejamos caer en la cama y Víctor apoyó la cabeza en mi vientre. Llevó una mano hasta uno de mis pechos y la dejó suavemente allí mientras mis dedos se enredaban entre su pelo y tratábamos de recobrar el aliento. Me pregunté si hablaríamos, si se vestiría y se iría, si se quedaría conmigo, pero todas las dudas se disiparon en menos de cinco minutos, porque se durmió sin mediar ni una palabra. No hubo más conversación.

Yo fui al baño, me di una ducha rápida y volví a la cama para hacerme un hueco a su lado. Sus brazos me envolvieron la cintura cuando me acomodé y, encogidos…, dormimos.

Todas las preguntas que quedaban pendientes podrían esperar.

5

Abrí un ojo. Todo estaba en calma; ni un ruido, ni un murmullo, ni un movimiento…, ni rastro de la sensación de tener brazo derecho. Me moví, descargando el peso que había sobre él, y lo agité, y noté un hormigueo muy molesto. Estaba sola en la cama; mi cama, reconocí. Me coloqué boca arriba, tapada con la sábana, y suspiré. Si Lola no se había entretenido la noche anterior en suministrarme psicotrópicos, me había encontrado con Víctor.

¡Las chicas! ¡Me había ido sin decirles nada! Tenía que llamarlas.

Pero…, humm…, Víctor. Sí. Y llevaba una camisa negra preciosa que le quedaba como un guante. Cuando se la quitó llegué a atisbar la etiqueta roja de Carolina Herrera.

Habíamos venido a mi casa y habíamos hecho el amor, ¿verdad? Entrecerré los ojos con placer. Miré alrededor. No quedaba nada de él por allí. Quizá se había despertado antes que yo y había huido. Fruncí el ceño. Eso no me gustaba.

Entonces, un ruido en el cuarto de baño me puso en alerta.

No, Víctor no se había ido aún.

Después de un par de minutos salió del pequeño cuarto de baño abrochándose la camisa y, al percatarse de que estaba despierta, sonrió, escondiendo los ojos en dos ranuritas entre su pelo alborotado.

—Cada vez me gustan más esas fotos del cuarto de baño.

—Ya te dije que hace demasiados años de eso y que han dejado de ser representativas —contesté con voz pastosa mientras me desperezaba—. Pero me parece que eso ya has podido comprobarlo tú mismo. —Él se apoyó en la ventana, cruzó los brazos sobre el pecho y mantuvimos una mirada que fue toda una declaración de principios—. Oh, oh…, ahora es cuando empiezan las preguntas. —Me reí.

—¿Crees que tengo alguna pregunta que hacerte? —contestó a la sonrisa, encantador.

—Anoche me pareció que sí.

—Bueno, hay una cosa que quiero saber.

—Pregunta y contestaré.

—¿Dejaste a Adrián por mí?

—Oh, joder —me quejé.

Una garrafa de agua helada encima habría tenido un efecto en mi cuerpo semejante a la sensación emocional que me produjo aquella pregunta; menos mal que ya iba mentalmente preparada para algo similar; Víctor no se andaba con chiquitas. Pero quizá, por un poco de piedad, podría haber esperado a después del café.

Bueno, pues allí estaba. Me humedecí los labios y me recosté en la cama de manera que pudiera verle la cara y no se me vieran las tetas. Hablar de esas cosas con las merluzas al aire no me daba seguridad, la verdad.

—¿Qué? —dijo frunciendo el ceño.

—No, no lo dejé por ti —contesté segura mientras me acomodaba el cojín en la espalda.

—¿No?

—No. No tienes por qué preocuparte.

—¿Me ves preocupado?

—No sabría decirte. A mí no me cayó del cielo tu manual de instrucciones. —Fingí estar muy despreocupada.

—¿Por qué iba a estarlo? —Sonrió.

—No sé, quizá sentirías mucha responsabilidad sobre tus hombros. Por lo que sé eres un hombre. Huis de estas cosas como los gatos del agua.

—¿No dejaste a tu marido por lo que pasó entre nosotros? —inquirió otra vez, entrecerrando los ojos.

—Más bien fue al revés.

—Vaya. —Arqueó las dos cejas y metió las manos en los bolsillos de su pantalón vaquero.

Me pareció que la respuesta no llegaba a satisfacerle del todo y me extrañé. ¿No le había gustado porque pensaba que mentía o porque esperaba ser algo más para mí? Me animé a preguntar más.

—¿Estás decepcionado?

—Un poco, sí. Pensé que estabas interesada en mí. —Se mordió el labio inferior.

—En ti no, solo en tu cuerpo.

Puso los ojos en blanco y se incorporó para recostarse junto a mí en la cama. Miró por debajo de la sábana.

—Oh, vaya. Qué sexi. ¿No son muy pequeñas esas braguitas?

—¿Te tienes que ir ya? —pregunté obviando el tema de mi ropa interior que, por supuesto, había elegido cuidadosamente la noche anterior tras la ducha.

—Sí. Quedé a comer con mis padres. Si no, tú y tus braguitas os ibais a enterar.

Levanté las cejas y asentí, con un mohín en los labios.

—Empezamos pronto con excusas de mal pagador —respondí con la intención de jugar un poco.

—¿A qué te refieres?

Una de sus manos se metió por debajo de la sábana y fue al vértice entre mis muslos, e hizo serpentear los dedos.

—Adrián siempre me decía eso de: «Si no bla bla bla, te ibas a enterar». Y nunca me enteraba, ¿sabes?

Víctor esbozó una sonrisa enorme.

—La has cagado.

Apartó la sábana de un tirón y me agarró en brazos. Me eché a reír y pataleé.

—Vete a casa de tus padres. ¡Vete! —Me reí a carcajadas.

—De eso nada. No vas a compararme con tu ex y a quedarte tan pancha.

Deambuló por la casa conmigo encima y me dejó sobre la mesa del ordenador. Se desabrochó el pantalón rápidamente y, metiendo sus dedos entre mi ropa interior y mi piel, tiró de la tela y la rompió.

—¡Bruto! —me quejé riéndome.

—No lo sabes bien…

Me obligó a arquearme, tiró de mis piernas y de golpe y porrazo me penetró. Gemí ante la contundencia de su embestida.

—¿Siempre estás preparada? —me preguntó mientras se mordía el labio inferior con fuerza.

—Para ti sí —contesté, y juro que no me reconocí en el tono de mi voz, sucio y sexual.

Víctor me levantó a pulso en el aire sin salir de mí y me empotró contra una pared, donde seguimos durante unos minutos. Mis vecinos debían de estar alucinando. Tres años viviendo allí sin decir «esta boca es mía» y ahora…, ahora me convertía en una gemidora profesional.

Víctor gruñó, se sentó en el único sillón de la casa conmigo encima y yo, tocándome mientras me hundía en él con cada movimiento de cadera, me corrí. Me corrí dos veces.

—Me voy —dijo mientras salía del baño otra vez.

—Que vaya bien tu comida familiar de sábado.

—Gracias. —Se inclinó y me besó en los labios—. ¿Por qué no te pasas por mi casa esta noche y hacemos una cena sexi de sábado?

—¿Una cena sexi de sábado?

—Sí. Vienes, te desnudo, te follo hasta que pierdas el conocimiento y después te reanimo y cocino para ti. ¿Qué te parece?

—Humm…, no sé.

Me miró con la ceja izquierda arqueada.

—¿Cómo que «humm, no sé»? —Se rio—. Luego te llamo, nena.

Asentí y caminó hacia la puerta, pero cuando ya estaba a punto de salir, volvió sobre sus pasos y me besó en los labios otra vez. Luego se marchó.

Me tapé la cara con un cojín y resoplé. No sabía a qué atenerme con él. Por un lado parecía interesado, pero ¿con cuánta implicación? Quizá no era momento de comenzar a comerse la cabeza ni plantearse empezar nada serio. Me acababa de separar y ya era mucho pedir el hecho de que un tío se me metiera en la cama con la frecuencia con la que yo quería tener a Víctor allí dentro. Pero, no vamos a negarlo, soy una mujer y estos procesos mentales son inherentes a mi naturaleza; quizá no por el hecho de ser mujer (no creo que Lola se planteara estas cosas cuando se despertara al lado del ligue de una noche), sino por ser este tipo de mujer.

Mi generación se sentía ya muy liberada; éramos mujeres trabajadoras, con inquietudes intelectuales y cierto grado de ambición laboral. Controlábamos nuestra propia maternidad relegando el papel de madres al momento en que nos apeteciera, si nos apetecía. Estábamos bien formadas académicamente y preparadas para el mundo laboral. Hablábamos de sexo con naturalidad y ya no dependíamos de nadie. Pero… en muchos casos no era más que una falacia enorme. La verdad es que seguíamos dependiendo enfermizamente de los hombres en el plano sentimental…, cuestión que afectaba a tooooodooo lo demás. Lola era, sin duda alguna, un ejemplo de mujer evolucionada.

Pero no quise pensar más. Tenía que espabilarme y vivir, en vez de dedicar tanto tiempo a darle vueltas a la cabeza. Ya se vería.

Al girarme en la cama olí la almohada y sonreí. Víctor. Qué maravilla…

Estiré el brazo, cogí el teléfono y, tras marcar con dedos ágiles, esperé a escuchar la voz de Lola…, pero solo me contestó un gruñido.

—Soy una perra, ya lo sé —le dije disculpándome.

—Alégrame la mañana con una narración horriblemente sucia y pervertida. Entonces te perdonaré el plantón.

6

Carmen miró de reojo a Borja, que andaba arreglando trastos tirados por el salón, y se preguntó si no habría llegado ya el momento de hablar de… futuro.

Podía decir muchas cosas para justificarlo y seguir pareciendo una persona completamente independiente, pero la verdad es que Carmen se veía formalizando lo suyo con Borja y empezaba a necesitar pasar cada minuto libre con él ahora que no lo veía en la oficina. Pero ¿y si él estaba bien tal cual estaban y no se planteaba nada más? En varias ocasiones pensó hablarlo en serio con él, pero luego le entró miedo.

Borja aún vivía en casa de sus padres. Solamente tenía un hermano, diez años mayor, que residía en Francia. Y claro, Borja no era hijo único, pero… se sentía algo responsable de sus padres, que lo habían tenido cuando ya rondaban los cuarenta. Carmen no sabía si en el fondo él no se había acostumbrado a que se lo dieran todo hecho en casa de sus padres. El caso es que allí seguía él sin hacer amago de independizarse, e incluso siempre que salía el tema decía que vivir con sus padres era la única forma de poder ahorrar para comprar un piso. Y sí, muchas veces dejaba caer el tema de que iba siendo hora de irse de casa, pero no pasaba de ahí.

Carmen creía que había llegado el momento. No llevaban mucho tiempo juntos, pero pensaba que era el hombre de su vida y, la verdad, se trataba de la primera vez desde que la conocíamos que le oíamos decir algo así. Estaba segura de que quería emprender con él un proyecto en común…, pero estaba haciéndose a la idea de cómo abordar el problema.

Borja le devolvió una mirada sonriente.

—Mucho mirar y poco ayudar.

—Eres una chacha muy eficaz. No me necesitas —contestó ella, coqueta.

—Vaya, pues si soy tu chacha al menos págame. A poder ser en carnes.

Se acercó y se besaron. Borja se dejó caer en el sofá a su lado y Carmen le acarició una sien, enroscándole el pelo.

—Oye, Borja… —susurró.

—¿Sí?

—He estado dándole vueltas a un asunto. No sé cómo planteártelo.

—¿Vas a dejarme porque no sé planchar?

Carmen puso los ojos en blanco.

—No, es algo serio. Es sobre lo nuestro.

—Pues habla —la animó él al tiempo que se acomodaba en el sofá.

—A lo mejor sales huyendo.

—Apuesto a que no. —Alcanzó el paquete de tabaco y se encendió un cigarrillo.

—Pues…, no sé, es que… tenemos ya una edad y lo nuestro va tan bien que… quizá deberíamos dar un paso al frente y…, ¿sabes a lo que me refiero?

Borja la miró, turbado.

—Bueno, yo…

—Somos adultos y yo creo que podemos hacernos cargo de… —siguió diciendo Carmen.

—¿¡No querrás tener un bebé!? —Y Borja palideció.

—¡No! ¡Por Dios, no!

Los dos se quedaron callados y él suspiró aliviado.

—Yo… no es que no quiera, es que… quizá es muy pronto y… esas cosas… Yo soy de los clásicos, lo sabes, ¿no?

—No, no, Borja, ya lo sé. No quiero ser madre aún. Me refería más bien al hecho de…

—¡Ah! Ya sé por dónde vas —dijo él seguro de sí mismo.

—¿Sí?

—Sí, y creo que tienes razón. ¿Por qué no vamos a cenar esta noche a mi casa y conoces a mis padres?

Oh, oh… Se quedó callada. La conversación había dado un giro extraño. Nunca le había caído bien a las madres de sus parejas. Era una variable que se repetía siempre, sin excepción; no poseía el gen de nuera adorable.

—No te preocupes, Carmen.

—No me preocupa, pero me refería más bien a algo más nuestro.

—¿Como qué?

—Como vivir… juntos…

Carmen lo miró aterrorizada, pero Borja sonrió.

—Créeme, el primer paso es conocer a mamá.

Carmen tragó saliva. ¿Por qué no podía quedarse calladita? ¿Por qué «mamá» le daba tanto miedito…?

Nerea se miró en el espejo preocupada. Nunca había sentido aquella desazón en su cabeza porque nunca había tenido que preocuparse por su cuerpo. Había nacido con una buena genética. Con cuidar un poco su alimentación podía mantener su peso ideal sin dificultad, dándose lujos como el chocolate que no podía, ni quería, eliminar de su dieta; como unas copas de vino.

Sin embargo, llevaba unas semanas algo preocupada. Tenía más pecho, aunque eso no le importaba. Pero tenía más culo y los pantalones le abrochaban a duras penas. Había descubierto un pedazo de carne que sobresalía de la cinturilla que no había visto jamás… Se lo enseñó a Lola y esta, muerta de la risa, le dijo que aquello tenía un nombre y se llamaba lorza.

Aquella conversación la hundió en un proceso de cavilación del que salió muy decidida a llevar una dieta sana y a hacer deporte. No pudo hacer ejercicio; lo constató muy pronto cuando un sábado por la mañana salió a correr y vomitó en el felpudo al volver a casa. Dieta sana… Había eliminado el chocolate, el vino y el pan…, pero cada vez tenía más hambre, y más hambre… solo podía pensar en comida cuando intentaba olvidarlo.

Le había dicho a Daniel que nada de salir a cenar fuera y que se tenía que cuidar. Pensaba que su nuevo estado físico era resultado de la vida sedentaria y de las malas rutinas alimentarias, pero… ¿cómo le había pasado tan de repente? En cuestión de dos meses, pum…, la lorza. ¿Y si se apuntaba al gimnasio? No, no podía…, vomitaría.

¿Y si…? No, no. Seguro que no.

Y volvió a estudiar su silueta en el espejo.

Lola encendió el primer cigarrillo del día sin ni siquiera desayunar. Nosotras lo llamábamos el cigarrito yonqui y casi siempre venía de la mano de la resaca, de una dieta o de las cavilaciones. En este caso creo que era una mezcla entre la primera y la tercera opción.

Lola llevaba un tiempo sin meter a ningún tipo en la cama. El proceso de seducción, aunque fuera el más burdo y simple, le resultaba cansino. Si fuera por Lola, podría ser como en el paleolítico. Solo necesitaba un revolcón. Estaba harta de los hombres, pero empezaba a necesitar a uno que hiciera por ella las cosas que no podía solucionar sola, y no estamos hablando de colgar cuadros ni poner bombillas. Para eso se servía ella sola sin ningún problema.

Pensó en llamar a algún ex, pero se acordó de Carlos y, buf…, se le revolvió el estómago. No había terminado lo que se dice bien con él. Después de abofetearlo en la puerta de su casa y de decirle que era un cretino con la picha torcida, la relación, caprichos de la vida, se había deteriorado.

Pero… ¿y si…?

De repente se le ocurrió una idea genial y sonrió. ¡¡Sergio!! ¿Cómo no se le había ocurrido antes?

Bueno, bien mirado antes no estaba preparada para hacerlo, pero ¿ahora? Ahora sí podía llevárselo a la cama y ser ella la que le utilizara. Lo recordó jadeante sobre su cuerpo empapado de sudor, haciéndola aullar de placer... Sí.

Cogió el móvil y se lo pensó con el morrito apretado un segundo... Quizá había una remota posibilidad de que aquello no saliera como esperaba, pero escribió: «Estaba tirada en la cama acordándome de aquella vez que me hiciste todas aquellas cosas sucias y húmedas sobre la alfombra de tu casa y me preguntaba si, como adultos, podríamos repetir aquel capítulo sin esperar segundas partes...».

Sergio no tardó ni cinco minutos en contestar: «En media hora en tu casa».

Y en media hora exacta Lola miró al techo con una sonrisa de suficiencia en la boca. Sergio gemía sobre ella como un loco. Lo abrazó con las piernas, sintiendo el tacto de la alfombra bajo su espalda, y entrecerró los ojos de placer. No, no habría nadie en el mundo que lo hiciera mejor que él. Sintió que... tan pocas cosas le preocupaban en ese momento que... agarró a Sergio y en dos de sus embestidas se fue de una manera brutal, gritando «sí».

Sí, ahora sí que había encontrado la ecuación perfecta. El problema Sergio-Lola-sexo ya no tenía ninguna incógnita.

Él se tumbó a su lado, con el pecho hinchándose descontrolado, mientras trataba de respirar con normalidad. La miró y, sonriendo, le dijo que la había echado de menos.

Lola cerró los ojos. Era el momento. Por mucha pereza que le entrara sabía que tenía que moverse y moverlo a él también, así que alcanzó las braguitas y el sujetador, se los puso y se levantó.

—Sí, sí, yo también, pero oye, Sergio, verás, es que he quedado con las chicas dentro de un rato y…

—¿Me voy? —dijo él un poco avergonzado.

—Pues me harías un favor… —Sonrió ella.

Sergio se vistió e intentó despedirse con un beso, pero ella le rehuyó y, tras una palmadita en el hombro, le cerró la puerta. Esa era Lola.

7

Víctor y yo nos besábamos en el sofá de su casa. Eran las cinco de la tarde del domingo y llevábamos media hora así. Sus labios se apoyaban en los míos, su lengua se abría paso, acariciaba la mía y recorría el interior de mis labios. Los saboreaba. Volvíamos a juntar las lenguas, que se abrazaban una y otra vez, rondándose. Un mordisco en el labio inferior y vuelta a empezar...

Y, para qué decir lo contrario, yo llevaba ya veinte de los treinta minutos deseando arrancarle la camiseta. Esa era yo ahora. Una yonqui de Víctor. De modo que no pude más. Le miré, apoyada sobre su pecho, y bajé la mano derecha hasta su bragueta. Quería ver su expresión. Sonrió y se mordió el labio con morbo cuando ejercí presión; estaba tan excitado como yo.

Abrí los botones de su pantalón vaquero de un tirón. Metí la mano dentro y Víctor echó la cabeza hacia atrás con placer. Le toqué, le acaricié rítmicamente, notando cómo se enervaba más, si es que era posible.

Él bajó la mano hasta mi entrepierna y me desabrochó el vaquero. Tardó un segundo en estar debajo de mi ropa interior y tocarme con la yema de su dedo corazón. Estaba muy excitada y su caricia resbalaba con suavidad de un modo delicioso.

—Esto lo haríamos mejor en la cama o encima de la mesa de la cocina… —susurró Víctor con una sonrisa.

Me levanté y tiré de él. Trató de meterme en la cocina, pero yo me escabullí hacia la habitación, donde me desnudé frente a la cama y a Víctor. Él hizo lo mismo y el suelo se cubrió de ropa.

Víctor se recostó sobre mí y con su mano recorrió mi cuerpo, como dos novios de instituto que aún no se atreven a dar el paso.

—¿Te gusta? —me preguntó mientras me tocaba.

Asentí.

Me besó el cuello y su lengua dibujó un camino hasta mi hombro. Desde allí fue hacia mi pecho izquierdo y tiró del pezón entre sus labios. Lo mordió, lo chupó con fuerza y sopló sobre él…, y siguió hacia abajo, abriéndome las piernas…

Me encogí.

—No…, Víctor… —pedí con un hilo de voz.

Él se incorporó sobre sus brazos y me miró intrigado.

—¿Por qué?

—Es que… no me siento… cómoda haciendo eso.

Víctor trató de contener la sonrisa en sus labios, pero no lo logró.

—Esto… —dijo mientras se sentaba en la cama—. Pero es que… yo quiero hacerlo. ¿Cuál es el problema?

—Me da corte —confesé.

—¿Es que Adrián no lo hacía? —Arqueó sus perfectas cejas.

Me encogí de hombros y me tapé un poco con la sábana. Con Adrián todo era, no sé, confuso, como un tabú extraño que me hacía sentir avergonzada. Y no tenía más referencia que esa. No pensaba que el sexo fuera algo sucio y prohibido, pero seguía sin sentirme cómoda con ciertas prácticas sexuales. Además, como Adrián jamás le puso demasiadas ganas a eso en concreto, yo tampoco entendía a qué se debía tanta fama; el sexo oral me parecía soberanamente aburrido.

—Val… —dijo al tiempo que la palma suave de su mano me recorría la pierna—. Yo quiero hacerlo.

—Pero por mí, ¿no? —Y notaba las mejillas tan calientes que estuve a punto de salir ardiendo.

Se echó a reír y negó con la cabeza.

—Quiero hacerlo porque me excita, me da morbo ver que hago que te corras… y porque a mí también me gusta el sexo oral.

Levanté las cejas. Oh…, claro. *Quid pro quo.*

—¿Me dejas…, por favor? —Hizo un mohín y besó mi rodilla.

—Es que…

—Cierra los ojos. Venga… —me apremió—. Confía en mí.

Cerré los ojos y me dejé caer sobre la almohada otra vez.

—Si no te gusta…, pararé.

Me cogí a la almohada fuertemente cuando noté su lengua caliente en mi sexo, lamiendo despacio.

—¿Te gusta? —volvió a preguntar.

Eché la cabeza hacia atrás y no contesté. Me daba vergüenza confesar lo mucho que me estaba haciendo disfrutar ya. Y habían sido dos lengüetazos inocentes…

Sus manos se hicieron fuertes en mis caderas, acercándome hacia su boca. Poco me costó darme cuenta de lo pobre que había sido mi vida sexual con Adrián en diez años de relación.

No. No era lo mismo…, ni siquiera se le parecía.

La lengua de Víctor siguió metiéndose entre mis pliegues con una calma tan excitante que a cada roce me sentía más húmeda y más cerca del orgasmo. No me lo podía creer. Cuando gimió, dejándome claro que aquello le estaba excitando tanto como a mí, me agarré a la almohada y relajé los músculos. Noté cómo la mano derecha de Víctor me acariciaba el interior del muslo, obligándome a abrir más las piernas… Dos dedos se introdujeron dentro de mí y siguió lamiendo.

—Para… —pedí jadeando—. Para…

—No. Solo… disfruta… —susurró.

Su lengua dibujó un ocho alrededor de mi clítoris y después se hundió en mí, jugueteando al tiempo que sus dedos entraban y salían sin dejarme tregua. Y, abandonándome a todas esas sensaciones, me dejé ir con la cabeza de Víctor hundida entre mis muslos. Y, Dios…, fue una explosión de sensaciones que nacían de mi sexo y se expandían como un azote por mis piernas y mis manos. Tuve que retorcerme para poder absorber y soportar tanto placer.

—¡Oh! —grité—. ¡Oh, joder! ¡Joder!

Víctor se levantó, midiendo mi expresión, y se pasó el dorso de la mano por los labios brillantes. Me dio unos segundos para respirar y volver al mundo real. Después, quiso cerciorarse de que había disfrutado.

—¿Qué tal? —me preguntó.

Le sonreí.

—Ha sido… increíble.

Me cogió la mano y la colocó sobre su cuerpo aún excitado. Se acercó y me dijo:

—Y a mí me ha encantado hacerlo. ¿Lo notas? Porque sabes tan bien…

Estaba claro…, ahora me tocaba a mí.

Desperté de mi letargo, me senté sobre él y le besé con pasión. Su boca sabía a él y a mí y eso me excitó. Después le lamí el cuello, le mordí la oreja, jugueteé en su pecho… y Víctor se echó a reír.

—¿Qué pasa? —le pregunté—. ¿Te hago cosquillas?

—No. Es que no tienes que disimular, ya sé hacia dónde vas.

Me encantaba que él supiera hacia dónde iba, porque yo no tenía ni la menor idea. Lo que sí tenía eran serias dudas sobre mi habilidad para ciertas cosas… y, la verdad, lo seguro y desenvuelto que se le veía a Víctor en la cama no me ayudaba demasiado. Pensé en la cantidad de chicas que habría pasado por sus sábanas. Si algo tenía él, era práctica. Pensé en todas las chicas que habrían cerrado el pestillo del baño de una discoteca con él dentro. Esas chicas que se habrían arrodillado delante de él y le habrían abierto la bragueta. ¿Y si no le gustaba cómo lo hacía yo? Su voz llamó mi atención.

—¿Vamos a la ducha? —Levantó las cejas un par de veces.

El agua chorreaba entre nosotros con fuerza, templada, empapándome el pelo. Recorrí su pecho con besos mientras me acomodaba de rodillas frente a él. Me agarró suavemente la cabeza con una mano cuando notó mi aliento cercano a su cuerpo y me excité de nuevo. Así era con Víctor: un solo movimiento de sus manos y yo me volvía una hormona con patas.

No es que se hubiera esfumado el miedo a no cumplir con sus expectativas, pero poco a poco todo eso dejó de importarme tanto. Víctor me estaba convirtiendo en una quinceañera con las hormonas desbaratadas; aunque bien pensado, la mayor parte de las quinceañeras de hoy en día tenían más experiencia que yo. Pero si tenía que ir aprendiendo sobre la marcha, lo haría.

Cogí su erección con la mano derecha y la llevé hasta mis labios. Besé la cabeza húmeda y después la deslicé dentro de mi boca. Lo saboreé. Saboreé el momento de sentirme poderosa aun estando allí de rodillas.

Enredó la mano entre mi pelo y gimió. Le miré sin detener la caricia y mantuve la mirada fija en él mientras descubría cuál era el movimiento de mi boca que más le gustaba. La llevé hasta el fondo de mi garganta y succioné al hacer el movimiento a la inversa. Víctor golpeó los azulejos de la ducha y lanzó un gruñido. Gemí también, entrecerrando los ojos, mientras me concentraba en devolverle lo que él me había hecho sentir con su lengua. A juzgar por su expresión, válgame Dios, parecía que incluso se me daba bien. Me recreé, me crecí. Lamí, chupé, succioné, besé, acaricié; todo casi a la vez. Y Víctor gimió, jadeó, aulló y lanzó un quejido agudo que era de todo menos de dolor.

Mi lengua siguió humedeciéndolo, acariciándolo. Continué presionando con los labios y, a pesar de lo que creía, en lugar de terminar, Víctor me levantó y me sacó de la ducha empapándolo todo.

Nos tumbamos en mitad del pasillo, donde nos pilló. Él se me echó encima y se hundió en mí con tanta fuerza que resbalamos sobre la tarima flotante. Apoyó la cabeza sobre mi hombro y me pidió que gimiera más fuerte. El vaivén de los cuerpos mojados nos hacía avanzar a lo largo del pasillo y se acentuaba con cada una de sus brutales embestidas. Grité sin poder remediarlo casi inconsciente. El placer me aturdía y me dominaba.

—Así, grita —dijo con los dientes apretados—. Grita para mí.

Casi llegábamos a la puerta de la casa cuando sonó el timbre…

Me miró y, haciendo caso omiso, siguió. Yo gemí con fuerza al sentir cómo se adentraba de nuevo en mí.

Volvió a sonar el timbre.

Me tapó la boca y empezó con un ritmo de penetraciones fuertes y continuas que me pusieron los ojos en blanco. Aquello me excitaba mucho más y me retorcí como una culebra.

Alguien llamó a la puerta con los nudillos. Víctor se acercó a mi oído y me susurró una y otra vez que se corría.

—La próxima vez lo haré en tu boca... —gimió.

Contrajimos cada uno de los músculos de nuestro cuerpo y cuando noté que se iba, me fui también. No sabría decir por qué, pero me excitaba sobremanera sentir cómo se corría dentro de mí. Era a la vez un sentimiento oscuro, perverso, sucio e íntimo y especial.

Respiramos hondo, nos abrazamos y nos besamos en los labios una vez y otra y otra y otra, con una sonrisa tonta en la boca. Y entonces... volvieron a llamar al timbre.

Víctor intentó obviar la insistente llamada, pero le di un suave codazo y le pedí que mirara quién era.

—No —negó—. Ahora no me interesa atender a nadie que no seas tú.

—Solo comprueba que no sean los bomberos.

Víctor se rio, se levantó y echó un vistazo por la mirilla.

—¡Joder! —masculló en voz alta.

—Te he oído, ábreme, haz el favor —dijo una voz femenina desde la otra parte de la puerta.

Me susurró que fuera hacia la habitación.

—Val, venga —me apremió—. Métete en la habitación y, por lo que más quieras, no hagas ruido —se aclaró la voz y dijo en dirección a la puerta—: Espera un segundo, ahora abro.

Corrí desnuda hasta la habitación, notando cómo se me humedecían los muslos, y Víctor entró detrás de mí maldiciendo y blasfemando entre dientes.

—Necesito ir al baño —le dije.

—Bien, pero no hagas ruido.

Alcanzó sus pantalones vaqueros, se los colocó y salió, sin nada debajo ni por arriba. A pesar de la tensión del momento de no saber qué estaba pasando, sentí un ronroneo interno. Víctor era superior a mis fuerzas; todo él.

Me metí en el baño, me aseé como pude sin hacer ruido y me vestí rápidamente. Después me apostillé junto a la puerta para enterarme de qué estaba pasando. Ya temía, ¿yo qué sé?, cualquier cosa: una novia secreta, una exmujer celosa... Mi mente empezó a dibujar cábalas sin parar hasta que escuché:

—¿Qué haces aquí, mamá?

Abrí los ojos como platos. Su madre. ¡Su madre! Su señora progenitora acababa de pillarnos como si fuésemos dos adolescentes.

—Huy, hijo, que rojo estás, ¿qué pasa?

—Pues que me has sacado de la ducha... —contestó él en un tono áspero.

—No, no, tú estás muy rojo. ¿No tendrás fiebre?

—No, no tengo fiebre.

—Saca el termómetro, que mamá te lo dirá.

—Mamá, por favor...

Me pegué a la puerta para escuchar mejor.

—Huy, estás ardiendo.

—¡Porque hace calor y acabo de salir de la ducha!

—¿Te encuentras bien?

Víctor se rio con desesperación.

—Te aseguro que estoy muy bien. Nunca he estado mejor. —Reconocí el guiño que me enviaba desde allí fuera y sonreí, tontona—. ¿Qué haces aquí? No te esperaba.

—Pues mira, que vine al centro a ver a Mercedes, ¿te acuerdas de Mercedes?

—No, no sé quién es Mercedes. —Se traducía impaciencia en su voz.

—Sí, chico, la que su marido fue militar y…

—¡Mamá! ¡¿Qué quieres?! —gruñó Víctor.

Me dio la risa y, aunque me tapé la boca, se escapó una especie de tos seca. Como respuesta, fuera hubo un silencio.

—Pues mira, venía a verte y a recordarte lo del sábado que viene —dijo su madre reanudando la conversación.

—¿Cómo olvidarlo? —contestó cínicamente.

—Bueno, y de paso a preguntarte si vendrás solo.

—No lo sé.

—Avísame, por lo del cáterin. ¿Está el suelo mojado?

—Sí, es que… me sacaste de la ducha.

—Pero aquí hay mucha agua, ¿tú lo has visto? ¡Y tú estás casi seco! Oye, oye, hijo, no me empujes, que sé de sobra dónde está la puerta. ¿Tienes prisa por que me vaya? ¿Me estás echando?

—No, mamá, pero has venido sin avisar y tengo planes.

—Ah, ¿sí? ¿Con tu chica? Mira tú qué bien. ¿Cómo se llamaba…?

—Venga, vale, mamá, vete a casa —dijo secamente.

—Ay, hijo, ¿tanto te cuesta decirme cómo se llamaba? No me acuerdo, sé que empezaba por uve… ¿Vanessa? ¿Vaa…? ¿O era Bárbara?

—Valeria, mamá. Se llama Valeria.

¿Les había hablado a sus padres de mí? Por poco no me atraganté con la saliva. La conversación se alejó hacia la puerta y ya no escuché más.

Víctor abrió la habitación y entró sonriendo; yo le contesté sonriendo también.

—¿Qué eran esos ruiditos tipo Ewok? ¿Te entraba la risa?

—Me atraganté tratando de no reírme cuando te pusiste a gritar —le confesé.

—Supongo que sabía que estabas aquí, pero ha preferido hacerse la loca. Conociéndola, lo que me extraña es que no me haya placado, haya echado la puerta abajo y haya entrado a la fuerza a saludarte.

—Bueno, parece que ya sabe de mí, ¿no?

Contuvo una sonrisa mientras se ponía el pantalón de pijama y colgaba los vaqueros.

—Mi hermana Aina se lo contó. —Se pasó la mano por el pelo húmedo.

—Ah, ya decía yo…

—¿Qué decías tú? —imitó mi tono.

—Nada. Solo que no tienes pinta de ser de los que presentan a los padres.

—Y, sorpréndeme, ¿de qué tengo pinta entonces?

—De rompe-enaguas. De los que andan con una cada fin de semana.

—Oh, vaya, rompe-enaguas. Qué bonito. Pues ya ando unos cuantos fines de semana contigo. —Me giré hacia él con una sonrisa, fingiendo que no lo tomaba en serio—. Mis padres conocieron a Raquel. —Se sentó en la cama.

—Entiendo que Raquel es tu ex. —Asintió—. ¿Y la presentaste?

—Bueno…, no pude sacarla por la ventana antes —bromeó.

—Conmigo ni lo intentes. Acabaría apareciendo en las noticias y sería una muerte horrible.

—Ven —dijo riendo—. Túmbate aquí a mi lado. —Me acerqué en la cama, me quité de nuevo los vaqueros y me dejé caer a su lado. Víctor me besó en la boca y después me acomodó sobre su pecho—. Ha estado genial. Lo de antes de que apareciera mi madre, digo. —Sus dedos viajaron por toda mi espalda.

—Sí. —Dejé salir de mis pulmones un suspiro que tenía sostenido.

—Sería una pena que esto fuera cuestión de un par de fines de semana —dijo de pronto.

Me incorporé confusa y le miré.

—No sé qué intentas decirme con eso —repuse.

—Me tienes loco. Suena bien, ¿no?

Me ruboricé y traté de hacerme la fuerte.

—¿Las chicas a las que te ligabas se tragaban estas cosas?

—Tragaban cosas, pero no sé si estas. —Me guiñó un ojo, se levantó de la cama y preguntó—: ¿Te apetece una copa?

Fin de la conversación sobre nuestros sentimientos. Cambio y corto.

Hombres…, ellos sí que saben de comunicación.

8

HUY, HUY, HUY...

C armen entró en el portal con las piernas hechas un
flan. No era del tipo de chicas que se ilusionaban
con la idea de conocer a los padres de su pareja. Aún recordaba muy bien cuando el padre de su primer novio le dijo
en una comida familiar que seguro que la había elegido
de entre todas las demás por su par de tetas. No. No le gustaban las familias políticas. Tenía miedo y le lloriqueó a
Borja apelando a la posibilidad de fingir una enfermedad,
como las que Lola utilizaba para escaquearse del trabajo,
pero él la dirigió hacia el ascensor sin prestar atención a su
rabieta y su intentona de huida.

Borja abrió la casa y a Carmen le olió a comida casera.
Se relajó y, sonriendo, pasó tímidamente.

—Ya estamos aquí —bramó Borja.

Tras unos segundos de angustia, salió a su encuentro
una mujer menuda, morena, que aún retenía parte de la gracia que habría tenido de joven. No parecía tan mayor como

Carmen la imaginaba. Tenía unos ojos amarillos muy vivos, como los de Borja, y la boquita igual de pequeña. Sonrió al verla, pero le hizo un escáner visual completo que la incomodó.

—Mamá, esta es Carmen.

—Hola, Carmen, soy Puri. Encantada.

Se dieron dos besos y se quedaron calladas, mirándose.

Lola se encendió un cigarrillo tirada en el suelo.

—Alcánzame la agenda, por favor.

Sergio le pasó la agenda de lomo rojo y se la dejó sobre el vientre.

Ella la abrió y contó mentalmente. Ya era la cuarta vez aquella semana que llamaba a Sergio para un revolcón…, tenía que bajar el ritmo. La cerró y lo miró. Sergio estaba apoyado en la ventana y se abrochaba el cinturón con un cigarrillo encendido en la comisura de los labios. Algo le reverberó a Lola en la boca del estómago.

—Hoy también tienes cosas que hacer, ¿verdad? —preguntó él molesto.

—Sí.

—Ya. Soy algo así como tu puto, ¿no? ¿No jugamos a eso?

Lola sonrió, con cara de bendita, y se olvidó por un momento de las mariposas de su estómago.

—Venga, Sergio, no te pongas histérico, que no te pega nada. Tú eres otro tipo de tío, no de los que juzgan este tipo de situaciones de una manera tan sórdida.

—Sí, ya. Me voy. Llámame si quieres volver a follar.

Sergio se puso la camiseta y cerró de un portazo que a Lola le sonó a música celestial. Sonrió y se sopló las uñas pensando: «Buen trabajo».

Nerea miraba el plato de comida con miedo. ¿Dónde irían a parar aquellos espaguetis? ¿A la barriga? ¿A los muslos? ¿A la lorza naciente de su riñonada?

—Dani… —le dijo con cariño.

—Dime.

—¿Estoy gorda?

Daniel se apartó el vaso de los labios y la miró fijamente antes de contestar.

—¿Estás de broma?

—No. ¿Estoy gorda? —insistió.

—Cariño, estás buenísima. Eres la mujer más…

—No, ahora no necesito adulaciones, quiero la verdad.

—Nerea, estás genial.

Esta apartó el plato y contuvo las ganas de llorar, pero no pudo evitar una lágrima que le resbaló por la cara hasta llegar al mantel, dejando una motita redonda. Dani no había apartado los ojos de ella.

—Pero ¿qué te pasa? —y al preguntarlo parecía irritado.

—Me ha salido una lorza.

—¡¿Qué dices?!

—Estoy reventona.

—Estás tonta, eso es lo que estás. —Sonrió un poco, para quitarle importancia—. Cena, haz el favor.

—Es que... no tengo hambre. Como sin hambre. La verdad es que... —miró su plato y el de Daniel— me da un poco de angustia. Huele demasiado a tomate.

Él la miró como si estuviera loca. Dejó los cubiertos ceremoniosamente sobre la mesa y le dijo muy serio:

—Nerea, tienes que ir al médico. Ya me estás preocupando.

Nerea sintió que le faltaba el aire. Dejó la servilleta sobre la mesa y se disculpó.

—Me tengo que ir. Por favor, necesito que dejes que me vaya porque... tengo que hacer una cosa.

No le dio oportunidad de contestar y recogió atropelladamente todas sus cosas. Salió a la calle y respiró hondo. Daniel se levantó, al tiempo que llamaba al camarero. A Nerea no le apetecía hablar sobre lo que le estaba pasando. A Nerea, la verdad, no le apetecía ver a Daniel, ni hablar con él. Se giró, paró un taxi y desapareció.

Llamó al timbre dubitativa y contesté en cuestión de segundos.

—¿Sí?

—Val..., soy Nerea.

Le abrí asustada. No era normal en ella presentarse sin avisar y mucho menos a esas horas. Miré a Víctor con el telefonillo en la oreja. Estaba tumbado en la cama, despeinado y ligero de ropa.

—¿Quién es?

—Vístete. Es Nerea.

Víctor se levantó con una mueca y se puso los pantalones. Dudé que le abrocharan con todo eso ahí rebosando vitalidad. Después alcanzó la camiseta y se la colocó.

Lo dejé atándose los cordones de las Converse y volví hacia la puerta. Abrí y Nerea llegó ahogada, debía de haber subido los escalones de tres en tres.

—¿Qué ha pasado? —pregunté preocupada.

—No, no, es solo que…

Me quedé mirándola jadear, sorprendida.

—Nerea, ¿estás bien?

—Val…, no sé qué me pasa. Estoy gorda, tengo ganas de llorar, me falta el aire…

Entró y se quedó mirando a Víctor, que se estaba peinando con las manos. Después miró de reojo la cama revuelta.

—Perdona, debería haber llamado…

—No te preocupes —dijo él—. Yo me voy y os dejo mejor que habléis solas…

Eran cosas de chicas. La situación le venía grande.

—No, no, por favor, no te vayas, me voy a sentir peor.

—Nerea, siéntate. ¿Quieres tomar algo? —La conduje hasta dentro y la dejé frente al sillón.

Se sentó mirando al infinito. Víctor pasó por mi lado y me susurró que esperaría fuera. Cuando la puerta se cerró, Nerea despertó de la ensoñación.

—¿Qué te pasa? —le dije con cariño mientras me arrodillaba delante de ella.

—No lo sé. He engordado unos kilos y no estoy bien. Me siento muy rara.

—Pero, Nerea, esos kilos ¿los has aumentado de verdad o está todo aquí? —Señalé la cabeza.

—No, no, no me cabe el pantalón.

—Yo te veo completamente igual. No es para hacerte sentir mejor, es que te veo tan estupenda como siempre.

—Lola me dijo que tenía una lorza encima de la cinturilla del vaquero.

—Lola disfruta siendo así de borde, parece que no la conozcas. A mí el otro día me dijo que tenía pinta de bailarina de estriptis retirada.

—No..., no es lo mismo. Esto es verdad.

—Bueno, Nerea, aunque hubieras engordado dos kilos, ¿qué problema hay?

—No lo sé. Hay algo que..., que no va bien.

La miré interrogante.

—¿Con Daniel? —Se encogió de hombros—. ¿En tu trabajo?

—Todo eso me da igual.

Se quedó callada mirando al suelo y no supe qué decir. Yo la conocía bien y sabía que no estaba enamorada de Daniel. Era fácil verlo. Sin embargo, lo que había que pararse a meditar es si ella podría enamorarse locamente alguna vez de alguien. Nerea era demasiado cuadriculada. Ella buscaba a un hombre muy concreto que encajara en la vida que quería tener, pero no buscaba el amor. No suponía ningún problema siempre que ella se sintiera satisfecha. Bueno, yo no terminaba de comprender cómo podía compartir su vida con alguien al que no quisiera, pero yo no era quien tenía que vivir su vida. A decir verdad, es probable que ella le quisiera; cada persona quiere como sabe y puede. Cada persona quiere como le da la gana.

Y su trabajo…, pues más de lo mismo. Se matriculó sin pasión en Empresariales porque su madre dedujo que allí encontraría un buen marido que le ahorraría tener que trabajar. No es que me parezca mal, cada uno hace lo que quiere con su vida y ordena sus prioridades según su criterio. Sin embargo, Nerea no encajaba en ese esquema y tenía demasiadas ganas de moverse aún por el mundo laboral. Lo que ya no sabía es si aquel era el trabajo que la haría feliz.

Pero ¿quién era yo para decirle nada?

Al fin Nerea suspiró y, saliendo de su mutismo, fingió una sonrisa comedida. Por mucho que su madre la aleccionara para que nunca nadie supiera cuándo estaba mal, nos conocíamos desde hacía casi quince años. Sus sonrisitas me tenían de vuelta y media. Chasqueé la boca tratando de que se quitase la coraza, al menos un rato más. Pero se puso de pie y dijo:

—Voy a casa a dormir. Necesito descansar.

Esperé a que dijese algo más, pero había vuelto a cerrarse en banda, así que le contesté de manera cariñosa que se levantara tarde y durmiera mucho. Ella sonrió.

—Mañana es viernes y trabajo.

—Perdona, no sé en qué día vivo. Y en realidad creo que yo también debería levantarme pronto y ponerme a echar currículos.

—Tú ya tienes trabajo. Eres escritora —dijo sonriente.

—Soy una escritora que no sé si va a llegar a fin de mes.

—Perdona por aparecer aquí sin previo aviso.

—Qué protocolaria eres, leñe. —Me reí.

—¿Víctor pasa aquí mucho tiempo?

—Unos días aquí, otros allá. —Sonreí.

—Valeria…, ¿lo tienes claro?

Me quedé mirando a Nerea algo confusa y después negué con la cabeza, hablando lo suficientemente bajo para que mis confesiones no llegaran a oídos de Víctor.

—No. No lo tengo nada claro. A veces pienso que estoy como cuando tenía quince años. Creo que lo sé todo y en realidad no sé absolutamente nada.

—¿No has visto a Adrián?

—Aún no he visto a Adrián, pero porque creo que no estoy preparada para verlo. Ninguno de los dos está preparado todavía.

—Tarde o temprano vas a tener que formalizar la situación.

—¿Nos vemos mañana para cenar y charlamos? —propuse cambiando de tema—. Aquí, por favor, que no quiero gastarme pasta.

—Sí, me apetece mucho. Traeré algo.

—No hace falta.

Nos dimos un beso. Víctor y ella se cruzaron en el quicio de la puerta y se despidieron con un beso educado en la mejilla. Nerea desapareció escaleras abajo y Víctor se acercó a mí.

—¿Nerea está embarazada?

—¿Cómo? —exclamé estupefacta—. ¿Qué dices?

—Nerea está embarazada —ya no preguntaba, solo afirmaba.

—¿Y tú cómo lo sabes?

Sonrió con suficiencia.

—Porque lo lleva escrito en la cara. Está embarazada. Anda, dame un beso, que mañana madrugo.

Estaba alucinada.

—¡No puedes decirme eso e irte!

Se echó a reír.

—Sí puedo. Mañana tengo que trabajar.

—Quédate a dormir —supliqué tirando de su brazo izquierdo hacia mí.

—No, no tengo ropa aquí.

—No te veo desnudo ahora mismo.

—¡Eso es lo que tú quieres! ¡Verme desnudo! —Me dio una palmada en el culo y siguió hablando—. Si me presento mañana en el estudio en vaqueros y zapatillas mi padre me mandará a casa a cambiarme y prefiero no pasar por eso. Dame un beso de buenas noches.

Me acerqué y nos besamos. Nos besamos un poco demasiado.

—¿Y qué es del tema que estábamos tratando antes de que llegara Nerea?

—Creo que podremos abordarlo en otra reunión —susurró provocador.

Me besó otra vez y tras coger sus cosas fue hacia la puerta. Me acaricié los labios mientras se alejaba.

—Víctor —le dije antes de que cerrara la puerta.

—Dime.

—¿Has dicho en serio lo de Nerea?

Cambió el gesto por completo.

—Totalmente. Y tengo buen ojo.

Me mordí los labios haciendo de ellos un nudo. ¿Existía esa posibilidad? Me di cuenta de que Víctor esperaba en el marco de la puerta.

—Buenas noches —le dije con una sonrisa.

—Buenas noches, cariño.

La puerta se cerró.

¿Nerea embarazada?

¿Cariño?

¡¡Pero ¿qué narices le estaba pasando al mundo?!!

9

La primera en llegar a mi casa el viernes por la noche fue Lola. Venía exultante.

—¡Qué buena pinta traes! —le dije mientras la dejaba pasar.

—Sí, como un plato de lasaña recién sacado del horno.

—En serio, estás muy guapa. —Metí la botella de vino que me tendía en la nevera.

—Será porque estoy recién follada.

Abrí los ojos de par en par y me giré de nuevo hacia ella.

—Por Dios, Lola...

—Bah, no está Nerea, puedo decir estas cosas.

—Hablando de Nerea y dejando a un lado el tema de tu actividad sexual, que, no creas, voy a retomar en breve, ¿la has visto últimamente?

—Sí, la vi la semana pasada. Quedamos a tomar algo después del trabajo mientras tú sorbías caracoles con Víctor.

—¿Le dijiste que tenía una lorza? —Obvié lo de Víctor.

—Sí —asintió, tranquila, al tiempo que se servía ella misma una copa de Martini de la botella que guardaba en la nevera—. La tenía. Se la vi con estos.

Señaló sus dos ojos, abriéndolos cuanto pudo.

—Pues yo no vi esa supuesta lorza anoche cuando vino a lloriquear por tu culpa.

—No está gorda, Val, eso lo sé de sobra. Está rara de narices. ¡Más que de costumbre! Empezó a decir que si el local olía a lejía, que si el vino le sabía rancio..., ¿tienes aceitunas? —me preguntó.

—Déjate de aceitunas. Lola..., creo que está embarazada.

—¡Qué va a estar embarazada! Lo que pasa es que está criando barriga con eso de echarse novio. ¿En la nevera o en los armarios?

—No, Lola, Nerea no está engordando. Está embarazada.

—¿En qué te basas? —dijo con la cabeza dentro del frigorífico.

—Víctor lo notó en cuanto la vio.

—Ah, bueno, si Víctor lo dijo... ¿Fue antes o después de hacerle la exploración y la citología? —Me quedé callada mirando cómo abría todos los armarios de la cocina hasta dar con un bote de aceitunas rellenas—. ¡Gracias! Como agradecimiento te voy a hacer una cubana. Mira: hola mi *amol* —murmuró imitando el acento cubano. Al ver que yo no me reía chasqueó la lengua, me enseñó el dedo corazón de su mano derecha y añadió—: ¡Venga ya, Valeria, ya sabes cómo es Nerea! Es imposible que esté embarazada. Pero ¡si yo creo que ni siquiera folla! Nerea se multiplica por esporas, te lo he dicho muchas veces. Eso o folla con el consolador ese enorme que esconde en algún sitio. Y los consoladores... no preñan. Saqué una prueba de embarazo. Lola me miró con los brazos en jarras, incrédula.

—No me lo puedo creer. ¿Le has comprado una prueba de embarazo?

—No, la tenía aquí de una vez que creí que... Adrián y yo...

—Usadas no sirven.

—¡Vale ya de sarcasmos, Lola! No la tuve que usar porque me bajó la regla mientras volvía de la farmacia. Soy así de inútil.

—Le va a sentar fatal que se lo digas.

—Ya lo sé, pero si lo está acabará agradeciéndomelo. Así que se lo diremos juntas y con sutileza.

—¡Huy, sí! —Se rio a carcajadas—. Yo paso. Díselo tú. Igual te hace madrina del crío.

—Estás tú muy dicharachera. —Le lancé una mirada de fingido desprecio.

—Sí, ya te lo dije. Recién folladita. —Sonrió—. ¡Y bien follada, qué conste!

Sacó la lengua y empezó a hacer movimientos soeces. Puse los ojos en blanco.

—¿Carlos?

—¡No! —Y se le dibujó cara de asco.

—¿Rubén?

—¿Quién es Rubén? Ah, no, no. Rubén, ja, ja. —Se rio secamente—. Esto es un coño, Valeria, no una hermanita de la caridad.

Ay, por Dios santo...

—Lola, ¿has vuelto con Sergio?

—No. —Y alargó la *o* de manera sospechosa.

—Lola, te lo voy a volver a preguntar: ¿has vuelto con Sergio?

—¡Solamente quedamos para follar! —confesó en un grito antes de salir corriendo hacia mi cama con la copa en la mano.

Llamaron al timbre.

—Dame un segundo, esto no se va a quedar así —le dije mientras me acercaba a la puerta.

Abrí y Nerea apareció con una botella de vino y una bandeja de pastelitos.

—Hola, cariño —saludó sonriente.

—No hacía falta que trajeras nada. Te lo dije en el mensaje.

—Es por lo de anoche, para pedirte disculpas.

—Nerea..., sobre lo de anoche... quería hablar contigo.

Dejó la botella en la cocina y miró la prueba de embarazo. Me miró a mí. Miró la caja y volvió a mirarme a mí.

—¡Oh, Dios, Valeria! ¿Estás embarazada?

Lola se echó a reír desde la cama, donde se bebía su copa de Martini.

—No, chata, cree que lo estás tú.

Joder, Lola. Gracias. Por si no era lo suficientemente molesto que se riera en esa situación, encima se dedicaba a ponerme las cosas más difíciles todavía.

Nerea me miró con resentimiento y yo le devolví la mirada a Lola con más odio aún.

—Bien, Lola, bien. Apúntate un diez.

—¿Anoche me dices que no me ves gorda y ahora me compras una prueba de embarazo? ¿Tengo pinta de tener quintillizos dentro? —dijo Nerea alterada.

—No saquemos las cosas de quicio. ¿Tienes una falta? —pregunté dulcemente.

—¡Yo siempre tengo faltas! —gritó Nerea.

—Si te tomas la píldora, esa falta no es normal, Nerea. Hazte la prueba. No pierdes nada.

—Pero ¿qué dices? ¿Te has vuelto loca?

—Hazte la puta prueba y dejémonos de tonterías. Si no lo estás, Valeria paga las copas la próxima vez que salgamos y ya está —sentenció Lola mientras se comía la aceituna que había dejado caer en su Martini.

—¿Y si lo está? ¿Me regala el niño? —Miré a Lola.

Nerea fue hacia la puerta.

—No, no. Nerea, ven. Por favor. Ven. —Le sostuve el brazo y la arrastré hasta el baño.

—¡¡No pienso hacerme esa estúpida prueba!!

—¿Por qué?

—¡¡Porque no estoy embarazada!!

—Pues si no lo estás ¿qué más te da?

Me sostuvo la mirada unos segundos. Luego cogió la caja y, muy digna, se metió en el baño. Lola me miró.

—Yo no me fío. Fijo que la moja con agua.

Entramos las dos a la vez en el baño y nos quedamos encajadas en el marco de la puerta. Lola hizo más fuerza y entró disparada. Nerea estaba abriendo el grifo.

—¡Ves! ¡Te lo dije! —gritó señalándola.

—¡Nerea! —me quejé.

—¡¡Sois muy pesadas!!

Nerea, con todo lo protocolaria que es, se subió la falda, se bajó la ropa interior y se sentó en el váter.

—Pásame el cacharro ese y cállate de una vez.

Lola y yo nos sorprendimos tanto que nos quedamos paralizadas…

—¡Y abre el grifo!

Esperamos sentadas en el borde de la bañera. Nerea encontró mis pinzas de depilar y se dedicó a quitarse pelitos de las piernas mientras Lola y yo fumábamos nerviosas. Tras un par de minutos, nos quedamos esperando a que Nerea saltara sobre la prueba con angustia, pero ella allí seguía, pasando el rato.

—¿No lo miras? —preguntó Lola.

—No, le dejo los honores a la que piensa que estoy preñada.

Chasqueé la boca y lo consulté. A ver…, lo revisaría. Dos rayitas rosas eran resultado positivo, una azul negativo. No había duda. Tanteé con la mano en busca del borde de la bañera, para tener dónde sentarme. Allí había dos rayitas rosas.

—No puede ser —murmuré.

—¡Ves! —me recriminó ella.

—No, Nerea, ha dado positivo.

—Muy graciosa.

—Nerea, ha dado positivo, mírala.

Lo cogió, comparó el resultado con el prospecto y se sentó nuevamente en la taza del váter.

—Nerea, ¡estás embarazada! —la reprendí.

Esta cogió la caja y tras leerla detenidamente nos la tiró.

—Está caducada. La próxima vez, por lo menos, aseguraos de dármela en buenas condiciones.

—Nerea…, ha dado positivo, aunque esté caducada —Lola asentía con la caja en la mano—, tienes que ir al médico.

—Bah, callaos ya —exigió al tiempo que salía del cuarto de baño.

Estaba claro que negaba la evidencia, pero antes de que pudiéramos ahondar en el tema, sonó el teléfono de casa. Lo cogió Lola.

—Antro de la perversión, el Predictor y las aceitunas en el Martini, buenas noches. —Hizo una pausa tras la que le cambió el rictus—. Sí, hola. Ahora se pone.

Tapó el auricular.

—¿Es Víctor? —pregunté.

—No, es el gilipollas de Adrián.

Me quedé mirándolas sin saber muy bien qué hacer mientras Lola agitaba el auricular como quien quiere deshacerse de algo que quema. Allí estaba: lo que había temido y para lo que aún no estaba preparada. Adrián.

Cogí el teléfono resuelta de pronto y me fui al baño de nuevo. Necesitaba un mínimo de intimidad para aquella conversación. Respiré hondo y contesté.

—Hola.

—Hola —dijo con su voz grave—. ¿Cena con las chicas?

—Sí.

—Ahora le he dejado la casa libre a Lola para campar a sus anchas.

—Sí, y hacer sus fechorías. —Me reí, nerviosa.

—¿Qué tal?

—Ya sabes, como siempre. ¿Y tú? ¿Qué tal?

—Compré tu libro ayer.

—¿Ayer? —Pero ¡si hacía más de dos semanas que estaba a la venta!

—Sí, estuve trabajando fuera esta semana. He estado leyendo la contraportada y... no sé si leerlo. —Se rio amargamente—. ¿Tú qué me recomiendas?

—Pues... —resoplé— la verdad es que deberías hacerlo, por más que me pese.

—¿Voy a enterarme de cosas nuevas?

—Lo que hay ya lo sabes. Quizá no con tanto detalle..., eso quizá..., quizá te duela. No quiero que...

—Valeria, ¿estás con alguien?

Arqueé las cejas, confusa por su pregunta.

—¿Cómo qué si estoy con alguien? Con las chicas..., ya escuchaste a Lola.

—No, no me refiero a ese tipo de «estar».

Un silencio.

—Ah, ya... —Me molesté—. ¿Llamas por eso?

—¿Importa por qué llamo?

—Obviando esa contestación, te diré que prefiero no responderte, Adrián.

—Pues yo prefiero que lo hagas. Quiero saber a qué atenerme. —Su tono también cambió.

—¿Me estás pidiendo explicaciones?

—Sí. Y no tienes razones para ponerte así. Soy tu marido.

Resoplé.

—¿Vas a darme tú las explicaciones que aún me debes? —le dije.

—No te debo ninguna explicación.

—¡Pues entonces yo a ti tampoco! Puedes hacer tu vida. Vive como te plazca. Solo te pido que me dejes hacer lo mismo a mí.

—Si te estás tirando a ese tío prefiero saberlo porque, que yo sepa, tú y yo aún estamos casados. Estoy empezando a perder la paciencia, ¿sabes?

—Lo primero es que si piensas que estamos casados el problema es tuyo, no mío. Si necesitas que lo formalicemos, es tan simple como que mi abogado se ponga en contacto contigo —levanté la voz.

—¿Y lo segundo?

—Lo segundo es que me acuesto con quien me da la gana. El voto de castidad ya lo cumplí cuando estaba casada contigo.

Lola y Nerea se asomaron al cuarto de baño y abrieron los ojos como platos ante mi contestación.

—Esto es una tontería —resopló.

—¡No es ninguna tontería!

—¡Claro que lo es! Cuando ese chico te dé puerta, ¿qué harás? Querrás volver y los dos lo sabemos. ¿Necesitas jugar un rato más a la soltera moderna? Pues ¡hala! ¡Diviértete! ¡Gástate todos tus ahorros y después vuelve llorando porque no puedes pagar la hipoteca!

—Pero... ¡claro que me voy a divertir! ¡Porque tengo edad de hacerlo! ¡Ya te divertiste tú lo suficiente por tu cuenta cuando estábamos casados como para que encima tenga que guardarte duelo! ¡Y si crees que voy a acudir a ti cuando mis ahorros se terminen es que no me conoces una mierda!

—Eres una cría.

—¡¡No era feliz!! ¡¡No me hacías feliz!! Tú estabas casado con la fotografía y te follabas a tu ayudante. Yo era un trasto más en casa. Por cierto, ¡¡MI casa, que para eso la pago yo!! ¡¡Métetelo en la cabeza!! —chillé.

—No me grites, Valeria.

—Voy a colgar. —Respiré hondo—. No necesito que me amargues la noche. El lunes te llamará Eduardo para formalizar los papeles.

Colgué el teléfono, tiré el inalámbrico al lavabo y me quedé callada. Lola y Nerea tampoco hablaron. Apreté los labios conteniendo la rabia y deseé estar sola para poder liarme a patadas con el cesto de la ropa sucia, que por cierto estaba a rebosar, pero me dio vergüenza que me vieran así. Nerea se sentó a mi lado y me pasó el brazo por la cintura, olvidando que hacía unos minutos ella también estaba enfadada conmigo.

—No te preocupes, Valeria.

—No estoy preocupada. Estoy rabiosa. Adrián..., es que... —Apreté los puños—. Valiente gilipollas.

—Comemierdas, soplapollas, lamehuevos... Sigue, Valeria, sigue —me animó Lola—. Te sentirás mejor.

Nerea y yo no pudimos evitar esbozar una sonrisa pese a lo tenso de la situación.

—¿De verdad no eras feliz? —preguntó Nerea volviéndose hacia mí.

Asentí. Cogí aire y contesté:

—Claro que no. —Crucé las piernas y dejé salir una bocanada de aire contenido.

—Pero ¿le quieres?

Me callé. Echaba de menos a Adrián, pero no a aquel Adrián.

—No lo sé. No. Creo que ya no.

—¿Y Víctor?

—Víctor es... —Sonreí sin poder evitarlo—. Víctor es diferente.

—Valeria..., ¿te estás enamorando de Víctor? —preguntó Lola con voz aguda.

—No. No, qué va... —Negué vehementemente con la cabeza—. No creo que esto sea amor.

—¿Y lo del abogado? —inquirió Nerea.

Y como si no pudiera evitarlo, escuché a Lola murmurar:

—El que tengo aquí colgado.

Nerea y yo la miramos y ella con disimulo se miró las uñas pintadas de Roig Noir de Chanel (podría distinguirlo entre un millón de esmaltes). Miré a Nerea y le contesté después de ignorar a Lola:

—Hasta que no tenga los papeles en las manos va a seguir pensando que es una pataleta.

—Eso no está bien por su parte —dijo Nerea.

—Adrián se está cubriendo de gloria —refunfuñó Lola.

Volvió a sonar el teléfono. Ella misma alargó la mano y lo cogió. Sin preocuparse por preguntar quién era, contestó:

—¡Eres un poco pesado, ¿no?! —Se calló—. Ay, Víctor..., no, no. —Se carcajeó—. ¡Calla, imbécil! Espera. Sí, ahora te la paso.

Tapó el auricular y sonrió socarrona.

—Es el tío este del que «no» te estás enamorando.

Cogí el teléfono de malas maneras y las eché del baño de nuevo rezando por que Víctor no hubiera escuchado a Lola.

—¿Qué pasa? ¿Ante mi acoso has decidido contratar a Lolita como guardaespaldas? —Rio él.

—No, qué va, llamó... Adrián, ya sabes. —Se quedó callado. Yo retomé la conversación—: Pero dime...

—¿Vas a estar con las chicas? —El tono de su voz era ostensiblemente más tirante.

—Sí, han venido a cenar.

—Llámame cuando se vayan, ¿vale?

—¿Estás serio?

—No —suspiró—, solo estoy un poco descolocado.

—¿Por qué?

—Porque tengo demasiadas ganas de estar contigo, es todo. Soy nuevo en esto. —La que no supo contestar entonces fui yo—. ¿Me llamarás? —murmuró.

—Claro que sí.

Salí del baño. Carmen había llegado y tenía cara de circunstancias y la mirada perdida en Nerea.

—¿Qué pasa? ¿Ya te has enterado? —le dije refiriéndome al enigmático resultado positivo del test de embarazo.

Carmen frunció el ceño. Lola y Nerea me hicieron señas detrás de ella, negando con los brazos. Bien mirado, era mejor que Carmen se ahorrara todo el trajín de si Nerea estaba o no embarazada de su exjefe, al que sin duda atropellaría con un tanque.

—¿De qué me tendría que enterar?

—Pues de que… ¡el de la tienda china de la esquina no nos vende cerveza ya a partir de las diez de la noche! —me inventé.

—Bah, pobre hombre. Tú dale cháchara, que está muy solo ahí en su tienda, con sus películas de chinos.

Todas nos reímos.

—Entonces ¿por qué pones esa cara? —pregunté.

—Porque he conocido a los padres de Borja y creo que jamás podré sacarlo de allí.

—¿Su madre es una bruja? Seguro que es una bruja cabrona —dijo Lola frotándose las manos.

—No, qué va, es encantadora y adora a Borja. Y su padre… es como Papá Noel. Ese es el problema. Su hermano mayor vive lejos y ellos... —hizo una mueca y bajó el volumen de su voz— son viejos, ¿sabéis?

—Bueno, tampoco creo que os vayáis a vivir a Sebastopol —dije mientras masticaba una aceituna.

—Ya, pero... si vierais cómo lo mira su pobre madre...

—Esa es una vieja cabrona y te está haciendo chantaje emocional. Si no cedes, sacará su verdadera cara y te vas a cagar patitas abajo —afirmó Lola—. ¡Pues no saben las viejas!

—Por Dios, Lola.

—Ya verás, ya me darás la razón. Por cierto, ¿qué hay de cena? —Se puso a revisar los estantes de la nevera, el horno y el microondas.

—¿Y tú y Víctor? Me acaban de poner al día de la discusión con Adrián. —Carmen hizo una mueca de desagrado.

—Pues mira, no lo sé, vamos a cambiar de tema. Hablemos de Nerea —concluí.

—No, no, a ver, ¿qué te decía Víctor? —contestó Nerea rápidamente.

—Pues... ahora ha estado algo tirante. Dice que está preocupado porque tiene muchas ganas de verme.

—Ohhh —exclamaron las tres pestañeando forzosamente.

Me apoyé junto a ellas en uno de los armarios de la cocina y me serví una copa rebosante de Martini.

—No sé por qué bebemos esta mierda —dije mirando el líquido transparente—. En fin... —Todas me miraron, a la espera de que dijera algo más. Chasqueé la lengua y seguí—: El otro día fue su madre a casa sin avisar y yo me escondí en la habitación. Soy ese tipo de mujer. Una que folla en el suelo del pasillo y después corre desnuda para que no la descubran.

—Como si tuvierais quince años. —Se rio Carmen.

—Sí, como si fuera Lola con quince años —asentí.

La aludida me arreó con el paño de secar los platos.

—Yo a los quince era candorosa como una flor —sentenció.

—¿Y te la presentó? —preguntó Nerea al tiempo que enrollaba un mechón de pelo en un dedo y evaluaba el estado de sus puntas.

—¿Que si me la presentó? —Me eché a reír—. ¿A quién?

—A su madre —contestó como si fuera evidente.

—¿A su madre? No, qué va. No creo que esto vaya por ahí. —Me reí.

—Vale, ya te has hecho la dura. Ahora dinos qué pasó para que su madre fuera a su casa y para que tú terminaras dentro de un armario —demandó Lola.

—No estaba dentro de un armario —contesté con un tono de voz cansino.

—Desembucha.

Suspiré hondo.

—La cuestión es que empezaron a hablar y le preguntó por «su chica». Al parecer su hermana la ha puesto al día… y hablaron sobre algún tipo de evento familiar. Le preguntó si llevaría a alguien y Víctor dijo que no lo sabía. Es mañana y no me ha dicho nada.

—¿Y tú quieres ir? —preguntó Carmen extrañada mientras masticaba palitos de zanahoria.

—No, pero… esto sirve para dejarme claro que lo que tenemos Víctor y yo no es una de esas relaciones sanas en las que al final ella conoce a los padres de él y todos se adoran. Es la historia de la chica que se cuelga y el chico que huye…

—A lo mejor te invita mañana —concluyó Nerea.

—No creo. Pero tampoco sé si quiero ir. En cuestión de meses se cansará. No sé si realmente estoy haciendo bien alargando esto.

—¿Y si no es así? —preguntó Nerea—. Quiero decir, si cada vez te pide más, ¿qué vas a hacer?

—En el remoto caso de que pasase eso, sería cuestión de meditarlo.

—Vaya por Dios, os estáis colgando —dijo Lola sin mirarme—. No sé si podré soportar veros dándoos besitos de periquito. ¡Un favor te voy a pedir! ¡No me lo domes, por el amor de Dios! Ese hombre es un salvaje y está bien que lo sea. El mundo se equilibra así. Con Víctor follando como una bestia.

Ni le contesté. Yo sigo creyendo que Lola toma algún tipo de psicotrópico, aunque ella lo niegue. Pero no pude evitar pensar en silencio en Víctor. En él en todo su esplendor.

De pronto recordé el olor del cuello de sus camisas… Lo echaba de menos y me asustaba. ¿Y si era un capricho pasajero? ¿Y si me plantaba en un par de meses?

Nerea señaló una marca en el cuello de Lola y esta, orgullosa, expuso detalladamente todo lo que había hecho o dejado de hacer con Sergio aquella semana. Yo me abstraje, no porque no me interesara, sino porque de pronto tenía un nudo en el estómago…

10

Las chicas se fueron a la una. Probablemente la quedada se habría alargado, pero fingí caerme de sueño por todos los rincones. No quería tener que admitir que me moría de ganas de llamar a Víctor. Lo hice en cuanto estuve sola. En el instante en que se fueron, cogí el móvil y marqué su número.

Sonaron tres tonos y no contestó. Empecé a pensar que quizá se había quedado dormido, así que colgué decepcionada. Quería que se hubiera mantenido despierto solo para esperar mi llamada.

Abrí las ventanas de par en par, me senté en el borde de la cama y encendí un cigarrillo, que consumí lentamente, con la mirada perdida en el infinito y la mente puesta en el supuesto embarazo de Nerea, en la llamada de Adrián y en todos los movimientos que había sufrido mi vida en cuestión de dos meses. Hacía un año era impensable que cualquier otro hombre, por muy guapo que fuera, me rondase por la mente. ¿Qué nos había pasado a Adrián y a mí?

Apagué el cigarrillo y me tumbé en la cama, sobre el teléfono móvil que empezó a vibrar. Lo recuperé y vi con alivio que era Víctor quien llamaba.

—¡Hola! ¿Te desperté? —susurré dulce.

—Qué va. Estaba haciendo tiempo para que me llamases. Me he tenido que entretener para no ir a tu casa, tirar la puerta abajo y echarlas de allí a todas. ¿Estás muy cansada?

—No.

—Humm…, ¿te apetece que vaya?

Sonreí y cerré los ojos.

—Mucho.

—Dame quince minutos. No te duermas.

Me senté en el sillón a hojear una revista con la cabeza en otras cosas. Bolsos de Miu Miu y *tweed* de Chanel. Traté de concentrarme pero… de pronto me asaltó la idea de que Víctor podía estar exprimiéndome para luego dejarme tirada; hacerse el dulce, presentarse en mi casa a la una de la madrugada para hacerme el amor y a continuación…

Negué con la cabeza. Si fuese así, se marcharía después. Bueno, a no ser que esperara poder repetir por la mañana… ¿Y si estaba estableciendo una relación autodestructiva basada solamente en un castillo de naipes sexual? Me asusté y me mordí las uñas.

Víctor llegó en apenas veinte minutos, salvándome de mi propia y truculenta imaginación. Le abrí el portal y esperé escucharlo llegar para abrir la puerta del estudio. Nos encontramos en el quicio con un beso. Parecía cansado.

—Buenas noches, caballero.

—Buenas noches, señorita. —Me sonrió.

—¿Sabe usted lo que pensarán mis vecinos si le ven entrar en mi casa a estas horas?

—¿Que usted tiene un gusto exquisito?

Me eché a reír mientras él entraba en casa y me contaba lo difícil que era aparcar en mi calle a esas horas un viernes. Después cerré la puerta y eché el pestillo. Me apoyé en la pared y le miré:

—Te quedas a dormir, ¿verdad?

—Me quedo a dormir —asintió.

Sonreímos tontamente los dos. Él se acercó y, cogiéndome por sorpresa, me levantó y me llevó en brazos hasta el dormitorio. Cuando quise darme cuenta caí sobre la mullida cama. Pero… no se echó sobre mí a besarme o a tocarme. Al contrario, todo fue inocente e ingenuo.

Después de tontear, de reírnos un rato, que si cosquillas aquí, cosquillas allí, pedorretas (Dios…, qué moñas es todo cuando estás enamorada…) y esas cosas, Víctor se levantó a por un vaso de agua. No lo escuché volver de la cocina y al girarme en la cama en su busca lo encontré apoyado en la pared, observándome.

—¿Qué miras ahí en silencio? —le pregunté.

—Estaba pensando.

—¿En qué?

Se rio, al tiempo que se cogía con dos dedos el puente de la nariz, y se echó en la cama a mi lado. Lanzó las zapatillas lejos y suspiró sonoramente.

—Espero que no malinterpretes esto.

—Explícamelo. Haré un esfuerzo. —Sonreí.

—Verás…, me tienes que hacer un favor.

—Lo que quieras.

—Ah, ¿sí? ¿Lo que quiera? Humm…, qué interesante. —Lancé una carcajada infantil y le clavé el codo en el costado. Él se acomodó de lado, mirándome—. Mañana mis padres celebran una superfiesta de cumpleaños para mi hermana y para mí.

—¿Mañana es tu cumpleaños?

—Sí. —Sonrió, avergonzado.

—Pero ¡tenías que habérmelo dicho! ¡No te he comprado nada! —Me incorporé de un salto y me senté sobre él, a horcajadas.

—Déjate, déjate… —me pidió, y sus manos se deslizaron arriba y abajo por mis muslos—. La cuestión es que mis padres son un poco exagerados con la cuestión de los cumpleaños y montan un circo de impresión. El cumpleaños acaba siendo la excusa para una reunión social. Mi madre piensa que la fiesta también es para ella, que parió a dos cabezones. Y, claro, terminan llevando a amigos y cada uno de nosotros lleva también a quien quiere.

—Suena bien. A mí me ponen una vela en un pastel de manzana y me vuelvo loca de la alegría.

—Eres facilona.

—Como Lola. —Él se carcajeó—. Bueno, ¿cuál es el favor? ¿Me disfrazo de ninja y echo a perder la fiesta? —pregunté.

—Por muy tentadora que suene la idea de verte disfrazada de ninja dando patadas al aire, no, no va por ahí.

—Vaya, qué lástima. Tengo un disfraz de ninja. —Y él no se dio cuenta, pero lo del disfraz lo decía completamente en serio.

—Me preguntaba si, no sé, querrías venir. No es nada formal. Una fiesta de amigos, pero aburrida. Una fiesta con padres en la que uno se puede emborrachar.

Me quedé mirándolo alucinada. Por su expresión tampoco parecía que le apeteciera demasiado pedírmelo. Entonces… ¿por qué lo hacía?

—No sé, Víctor…, ¿con tu familia?

—Es que… —se rio mirando al techo— mi familia no es demasiado convencional. El año pasado me llevé a Juan y acabó totalmente borracho abrazando a mi madre y sacándola a bailar.

—¿Padres modernos? —El corazón me bombeaba fuerte y lo sentía casi en las sienes, pero creo que fingía condenadamente bien estar tranquila.

—Sí, algo así.

—Bueno…, no tiene mala pinta, pero, la verdad, me sorprende mucho que me pidas a mí que te acompañe.

—En cualquier otra situación no te lo pediría. No es algo como: «Ven, te presentaré a mis padres y te pediré la mano de rodillas». Es un circo en toda regla y nadie deparará en ti, ni te acosarán con preguntas, ni supondrán que…, ya sabes.

—No, no sé. —Me hice la tonta—. ¿Qué no supondrán?

—Pues que… andamos juntos. Bueno, que andamos juntos lo supondrán, pero quiero decir que mis padres no son de los que te tratarán como si hubiera que ir bordando las sábanas para tu dote. —Se rio, incómodo.

Asentí. Sí, ya, claro, ¿de qué demonios me hablaba?

—¿Y qué me pongo? —pregunté dejándole por sentado que accedía.

—Cualquier cosa, no hace falta que te arregles demasiado.

—Pero solo porque es tu cumpleaños. ¿Treinta y uno?

—Treinta y dos.

—¿Qué quieres que te regale, señor de treinta y dos?

—Desmáyate en la fiesta, a eso de las nueve y media, y sácame de allí. Luego en casa ya si eso me la chupas.

Le arreé con un cojín en la cabeza y me levanté de la cama.

—Voy a desmaquillarme y ponerme el pijama, cafre.

Salí del baño recogiéndome el pelo y con una combinación antigua que utilizaba de camisón. Él se estaba desabrochando el pantalón, sin camiseta, enfrente de mí. Nos miramos. Por un momento pensé que con él disfrutaba de una intimidad mayor que la que creía tener con mi marido. Y enseguida pensé en formalizar mi separación…, pero… ¿y si me estaba precipitando?

—Valeria… —Víctor llamó mi atención.

—¿Sí?

—Por una cuestión de pragmatismo…, ¿te importaría si un día de estos dejo un par de cosas aquí?

—En absoluto. Deja todo lo que necesites para estar cómodo.

—Solo un par de cosas, por si algún día me quedo y... ya sabes. Tú deberías dejar en mi casa también algo. Así no tendrás que cargar con ese bolsón inmenso a todas horas. —Me miró de reojo y añadió—: Pero no te pases. Que pueda seguir encontrando mis cosas en el baño.

—Tienes a las mujeres en tan mala consideración que es fácil sorprenderte gratamente —murmuré al tiempo que me acercaba.

Le besé en el arco del cuello. Qué bien olía.

Aquella relación no parecía de las que se apagan después del sexo desenfrenado. ¿Era cosa mía o empezábamos a tener confianza? Pero ¿qué sabía yo? Había estado tanto tiempo fuera del mercado que es posible que nunca llegara a estar dentro.

—Una cosa más, Valeria. —Su expresión se tensó.

—Dime.

—Quiero que te quites la alianza.

No estaba acostumbrada a escuchar ese tipo de imposiciones en Víctor, así que me sorprendí. Le miré en silencio y luego me observé la mano. Maldita sea. Se me había vuelto a olvidar. Él prosiguió:

—Ya no me estoy acostando con una mujer casada. Ese anillo me recuerda a Adrián. No quiero verlo más.

Me encogí de hombros como si no supusiera en realidad ningún problema. Me quité el anillo y lo dejé caer dentro del cajón. No podía quejarme por que Adrián no creyera en la importancia de nuestra separación y no ceder en detalles como esos.

Víctor me cogió la mano y pasó los dedos por la marca que me había quedado.

—Sigue estando ahí —comenté.

—Yo ya no la veo. Ahora eres solamente tú la que la siente.

—Tienes que darme tiempo —susurré.

—También tienes que dármelo tú a mí. No estamos acostumbrados a lo mismo, ¿me entiendes?

—No muy bien.

—No quiero acostarme contigo e irme en mitad de la noche. Ya me cansé de esas cosas, pero… no sé nada aparte de eso y por ahora prefiero no pensar más allá.

Asentí.

Apagamos la luz, nos acostamos y me acomodé sobre su pecho. Me acarició la espalda y el brazo con la yema de los dedos hasta que me dormí. No, Víctor no venía a echar un polvo, pero tenía tanto o más miedo que yo. No sabía hasta qué punto aquello facilitaba o complicaba las cosas.

11

Carmen se despertó sin más. Ni asustada, ni triste, ni extraña. Estaba inquieta, pero no quería reconocerlo. Se sentó en el borde de la cama y miró el despertador. Eran las diez.

Se levantó, fue a la cocina y puso en marcha la cafetera. A continuación se sentó en la encimera, con la mirada perdida en los brillantes baldosines. Pensó en que le gustaría poder preguntarle a Borja si la quería de verdad. Empezaba a sentir miedo. No estaba segura de que él estuviera preparado para dar el paso y relajar el fuerte vínculo familiar que le unía a su casa.

Se sirvió la taza de café y pensó que se ahogaba en un vaso de agua. Luego recordó lo rara que había estado Nerea la noche anterior y sopesó la posibilidad de que lo hubiera dejado con Daniel. Sonrió.

Se recriminó aquella actitud. No sería feliz si Nerea y Daniel rompían. Ella se sentiría sola, desamparada, triste y desgraciada.

Carmen pensó en Nerea... No, no era eso lo que iba mal.

Nerea se despertó sin más. Ni asustada, ni triste, ni extraña. Estaba inquieta, pero no quería reconocerlo. Se sentó en el borde de la cama y miró el despertador. Eran las diez y veintiséis minutos.

Se levantó y fue al cuarto de baño. Se quitó el camisón y encendió el agua de la ducha. Se miró de refilón en el espejo y se tocó el vientre. Sí, tenía una falta importante y la verdad es que no era imposible.

Se metió en la ducha, donde pasó un largo cuarto de hora, pensando.

Salió, se puso el albornoz y buscó la guía de médicos del seguro. Consultó el número del suyo y llamó. Le dieron cita para finales de la semana siguiente.

¿Y si estaba embarazada?

Nerea pensó entonces en qué haría yo en una situación así. Si lo estaba, ¿debía tenerlo? ¿Debía desaparecer un tiempo y luego darlo en adopción? ¿Debía interrumpir el embarazo?

¿Qué decisión tomaría yo?

Sonrió al pensar en todas las situaciones en las que me había acabado pidiendo consejo y dando la razón. Ella siempre pensaba en lo más pragmático. Las emociones la aturdían y no era demasiado buena manejándolas. Yo, sin embargo, era pésima para el pragmatismo, pero era tan pasional que las reacciones más sentidas salían solas y desmedidas. Quiso ser así para poder llamar a Daniel y contarle lo que le preocupaba.

No, no lo haría. No podía.

Me desperté sin más. Ni asustada, ni triste, ni extraña. Estaba inquieta, pero no quería reconocerlo. Me senté en el borde de la cama y miré el despertador. Eran las once y cuatro minutos.

Me di la vuelta y observé a Víctor, dormido bocabajo, abrazándome por la cintura. Me moví y me apretó contra él con un gruñido suave. Le levanté el brazo y me deslicé con sigilo. Él respiró profundamente y se giró. Me miré la marca de la alianza y abrí el cajón. La rescaté de allí y volví a colocármela. Me sentía desnuda sin ella.

¿Y si me estaba equivocando y Víctor era un error? ¿Y si me estaba dejando llevar por una relación que no tenía futuro? No sonaba a que Víctor quisiera nada serio. Además, ni siquiera me había planteado si quería tenerlo yo. Pero…

Sonreí. Aquella noche Víctor me llevaría a casa de sus padres. ¿No quería decir eso que estábamos llevando lo nuestro a buen término? Aunque sabía que si él lo planteaba de aquella manera, sería diferente.

Me quité la alianza y la volví a dejar en el cajón de la mesita de noche. De refilón vi la cartilla del banco. Joder…, iba a tener que hacer algo con aquella situación. Tenía que hablar con Jose, mi agente o mi…, mi no sé qué de la editorial. ¿Podría él conseguirme algo?

Cogí el móvil y mandé cuatro mensajes, así, sin pensármelo. Venía siendo costumbre.

«Mami, pasaré a veros mañana por la tarde, ¿te parece?».
ENVIAR

«Me gustaría muchísimo despertarme a tu lado y abrazarte, que me besaras en el pelo como hacíamos antes, cuando aún nos queríamos; sentirme a tu lado segura y fuerte, pero eso hace ya mucho tiempo que no ocurre. Seamos adultos, Adrián. Esto no es ni una tontería ni un circo. Esto es real. No me llames».

ENVIAR

«Lolita…, tenemos que hablar de esa historia que te llevas entre manos con Sergio. Creo que has debido de volver a amordazar a Pepito Grillo dentro del congelador, junto a la botella de ginebra. Pero eres la mejor, qué le vamos a hacer. Mañana tendré que contarte cómo ha ido la fiesta de cumpleaños de Víctor en casa de sus padres. ¡Buenos días!».

ENVIAR

«Jose, tenemos una comida pendiente. Llámame cuando tu apretada agenda te lo permita. No te olvides de mí, anda…».

ENVIAR

Me arrepentí de uno de ellos al momento…

Lola se despertó sin más. Ni asustada, ni triste, ni extraña. Estaba inquieta, pero no quería reconocerlo. Se sentó en el borde de la cama y miró el despertador. Eran las doce.

Encendió su móvil. Leyó sonriente mi mensaje y se marchó a la cocina, donde se comió un pepinillo mientras preparaba café. No eran horas de desayunar, pero siempre era el momento perfecto para un café.

Encontró su agenda sobre la mesa auxiliar y la hojeó. Sergio, Sergio y Sergio. La cerró y se mordió las uñas, cortas y pintadas de rojo. Se sintió insegura sobre lo que estaba haciendo.

¿Y si se le iba otra vez de las manos, si no lo había hecho ya?

Pensó en por qué ella no había encontrado un hombre y una estabilidad. Envidiaba a Carmen. Ella también quería a alguien que la abrazara por las noches, que escuchara sus tonterías y se riera si se tropezaba en la cocina y se caía con el plato de macarrones en la mano. Ella quería escuchar «te quiero» en la boca de alguien que no fuéramos nosotras ni su hermano ni su madre.

Se bebió de un trago el café y se fue a la ducha. No le gustaba sentirse débil.

12

Víctor y yo comíamos un sándwich de pie en la cocina y manteníamos un silencio nada tenso, cómodo y familiar. Mientras masticaba, empecé a rumiar también las palabras que me había dicho la noche anterior y me giré hacia él, apoyándome en el banco de la cocina. Tragué.

—Tu hermana Aina cumple los años el mismo día que tú ¿verdad?

—No, Aina no. Carolina.

—¿Cuántos hermanos tienes?

—Tres. —Me enseñó tres dedos y después, tapándose la boca mientras terminaba de masticar, añadió—: Uno mayor, una melliza y Aina.

—¿Una melliza?

—Sí. —Sonrió—. Somos calcados. A veces dudo de que sea una mujer.

—O tú un hombre, ¿no?

—A ver, espera... —Dibujó una sonrisa de lo más pervertida, me cogió de la mano y se la llevó hasta la entrepierna—. Creo que sí, ¿no?

—Pues no sabría decirte —bromeé.

Me enseñó el dedo corazón de su mano izquierda y yo lo solté y recogí mi plato.

—¿Le has comprado algo? —pregunté.

—¿A quién?

—A tu hermana.

—Sí, me pidió unas cosas para el bebé.

—¿Tiene un niño?

—Está embarazada. —Masticó otra vez un bocado de su sándwich y dibujó en el aire una barriga de al menos siete meses.

Asentí. Recordé que no había llamado a mi hermana en dos días y apunté mentalmente que lo haría aquella misma tarde. Seguí.

—¿No debería llevar algo?

—Sí, ese vestido negro que llevabas el día que te conocí. Estás preciosa con él. Y a poder ser sin bragas. —Alzó las cejas repetidas veces.

Sonreí.

—Me refería a..., no sé, vino, un regalo, pastas...

—No, qué va. Mis padres llevan un cáterin. —Recogió las migas, las tiró a la basura y se sirvió un vaso de agua.

—Quiero regalarte algo... —Me acerqué, melosa.

Se aclaró la voz mientras dejaba el vaso en el fregadero.

—No te molestes. Mi madre me ha regalado dos camisas, mi hermano Javier una BlackBerry nueva, Carolina una corbata, Aina colonia y mi padre dos días de vacaciones, que espero disfrutar en la cama contigo de alguna manera supersucia y perversa. —Sonrió—. Estoy servido.

—Bueno, ya veremos.

Me apoyé en su pecho y él me abrazó la cintura.

—A no ser que quieras regalarme algo intangible... —dijo con una sonrisa de lo más descarada.

—¿Qué tipo de intangibilidad?

—Sexual —contestó fingiendo ponerse serio—. Siempre sexual. —Le di una sonora palmada en el culo y no pude evitar la tentación de pellizcarlo. Lo tenía tan durito...—. Gracias por venir esta noche. Si no, sería un infierno.

—Exageras —dije, y lo solté.

—No, no exagero, pero prefiero no asustarte. De todas formas, haremos acto de presencia y nos iremos pronto. No tienes por qué preocuparte.

—A ratos me da la sensación de que te preocupa más a ti que a mí.

—Sí, a ratos también me da esa sensación a mí. —Se rio—. Me voy a casa. Quiero revisar unos planos para poder comentarle unas cosas a mi padre esta noche, ya que estamos.

—No pensarás dejarme sola ni un segundo, ¿verdad?

—Tranquila. Paso a por ti a las ocho.

A las seis y media me duché y me lavé el pelo. Después de hidratarme con mi *body milk* perfumado y ponerme la ropa interior, me sequé el pelo y me ricé las puntas con tenacillas. Me puse laca y me hice la manicura y la pedicura con el esmalte a la francesa, que siempre daba buena impresión.

Cuando me di cuenta eran las ocho menos veinte y, como siempre, andaba con el tiempo justo.

Me puse la base de maquillaje iluminadora, el fondo de maquillaje y un poco de polvos en la zona T. Me miré. Me pasé la brocha con un poco de colorete sobre las mejillas, tipo rubor. Me hice la raya del ojo con un *eyeliner* negro y rímel. Me metí el vestido con cuidado por arriba para no mancharlo, lo dejé caer, me dejé un hombro al descubierto, y me retoqué el pelo. Cuando metía el brillo de labios en el bolso y me ponía los zapatos, Víctor pitó dos veces desde abajo.

Bajé todo lo rápido que me permitieron los tacones y me metí en el coche. Víctor me recibió con una sonrisa que, en sus labios, siempre era provocadora.

—Hola, nena —dijo mientras me comía con los ojos—. Estás impresionante.

¿Yo? Víctor sí estaba espectacular. Llevaba unos vaqueros oscuros y un jersey fino de color verde botella que, sin ser extremadamente ceñido, le marcaba los hombros, el pecho y el vientre. Para comérselo. Una sonrisa bastante elocuente se me dibujó en la cara.

—Tú sí que estás guapo —respondí.

Me incliné y nos dimos un beso en los labios; ya éramos una de esas parejas que se besa al subir al coche... y me hizo ilusión.

Víctor puso en marcha el motor y me colocó una mano sobre la rodilla; sentí cómo me hormigueaban las piernas en oleadas ascendentes. ¿Llegaríamos a casa de sus padres o terminaríamos aparcando el coche en cualquier zona solitaria y mal iluminada?

—Mis padres viven en las afueras, como a media horita.

—¿Dónde?

—Cerca de Las Rozas. —Y sus ojos fueron de la carretera a mis piernas, que acababa de cruzar.

—No hay problema. El vestido no se arruga.

—Si se arruga puedes quitártelo si quieres. —Esbozó una media sonrisa.

Se colocó bien el asiento mientras conducía.

—Vamos a pillar la A1 a reventar…, ya verás —comentó más para sí mismo que hacia mí.

—Estás muy sexi cuando conduces, ¿lo sabes? —le contesté comiéndomelo con los ojos.

Me miró un nanosegundo y volvió a fijar la vista en la carretera antes de decir:

—Tú estás sexi hasta cuando bostezas. O a lo mejor es que tengo la mente sucia y no dejo de imaginar cosas…

—¿Cosas…?

—Cosas húmedas. —Lanzó una carcajada y siguió hablando—: Tengo que avisarte de un par de temas.

—¿Sobre qué?

—Sobre lo que vas a encontrar en casa de mis padres.

—Ya, ya sé. Me disfrazo de ninja y echo a perder la fiesta con patadas voladoras y saltos mortales.

Se echó a reír.

—Además de eso, antes de que te des cuenta por ti misma, te diré que mis padres son un poco… especiales. Mi madre es… —dudó un momento, levantando las cejas y mordiéndose el labio— sexóloga.

Le miré, sorprendida. Ah…, de ahí le venían los conocimientos suprahumanos de la anatomía femenina, me temo. Quizá de ahí y de la experiencia…

—Sí, ya lo sé. Poco habitual lo de tener una madre sexóloga. Supongo que puedes imaginarte el tratamiento que tiene el sexo en casa.

—Pues no sé si me lo imagino.

—Las personas tendemos a hablar sobre lo que mejor conocemos y mi madre sabe mucho de sexo. ¿Entiendes?

—Entendido. Capearemos el temporal. ¿Algo más?

—Mi hermana Carolina está casada con Peter. Es piloto. Habla fatal español, no sé cómo se entiende con mis padres. Cuidado con él porque se pone a hablar y, como no le entiendes nada, te mete en unos berenjenales… ¿Qué más? Mi hermano Javier vive con su novio. Se llama Antonio, pero todo el mundo le llama Antoine. Es profesor de literatura y cuando menos te lo esperas te encuentras hablando con él sobre el puñetero monólogo de Molly Bloom.

—Humm…, James Joyce, qué profundo.

—Y espeso.

—Sigo tomando nota.

—No, creo que ya está. A Aina ya la conoces y mi padre te confundió con la del ayuntamiento. Te haces una idea. Además, habrá allí una docena de amigos de mis padres y demás. —Le miré de reojo—. ¿Te he asustado? —preguntó.

—No, pero me siento… abrumada.

—¿Demasiada información?

—No, es el hecho de ir a casa de tus padres.

—Y eso que aún no te he dicho que han leído tu libro. —Sonrió.

Me quedé mirándole sin saber qué contestar y tuve la tentación de propinarle un par de buenas collejas, pero me contuve. Por el contrario, escondí la cara entre las manos un buen rato mientras pensaba qué hacer para evitar la tensión de saber que todos me habían leído poniéndome cerdaca. Como no encontré solución, lo maldije entre dientes.

—Maldito cabrón.

Cuando llegamos, me maravillé. La casa estaba en el centro de una urbanización muy elegante. Silbé y él sonrió, pero con vergüenza. Creo que no le gustaba dar la impresión de ser un niño pijo y se incomodaba cuando entendía que alguien podría traducir ciertas cosas en un alardeo.

La calle estaba plagada de coches aparcados en la acera, así que dimos un par de vueltas, para terminar aparcando junto a unos setos en la calle de detrás. Víctor se quitó el cinturón y me miró con una sonrisa tensa en la boca.

—¿Preparada?

—¿Y tú?

—Nunca se está lo suficientemente preparado para esto. —Se rio, al tiempo que se pasaba la mano por la nuca, nervioso.

—Si quieres podemos dejarlo estar, Víctor. Llévame a casa y di que no me encontraba bien.

—No. No va a hacer falta. Ya te dije que mis padres son un poco… —Movió la cabeza de un lado a otro, dándome a entender que no iba a ser la típica presentación formal en sociedad.

Carraspeé y cambié de tema.

—Te he comprado un regalo.

—No tenías por qué. —Sonrió.

—Es una tontería.

Abrí el bolso y le di un paquete, que él abrió sin pensárselo mucho, rasgando el papel con sus largos dedos. Era *Lolita*, mi libro preferido de Nabokov. Me lanzó una miradita de reojo que por poco no me convirtió en un amasijo derretido sobre el asiento.

—Muchas gracias. No tenías por qué molestarte. —Le dio la vuelta y con los labios apretados, muy concentrado, leyó la contraportada.

—¿Lo habías leído ya?

—Humm…, creo que debería decir que sí, pero lo cierto es que no.

—Lo dejaré en mi casa, así puedes leer antes de dormir los días que te quedes.

—Vale. —Sonrió—. ¿Lo has firmado?

—Sí. —Me sonrojé—. Pero soy malísima escribiendo dedicatorias.

Abrió el libro y revisó con una sonrisa lo que había escrito en la primera página:

Lolita nos presentó una noche y de repente todo se complicó.

Espero que nunca te arrepientas de haberme metido en tu vida y que un día al despertar seas menos guapo, así podré respirar mientras te miro.

Valeria

Se rio, se acercó y me besó en la boca.

—Ya no me arrepiento de haberte conocido —y al decirlo me acarició el pelo.

—¿Ya no?

—No, he entrado en razón. ¿No ves dónde estás?

Se empeñaba en decirme que aquella fiesta no significaba nada, que no era un examen sorpresa para que sus padres me dieran el visto bueno, pero se le escapaba un comentario como aquel. ¿Qué tenía que pensar? ¿Era importante o no que me hubiera llevado con él? ¿Lo habría hecho con alguna otra chica de darse el caso o yo era especial?

Hubo un silencio un poco incómodo, como si quedara algo por decir.

—Vamos. No lo retrasemos más —lo animé.

La puerta del jardín estaba entreabierta y, para mi sorpresa, Víctor entrelazó sus dedos con los míos antes de entrar. Eché un vistazo hacia arriba, buscando su cara, y él, sin mirarme, esbozó una sonrisa sensual. Víctor…, menudo hombre. Me sentía como una adolescente cegada por su primer amor y lo peor es que me veía tan insegura como si de verdad hubiera vuelto atrás en el tiempo.

En la terraza había unas veinte personas charlando de pie. Todos eran guapos, altos y con pinta de tener éxito en la vida…, como Víctor. Y yo…, yo allí sintiéndome minúscula. Quise desaparecer.

No me costó reconocer a su madre, que dirigía con amabilidad a dos chicos del cáterin para que dejasen las bandejas sobre unas mesas auxiliares. Era la única persona de mi estatura y eso me hizo sentir momentáneamente más tranquila, no sé por qué. Momentáneamente…, hasta que la vi acercarse a nosotros. Andaba sobre unos bonitos zapatos de tacón, luciendo con garbo un vestido de color coral. Parecía joven para tener hijos de la edad de Víctor. Tenía manitas de niña pianista y una sonrisa descarada, como la de Aina. Besó a Víctor mil veces en las mejillas, poniéndose de puntillas, y luego me miró, sin rastro de inquisición, más bien con beneplácito.

—Tú debes de ser Valeria —dijo con una expresión muy pilla.

—Sí, encantada.

—Soy Aurora. —Le di dos besos—. Víctor me contó que eras muy guapa, pero se quedó corto.

—No me gusta presumir en exceso —contestó él al tiempo que me pasaba el brazo por encima del hombro.

Sonreí, sonrojándome, y me recordé a mí misma que tenía que respirar si no quería desmayarme.

De pronto me convertí en la novedad de la fiesta. Aina se acercó y me dio dos besos y su padre la imitó. Víctor me presentó a su hermano mayor y a su novio y a su hermana Carolina, que estaba casi más embarazada que mi hermana.

—Felicidades por partida doble. —Señalé su vientre.

—Sí, voy a explotar —rio acariciándose la tripa—. Pero ven, coge una copa. ¿Qué te apetece? ¿Conoces a Peter?

—¡Valeria! ¡Tengo que pedirte un favor! —gritó su madre alcanzándonos.

—Sí, dígame.

—¡Háblame de tú, por favor! —Sonrió—. ¿Puedes venir conmigo?

Víctor le lanzó una mirada desconfiada e instintivamente me cogió la muñeca entre sus dedos con delicadeza, pero su madre le prometió que no sería por mucho tiempo.

—Te la devuelvo enseguida, no sufras.

Yo asentí sonriente y él me soltó la mano. Entramos en la casa; Carolina y Aina nos siguieron hasta la cocina. Era un espacio enorme, con distribución americana. Tenía una isleta en medio, con las placas de vitrocerámica y una campana preciosa. Un estilo pulcro y nada recargado que me recordaba a Víctor.

Mientras lo miraba todo maravillada, su madre desapareció un instante para volver con un ejemplar de mi novela en la mano. Me sonrojé y agaché la cabeza.

—Oh… —susurré.

—Carolina me regaló *Oda* porque se lo recomendó una amiga y… me encantó. ¡Lloré tanto con ese libro! Mira qué casualidad. Compramos este en cuanto salió porque Víctor comentó que…, claro…, te conocía y… ¡cómo lo disfruté!

—Muchas gracias, pero no es más que una novelita ligera.

—Bueno, bueno, será ligera, pero me resultó muy entretenida.

—¿La has terminado ya? —pregunté avergonzada.

—Sí. —Se rio—. Ahora lo está leyendo Aina. No sabes lo contenta que se puso al saber que también tiene un papel en la historia. Pero, claro, está teniendo problemas con ciertos detalles sobre su hermano, ya sabes, los pasajes más tórridos.

Carolina y ella se carcajearon. Aina se quejó.

—¡Mamá! Te dije que no se lo contaras. Ahora creerá que no me gusta su libro.

Me giré y negué con la cabeza, sonriéndole.

—No te preocupes, Aina, te entiendo. —Me reí.

—Lo que no le gusta es, claro, imaginarse a Víctor metido en faena y…

—¡Vale ya, mamá, no termines la frase! —dijo la voz de Víctor colándose desde fuera a través de una ventana abierta.

Y me sorprendió que estuviera lo suficientemente intranquilo como para acercarse hasta allí a vigilar. ¿De qué tenía miedo? ¿De lo que me dijera su familia o de lo que yo pudiera decirles a ellos?

—Lo pones en muy buen lugar… —Rio Carolina—. Esperemos que no se le suba a la cabeza.

—¿Podrías firmármelo? —Su madre me lo tendió.

—Huy, soy muy mala para estas cosas.

—Cualquier cosa.

Cogí el bolígrafo que me ofreció y suspiré esperando que apareciera pronto la furcia de la musa de turno. Pestañeé nerviosa un par de veces y al fin, apoyándome en la mesa, escribí:

Quizá esta noche tenga un capítulo en la segunda parte.
   Gracias por todo. Valeria

Se lo devolví y sonrió al leerlo.

—¡Perfecto! ¿Fumas? ¡Qué tontería! ¡Claro que fumas! Fumas Lucky Strike Light.

—Creo que debería dejar de dar tantos datos sobre mí en lo que escribo. Un día se puede volver en mi contra.

Carolina se rio y al cerciorarse de que íbamos a fumar se disculpó y salió junto con Aina, que iba parloteando hacia su abultada barriga, muy ilusionada.

Aurora sacó una pitillera plateada con su nombre grabado y me ofreció uno de sus cigarrillos, finos y *extralarge*. No podía ser de otra manera. El complemento ideal para una mujer como ella. Sonreí y acepté la invitación tras su insistencia. Qué poco le pegaba a Víctor tener una madre tan... ¿exótica?

—Muchas gracias por comprar el libro. A este ritmo mi editor se va a frotar las manos.

Me acercó una copa de vino tinto y se sirvió otra para ella.

—Se lo regalé también a todas mis amigas en cuanto me enteré de que salías con Víctor.

Bueeeeno..., pues la idea de Víctor de que no iban a dar por sentadas ciertas cosas no se estaba cumpliendo. ¿Salir? ¿Salíamos Víctor y yo o solo nos veíamos de manera informal? Porque si salíamos, éramos novios o algo similar, ¿no? Su madre me sacó de nuevo de mis meditaciones con su conversación.

—Me quedó una duda sobre el personaje del marido, no sé si es buena idea preguntártelo.

—Sí, no te preocupes. —Nos sentamos.

—Él... ¿se acostaba asiduamente con su ayudante o lo del viaje fue una cana al aire?

—Pues... sabes lo mismo que yo. —Me encogí de hombros y me di cuenta de que cada vez me dolía menos—. Lo que hay escrito en este libro no es más que una licencia literaria.

—¿Una licencia literaria?

—Bueno. Licencia a medias. Accionaron la tecla de llamada de su teléfono móvil y los escuché gimiendo; eso sucedió tal y como lo escribí. No había lugar a dudas. A partir de ahí... tuve que seguir de oídas. No sé si lo hacía a menudo o si fue la primera vez.

—Vaya.

—Sí. —Agaché la cabeza un poco angustiada. Desde que nos habíamos separado no me había parado a revivir ciertas sensaciones...

—Me pareció que no teníais demasiada vida sexual.

—Demasiada no, nula. Pero bueno, Adrián nunca fue una persona muy sexual. —Me sonrojé por completo y aparté la mirada hacia el humo del cigarrillo—. Al menos nunca lo fue conmigo. No era como...

—Como Víctor —terminó de decir ella—. Pero tú sí.

Nos miramos en silencio y me costó tragar. Menuda primera conversación.

—No lo sé. Pero es como todo, depende de la persona con la que estés. Yo también acabé acomodándome con Adrián a esa rutina. No conocía otra cosa.

—Pero no estabas satisfecha y eso no es tanto un problema en sí mismo como el síntoma de un problema mayor, ¿sabes?

—Sí, es posible. Teníamos muchos problemas que acabaron siendo síntoma de algo mucho más grande.

—Es que te casaste muy joven.

—Sí, tonta y enamorada. —Me reí.

—Yo me casé a los veinte, pero era otra época. Ahora me imagino a Ainita casándose y… —Fingió un escalofrío.

—Nosotros lo teníamos muy claro en ese momento. Aunque parezca lo contrario, fue una decisión muy meditada. Quizá el problema fue que no estábamos preparados aún para tomar ese tipo de decisiones. Debí hacer caso a mis padres.

Quizá el problema era estar teniendo esta conversación sobre mi matrimonio recién destrozado con la madre del chico que había ayudado a romperlo, pero nada, lo importante era seguir pareciendo tranquila.

—La gente cambia tanto con los años…, es difícil predecir si el cambio va a hacernos tremendamente infelices —sentenció.

—Pero siempre fue así y antes las parejas duraban toda la vida. —Suspiré.

—Teníamos más paciencia y el divorcio estaba muy mal visto, eso ayuda. —Se rio.

—De todas maneras…, ¿cambian en realidad las personas?

Aurora me miró con el ceño fruncido, meditando mi pregunta. Al fin puso una mano sobre la mía y la palmeó suavemente.

—Yo creo que sí. Al menos en algunos aspectos de la vida. Hay quien vive sin comprometerse con nada hasta que un día…, pum, lo hace sin más.

Las dos sonreímos. Estaba claro que hablábamos de Víctor, ¿no?

Como si estuviera preparado, Víctor entró en la cocina en aquel momento, me cogió un cigarrillo del bolso y lo encendió de cara a la ventana mientras murmuraba algo sobre lo mal que hablaba su cuñado. Su madre no le prestó atención.

—No fumes... —le dije en un murmullo—. Volverás a engancharte.

—Oye, ¿qué tipo de anticonceptivo utilizáis? —interrumpió su madre de pronto—. ¿Queréis preservativos? Me llegó ayer a la consulta una muestra de..., ¿o tomabas la píldora? Bueno, bueno... —se echó a reír—, a lo mejor habéis decidido hacernos abuelos. Es que, claro, no lo sé, como este no suelta prenda no sé si vais en serio, si..., ya sabes. En ese caso, oye, yo no tengo nada que decir. ¡Más contenta que unas pascuas!

Me quedé callada y quieta. Aunque la conversación estaba tomando unos derroteros algo extraños, no me esperaba un giro así. Víctor miró a su madre y negó con la cabeza.

—Calla, mamá.

—Cariño, haces muy mal negando tu sexualidad con tu familia. Es una cosa muy natural... Además... —miró el libro—, me da la impresión de que eres un fiera.

—¡Mamá! —repitió él molesto.

—Yo no digo nada. Pero desde luego tienes a quién parecerte. Tu padre...

—¡Oh, joder, no! —se quejó Víctor al tiempo que apagaba el cigarrillo—. Vamos, Valeria.

—¡No, no, no te vayas!

—Te lo pedí por favor —le dijo muy serio—. Vamos fuera hasta que se te pase.

Me cogió del brazo y tiró de mí. Me encogí de hombros y sonreí a su madre, que me devolvió el gesto. Caminamos a oscuras por el pasillo, pero en lugar de salir por la puerta que daba a la terraza giramos hacia el lado contrario y aparecimos en un patio trasero. Solo había un farolillo encendido en una de las esquinas y, aunque llegaba hasta allí el vocerío, no había ni un alma.

—¿Adónde vamos? —murmuré.

—A escondernos.

Nos acomodamos en un rincón oscuro, apoyados el uno en el otro. Víctor dijo:

—Diez minutos más y te estaría contando algo sobre el maldito punto G en los hombres.

—Quizá me interese.

—No, reina, no. —Me sobó por debajo del vestido—. Mi punto G mejor lo dejamos estar. El tuyo creo que lo tengo localizado. Por lo que ha podido leer toda la familia, te hago aullar de placer. —Nos reímos y le di un manotazo para que me soltara el trasero—. Eres preciosa —susurró mientras su mano me acariciaba la parte baja de la espalda, esta vez con más elegancia—. Tengo ganas de llegar a casa y pasarme toda la noche tocándote.

Y ya estaba allí de nuevo esa sexualidad que lo inundaba todo. Resoplé. Sería poco comunicativo con ciertos sentimientos pero, oye, qué bien expresaba sus apetencias…

—La noche es muy larga —le dije.

—Mejor. Tengo pensadas algunas cosas que van a implicar... tiempo.

Se inclinó hacia mí y yo le recibí con los labios entreabiertos. Nos besamos con pasión y empezamos a apretarnos, buscando el tacto del otro. Su lengua me recorrió toda la boca salvajemente y las dos manos se metieron debajo del vestido.

—Para, para... —le pedí.

—¿Por qué?

Lo primero, porque no me apetecía que alguien de su familia nos pillara en el ajo, la verdad. Además...

—Si no aminoramos la marcha... —susurré.

—¿Qué? —dijo sin terminar de soltarme el bajo del vestido, que no estaba a la altura correspondiente.

—Esta semana vamos a uno o dos diarios —reflexioné sorprendida.

—¿Y qué?

—Esto no es para siempre, lo sabes, ¿verdad?

Me miró frunciendo el ceño.

—No te entiendo.

—Quiero decir que el sexo un día deja de importar..., al menos de importar tanto. No quiero que nos demos un... atracón.

Me ruboricé por completo porque no estaba segura de si él estaría de acuerdo en querer alargar aquello lo máximo posible y cuidarlo esperando que algún día fuera algo de verdad. No es que en ese momento no fuera real, es que siempre tenía que hablar de ello con la boquita pequeña, por si acaso. Lancé una miradita hacia Víctor y me sorprendió ver que sonreía tímidamente, dibujando una leve curva ascendente en la comisura de los labios. Entonces se encogió de hombros y, para mi tranquilidad, repuso:

—Si esto se apaga quedará el resto.

—¿Y qué es el resto?

Se rio. Los ojillos se le arrugaron…

—¿De verdad quieres que me declare aquí y ahora?

Chasqueé la lengua y me lo tomé como una broma. ¿Qué otra cosa podía pensar? Víctor daba vueltas constantemente a mi alrededor, pero no siempre lo hacía en la misma dirección. Es posible que por aquellas fechas él también estuviera luchando contra la necesidad de vernos y de estar cada día un par de horas más juntos. Era extraño; apenas nos conocíamos. Además, no creo que Víctor tuviera la misma inclinación que yo hacia las relaciones estables. Bueno, no lo creía, lo sabía. ¿Tendría razón su madre en que ese tipo de personas, llegado el momento, se comprometía?

Cuando me quise dar cuenta llevaba un par de segundos de más en silencio y él me miraba de manera interrogante. En el fondo no podía evitar tener pánico de que él se asustase, se agobiase y desapareciese sin dar más que un par de vagas excusas, del tipo: «Ya te llamaré». Así que fingí una sonrisa confiada y dije:

—Venga, vamos. Buscamos una buena excusa y nos marchamos en un ratito.

—No. —Negó con la cabeza con una expresión que encendió mi interruptor.

Mi vientre vibró. Oh, Dios.

—Aquí no —pedí.

Me cogió los muslos y me subió a pulso, como si no le costase esfuerzo. Metió la mano dentro del vestido y tiró hacia abajo de mis braguitas de encaje con tanta fuerza que a medio camino se escuchó cómo se rasgaba una parte.

—Eres un bruto —me quejé ya jadeante.

—Nunca he dicho lo contrario.

Noté cómo las braguitas me caían hasta el tobillo derecho y se quedaban allí, enganchadas en la sandalia. Le metí los dedos entre el pelo y me lo llevé hasta la boca. Nos besamos… Joder, nos besamos de verdad. Esa manera en la que se besaría la gente si esperara la llegada del Armagedón.

Como si estuviera haciendo pesas conmigo, me movió, frotándome sobre su bragueta, que ya evidenciaba una erección.

—Aquí no, Víctor, por favor —me quejé cuando empezó a devorarme el cuello.

—Aquí sí, Valeria, por favor…

Me soltó una de las piernas y yo me agarré con fuerza con las dos a su cuerpo para no caerme. Con la mano libre se desabrochó de un tirón la bragueta y encaminó la penetración. Me retorcí, clavándomelo hasta lo más hondo. Eché la cabeza hacia atrás y contuve un gemido.

—Así…, calladita… —susurró.

Me removí sacándolo de mí y él volvió a penetrarme en una embestida que casi me hizo gritar. Le mordí el hombro. Él siguió conmigo arriba, abajo, arriba, abajo, llevándome hasta el límite. Empezaba a sudar del esfuerzo cuando me bajó. Me quedé mirándolo alucinada, esperando que fuera solo una pausa. Yo no quería empezar pero… ahora ya no podía dejarme así.

—Víctor... —empecé a decir.

—Shhh...

Tiró de mí más aún y me llevó hasta un rincón, donde había, apartada, una mesa de terraza. Me inclinó sobre ella de espaldas a él y, tras subirme el vestido hasta la cintura, volvió a colárseme dentro. Gemí, un poco, bajito, porque en aquella postura lo sentía tan dentro...

Víctor siguió dentro y fuera, dentro y fuera de mí, y, apretándome los hombros, avisó de que se corría. Pero yo necesitaba un poco más de tiempo, así que le paré.

—Espera..., espérame.

Salió de mí, me giró, me besó brutalmente en los labios y me colocó en el borde de la mesa de teca, con el trasero en el aire. Me agarró las piernas y yo misma lo atraje, cogiéndole del jersey y tirando de él hacia mí. Arqueé la espalda, me agarré a la mesa y cerré los ojos.

—Eso es, nena..., eso es...

Las voces de la fiesta llegaban hasta nosotros con alguna risa de fondo y conversaciones animadas. Se escuchaba algún grillo y las ramas de los árboles meciéndose con el viento y, sobre todas esas cosas, nuestra respiración acelerada.

Cuando exploté y me corrí, Víctor pareció aliviado. Había poca luz, pero podía ver sus sienes húmedas y empezaba a resoplar. Pero en ese estado orgásmico, no me importó demasiado. Solo me dejé llevar, rompiéndome en mil pedazos alrededor de la presión que ejercía él en mi interior. Después me dejé mover a su antojo para notar cómo, tras dos suaves y certeros movimientos de cadera, Víctor se vaciaba dentro de mí.

En lugar de quedarse allí hasta que su erección empezara a remitir, como siempre, salió rápidamente de mí. Supongo que no quería verse en la tesitura de tener que soportar las bromas de la familia si nos pillaban con las manos en la masa. Pero podría haberlo pensado antes, ¿no?

Casi me caí al suelo cuando me soltó para subirse los pantalones, que se le habían escurrido hasta la mitad de los muslos. Riéndose, me llevó hacia sus labios, me besó y me pidió perdón.

—A veces no me controlo.

Jadeando yo también, me reí.

—El crimen perfecto —le contesté entornando los ojos.

Cuando nos arreglábamos delante de la puerta de entrada para volver a la fiesta con naturalidad (y con las bragas rotas), llegó hasta nuestros oídos las voces de su hermana Carolina y de su madre, que comentaban la indumentaria de una de las invitadas, al parecer amiga de Aurora.

—Es un esperpento, mamá, no la justifiques. No tiene edad.

—Ay, hija, ella es así. Lo ha sido toda la vida. Original.

—Sí, original, dice. Oye, hablando de todo un poco…, ¿y Víctor? ¿Se marchó ya?

—Ah, no, qué va. Está con Valeria follando ahí fuera. Encima de la mesa de teca, supongo —contestó su madre resuelta.

¿Crimen perfecto, no? Pues no. No precisamente.

Al encontrarnos con todos en la terraza tratamos de disimular. Víctor me quitó una ramita de pino del pelo y yo le alisé un poco el jersey. Cogimos unas copas de vino y sonreímos con bonanza de cara a la galería. Su padre pasó por allí y, levantando las cejas, nos preguntó:

—¿Mejor ahora, verdad? Más relajados.

Dos que duermen en el mismo colchón, dicen, se vuelven de la misma condición.

13

El agua repiqueteaba sobre la ventana desde hacía un buen rato. Resonaba en la lejanía una tremenda tormenta de verano que había oscurecido el cielo. Eran las cinco de la tarde y parecían las diez de la noche, pero eso a nosotros nos daba igual.

Víctor me quitó las braguitas con suavidad, deslizándolas por mis piernas. Era la única prenda que aún tenía encima después de cuarenta y cinco minutos de besos y caricias. Nos sentíamos como si nunca tuviéramos suficiente...

Gemí cuando lo vi acercarse a mi estómago con la boca entreabierta. Me repasó con la lengua el costado y me besó la cadera, para subir encadenando pequeños mordiscos hasta el cuello. Un escalofrío me puso toda la piel de gallina y me sensibilizó los pezones.

Me separó las piernas, haciéndose hueco entre ellas, y me acarició el clítoris con la punta de su pene. Arriba y abajo, suavemente. Placer para los dos. Eché la cabeza hacia atrás y él, dejando la palma de la mano izquierda abierta sobre mi estómago, me penetró suavemente en un movimiento certero, saliendo de mí al instante.

—No…, no pares —le pedí con un hilo de voz.

Me cogió la cara entre sus manos y colocó los dos pulgares sobre mis labios.

—No voy a parar —susurró—. Nunca.

Nunca, repetimos los dos jadeando.

—¿A las demás te las follabas también así? —le pregunté.

—No te estoy follando. —Sonrió—. Te estoy haciendo el amor. —Mis caderas subían y bajaban en busca de su cuerpo. Me acarició la boca con las yemas de los dedos y me tocó la lengua con uno de ellos, con una sonrisa en la cara—. Pero te lo hago con las mismas ganas. O más. —Volvió a esbozar una sonrisa.

Giramos. Me senté encima de él, apoyé las manos sobre su pecho y me moví mientras él, que me tenía sujeta por el final de la espalda, me acercaba y me alejaba sin parar.

Gemí con fuerza y jadeé exasperada; no me reconocía en todos aquellos sonidos guturales, pero no podía controlarme. Me cogió un pecho y, tras levantarme un poco a su antojo, se lo acercó a la boca.

—Dime cuánto te gusta.

—Joder, Víctor… —contesté con los ojos casi en blanco.

—¿Cuánto? —Y el tono de su voz, duro y apremiante, nos aceleró un poco, situándonos en un plano más carnal.

—No puedo dejar de pensar en ti en todo el día. Día y noche... —Nos besamos en la boca. Después me arqueé hacia atrás y me besó en el cuello—. No puedo más, Víctor.

—Acabamos de empezar —susurró.

—Pero no puedo más...

—Anoche soñé con esto. —Sonrió—. Y te retorcías debajo de mí mientras me hundía en tu... —Temí que terminara la frase, pero solo ahogó un gemido que me excitó muchísimo—. Eres tan diferente... —terminó diciendo.

—¿Qué les hacías a ellas?

Se acercó a mi oído.

—¿Te pondría saberlo?

—No lo sé.

—Iba directo a esto.

Sentí cómo la sacudida me revolvía entera la piel cuando me penetró profundamente. Quería más.

—¿Solamente esto? —pregunté.

—Sí.

—¿Qué te gustaba que te hicieran ellas?

—Me gustaba que se pusieran de rodillas y me la chuparan —dijo con voz grave—. Y que se lo tragaran mirándome a la cara.

Resoplé.

—No puedo más..., no puedo más, Víctor.

Se tumbó sobre mí y le rodeé con las piernas. El cabecero de la cama golpeó primero suavemente la pared. En el siguiente golpe los vecinos parecieron quejarse. Gemí. Sus manos se agarraron al mueble y en sus embestidas la pared empezó a desconcharse.

—¿Te corres…? —dijo subiendo el ritmo.

—Ya. Sí. Me corro —le contesté.

Por un momento pareció que fueran a caerse hasta los cuadros de la pared. Víctor gemía palabras entrecortadas y yo contestaba como podía. Los vecinos golpearon la pared y nosotros les contestamos con el orgasmo más colosal de toda nuestra existencia.

Víctor se cayó a mi lado, boca arriba, empapado en sudor y con la respiración ruidosa y agitada. Le miré de reojo.

—Creo que los vecinos me van a echar de la comunidad —murmuró. Miró la pared—. Y que voy a tener que volver a pintar.

—¿Valió la pena?

—Siempre vale la pena contigo. —Me besó en la boca—. ¿A qué ha venido ese punto de preguntarme…? —dijo jadeante, con el ceño fruncido.

—No lo sé. —Me avergoncé—. Pero…

—¿Te ponía? —Me miró de reojo mientras se dejaba caer junto a mí, sobre la almohada.

Me puse roja como un tomate, pero la verdad es que me había puesto muchísimo pensar en aquello, a pesar de que me repateara que otras, antes que yo, disfrutaran de él.

—No pasa nada. —Se rio—. En la cama se dicen muchas cosas, nena. Solo tenía curiosidad. No vas a asustarme. Ya he oído casi de todo.

—¿Casi de todo?

—Huy, sí. —Se incorporó, despeinado, y se levantó de la cama, tan desnudo…—. He escuchado verdaderas explosiones de creatividad. No tienes de qué preocuparte.

—¿Como qué?

Cogió el mando del aire acondicionado y lo accionó, cambiando la dirección para que no diera directamente en la cama. Después, con una sonrisa enigmática, salió de la habitación.

—¡Eh! —me quejé—. ¿¡Como qué!?

No contestó, pero escuché sus pasos volviendo hacia el dormitorio. Apareció igual de desnudo, pero con una botella de agua fría en la mano.

—Salí con una chica que me gritaba de todo cuando se corría. —Bebió un trago de agua y siguió hablando—. «Hijo de la gran puta» era lo más suave. Pero esa, dentro de lo que cabe, pues oye…, era su manera de expresarse. Otra me pedía que le gritara yo que era una puta y una guarra. Y a mí me daba tanta risa que hasta me la bajaba. Creo que lo más extraño que he escuchado en la cama fue un «pégame» o… —Se quedó pensativo y después se echó a reír—. No, no…, una que me decía, así, como despacio, tipo psicópata, que quería que me corriera en sus ojos.

Me callé. Llevaba un rato pinchándole para que me contara ese tipo de cosas y ahora que lo había hecho… ni estaba excitada ni me hacía gracia. Me daba miedo, asco y rabia. Pensé en Adrián con otra mujer y de pronto me di cuenta de que no sentía lo mismo.

—¿Qué pasa? —preguntó—. Te ha cambiado la cara.

—No sé. No me gusta imaginarte con otra chica. Y menos con otra con gustos raros.

Sonrió.

—¿Celosa?

—No lo sé. Esto es nuevo para mí. —También sonreí—. ¿Son celos?

—Supongo. Cuando yo pienso en Adrián tocándote me dan ganas de liarme a tortas con una pared. —Se rio.

Me eché a reír a carcajadas, sobre todo porque casi no me acordaba de la última vez que Adrián me tocó.

—Pues imagínate cómo debería sentirme yo. ¿Con cuántas tías habrás follado? No lo pagues con mi ex. Es mi única experiencia previa. —Y después volví a reírme.

—No te rías. Los hombres somos así de tontos y de brutos.

—¿Y por qué es de ese modo? ¿Por qué nacen los celos? —Miré al infinito, poniéndome trascendental de pronto, desnuda sobre la colcha arrugada de la cama de Víctor.

—Sé por qué siento celos yo. Creo que tú deberías averiguarlo sola. —Le miré. Sonreía ampliamente—. Joder, no me quito el calor. Voy a darme una ducha fría. ¿Te vienes? —Y se pasó la mano por la frente para secarse el sudor.

—Sí. Dame un segundo. Voy a meditar tu contestación.

Víctor se marchó hacia el cuarto de baño contiguo y yo me quedé mirando al techo. Estaba angustiada. Todas esas chicas en la cama de Víctor… Y él acumulando experiencias. ¿Qué pintaba yo en todo aquello? ¿Era realmente donde quería estar? Y, sobre todo, ¿era consciente yo de dónde me estaba metiendo?

Sabía cuál era el paso pertinente en ese momento. Sin embargo, no me creía lo suficientemente valiente para hacer aquella pregunta.

Pensé en Lola. ¿Qué haría ella? Ella no la haría. Le tenía alergia a aquellas cosas. Pensé entonces en Nerea… ¿Cuál sería la reacción lógica y la pregunta acertada y pragmática para aquel momento? Bueno, no imagino a Nerea hablando en el fragor de la batalla y mucho menos peguntándole a Dani sobre sus anteriores experiencias sexuales. Además, a ella no le haría falta tener esa información, porque tenía ojo clínico. ¿Y Carmen? ¿Qué haría Carmen? Carmen sería sincera, de golpe, sin más. Quizá debía aprender un poco de ella.

Me levanté decidida de la cama y entré en la ducha. Víctor trató de cazarme para llevarme bajo el chorro del agua, pero lo esquivé y me quedé a una distancia prudencial.

—Ven, no está muy fría.

—Víctor —dije sin moverme.

—¿Qué?

Nos mantuvimos la mirada unos segundos. El agua me salpicaba suavemente en la piel, refrescándola.

—Víctor…, dímelo ya —pedí.

—¿Qué quieres que te diga?

—Ponle nombre. —Y le miré suplicante—. No me importa qué nombre le pongas, pero dímelo. No sé qué esperar de ti y no sé qué esperas de mí.

Él asintió. No hicieron falta más explicaciones. Su nuez viajó de arriba abajo y después cogió aire.

—Valeria, cielo, quieres escuchar cosas que no estoy preparado para decir.

—Yo no...

—No, escúchame. Quiero que esto salga bien, pero tienes que dejarme espacio y tienes que darme tiempo. Vas demasiado rápido.

Bien, Valeria, bien. Ahora aún está más asustado.

14

Y qué le contestaste?

—Nada —dije encogiéndome de hombros.

Lola se paró frente a un escaparate y me miró, sorprendida.

—¿Cómo que nada? Te dice que vais demasiado rápido y ¿te piras?

—Salí de la ducha, me vestí y me fui. —La miré compungida—. Ni siquiera esperé a que saliera él.

—¿Ese chico se acuerda de que dejaste a tu marido por él? —preguntó indignada.

—No lo dejé por él. Adrián y yo ya no éramos marido y mujer desde hacía tiempo. —Carraspeé algo molesta.

Y es que no estaba acostumbrada a vérmelas con situaciones de ese tipo. ¡¡Llevaba casada desde los veintidós, por Dios!! Estaba habituada a una relación que, aunque dejaba mucho que desear, era estable. Esos vaivenes me ponían cardiaca…, el querer tener pero no atreverse a pedir.

Empezaba a entender muchas cosas de las relaciones de Carmen, Nerea y Lola que, durante los últimos años, me habían parecido extrañas y profundamente burocráticas. Yo estaba demasiado acostumbrada a hacer y decir sin tener que pensármelo dos veces. Pensaba que las estrategias de seducción no iban conmigo, pero... ¿y si con Víctor iban a hacerme falta? En ese caso supongo que todo terminaría cayendo por su propio peso.

—¿No te ha llamado? —volvió a preguntar Lola, devolviéndome a nuestra conversación.

—Me envió un mensaje anoche —confesé tras humedecerme los labios.

—¿Y?

—Me decía que al pedirme aquello no esperaba verme desaparecer. Llevo casi tres días sin darle señales de vida. Le tengo pánico... No quiero estropearlo.

—Vaya, qué complicado, ¿no? —Reanudó el paso.

—No creas que lo es tanto.

Lola entró en una tienda y ojeó un perchero. Yo la seguí.

—¿Qué quieres decir con que no lo es tanto? —preguntó mientras miraba trapitos.

—Que en realidad es mucho más fácil de lo que parece, pero me da la sensación de que su freno de mano interno lo enreda todo. Es eso lo que me da miedo. Después dicen que somos nosotras las que complicamos las cosas... —Cogí una percha y me quejé—: Ay, por Dios, no me traigas a tiendas, que no puedo comprar...

—Valeria. —Lola me miró, muy seria—. ¿Te estás enamorando de Víctor?

Me mordí el labio superior y después, haciendo como si mirara más trapitos, respondí:

—Nunca me había sentido así. No sé decirte qué es, pero… es tan… Me siento completa con él, ¿sabes? Me hace reír, encajamos en la cama, me abraza, me aprecia y supongo que a su manera me está haciendo feliz.

—Eso es amor —sentenció.

—No lo sé, Lola.

—¿Cuál es el problema entonces? Te hace feliz, ¿sabes lo difícil que es encontrar eso?

—También me hace sentir insegura. Muy insegura.

—Estáis empezando —replicó ella—. Olvídate de toda esa mierda del *latin lover* con la chorra en alquiler. Si él está cambiando de chip, tú también tienes que hacer un esfuerzo…

—No es eso. Es que… no me acostumbro al hecho de tener que pensar tres veces las cosas que digo o hago. Siempre con miedo de que se agobie y se marche por donde vino…

—Ya…, entiendo esa sensación. Es una mierda. A mí también me da por culo —dijo con desparpajo.

—Además, ¿y Adrián?

—Pero, Valeria —siguió mirando con desgana la ropa colgada—, ese comentario es más bien digno de Nerea. ¿Y Adrián? Pues Adrián ha pasado a la historia. Que le peten. Te hizo feliz unos años…

—¿Y ya está? Ha sido la persona más importante de mi vida durante diez años. Todas las cosas importantes que he hecho las he hecho junto a él. ¿Y le olvido en un par de meses?

—¿Te ha apoyado mucho él para hacer esas cosas importantes, Valeria? —Me callé. La respuesta era un poco triste—. Adrián te adoraba…, no sé qué le pasó ni por qué empezó a mirarse el ombligo con tanta asiduidad, pero lo cierto es que comenzó a quererse más a él mismo y a su trabajo.

—No creo que él fuera el problema. Creo que éramos los dos.

—Pues si eráis los dos y otro hombre te hace feliz…, blanco y en botella, y no es lefa.

Puse los ojos en blanco. Ay, Lola…, con ella hasta la conversación más normal del mundo terminaba con guarradas.

Mientras Lola descolgaba algunas cosas de los burros de metal y les echaba un vistazo a las etiquetas, lo pensé un segundo. ¿Enamorada de Víctor? Bien, pues empezaba a tener problemas de verdad y ahora ya no sería solo mi tarjeta bancaria la que aullaría. ¿O es que había olvidado que además de recién divorciada era pobre como una rata?

El soniquete de mi teléfono móvil se interpuso en la conversación que estaba teniendo conmigo misma. Metí la mano en el bolso y palpé la cartera, el iPod, la bolsa de aseo…

—Joder, sujétame el saco este, que no encuentro el móvil.

Lola lo mantuvo abierto frente a mí hasta que lo cacé. Luego se lo colgó al hombro y se miró en un espejo.

—Me gusta este bolso.

—Te lo vendo —le dije antes de contestar la llamada—. Hola, mamá. ¿Qué pasa?

—¡¡Valeria!!¡Tu hermana acaba de dar a luz!

—¡¿Ya?!

—¡Sí! Tienes que venir a conocer a Mar.

—Dame… veinte minutos.

Le quité el bolso a Lola de un tirón y colgué.

—Lolita, me tengo que ir. ¡Ya soy tía!

—¡Enhorabuena!

Me dio un abrazo, recuerdos para mi hermana y un beso en la frente. Después salí corriendo y paré un taxi a la puerta de la tienda. Un taxi, madre mía, qué lujos me permitía yo con mi precaria situación económica.

Entré en la habitación despacito. Mi madre sostenía a la niña en brazos y mi hermana Rebeca dormitaba en la cama, bien tapadita. Se notaba que mi padre la había arropado como lo hacía cuando éramos pequeñas, tipo momia.

—Hola —dije suavemente.

Mi madre me enseñó a mi sobrina, dormidita, con las manitas diminutas colocaditas sobre su barriguita. Y me reí nerviosamente. La cogí y ni siquiera se inmutó. Estaba a punto de ponerme a llorar, con lo dura que soy yo para las lágrimas, cuando Rebeca abrió un ojo y sonrió.

—¿Cómo has podido hacer una cosa tan bonita dentro de ti? —le pregunté.

—Ya te dije que no eran gases.

—¿Qué tal fue?

—Muy rápido. Me desperté a las siete con contracciones y a las once y media ya la tenía en brazos.

—Hasta en eso tienes suerte, perra —bromeé.

Entonces alguien llamó a la puerta.

—¿Sí?

—Hola.

Adrián se asomó a la habitación con un paquete en la mano. Busqué a mi madre, que me rehuyó la mirada. Culpable, sin duda. Qué bien. Qué ilusión. Justo lo que necesitaba. A mi exmarido celoso por una relación que apenas conseguía llevar con dignidad.

—¿Qué tal? —Le sonreí falsamente.

Se acercó y acarició a la niña en la mejilla.

—Rebeca, es preciosa —dijo. Después me miró con ternura y susurró un «lo siento», sentido, que se me clavó en mitad del alma—. He cogido el regalo…, me lo llevé sin querer entre mis cosas al mudarme.

—Gracias.

Cuando Rebeca me contó que estaba embarazada lo primero que hice fue arrastrar a Adrián a una librería. Compré la edición más bonita de *El Principito* que encontré y la firmé al momento:

Que tu vida sea un cuento de hadas.

Te quiere,

Tu tía Valeria.

Desde que lo guardé en casa no había vuelto a verlo.

Pasamos un rato en silencio sentados en el sofá de la habitación, con la niña en brazos. Mi sobrina y mi repentina adoración por alguien que hacía unas horas habitaba en la barriga de mi hermana hacían el momento un poco menos violento. A ratos incluso se me olvidaba que él estaba allí. Hasta que Adrián me rozó la mano con la yema de uno de sus dedos y sonrió. Eso lo hizo todo un poco más complicado. Y mi madre terminó por arreglarlo por completo.

—A ver si me dais una alegría vosotros y me brindáis otro nieto —dijo, haciéndose la tonta.

Y dentro de mi cabeza pensé que para que vengan los niños es necesario hacer el amor y, la verdad, ya no me imaginaba haciéndolo con Adrián. Con el único con el que me imaginaba haciendo niños era con Víctor.

Hummm…, ¿hacer niños con Víctor? Oh, Dios. ¿Y si Lola tenía razón y me estaba enamorando?

Lancé una miradita a mi lado y descubrí a Adrián con los ojos fijos en mí. Y hacía tantísimo que no me miraba de aquella manera… No pude ni siquiera contestarle con desdén a mi madre. Estaba tan violenta… Bravo, mamá. Gracias por el momento de tensión infernal.

—Oye, Valeria…, ¿te apetece un café? —susurró Adrián.

—Humm…, sí. —Me apetecía un café, pero con cicuta, para más señas.

Mi madre cogió a la niña y la dejó en los brazos de mi hermana, que le hizo un arrumaco. Antes de salir por la puerta, Rebeca me pidió un bocadillo de calamares y yo me fui riéndome.

Nos sentamos en una mesa de la cafetería del hospital con unos cafés entre nosotros. Ninguno de los dos se atrevía a dar el paso y empezar aquella conversación, pero estaba claro que no estábamos allí por la calidad de la comida. Carraspeé suavemente y él rompió el hielo.

—Siento mucho cómo me puse el otro día por teléfono. Pero tienes que entenderme. Soy tu marido.

Moví la cabeza. Mal empezábamos. No sé por qué, pero me pregunté qué opinaría Víctor de esa afirmación. Lo aparté un momento de mi cabeza y me centré en lo que estábamos. Un asunto detrás de otro.

—Adrián, ¿cuál crees, sinceramente, que es el problema que hay entre los dos? —Dudó un momento—. No quiero que seas políticamente correcto, quiero que seas sincero —remarqué.

—Creo que el problema es ese chico con el que andas, Valeria.

Me reí. Lo sabía.

—¿Tú no tienes nada que ver?

—Sí, pero si él no estuviera en estos momentos donde está, probablemente ya lo habríamos arreglado.

—Pero ¿tú quieres arreglarlo? —pregunté sorprendida.

—¡Claro que quiero arreglarlo!

Pues yo no quería. Mirarlo me recordaba algo que había intentado llevar a buen término y que terminé abandonando. Yo ya no lo quería y no quería estar casada con él. Quería… seguir con mi vida, superarlo y hacer algo bien con otra persona. Y seguramente cuando él se sentara a meditarlo de verdad, llegaría a la misma conclusión que yo.

—Adrián, seamos sinceros. —Me humedecí los labios—. Tú no me quieres.

—Eso no es verdad.

—Cambiaré la formulación de la frase: nosotros ya no nos queremos —y al decirlo me di cuenta de que era la pura verdad.

—Habla por ti, no lo hagas por mí.

—Si eso no es verdad, entonces no me explico por qué te acostaste con Álex y por qué los últimos, no sé, seis, ocho meses de nuestro matrimonio fueron un auténtico asco.

—No eres justa. —Dobló su servilleta una y otra vez.

—Hacía meses que no me tocabas. Muchos. Y no era el único de nuestros problemas.

Negó con la cabeza.

—¿No vas a pasarlo por alto? —dijo mirándome, con la cabeza gacha.

—¿Qué me estás pidiendo exactamente que pase por alto?

—El sexo, joder, Valeria. El puto sexo.

—¡Por supuesto que no! ¡Te follabas a tu ayudante, por Dios santo!

—¿Es eso lo que te da él? ¿Eh? ¿Es eso? ¿Folláis a menudo? —Levantó las cejas y se irguió.

De primeras me quedé en blanco. Después pensé en contestarle, pero finalmente solo me levanté de la mesa, indignada.

—¿Qué haces? —Se levantó detrás de mí.

—Me voy. No quiero hablar contigo. Al menos no hasta que recuperes la cordura y dejes de tratarme como lo haces.

—¿Y cómo lo hago?

—Como a una cualquiera.

—Te estás vendiendo por unos cuantos revolcones. Creo justo que lo sepas.

Cerré los ojos, fruncí el ceño y le pregunté:

—¿Leíste el libro, Adrián?

—Estoy en ello. Tienes que entender que para mí leerlo es como masticar cristales.

—Al menos estamos de acuerdo en algo. Para mí escribirlo fue algo similar.

—Entonces ¿por qué lo hiciste?

—Podría contestarte a esa pregunta, pero prefiero que lo averigües tú solo.

Salí andando por el pasillo. Cuando estaba a punto de girar la esquina para alcanzar los ascensores, me cogió de un hombro.

—Lo siento, Valeria, estoy enfadado. A veces hablo sin pensar.

—Adrián, no éramos felices. ¡Deja de echarle la culpa a otra persona! —le reprendí con rabia.

—Era una racha. La paciencia nunca ha estado entre tus virtudes —añadió.

¿Encima la culpa era de que la paciencia no estuviera entre mis virtudes? ¿Una racha es que él estuviera tirándose a otra? Pues yo creo que también tenía derecho a dar por finalizado algo que no me satisfacía y a empezar otra cosa que sí lo hacía.

—Mira, la verdad es que siempre has exigido más de lo que das. Sincerándome te diré que creo que me tenías allí como un mueble, esperando que yo fuera la confidente silenciosa, la buena ama de casa, la mujer independiente, la responsable administradora y la entregada amante, pero solo cuando a ti te apetecía.

La cara le cambió y volvió a su expresión más blanda y dulce.

—No, no es verdad. Déjame demostrártelo. Salgamos a cenar, divirtámonos —suplicó.

Me reí con tristeza, por no llorar. ¿No era absurdo? Después negué con la cabeza.

—Adrián. Termina el libro. Decide si quieres seguir conmigo, no actúes por inercia. Y dame tiempo, porque creo que estoy pasando página.

Y cuando le pedí tiempo sí esperé que desapareciera. ¿Y si a Víctor le pasaba lo mismo?

15

Me encendí otro cigarrillo con el móvil en la mano y el mensaje de Víctor abierto. Un escueto «Aparece pronto» que me revolvía por dentro. Si lo hacía, ¿no terminaría tirando una enorme piedra contra mi propio tejado? ¿No era mejor dejarlo estar ahora que aún estábamos a tiempo?

Y para terminar de mejorarlo todo…, Jose sin llamar. Y mi economía doméstica pendiente de un hilo.

Nerea salió de la consulta del médico sin aire y, a pesar de lo que esperaba, no le reconfortó la amplitud de la calle, sino que sintió vértigo. El móvil de empresa le sonaba en un bolsillo. Estaba segura de que era Daniel; ya había llamado otras dos veces a su móvil personal.

Un autobús paró delante y ella se subió, sin ni siquiera saber adónde la llevaba. Se sentó junto a una ventana y, hecha un ovillo, se puso a pensar.

La gente iba bajando poco a poco y ella seguía allí, sin saber qué decisión tomar.

Eran las cuatro de la tarde y Carmen llevaba una hora entera de plantón bajo un sol de justicia, mirando sin parar el reloj. ¿Dónde se habría metido Borja?

Cogió el móvil, llamó a la inmobiliaria y canceló definitivamente la cita. A continuación marcó el teléfono de Borja.

—Carmen, escúchame —dijo nada más descolgar.

—No, escúchame tú. Llevo una hora bajo el sol más infernal del mundo, esperándote. ¡Si no vas a venir, al menos dígnate a avisarme! ¡Me dijiste hace media hora que estabas llegando, joder!

—Es que… —bajó el tono de voz— mi madre no se tomó muy bien esto…, empezó a encontrarse mal y…

Carmen recordó a Lola y se cagó en su estampa por tener tanto ojo para adivinar todas las desgracias que se le venían encima.

Lola miró el reloj del salón con los morros apretados. Llevaba una hora en casa y ya tenía unas ganas horribles de llamar a Sergio. Media hora, se dijo. Media hora más.

Abrió la agenda. ¿No se estaba pasando?

Miró el reloj. Habían pasado dos lentos minutos.

Se desnudó compulsivamente en el baño y se metió en la ducha dispuesta a tener un tórrido idilio con el chorro de agua. Y lo tuvo, que conste, pero las ganas no se le calmaban. Empezó a dudar de que fuera solamente una necesidad carnal.

Salió de la ducha y se tumbó en la cama. Maldición. El tiempo no pasaba.

Cogió el teléfono. Lo soltó. Cogió el teléfono y marcó. Colgó antes de que diera un tono. Volvió a llamar.

—¿Sí?

—Sergio, me muero de ganas de que me folles encima del banco de la cocina.

16

Me apoyé en un coche enfrente de la oficina de Víctor. Eran las cuatro menos diez de la tarde y estaría a punto de salir, o al menos eso esperaba, porque no había tenido la valentía suficiente de llamarle para preguntar. Sin embargo, no tuve que esperar mucho; en un par de minutos salió, cargado con la bolsa del gimnasio. Me pregunté por qué siempre tendría que estar tan guapo y ser tan elegante y me sorprendí a mí misma sintiendo codicia. Mío. Mi tesoro.

Bien. Ahora, además de una panoli, era Golum.

Víctor sacó las llaves del coche y siguió andando calle abajo. No sabría decir por qué no grité su nombre y me acerqué a él. Simplemente le seguí. Quizá porque albergaba la oscura y maligna esperanza de pillarlo haciendo algo que me ayudara a olvidarlo y apartarlo del todo de mi vida. Ya sabía a aquellas alturas que, llegado el caso, no podría hacerlo por mí misma. No sabía hasta qué punto era sano mantener aquella relación.

Apreté el paso cuando lo vi darle al botón del mando del coche y un destello de luces le respondió. Estaba poniéndose el cinturón cuando di dos golpes educados en el cristal de su ventanilla. Miró desconcertado y al verme la bajó, con una sonrisa muy tímida en los labios.

—Dígame, agente.

—Voy a tener que multarle, caballero.

—¿Quiere usted subir? Podemos hablarlo.

—Eso es intento de soborno.

—Como le veo de paisano pensé que podría arriesgarme.

Di la vuelta al coche y me senté a su lado, con una mueca. Silencio y los dos mirando hacia otro lado. ¿Quién sería el valiente que empezaría esta vez? Bueno, puesto que él había enviado ya dos mensajes que no habían recibido respuesta por mi parte, creo que era de ley que fuera yo quien rompiera el hielo.

—Víctor…, yo… me asusté.

Jugueteó con las llaves que colgaban del contacto del coche.

—Lo entiendo. No voy a recriminártelo. A veces soy…, a veces sueno muy mal.

—Sí, a veces suenas fatal —asentí, tratando de parecer relajada—. Pero creo que… esta vez puede que no tuviera que ver solo contigo. Soy yo.

—¿Vas a romper conmigo?

—No. —Le miré sorprendida.

Sonrió aliviado.

—Parecía el comienzo de un «no eres tú, soy yo, te quiero como amigo, espero que encuentres a alguien…».

—Yo no quiero que encuentres a nadie. Creo que ya te has encontrado a suficientes en la vida...

—Me vas a volver loco, Valeria. —Se rio, moviendo la cabeza suavemente de un lado a otro.

Puso el coche en marcha, con una sonrisa torcida en la boca.

Me encendí un cigarrillo en la cama, cosa que me encantaba pero nunca hacía. Una vez soñé que me quedaba dormida con el cigarrillo en la mano y acababa quemándome viva. La experiencia onírica me sirvió de escarmiento y no volví a hacerlo. Sin embargo, ahora que Víctor estaba tumbado a mi lado, no existía demasiado peligro.

Él tenía puesta una mano bajo la cabeza y miraba a través de la ventana. La sábana le tapaba hasta un palmo por debajo del ombligo y se adivinaba que estaba desnudo. Era tan perfecto...

Hacía diez minutos que habíamos terminado de hacer el amor. Y no es que prefiera no decir «echar un polvo» por pudor. Es que habíamos hecho el amor, despacio, entre besos, abrazos y caricias. Entre palabras a media voz que aún no decían nada.

Y allí estábamos, después de haber compartido algo tan íntimo, callados. ¿Qué mejor para un momento como aquel que un clásico?

—¿En qué piensas? —le pregunté.

Sonrió. Qué frase más típica en boca de una mujer, ¿no?

—En si habrías guardado el libro que me regalaste en la mesita de noche.

—Compruébalo tú mismo.

Abrió la mesita de su lado de la cama. Había estado vacía desde la marcha de Adrián y ahora solamente contenía *Lolita*.

—Dijiste que traerías algunas de tus cosas. Puedes colocarlas en esos cajones, si quieres.

Cerró el cajón y susurró que iba al baño. Tragué saliva, asustada otra vez, temerosa de haberle agobiado.

—Voy a lavarme la cara y me marcho. Si me quedo un poco más me quedaré dormido y soy capaz de despertarme mañana.

—Puedes quedarte si quieres.

—Quiero, pero no puedo. Prometido.

Sonrió y preguntó si había visto su ropa interior.

—Creo que la lanzamos hacia allí. —Me reí.

—Vamos a tener que dominar esos ataques de pasión o los de la frutería de abajo terminarán vendiendo calzoncillos…

—Habló el que rompe mis bragas… —contesté.

Víctor entró en el cuarto de baño y se quedó apoyado en el lavabo mirando las fotografías de mi cuerpo en blanco y negro. Tenía que admitir que Adrián era un artista…, un verdadero patán, pero un artista al fin y al cabo. Pensó en si el hecho de ser un cretino era inherente a la existencia artística. Sonrió para sí y abrió el grifo del agua fría. Se miró en el espejo. Tenía que afeitarse o su padre acabaría diciéndoselo delante de algún cliente.

Deseó poder tumbarse en mi cama, acurrucarse a mi lado y dormir hasta la mañana siguiente sin preocuparse de la obra que tenía que visitar antes de entrar en el estudio. Estaba muerto de sueño.

Se lavó la cara y pensó en lo pequeño que era mi piso. Mientras se secaba se planteaba cómo podría sacarle partido a un estudio de treinta metros cuadrados con un par de cambios. Dobló la toalla con la que se había secado la cara y deparó en una cajita que había sobre el mármol del baño. La miró…, una prueba de embarazo.

—¡Hostias! —se le escapó como en un alarido.

—¿Qué pasa? —dije alarmada desde fuera.

—Ah…, nada, nada, el agua…, que está muy fría.

Yo miré al infinito y levanté la ceja izquierda. Ya no se escuchaba correr el agua.

Cogió la caja y por uno de sus extremos se resbaló el cacharrito, envuelto en el prospecto. Lo consultó. Tuvo que sentarse sobre la taza del váter para no caerse de bruces por la impresión mientras susurraba:

—Dios, Dios, Dios…

Dudó un momento, mirando hacia todas partes. ¿Era posible? Pero si yo le había dicho que no tenía por qué preocuparse…, que tomaba la píldora. ¿Me habría entendido mal? ¿Y si yo no era la persona que él pensaba y le había tendido una trampa en la que había caído? No, negó físicamente con la cabeza. No tenía sentido. ¿Para qué? Se le encendió de pronto otra luz en la cabeza… ¿Y si no debía preocuparse porque yo ya sabía que estaba embarazada de Adrián? Tuvo ganas de salir corriendo de allí, pero tragó saliva, cogió la cajita y salió al dormitorio, donde yo seguía echada.

Me enseñó la prueba con cara de resignación y, con el ceño fruncido, me preguntó si tenía algo que contarle. Sonreí y por poco no me eché a reír a carcajadas de él y de su cara.

—No —le dije.

—¿No?

—No. Esa prueba es de Nerea.

Se sentó en el borde de la cama y suspiró profundamente, como si se quitara un peso de encima. Los hombros cedieron hacia delante por la presión.

—Vale. Joder. Vale. —Respiró hondo otra vez.

—Vaya, no esperaba una reacción como esta.

Me miró de reojo. Yo sonreía.

—No es un tema con el que frivolizar —me dijo—. Pensé que era tuyo.

—¿Pensaste que intentaba cazarte quedándome embarazada? —Pestañeé un par de veces, indignada.

—Durante unos segundos sí, pero también pensé en un malentendido entre nosotros, en un fallo de los anticonceptivos, en que fuera de Adrián...

Asentí.

—No tienes por qué preocuparte, pero si vas a estar más tranquilo podemos...

No me dejó terminar. Me puso una mano sobre el antebrazo y cerró los ojos mientras negaba.

—No, no quise ofenderte, nena. Confío en ti y si haciendo las cosas como las hacemos pasara, es porque tenía que pasar. Ya nos preocuparíamos llegado el caso.

—¿Siempre has sido así de comprensivo? «No te preocupes, nena» —terminé la frase imitándolo.

Me miró de reojo.

—¡Ni de coña! —Se carcajeó—. Si me oyeran hablar algunas de mis ex creerían que me han abducido. Pero de esas cosas no se alardea. —Miró hacia otra parte—. No me siento orgulloso de ello, como si fuera el chulo putas de un bar cualquiera.

—No es como si se lo contases con una copa en la mano a toda tu pandilla de amigos…

—Ya, pero prefiero que no estés al tanto del tipo de hombre que puedo llegar a ser. Eso me da una oportunidad de hacer las cosas bien, ¿no?

Sonreí.

—Te las tirabas de dos en dos y luego a la puta calle, ¿eh?

Lanzó una sonora carcajada.

—No confesaré más cosas sin la presencia de mi abogado. Pero cabe decir que creo que el interés era recíproco en la mayoría de los casos.

—Eras un rompecorazones. —Sonreí.

—No, era un calientacamas. Pasaba un rato con la chica, disfrutábamos y luego adiós. Si me gustaba la volvía a llamar y repetíamos, pero ni cine ni cena ni tonterías de esas. Una copa y a la cama. ¿Para qué más? —Se encogió de hombros.

—¿Nunca te supo mal?

—No. Pero la verdad es que no estaba interesado en tener una relación fija y monógama con nadie, así que…

Nos miramos durante unos segundos y me contagié de su sonrisa. Vi un resquicio por el que colarme y quise tirar un poco más del hilo.

—¿Hablas en pasado? —pregunté.

—Sí, bueno... —Se rio revolviéndose el pelo, como hacía cada vez que estaba muerto de sueño.

—¿Qué ocurrió para que cambiaras? ¿Vino el fantasma de tus relaciones pasadas o algo por el estilo?

—No, vino una niña casada a desordenarme la vida. —Se echó a mi lado con la caja de la prueba de embarazo en la mano.

—Está caducada. —Esta vez fui yo la que cambió de tema, no quería ahondar en la posibilidad de haberle desordenado demasiado la vida.

—¿Sí? Pero dio positivo.

—Nerea no lo creyó. Tengo que llamarla. No quiero que se le haga demasiado tarde y tenga que eliminar opciones por ello.

Me robó el cigarro de la mano y le dio una calada.

—Me voy.

—Oye, Víctor.

—Dime. —Echó el humo fuera de sus pulmones.

—¿Adónde te irás de vacaciones?

—Adonde estés tú...

Tras decir esto, sonrió y se fue.

17

Lola mascaba chicle exageradamente y hacía pompas gigantescas que amenazaban con acabar estampadas en mi pelo. La miré de reojo y ella me sonrió mientras hinchaba otro globo.

—Lolita…, no quiero ir esta noche a casa con un chicle pegado en el pelo y supongo que tú tampoco querrás salir de aquí con un ojo morado.

—Qué poco sentido del humor. Los chicles son divertidos…

—Huy, yo me mondo y me troncho con los chicles.

—Y esta… ¿por qué no abre?

Nerea salió al portal y nos pilló por sorpresa. La miramos de la cabeza a los pies. Y vaya sorpresa. Llevaba un vestido…, jamás me habría imaginado ver a Nerea con un vestido como aquel, como sacado del fondo de armario de la abuela de Carmen. Ancho, a rayas y sin forma.

—Pero ¿qué llevas puesto? ¿La carpa del circo de los horrores? —dijo Lola con su habitual tacto, y se echó a reír.

Ella pestañeó un par de veces y luego carraspeó.

—Si vas a estar así toda la noche subo, me meto en la cama y acabamos antes.

—No, no, pero es que... tú siempre vas tan chic... —traté de mediar.

Miré a Lola y moví la cabeza con desaprobación.

—Bueno, chicas...

Empezamos a andar por la calle donde vivía Nerea y ella nos cogió de la cintura a las dos y se colocó entre nosotras.

—Tengo que contaros una cosa y una de vosotras tiene que hacerme un favor.

—Tú dirás —dije yo mientras buscaba mi paquete de tabaco en el bolso.

—A ver... Sin saber muy bien cómo, me he quedado embarazada.

Lola y yo nos paramos de golpe y la miramos. Ella sonrió plácidamente y nos obligó a seguir caminando.

—¿Cómo que sin saber cómo? A ver, te refresco la memoria, tenías un rabo dentro.

Miré a Lola desesperada confiando en que en una situación así se moderara un poco; Nerea ni siquiera le contestó.

—La cuestión es que el viernes que viene tengo cita para la interrupción y... me preguntaba si alguna podría acompañarme.

Lola se puso amarilla y se calló. Me extrañó no escuchar ninguna broma sobre aquello.

—Yo lo haré, antes de que Lola caiga desmayada en mitad de la calle.

—Perdona, Nerea, pero la sola perspectiva me revuelve el estómago. Esos sitios me ponen la piel de gallina. No pienso pisar uno jamás.

Qué raro se me hizo ver a Lola tan seria.

—No te preocupes, Lola, yo la acompaño —dije sin estar muy segura de que esa experiencia no fuera a perseguirme a mí por las noches.

—Te lo agradezco. —Lola se encendió un cigarrillo mirando hacia otra parte.

Pero no me lo pude callar y pregunté:

—¿Te lo has pensado bien? Es una cosa muy seria.

—Sí, lo he pensado bien —contestó Nerea concisa.

—No tienes que precipitarte en algo tan importante como esto, Ne.

—No me precipito. Es lo que quiero hacer.

—Hay otras opciones… —insistí.

—¿Y a ti qué más te da? —me preguntó de malas maneras.

—Me da, porque eres una de mis mejores amigas, te quiero y no quiero que te arrepientas de esto y lo recuerdes de por vida. Estoy harta de escuchar cómo se frivoliza con el asunto. No estoy en contra de interrumpirlo, estoy en contra de hacerlo sin pensarlo.

Nerea me miró con el ceño fruncido y después dirigió su mirada a Lola.

—A mí es que me da asco la sangre —sentenció esta.

—Lo he pensado. No quiero tenerlo y quiero acabar con esto cuanto antes. Ha sido un accidente. No es mi culpa que fallara mi anticonceptivo. Yo no soy una adolescente irresponsable.

—Pues por eso. No lo eres. Piénsalo bien.

Nerea puso mala cara y Lola la reprendió:

—No pongas cara de lechuza con resaca. Te ha dicho que te acompaña. Ya la conoces. Puede no estar de acuerdo, pero es un puto oso amoroso con arcoíris en las entrañas.

—Si no, voy sola y andando —dijo Nerea de mala gana.

—Oye, pero ¿por qué no vas con Daniel?

Esta vez la que se paró fue ella. Nos miró, sonrió tímidamente y nos dijo que él no sabía nada.

—¿Daniel no sabe que estás embarazada?

—No, y no voy a decírselo.

—No es que esté en desacuerdo con el hecho de que sea la mujer la que tenga la última palabra en esto, pero... quizá debería tener la oportunidad de opinar sobre algo que también le concierne a él —dijo Lola.

—No, quiero hacerlo ya.

—¿Quieres hacerlo ya porque tienes miedo de pensártelo mejor? —susurré.

—No.

—Nerea..., esto no es ninguna tontería. Tienes que hacerlo cien por cien segura de que...

—No estoy casada.

Lola y yo nos miramos estupefactas.

—¡¡¡Nerea, eres una carca!!! —replicó Lola exasperada.

—Para mi familia sería como un tiro en la sien. Intenta seguir adelante sin su apoyo. Y no estamos hablando de que me lo cuiden cuando se me antoje ir al cine. Es olvidarse de mis padres para siempre jamás. Ya conocéis a mi madre... Además, tengo mucho trabajo, ni siquiera vivimos juntos, llevamos muy poco tiempo saliendo y... no lo quiero. Al..., al niño..., no lo quiero.

—Esas últimas razones pueden ser más válidas, caprichos de la vida. —Lola enarcó sus cejas con sarcasmo.

—Pero... tú pensabas en Daniel como el hombre de tu vida —dije yo al tiempo que me encendía por fin el cigarrillo.

—Ahora mismo lo es, pero no sabría decir si es para siempre. Y esto —se señaló el vientre—, esto sí es para siempre. No lo he buscado. No lo he provocado yo con una falta de responsabilidad. Insisto, hace muy poco tiempo que salimos, ni siquiera hace un año. No voy a tener un hijo en estas condiciones... No estoy preparada. Es todo. Esto ha sido un error del que no quiero hablar. Lo haré, lo olvidaremos y jamás volveremos a sacar el tema. Y mucho menos delante de Carmen..., que no lo aprobaría ni de coña.

Y allí estaba Carmen caminando a grandes zancadas desde la esquina. Vino a nuestro encuentro y ninguna de las tres pudo evitar la tentación de echar un vistazo al manchurrón de aceite que lucía en su blusa preferida. Llevaba una cara que no admitía bromas. Ninguna de nosotras dijo nada.

—Dejad de mirarme el lamparón —espetó de muy malas maneras.

—¿Te has levantado con el pie izquierdo de la siesta? —la interrogó Lola.

—No, me levanté de la silla con muy mala hostia cuando a la querida madre de Borja se le escaparon «accidentalmente» cinco croquetas bañadas en aceite hacia mí.

Lola se echó a reír.

—Te lo dije. Es una vieja cabrona.

—Y tanto…, pero si piensa que me va a ganar en esto es porque no recuerda que su pequeñín es, al fin y al cabo, un hombre y, como todos, cede ante los mismos estímulos.

—Celebrémoslo, ¿con una copa por ejemplo, chicas? —dijo Lola sonriente.

—Pero una y no más… —repuse yo mirándola.

Carmen llegó a casa a las once de la noche con una sonrisa malévola en los labios y llamó a Borja.

—Hola, cariño… —respondió él—. Oye, que mi madre siente mucho lo de las croquetas. Dice que le lleves la blusa, que ella te la lava.

—No te preocupes… —dijo en un susurro lascivo—. Ya me la he quitado y ni me acordaba de ella… ¿No podrías venir?

—¿Para qué? ¿Pasa algo? Es tarde.

—Solo son las once. Ven y quítame el resto. —Borja bufó—. Tengo tantas ganas… Si no vienes… —gimoteó ella.

—¿Qué harás si no voy? —contestó él, juguetón.

—Me tocaré contigo al teléfono, para que escuches a distancia lo que podrías oír junto a tu oído.

—Eres mala —lloriqueó Borja.

Carmen fingió un leve gemido pero él ya había colgado. Se miró en el espejo y se vitoreó a sí misma por ser tan lista y tan malvada.

Media hora después Borja entraba en su casa como un toro en una cristalería, desnudándola desde la entrada, diciéndole entre dientes que odiaba desearla tanto y no tenerla siempre.

Por primera vez, Borja se calmó lo suficiente como para dedicar un buen rato a los preliminares, que, tal y como le demostró a Carmen, también dominaba. Menudo descubrimiento este Borja. Los hay que las matan callando...

Cuando pensaba que ya no podía más, Carmen le pidió que se pusiera un condón. Él lo hizo y la subió a horcajadas, para dejarla dominar. Y ella se movía como una culebra sobre el cuerpo de Borja fingiendo ser una entregada y desinteresada amante.

—Joder, Borja, cómo me gusta tenerte dentro... —gimió.

Él se incorporó y siguieron haciendo el amor sentados.

—Te quiero —le dijo él.

—Todas las noches me acuesto queriendo hacerte esto...

—Y yo queriendo que me lo hagas. —Sonrió Borja con un jadeo entrecortado.

Carmen se agarró a sus hombros y se tensó.

—Me voy... —susurró muy bajito en su oído.

En las siguientes dos embestidas Carmen se deshizo en un orgasmo brutal y él contestó con una réplica del mismo, apretándola.

Borja se tumbó boca arriba y echó fuera de su cuerpo un suspiro hondo y Carmen se apoyó sobre su pecho, paseando durante un buen rato las yemas de los dedos sobre su piel.

—¿Qué hora es? —suspiró Borja.

—La una y cuarto.

—Si no me levanto ya de la cama me quedaré dormido.

—Mañana no madrugamos. Nunca dormimos juntos..., quiero despertarme un día a tu lado —pidió Carmen.

—No es porque no quiera, cariño.

—¿Entonces?

—Es que no avisé a mi madre y...

—Siempre te vas tan pronto hemos terminado. Me haces sentir... sucia. —Se apartó un poco de él.

—No es por eso, ni siquiera lo pienses, mi vida..., es que...

—Lo que quieras, Borja.

Carmen se giró en la cama y se colocó de lado, mirando hacia su mesita de noche.

—No te enfades.

—Es que tienes treinta años, Borja, no entiendo todo esto. Respeto muchísimo tu entrega, pero es que hay cosas que como pareja no voy a poder soportar y una de ellas es depender de una persona ajena a nuestra relación. ¿¡Ni siquiera puedo dormir con mi novio!? No, tengo que follar y dejarlo marchar. Un día de estos me dejarás un billete en la mesita de noche...

Lo dijo con tanta tranquilidad que Borja se asustó. No quería perderla y además sabía que tenía razón. Ya tenía edad de tomar sus propias decisiones.

—Tienes razón, pero compréndeme. —La abrazó contra su cuerpo—. Mañana cuando nos despertemos volvemos a llamar a la inmobiliaria, ¿vale?

Carmen sonrió y mentalmente anotó en el marcador: Carmen 1 - Mamá Mala 0.

Lola llegó al portal de Sergio a las tres de la mañana. Se bajó del taxi tambaleándose y, aguantando una risa estúpida, llamó al telefonillo insistentemente. Sergio contestó somnoliento:

—¡¡Quién es!?

—Soy Lola, Lolita, Lola, Lolaaaa —canturreó.

—¿Sabes la hora que es?

Lola se tapó la boca y se puso a reír. Al no recibir contestación, Sergio abrió la puerta.

Se encontraron en el rellano. Sergio estaba apoyado en el marco de la puerta, vestido solamente con un pantalón liviano de pijama. A Lola le pareció una aparición procedente de sus sueños más perversos. Era tan guapo... que se le echó encima e intentó besarle.

—Joder, Lola..., ¿estás borracha?

—Borracha no, habla con propiedad: superborracha. —Aunque estaba quieta le parecía que se movía, como si el suelo fuera inclinándose sin aviso.

—¿Qué haces aquí?

—Pues mira..., ¿me dejas pasar? Gracias. —Se metió en su casa y se sentó tras un par de intentos sobre la mesa de la cocina—. Estaba tomando unas copas con las chicas y me acordé de aquella vez que me lo hiciste en el probador de una tienda. ¿Te acuerdas?

—Sí, Lola, me acuerdo —contestó Sergio sin paciencia.

—Pues pensé…: ¿por qué El Corte Inglés no abrirá por las noches? Si abriera podríamos ir ahora, y me dije: ¡pues voy yo a casa de Sergio y apañado!

—Estaba acostado. Llevaba durmiendo más de tres horas.

—Eres un aburrido. —Ella hizo un mohín.

—Pero ¿qué coño te pasa, Lola?

—Es viernes, quiero que me folles…

Se acercó a él y se abrió los botones de la blusa. Sergio puso los ojos en blanco y se revolvió el pelo.

—Lola, ven.

Ella cantó victoria y Sergio la condujo hasta el cuarto de baño.

—Humm…, qué morboso, en la ducha…, ¡como el chico de Valeria! ¿Sabes que yo también me tiré al chico de Valeria? Pero aún no era su novio, ¿eh? Aunque no sé si es su novio. Creo que no lo sabe ni ella. —Lanzó una carcajada—. Una vez me lo hizo en un portal.

—Vale, Lola…, quítate la ropa.

Ella obedeció haciendo algo que quería parecerse a un estriptis, pero que se quedó por el camino de la pantomima. Él ni siquiera se quitó el pantalón de pijama. La agarró, la metió en la ducha y, sosteniéndola por la cintura, la colocó bajo el chorro de agua casi helada. Lola gritó e intentó salir, pero Sergio la agarró con fuerza. Forcejeó hasta darse por vencida y empezó a jadear, con la respiración entrecortada.

—Vale…, vale…, tranquila… —le susurró él.

—Está muy fría, Sergio —lloriqueó.

—Lo sé, pero te encontrarás mejor…

Llamé al teléfono de Víctor a las tres y cuarto de la mañana. Al segundo tono su voz somnolienta me contestó:

—¿Sí? ¿Qué pasa? ¿Quién es?

—Soy yo.

—¿Estás bien? ¿Pasa algo? —preguntó asustado.

—No, no pasa nada. —Me avergoncé. Estaba borracha en su portal.

—¿Entonces? —inquirió extrañado.

—Pensé que habrías salido por ahí y me dije a mí misma: ¡voy a llamarle!

—Dios, estoy tan sobado que ni siquiera puedo cabrearme —dijo mientras trataba de despejarse. Escuché cómo se movía entre sus sábanas—. Cuéntame, ¿cuántas copitas te has tomado?

—Buf…, tres, o siete, no sé, soy de letras.

—¿Quieres que vaya a por ti?

—Estoy en tu portal. —Me reí, pero más roja que un tomate.

—Pues entonces, ¿qué haces ahí? ¡Sube!

Lola me había dado un chicle de los suyos e iba haciendo pompas en el ascensor, al tiempo que recordaba una canción que había escuchado aquella noche y bailoteaba.

Víctor me esperaba en el quicio de la puerta de la misma guisa que Sergio había recibido a Lola, pero despeinado a más no poder y con un ojo cerrado. Cuando me vio aparecer estalló en carcajadas.

—Anda, pasa.

—¿Qué? ¿Qué pasa? ¿Por qué te ríes?

—¿Sabes que llevas una diadema con luces, verdad? —dijo con expresión divertida.

—No, ¿dónde?

Di vueltas en torno a mí misma, como un perro que se busca la cola, y al final él me la quitó y me la enseñó.

—¡Ah! Eso es porque nos hemos hecho amigas de una tal Rosita, que se casaba la semana que viene. Yo le dije que mirara bien la mercancía antes de comprarla.

—Creo que han debido de ser más de tres copitas.

Asentí con cara de niña buena.

—Hicimos botellón. Como soy pobre... Cuatro euros me ha costado emborracharme. ¡Cuatro! —Levanté cuatro dedos, para demostrarle más gráficamente lo contenta que estaba de haber ahorrado.

—¿A ti te parece bien aparecer totalmente borracha a las tres de la mañana en casa de tu...? —Se paró a sí mismo.

—¿De mi qué?

—Eres mala. —Se rio.

—Dime, dime, ¿de mi... qué? —Lo agarré de la cintura.

—¿De tu chico?

—¿Mi chico? ¡Oye, qué bien suena! —Me reí—. ¡Dame agua, mi chico! —Entró en la cocina y llenó un vaso de agua fría—. Víctorrrrrrr.

Él no podía dejar de reírse.

—Dime.

—¿Con quién te ha gustado más: con Lola o conmigo?

—Contigo, tonta, que eres una tonta. ¡Y cierra la puerta!

—Pero ella es más guarrona, seguro.

Me dio el vaso de agua, que bebí de un trago, y se acercó él mismo a cerrar y echar el pestillo. Cuando pasó por mi lado le tendí el vaso vacío y sonreí.

—Más.

Me sirvió otro vaso.

—Joder, qué sed traes.

—Es este chicle gigantesco, que se queda con toda la saliva. ¿Me lo tiras?

Lo dejé en su mano y él lo tiró al cubo de la basura con grima.

—Adrián se enfadaba mucho si llegaba…, ya sabes, piripi.

—Yo no me enfado. Al menos hoy. Pobrecita mía, haces mucha gracia.

—¿Por qué eres tan bueno conmigo? —De pronto me puse triste.

—Porque eres la mejor. Venga, ven, ¿vamos a la cama?

—¿A la cama? Ay, no, no. Todo me va a dar vueltas y… —Fingí una arcada.

—¿Entonces? Porque son las tres de la mañana y estoy sobadísimo. ¿Te preparo algo de comer?

Me acurruqué junto a su cuerpo y me acerqué a su oreja. Jugueteé con su lóbulo entre los labios y después susurré:

—Humm…, ¿qué tal tú en la ducha?

Bajé la mano por su vientre con total descaro y la metí por dentro de la cinturilla de su pantalón. Le toqué, despertándolo. Cerró los ojos y respiró a través de sus labios entreabiertos.

—Parece que te gusta… —le dije.

—Sí... —jadeó.

Seguí acariciándolo y cuando empezaba a estar ya muy dura, Víctor me colocó la otra mano debajo de la que ya tenía ocupada en él.

—Ahí. Pero... sé suave —susurró.

Con la mano derecha seguí masturbándole y con la izquierda me dediqué a acariciarle con mimo los testículos.

Víctor se mordió el labio inferior y gimió. Abrió los ojos y me pidió con un tono de voz grave y lascivo:

—Con la boca...

Me reí. Aquella petición me había puesto tan caliente que me daba hasta la risa.

—Pero en la ducha.

Avancé por delante de él, tirando de su mano, y me siguió. Me quité la ropa en la puerta del baño y me metí en la ducha con la lencería fina que llevaba aquella noche. Víctor se desnudó del todo para entrar conmigo y, tras desabrocharme el sujetador, lo tiró contra el cristal; después cayó al suelo empapado. El agua empezó a caer entre los dos mientras nuestras bocas se encajaban.

—¿Has bebido ginebra? —preguntó apartándose un segundo.

—Sí. Como buen marinero inglés.

—Así me gusta. —Sonrió y me dio una sonora palmada en el trasero.

Fui perdiéndome hacia abajo. Víctor enredó su mano entre mi pelo y echó la cabeza hacia atrás, mientras se humedecía los labios. Miró hacia abajo y, al ver cómo me metía su erección en la boca, repitió que era la mejor.

—¿Lo hago bien? —Y la paseé sobre mis labios húmedos.

Víctor asintió y movió las caderas despacio para llevarla hasta el interior de mi boca. Le dejé de buen grado y gemí para provocarle.

—Joder, nena…

Aceleré el movimiento de la mano y repasé con la lengua todo lo que quedaba a su alcance; Víctor se encendió tanto que yo… me encendí también. Sí, borracha y cachonda.

—Fóllame la boca —le pedí desde allí abajo.

Si es que a mí no se me puede dar de beber…

Y Víctor, claro, cumplió con mi petición encantado. Me apartó el pelo de la cara, me colocó una mano sobre la cabeza y se movió despacio, metiéndola y sacándola de mi boca. Me cubrí los dientes con los labios y apreté su carne siguiendo el vaivén que impuso él mismo. Víctor empezó a gemir.

—Voy a correrme…, Valeria.

—¿En mi boca? —pregunté haciéndome la tonta.

—Sí… —Y jadeó con fuerza.

Negué con la cabeza succionando la punta.

—Otro día…

Me levanté, me bajé las braguitas y le pedí al oído y de la manera más sucia posible que me follara hasta que no pudiéramos más. Víctor me levantó en volandas y… simplemente me dio lo que quería.

Nerea se despertó con una arcada. No llegó ni siquiera al baño; vomitó en mitad del pasillo. Miró a la cama para asegurarse de que Dani aún seguía dormido y allí estaba él, guapo e impasible. A veces a Nerea le daban ganas de zarandearlo para asegurarse de que no era una reproducción en talla humana de Ken, el novio de Barbie. ¿Sería entonces ella Barbie? En fin…, fue a por la fregona y se apresuró a limpiarlo todo.

Cuando él se despertó, solamente quedaba como testigo el suelo mojado y el olor al detergente de pino y limón con el que Nerea fregaba la casa.

—¿Estás fregando?

—Se me cayó un zumo.

—Humm…, tienes mala cara. ¿Te encuentras bien?

—Sí, claro —le contestó sin ni siquiera mirarlo.

—Ven, dame un beso.

—No.

—¿No?

—Primero voy a lavarme los dientes. —Sonrió avergonzada y se encerró en el baño.

Suspiró. Venga, con un poco de suerte no tendría más náuseas hasta el viernes y entonces todo acabaría…

18

e estás diciendo que vomitaste? —pregunté con voz aguda.

— Como una loca. Sergio me cogía la cabeza y no daba crédito. No paraba de regañarme: «¿Cómo has podido beber tanto, por Dios? ¡Ya no tienes quince años! ¡Deberías saber controlar lo que bebes, maldita sea!». Y yo allí, buaaaaaaa, potando a chorro. No sé cómo no me di la vuelta. Creo que hasta se me escapó algún pedo con las arcadas. Bueno, qué coño, no es que lo crea, es que se me escapó.

—¡Ay, joder! —Me tapé la cara muerta de vergüenza ajena—. Pero él se portó bien, ¿no?

—Hubo un momento en el que creí que me echaba de su casa, pero no, se portó muy bien. Me acostó en su cama con un cubo al lado y cada vez que me incorporaba me cogía el pelo y me daba agua. ¡Incluso me ha traído a casa esta mañana! No podía ni moverme. Me encuentro como si ayer me lo hubiera montado con, no sé, con Nacho Vidal y Rocco Siffredi hasta arriba de Viagra, no sé si me entiendes.

—Oye, ese chico está tremendamente enamorado de ti. —Traté de evitar el tema del porno.

—Ese chico está tremendamente cabreado conmigo. Me ha dicho que no entiende mis reacciones y que debería pensar tres veces las cosas antes de hacerlas.

—¿Volverías con él?

—¿Hablas de empezar a salir con él en serio?

—Sí, algo así.

—No, no creo. Ese tipo de hombres no cambian. Víctor es la excepción que confirma la regla.

—Bueno, bueno, tampoco podemos fiarnos tanto de la gente —dije mirando a mis espaldas.

—¿Aún lo dudas? ¡Venga ya! Mientras entras en razón voy a pintarme las uñas de los pies.

Colgó y yo sonreí. Víctor apareció con un vaso muy grande de agua.

—Si bebes mucha agua mejora la resaca. —Se sentó a mi lado y me pasó una aspirina—. ¿Quién era?

—Lolita. Ella también se presentó a las tres de la mañana en casa de Sergio.

—¿Con eróticas consecuencias? —Me rodeó con el brazo.

—No, con vomiteras de la muerte.

—¡No jodas! —Se rio.

Tragué la pastilla y bebí medio vaso de agua.

—Sí. Yo hice el ridículo, pero al menos no vomité.

—Calla, si estuviste graciosísima. Cuando te vi aparecer con esa diadema de luces casi me meo de la risa. Ibas tarareando una canción y bailando.

—Eres mala persona. Júrame que no lo contarás jamás. —Me tapé la cara apoyándome en su pecho.

—Estuvo muy bien. Todo. Estuviste de lujo. —Me levantó la cara y me guiñó un ojo.

—No te acostumbres a que aparezca a altas horas de la madrugada en tu casa para satisfacer tus deseos sexuales.

—¿Mis descos sexuales? —Se echó a reír a carcajadas—. Pero ¡qué cara más dura! ¡¡Dirás tus deseos sexuales!! Por poco no me mataste…

Me giré para mirarle con una sonrisa perversa.

—Calla. —Y me puse un dedo sobre los labios.

—Nunca me habían hecho pasarlo tan mal. —Hizo un mohín.

—Oh, sí, sufriste un montón.

—Oye, chata, ¿crees que soy un ciborg programado con funciones amatorias? —Sonrió—. No estoy acostumbrado a pasarme dos horas de reloj follando como un animal. La segunda vez que paraste cuando iba a correrme por poco no te mato.

—Negación del orgasmo se llama. Lo leí en un libro.

—Un día de estos si quieres cambiamos las tornas y… —Se acercó sigilosamente.

—Shhhh… —le paré—. Yo tampoco estoy habituada a lo de anoche, así que ni se te ocurra pensar que voy a repetir ahora mismo. No podría ni queriendo.

Miró su reloj de muñeca y, poniendo los brazos en jarras, me preguntó si quería ir al cine.

—Hum…, vale. Pero elige tú la película porque yo seguramente caiga en coma en cuanto apaguen las luces.

—¿Qué dices que me vas a comer en cuanto apaguen las luces?

Y le sacudí con un cojín del sofá.

La cola del cine. Curioso lugar. Hay parejas que discuten. Los niños gritan y corretean sobreexcitados con la idea de una película de dibujos en 3D, un bol de palomitas de tamaño descomunal y una coca cola que les provocará insomnio durante el próximo lustro.

También hay primeras citas. Parejas jóvenes, casi adolescentes, que se miran con tontuna o que ni siquiera se miran. A veces, si estás atento, incluso ves un primer beso o cómo se cogen por primera vez de la mano.

En la cola de un cine puedes incluso enterarte de por qué Marisa no se habla con Lorena, cuando habían sido amigas durante toda la vida. Sí, un chico tiene la culpa.

Algunas parejas no pueden esperar a encontrarse en la oscuridad total del cine para dejarse llevar. Normalmente se trata de estudiantes de instituto o incluso universitarios, que se meten mano delante de todo el que quiera mirar. Creo que tiene algún tipo de vínculo con el exhibicionismo…, aunque podrían preguntárnoslo también a nosotros, porque éramos Víctor y yo quienes estábamos dando un espectáculo pseudopornográfico en la interminable cola de la taquilla un sábado por la tarde.

La mano de Víctor se coló por debajo de mi falda y aunque, sonriendo, le di una palmada sonora, hizo caso omiso y me apretó fuertemente una nalga mientras me acercaba más a él. La madre de los niños que correteaban alrededor chasqueó la lengua, horrorizada por el hecho de que sus hijos tuvieran que ver a dos personas tan acarameladas mientras esperaban para comprar entradas para la nueva película de zombies.

Me separé un poco de Víctor. Teníamos los labios rojos e hinchados de tanto besarnos. Habíamos llegado muy pronto y habíamos aprovechado para quedarnos en el coche, dándonos un beso tras otro.

—Hay niños —le dije mirando alrededor.

—Mejor sexo que violencia. —Sonrió.

—Aunque estoy de acuerdo, por favor, quita la mano de debajo de mi falda.

—No puedo. —Se rio—. A decir verdad, no quiero.

—¿Por qué serás tan guapo, joder? —Le apreté la cara y volví a acercarme para besarle.

Mientras Víctor me besaba con esa desesperación tan sensual, me pareció escuchar una voz familiar que me provocó cierto malestar. Y de pronto noté que alguien se acercaba a nosotros. Abrí los ojos con la lengua de Víctor aún en mi boca y me encontré con una chica rubia con los ojos color chocolate que nos miraba desde muy cerca y que, muy a mi pesar, me resultaba de lo más conocida.

—Joder —susurré.

—Sí, joder, qué mala pata, ¿no? —me contestó ella.

—¿Qué tal, Natalia? —Me pasé la mano por los labios disimuladamente, secándolos.

—Pues no muy bien, la verdad.

Víctor se giró extrañado hacia nosotras. La jovencita en cuestión empezaba a levantar la voz.

—No me montes ninguna escenita. No es una petición —dije muy seria.

—¿Se puede saber qué pasa? —preguntó educadamente Víctor.

—Tú cállate —respondió Natalia.

—Pero ¿tú quién eres? —preguntó sorprendido.

—¿Y tú? Ah, sí, dais poco margen de duda. Eres el tío que se la folla, ¿no?

La familia de detrás nos miró con los ojos desorbitados. Me aparté y la cogí del antebrazo.

—Te he dicho que no me montes numeritos, Natalia, por favor.

Víctor se colocó detrás de mí.

—¡¡Mi hermano en casa hecho una puta mierda y tú morreándote como una guarra en la cola de un cine!!

—Perdóname, Natalia, pero mi vida privada no te incumbe. Vámonos, Víctor, por favor.

—¿Sabe Adrián que haces estas cosas?

Las piernas empezaron a temblarme, pero Víctor, con el ceño fruncido, tampoco arrancaba a moverse.

—Tu hermano y yo estamos separados —contesté.

—¿Quién lo dice? ¿Lo dices tú? Porque, que yo sepa, no hay ningún papel que lo atestigüe. Lo que yo creo es que cuando no te quede un duro volverás arrastrándote.

—Natalia, te voy a decir una cosa con toda la educación que pueda: no es tu problema. Deja que seamos nosotros quienes nos ocupemos de esto.

—Ya se lo dijimos a Adrián, pero no quiso escucharnos. Eres una golfa, una guarra y una puta.

—¡Eh! —replicó Víctor en un estallido.

—Déjalo —susurré con los ojos cerrados.

Me sentía como si me hubiera propinado una bofetada.

Víctor me cogió de la cintura y susurró que era mejor que nos fuéramos a casa. «Pues podías haberme hecho caso antes y haberme ahorrado escuchar estas cosas», pensé. Natalia protestó y Víctor se acercó a ella y añadió con voz moderada:

—Mira, no sé si te has dado cuenta de que nosotros no somos la misma clase de persona que tú. A nosotros los numeritos callejeros tipo pandillero no nos gustan. Si tu hermano tiene algo en contra de esto, es mayorcito para defenderse solo y seguramente lo haga con mucha más educación que tú, así que ¿por qué no te vas con tus amigos a quemar contenedores y nos dejas en paz? Y díselo si quieres a él. Estaré encantado de que charlemos. Ahora… ¿nos dejas pasar?

Natalia se apartó. Él le dio las gracias y, cogiéndome de la mano, me condujo hacia el aparcamiento. Yo no pude despegar la mirada de Natalia. La conocí cuando tenía diez años… Nunca me toleró demasiado porque veneraba a Adrián sobre todas las cosas, pero… ¿esto?

Me senté en el coche con la mirada perdida. Víctor se acomodó en su asiento y dio un portazo. No dijo nada y tampoco encendió el motor. Pensé que debía irme a mi casa para, solita conmigo misma, desahogarme como Dios manda, pero al respirar hondo supe que no iba a tener la suerte de aguantar tanto tiempo. Me tapé la cara y me eché a llorar. Ale, ahí, delante de Víctor. ¡Yo!

Traté de contenerme, pero me temblaban hasta las manos. Siempre he sido dura para esto de las lágrimas, pero aquel día me pilló el punto tonto. Llorar delante de Víctor me avergonzaba soberanamente, pero no podía controlarme. Síndrome premenstrual le llaman.

Él me pasó el brazo por detrás de la espalda y me envolvió. Luego me quitó las manos de la cara y, tras secarme las lágrimas de las mejillas con los pulgares, muy serio, me preguntó si yo pensaba que aquello estaba mal.

—A veces creo que aún estoy casada…

—¿Quieres estarlo? —Nunca había visto a Víctor con el ceño tan fruncido.

—No.

—Pues el lunes arregla los papeles, Valeria, no lo alargues más.

—No es tan fácil.

—No estamos haciendo nada malo. Esto no tiene por qué ofender a nadie y si alguien se siente mal, que mire a otro lado. Si hubiera sido Adrián le habría explicado las cosas con la misma tranquilidad. No tienen razón, así que no se la des.

—Yo no se la doy —sollocé—. No me trates así…

—Arregla los papeles, Valeria, arréglalos de una pu…
ñetera vez —contestó levantando moderadamente la voz.

—No te enfades —dije llorando.

—No me enfado, pero me estoy cansando de numeritos.

—¡Yo no monto estos numeritos! —me quejé.

—Esto es demasiado raro. No sé si somos dos personas que se están conociendo o personajes de telenovela.

—¿Por qué me dices eso a mí?

—¿Y a quién se lo digo si no, Valeria? Joder…, ¡no
tengo por qué sentirme responsable de las decisiones que
tomaste en el pasado! ¡Quiero poder ir al cine con tranquilidad, hostia!

Respiré hondo y me tranquilicé. A eso tenía que contestarle y no quería balbucear entre lágrimas.

—Sabes que no tienes por qué aguantar esto.

—Ya lo sé —contestó mordiéndose los labios—. Si lo
hago es porque quiero.

Negó con la cabeza, en un gesto de desesperación.

—Estás en tu derecho de marcharte cuando quieras y
no tienes por qué hacerte responsable de nada, porque yo no
te responsabilizo, ¿lo sabes? —le dije.

Me miró fijamente, muy serio.

—¿Quieres eso? ¿Quieres que me canse y te diga: «Lo
siento, Valeria, no puedo más»? Porque a veces me da la
sensación de que sí lo quieres, de que te estoy complicando
la vida porque aunque cuando te conocí no eras feliz, al
menos todo estaba en orden, ¿no? O no sé si es que te gusta tenerlo todo así, desordenado…

—No, Víctor. —Acabé de secarme las lágrimas—. Yo estoy esperándote a ti porque, de los dos, tú eres el que más asustado está.

—¿Asustado? —Me miró sorprendido—. ¿Asustado? ¡Yo no estoy asustado, joder!

—¡Pues deja de comportarte como si lo estuvieras! —contesté levantando moderadamente la voz.

—¡Lo que estoy es haciéndome a la idea de que, de repente, tengo pareja sin apenas haberlo planeado!

—¿¡Sí!? —grité cínica.

—¡Sí!

—¡Pues qué bien! Una pareja, pecado mortal.

—¡Es que no sé si quiero tenerla, ¿sabes?!

Patada en la moral. Bien hecho, Víctor.

—¡Pues si no quieres tenerla, dímelo y andando, porque me estoy hartando ya de tener que ir con pies de plomo contigo! ¡Que tienes treinta y dos años, no quince! ¡Tú ya sabías dónde te estabas metiendo, joder! ¿Qué es de todas esas cosas que decías cuando aún estaba con Adrián, eh?

—¿Qué quieres que te diga? ¡¡¿Qué quieres que te diga, joder?!! ¿Que me parece bien todo esto? Sí, claro. Mira. ¡Me parece de puta madre que aún estés casada y que nuestra relación vaya de cabeza a…, a…, no sé ni adónde! ¡Me parece de puta madre no saber ni dónde tengo la mano derecha con lo nuestro! ¡Es estupendo!

—No me grites. —Traté de sonar firme pero lo hice con un hilo débil de voz.

Víctor miró a través de la ventana de su coche y después volvió a dirigir la vista hacia mí.

—¿Qué quieres de mí? —preguntó.

—Y yo qué sé… —Me revolví el pelo, agobiada.

Unos segundos de silencio y Víctor volvió a romper el hielo, más tranquilo:

—No quiero ponerme así, y no es que esté asustado, Valeria, es que ha sido todo muy… intenso. Eso tienes que admitirlo. Estabas casada y acabamos aquel fin de semana en mi casa y… —Él también se revolvió el pelo.

—Si no estás preparado, si hubieras preferido que se quedara ahí… —dije haciéndome la valiente.

—Es que no es así…, no es el caso y lo sabes. No me tortures. —Suspiró hondo.

—Yo no te torturo. Es que a veces me tratas como si yo…

—Valeria, corta con todo de una vez. Eres tú la que arrastra todas estas cosas. Es que no sé… No entiendo… ¿Qué es lo que quieres realmente?

—¡Ya te he dicho que no lo sé! —La discusión volvió a subir de tono.

—Entonces ¿¡¡cómo narices crees que tengo que saberlo yo!!? —Víctor golpeó con rabia el volante—. Ya está bien, joder, Valeria. ¡Ya está bien!

—¿Ya está bien? ¡¡Pero si eres tú el que da pasos adelante y atrás continuamente!! ¡No sé si quieres una novia, un rollo o una amiga! Pero ¡es que ni siquiera lo sabes tú!

—Pues no, mira, no lo sé, por más que me presiones.

Me quedé mirándolo sorprendida y dolida. Me costó un mundo tragar saliva, pero lo hice muy digna.

—Vete a la mierda, imbécil.

Salí del coche dando un portazo. Me colgué el bolso al hombro y empecé a andar en dirección a la parada de metro ligero mientras me secaba las lágrimas. Él arrancó el coche y… se marchó.

19

SOLITA CONMIGO MISMA

Lloré mucho aquella noche. Creo que lloré todo lo que tenía almacenado desde que escuché a Adrián en la cama con otra, o desde que intuí sin querer creerlo que lo nuestro iba marcha atrás, sin frenos y directo al precipicio.

Lloraba y lloraba y me sorprendía de seguir teniendo tantas ganas de llorar y, además, fuerzas para seguir haciéndolo. ¡Con lo que yo había sido, allí, llorando, convertida en un saco de mocos y sollozos! Me alegré de estar sola. Yo no era así, pero creo que tener al lado a Víctor me había nublado la razón y aún no me había parado a pensar en todo lo que estaba viviendo.

Hacía un año Adrián y yo estábamos de vacaciones celebrando la reciente publicación de mi primer libro. Hacía un año ningún otro hombre me había tocado en toda mi vida. Hacía un año yo seguía mirando a Adrián tal y como lo miraba cuando me enamoré de él. Y, ahora que me acordaba, hacía un año mi economía me permitía salir de compras siempre que se me antojaba, que era mucho.

En el fondo, a pesar de darme cuenta de que quizá no esperé lo suficiente como para hacer las cosas realmente bien, no dejaba de pensar en Víctor.

Víctor apareció en mi vida como un paréntesis. Me gustaba cómo me miraba, me gustaban las cosas que me decía. Me gustaba sentirme deseada cuando estaba con él y poco a poco, a pesar de lo que siempre pensé acerca de mi relación con Adrián, el hecho de que no me dejara llevar fue más cuestión de tozudez y fuerza de voluntad que de amor a mi marido. Sí quise a Adrián, pero creo que nunca le prestamos a lo nuestro la atención que merecía. Me parece que ya solo le quería como compañero. No le deseaba, no le quería como se dice en las novelas de amor que hay que querer a tu marido. Ni de lejos. Recordaba vagamente cuando Adrián me deshacía por dentro, pero a pesar de que seguía pareciéndome un hombre atractivo..., ya no me gustaba. Al menos, no tanto como Víctor.

Cuando Víctor me miraba y sonreía, yo flaqueaba sin remedio. No recordaba cuándo dejé de mirarlo como quien pasa por el escaparate donde sabe que va a encontrar algo que le gusta pero que no se puede permitir y mira sin querer.

Víctor y el tacto de sus dedos sobre mi espalda desnuda... El beso que me daba sobre el pelo cada noche, antes de dormir... La naciente intimidad entre los dos... Esos nervios en el estómago... El deseo mezclado con la admiración...

¿Por qué me había convertido con Adrián en una anciana de veintiocho años? ¿Cuándo dejé que se me apagara el deseo? No, nunca se apagó del todo. Y Víctor sabía qué teclas me harían vibrar y Víctor me haría el amor en su cama, sin dejar de mirarme a la cara.

Al fin, me dormí.

Cuando me desperté, pasé cerca de una hora tirada en la cama, sintiendo la hinchazón de mis párpados y pensando en cómo debía ordenar las cosas ahora que sabía cómo quería que fueran. Después, cansada de sentirme de aquella manera, busqué mi antifaz congelado y me lo puse en los ojos, esperando, al menos, parecer humana en un rato.

Cogí el teléfono móvil en un ataque de valentía, pero al final no me atreví a llamar a Víctor. ¿Qué iba a decirle? «Creo que me estoy enamorando de ti pero aún no estoy preparada ni para admitirlo ni para desencadenarme de todo lo que tenía cuando te conocí». Él tenía razón: seguía esperando que me dejase plantada porque así sería mucho más fácil. Yo no era feliz cuando le conocí, pero con todo era mucho más sencillo. Era a lo que estaba acostumbrada. Respondía a una rutina cómoda, pero debía haber prestado más atención a las clases de filosofía del instituto y hacer caso a Hume: mañana puede no salir el sol.

Las rutinas son hechos empíricamente demostrables, hasta que dejan de serlo. No son axiomas ni verdades universales. Mi matrimonio con Adrián era real, hasta que dejó de serlo. No había motivos para ponerse una venda en los ojos y cegarse con la idea de que el amor que sentí por él fuera inamovible de por vida. No, yo no estaba condenada a quererle. Yo quería ser feliz y era tan joven...

Pero ¿y él? ¿Y Víctor? ¿Y sus continuos retrocesos? ¿Que no estaba asustado? ¡¡Claro que lo estaba!! Si no ¿qué falta le hacía ponerse ese disfraz de tío duro para terminar perdiendo los nervios como lo había hecho en el coche el día anterior?

Dejé el teléfono en su peana y me hice café. Después organicé todos los armarios de la casa..., una de las soluciones más útiles que conozco para dejar de darle vueltas a algo.

A las nueve y media de la noche, cuando ya no le esperaba, sonó el timbre de casa y al abrir la puerta lo encontré apoyado en el quicio. Joder, sí, era Víctor. Y además un Víctor que quitaba el hipo, con su traje negro y su camisa blanca con dos botones desabrochados. Estaba mordiéndose el interior del labio con saña.

—Hola —dije en un tono neutral.

—Si no vuelvo a fumar estando contigo, ya no habrá nada que me haga recaer. —A pesar del comentario, Víctor sonrió al final. No pude imitarle y miré al suelo—. ¿Me dejas pasar?

—No sé. —Me encogí de hombros.

—Vale. —Suspiró—. Pues..., esto..., vine a decirte que siento haberte dejado tirada ayer en el Kinépolis. Soy un completo subnormal. No debí irme. —Crucé los brazos sobre el pecho y me apoyé en el quicio. Él siguió disculpándose—. Siento también haberte dicho lo que fuera que te dije, porque cuando me cabreo suelto perlas sin pararme ni siquiera a pensarlas. Pero algo feo debí de decir para que me mandaras a la mierda y me llamaras ¿gilipollas?

—Imbécil —aclaré con ganas.

—Me he pasado el día pensando que descolgarías el teléfono y me pedirías una explicación sobre toda esa mierda. Pero no lo has hecho. Y como me acuerdo de que dijiste que no vales para seguir estrategias de seducción del tipo «hacerse la interesante a propósito», entiendo que si no me has llamado es porque ayer la cagué de verdad.

—Un poco —confesé.

—Y ahora… yo, que soy hombre de pocas palabras, estoy aquí, manteniendo un jodido monólogo contigo. —Me señaló con la palma de la mano abierta hacia arriba y levantó las cejas—. Y tú estás ahí, escuchándome con cara de circunstancias. Y pienso: «Vaya Víctor, sí que eres gilipollas».

—Imbécil —repetí—. Dije imbécil.

—Bueno, pues imbécil. El caso es que… me encantaría que fuéramos a mi casa a cenar, bebiéramos unas copas de vino y…

—¿Y? —pregunté frunciendo el ceño.

—Mujer… Ya que estamos siendo sinceros, pues, claro, me encantaría un maratón de sexo de reconciliación. —Me miró al tiempo que hacía de su boquita un nudo, tratando de hacerme sonreír—. Pero creo que lo tengo crudo.

—Para el sexo sí, desde luego. —Me crucé la bata de raso en el pecho y me miré las puntas del pelo.

—Nadie tiene la verdad absoluta —respondió él mucho más serio—. Y menos yo, que, como ya demostré ayer, soy un auténtico cretino. Pero entiende que esta situación tiene que resolverse de alguna manera y creo que la correcta es el divorcio, cariño. —Y el tono en el que lo dijo me desarmó. Le miré a la cara—. ¿No crees? —insistió.

—Pasa —le pedí haciéndome a un lado.

Cuando entró se quitó la americana, la dejó doblada sobre la cómoda y me miró.

—Tú dirás. —Y era probablemente lo más en serio que había visto a Víctor tomarse algo que nos concerniera a los dos, así que tuve que actuar en consonancia.

—Tienes razón en que me da miedo desatarme de todo, pero debes admitir que eres tú quien me hace sentir insegura. Yo no soy así, Víctor.

—Lo sé. Yo tampoco —asintió y metió las manos en los bolsillos de su pantalón de traje.

—¿Entonces?

—No lo sé —dijo lacónicamente—. Contigo me vuelvo un poco loco de vez en cuando, pero no puedo indignarme porque ya me he hecho a la idea de que es el precio que tengo que pagar por esto. Siento que estés enfadada.

—No hay por qué pagar nada.

—Sí, tengo que asumir que me caerán los trozos de algo que ayudé a romper. —Tragué y me revolví el pelo. Víctor se rio—. Todo esto suena tan raro… En cualquier otro caso me habría faltado tiempo para salir por piernas, ¿sabes? Por eso me marché ayer. Fue un acto reflejo. Es lo que siempre hago cuando las cosas se ponen… menos amables. Me piro y adiós muy buenas. Pero cuando llegué a casa… —Puso los ojos en blanco. Después nos miramos en silencio y, en voz muy baja, Víctor me pidió disculpas—. Perdóname.

Cerré los ojos.

—Odio cuando te pones en plan gallito. No hace falta que marques territorio conmigo. Creía que lo sabías —confesé frotándome la frente.

—Lo sé y lo siento. Es un mecanismo que... no controlo.

—Tendrás que hacerlo. Me haces sentir mal. Yo no soy como esas chicas que dejaban que tú... —no contestó. Carraspeó—. ¿Te estoy agobiando? —le pregunté irritada.

—No. Claro que no. —Suspiramos los dos—. Dame un beso —mendigó—. Luego dejo que lo medites todo bien y me voy a casa a pensar también en esto. Pero dame un beso. —Se acercó, me besó en la frente, en la punta de la nariz y después en los labios, mientras me sujetaba la barbilla entre sus dedos índice y pulgar—. Adiós, nena. Llámame mañana.

20

Lola se sentó en el suelo de su habitación, junto a la cama, y se encendió un cigarrillo. Le dio dos caladas profundas y de pronto la pequeña estancia se llenó de humo. Dejó el cigarro en el cenicero y sacó una caja del último cajón de la mesita de noche. La abrió, suspiró y ojeó las fotos que guardaba dentro. Solo había dos y, aunque era un número que no podía avergonzarla, negaría vehementemente delante de cualquiera que esas fotos existieran en realidad.

En una, ella y Sergio se miraban cómplices, compartiendo una sonrisa. Se la habían hecho durante el cóctel de Navidad de la empresa del año anterior. Se acordaba perfectamente de las sensaciones que vivió en aquella fiesta. Fue un mes después de que, un viernes, Lola se despertara en la cama de Sergio a las siete de la mañana. Él le dijo que se fuera a casa y fingiera estar enferma.

—Yo iré a trabajar y te cubriré. Nadie lo sabrá —le dijo sonriendo.

Lola en aquel momento pensó que todo quedaría en un episodio aislado. Al fin y al cabo esas cosas pasan. Sí, a ellos les apetecía, pero no tenía por qué ir más allá. Se habían bebido unas copas de más y se les había ido de las manos.

Pero en Navidades ella ya sabía que se repetiría y que probablemente le costaría salir de allí con el ánimo íntegro. Sergio tenía algo que la enganchaba. Era como un chute de adrenalina, de seguridad en sí misma y de rubor inocente a la vez. No había muchos hombres en el mundo capaces de arrancarle a Lola esa sensación de rubor adolescente. Ella ya se sentía de vuelta de todo y no le gustaba demasiado hacerlo.

Y allí estaban en aquella foto. Sergio le había buscado una copa, le había dicho un par de sandeces y le había guiñado el ojo. La seguía con la mirada y cuando uno de sus compañeros pasó delante de ellos con la cámara en la mano, le dijo:

—¡Haznos una foto!

Se miraron, como si compartieran un secreto, y el *flash* los sorprendió sin mirar a cámara.

Lola dejó la foto en el suelo y cogió la otra. Los dos acostados en su cama, riéndose, abrazados y tapados por una escueta sábana blanca sin estampados. A ella se le veían los pómulos sonrosados y los labios algo hinchados, de tanto besarse y de tanto hacer el amor. Aquel fin de semana Sergio mintió a su novia para escaparse a casa de Lola. Fue al principio de su aventura, cuando aún era emocionante y casi no había dado tiempo a que se desarrollaran las implicaciones sentimentales que lo harían todo complicado en el futuro.

Lola cogió las dos fotos, las metió de nuevo en la caja y las enterró en el cajón. Después rescató el cigarrillo justo a tiempo de darle un par de caladas más y apagarlo. Se revolvió el flequillo, cogió aire y se puso a pensar en si no resultaba premonitorio el telón de fondo de aquellas fotos. En los dos casos, una mentira. Algo que no existía fuera de las cuatro paredes de casa de Lola. Algo prohibido y que estaba mal.

Lola no creía en Dios ni en el karma ni en esas cosas. Pensaba que la mayor parte de las cosas que la gente atribuye a la divinidad no son más que el resultado del azar y las coincidencias. Pero, por un momento, no pudo evitar pensar que el cosmos estaba poniendo cada cosa en su lugar. Ellos dos no habían tenido problema en hacer daño a todo aquel que se metiera en el camino a lo largo del año y pico que llevaban «juntos». La exnovia de Sergio, los ligues de Lola... Todo el mundo daba igual. Y ellos, disfrazados de todas esas excusas de mal pagador que se daban a sí mismos, se destrozaban entre sí sin importar nada.

Vale. Ya no había nadie más. Ya habían terminado por apartarlo todo. Pero... ¿no era demasiado tarde? ¿Es posible volver a encarrilar una relación que siempre fue destructiva e insana? ¿Se puede arreglar algo que nunca estuvo bien?

Carmen se dio cuenta de que llevaba demasiado tiempo mirando a Borja, que se había quedado dormido en su cama.

Habían comido en casa de los padres de él y después, con excusas vagas, se habían marchado al estudio de ella, a «darse mimos». Sin embargo, les había costado un mundo. La madre de Borja no había dejado de insistir ni un momento.

—Quedaos un rato más. ¿No queréis un café? —Le daba igual cuál fuera la respuesta—. Sacaré unos tocinillos de cielo caseros. Ya veréis qué ricos.

—Déjate de café y de tocinillos, Puri —le contestó el padre de Borja con su barba blanca—. ¿No ves que los niños tienen planes?

—Nos vamos, mamá —insistió Borja.

Ante la negativa, salió con otra cuestión, empezando a ponerse algo más a la defensiva.

—Pero ¿adónde vais a ir ahora? ¡Aún hace mucho calor!

—Ay, Puri, cielo… —se quejó el padre por lo bajini.

—Mamá, tenemos que hacer cosas —contestó Borja mientras buscaba su paquete de tabaco y se encendía un cigarrillo.

—¿Qué cosas? ¡A estas horas!

—Mamá, cosas…

—Pero ¿qué cosas?

—Esto… Carmen necesita que le eche una mano con una cosa en su casa. —Se miraron de reojo.

Ella se carcajeó por dentro. Bonito eufemismo. Claro que necesitaba que le echara una mano, ¡y las dos si le apurabas! Pero dentro de la ropa.

—Pues que Carmen vaya yéndose a su casa y luego, si eso, ya vas tú, ¿no?

Carmen vio a Borja suspirar. Pensó con terror que terminaría cediendo y que aquello, seguro, les costaría una bronca brutal, pero gracias a Dios no hizo falta discutir nada.

—No. Ya si eso me voy ahora —replicó firme pero cariñoso Borja—. No sé si vendré a cenar, ¿vale?

—Pues voy a hacer croquetas.

Después, en su pequeño piso, habían obviado el tema y ni siquiera mentaron a la señora Puri. Pero, claro, no es algo en lo que se piense cuando sube la temperatura corporal, sudas, jadeas y buscas el orgasmo.

Después de que se corrieran, se dieran mimos y recuperaran el aliento, Borja se fumó un cigarrillo en la cama, se bebió tres vasos de agua y se durmió. Así son los hombres, pensó Carmen. No iba a darle ni media vuelta a la cabeza al tema de su madre, pero ella sí. Probablemente él estaba más que acostumbrado. Una madre dominante no despierta porque sí cuando aparece la novia roba-hijos. Es así siempre, en pequeños detalles, en contestaciones, controlando, vigilando y pidiendo explicaciones. Sí. Era evidente que Borja estaba más que acostumbrado. Carmen se preguntó alarmada si no habría sido este el motivo por el cual rompió con su exnovia años atrás.

Se removió en la cama, esperando que él se despertase, pero no lo hizo. Solamente se acomodó en su lado haciendo pastitas con la boca. Carmen se movió con más fuerza, tirando también de la sábana que Borja tenía debajo. Al final, como este seguía durmiendo como quien oye llover, optó por darle un codazo. Borja levantó la cabeza, asustado, y miró alrededor.

—Ay, cariño, ¿te has despertado? —le dijo Carmen.

—Mñe... —murmuró Borja más allá que acá.

—¿Quieres un café? —le preguntó ella solícita.

—E..., s..., esto..., vale. ¿Qué hora es? —dijo con la voz pastosa.

—Las seis.

Se levantó de su lado y se fue a la minicocina, donde encendió la Nespresso y preparó dos tacitas.

—¿Quieres la leche caliente?

—No. Y cortado, no con leche —contestó Borja desde el baño, donde se escuchaba el agua correr.

Para cuando Borja apareció en la pequeña salita del estudio, Carmen ya tenía pensadas todas las preguntas que iba a hacer.

—Oye, cariño, estaba pensando... Nunca me has hablado de tu exnovia.

Borja cogió la taza que Carmen le tendía y la dejó sobre la mesita que había frente al sofá. Levantó las cejas sorprendido y se encogió de hombros.

—No pensaba que fuera relevante.

—Tengo curiosidad —insistió ella.

—Pues... no sé qué decirte. ¿Tienes alguna pregunta en especial?

—¿Dónde os conocisteis?

—En la universidad.

—¿Estuvisteis juntos mucho tiempo?

—Cuatro años.

—¿Ibais en serio?

—Supongo que sí.

—Entonces ¿por qué lo dejasteis?

—Ahora es cuando digo cualquier cosa y tú te enfadas, ¿verdad? —dijo Borja apesadumbrado.

—No, cariño. —Rio ella—. Solo es curiosidad, te lo prometo.

Y Carmen cruzó los dedos en la espalda.

—Bueno… —comenzó Borja—, nos dimos cuenta de que teníamos planes diferentes para nuestras vidas. Ella quería viajar, irse de aquí a allí…, algo nómada, por decirlo de alguna manera. Lo nuestro estaba ya algo deteriorado. Yo buscaba algo más estable. Quería un trabajo fijo y, ya sabes, una vida normal, no vagar de lado a lado siguiéndola a ella. Pero, dime, ¿a qué viene ahora tanto interés?

—No sé.

—Ah, pues nada… —contestó él.

—Bueno, me preguntaba cómo sería su relación con tu familia…

—Supongo que la normal.

Borja se abstrajo un momento y Carmen respiró aliviada. Al menos sabía que no había sido presión por parte de su madre lo que le había hecho romper y le quedaba más o menos claro que no se trataba tampoco de que la chica estuviera harta de aquella mujer. Se encogió de hombros y, tras acomodarse en el sofá, bebió un poco de su café.

—Hacía tiempo que no me acordaba de Elena —dijo Borja de pronto.

—Eso es bueno y dice mucho de mí. —Se rio Carmen.

—Vaya, ¿qué será de ella? —Lanzó una risa seca y añadió—: Cómo la odiaba mi madre, hay que ver.

Carmen dejó el café en la mesa, se disculpó y salió al balcón a tomar el aire, porque de repente su salón le parecía sumamente claustrofóbico.

Nerea se miró en el espejo una vez más. No eran paranoias suyas, ya se le notaba. Como ella siempre fue muy delgada, era más evidente que el vientre nunca había seguido una línea tan convexa. Llevaba evitando visitar a sus padres y a sus hermanas desde que se había enterado. Estaba más que segura de que ellas lo notarían y entonces... sería una debacle. Su madre lloraría, gritaría y hasta se arrancaría mechones de pelo en un ataque de histeria.

Se preguntó cómo era posible que Daniel no se hubiera dado cuenta. El único comentario que había recibido por su parte era una escueta alabanza al tamaño de sus pechos una noche cuando estaban haciendo el amor. En realidad no estaban haciendo el amor, estaban follando, pero a Nerea esas cosas, así dichas, le parecían una auténtica ordinariez. Que Lola las dijera si quería, pero a ella no se las escucharían ni en sueños. Follar, sí, claro, como los animales.

Pero no podía negarse que lo que le llevaba a desear a Daniel últimamente no era más que un deseo animal. Animal, sin más. Además, sobraba confesarse a sí misma que no lo deseaba a él, sino a un hombre. Ella quería sexo y él era su novio. Y era guapo. Muy guapo, cabe decir. Era lógico. No es que lo viera aparecer y se derritiera de lascivia con el más mínimo de sus gestos. No. Para nada. Es que el proceso hormonal que suponía el embarazo la tenía desenfrenada. Y sí, sus pechos estaban grandes, no podía negarlo.

Se puso de perfil y trató de imaginarse a sí misma viviendo aquello con ilusión, pero le resultó imposible. Se acarició la piel del vientre, que empezaba a estar algo tirante, y se imaginó a alguien a su lado con las manos posadas sobre él, con emoción. Tristemente, se dio cuenta de que no era Daniel al que imaginaba. No era más que alguien sin cara.

De pronto la puerta del cuarto de baño se abrió y Daniel entró atropelladamente.

—Nerea, sal, que me meo.

Y ella se miró por última vez en el reflejo del espejo antes de cerrar la puerta…

21

Llegué a casa de Víctor a las nueve y media cargada con una botella de vino. Si entre las cosas que él decía tener que pensar estaba plantearse la idea de dejarme, podía bebérmela a morro o matarlo con ella.

Él me abrió la puerta con el pelo mojado por una reciente ducha, con un pantalón vaquero y una camiseta blanca que le quedaban…, no hay palabras. ¡Maldito hombre completa y lascivamente deseable! Apartábamos la opción de matarle con la botella.

Nos quedamos mirándonos un momento en el quicio de la puerta sin saber qué decir ni qué hacer. ¿Qué era lo más adecuado? ¿Un beso en la boca? ¿Un abrazo? ¿Un beso en la mejilla? ¿Una palmadita en la espalda? Víctor, que era más valiente, me dio un beso en los labios y me metió en casa. Después cerró la puerta a mi espalda.

—Espera aquí, ¿vale? —dijo con una sonrisa antes de desaparecer por el pasillo.

Arqueé la ceja y mantuve mi rictus inexpresivo. Aún me dolía acordarme de que me había dejado más plantada que a un árbol el día que pretendimos ir al cine.

Víctor salió de su dormitorio y, levantando el dedo índice con expresión divertida, me pidió que cerrara los ojos.

—¿Por qué? —pregunté.

—Porque sí. Tú cierra los ojos.

Lo último que vi antes de cerrar los ojos fue una sonrisa espléndida en sus labios, de las que si mantienes mucho rato hace que te duelan las mejillas.

Me rodeó, se puso detrás de mí y me besó en el cuello. Después le sentí delante de mí. Abrí los ojos y lo descubrí mirándome.

—¿Qué haces, Víctor?

—Comprobaba que tenías los ojos cerrados. —Chasqueó la lengua contra el paladar—. Chica mala… —No pude evitar reírme—. Buf. Menos mal. Te ríes y todo.

Sacó una corbata del bolsillo y me pidió permiso para taparme los ojos con ella. Cuando se lo di, cogió la goma del pelo que llevaba en mi muñeca, me sujetó el cabello en una desastrosa coleta y después me cubrió los ojos.

Caminamos por el pasillo con sus brazos rodeándome la cintura. Entramos en su habitación.

—Quédate aquí un momento —dijo en voz baja.

Después le escuché moverse por allí. ¿Qué narices sería todo aquello? ¿Qué estaría haciendo?

Cuando ya empezaba a desesperarme sentí sus dedos juguetear con el nudo de la corbata.

—Valeria… —susurró cerca de mi oído.

—¿Qué?

—Sé buena conmigo. Es la primera vez que lo hago…

La venda de los ojos resbaló y pestañeé. Después me tapé la boca y contuve una carcajada.

—Oh…, Víctor.

Y en mi mente apareció solo una idea: «No te rías o herirás su orgullo».

El dormitorio estaba lleno de pequeñas velas encendidas: por las dos mesitas de noche, sobre la cómoda y hasta por el suelo, junto a la puerta. Cuando me vio mirando las de la puerta sonrió y dijo:

—Esas son para que no te escapes. —Me eché a reír y él hizo lo mismo, avergonzado. Bajó la mirada—. ¿Demasiado?

—Eh… —Lo miré todo alrededor—. No. Supongo.

—¿En el límite?

—Bien, bien —resolví con una sonrisa—. Te ha salvado no llenar la cama de pétalos de rosa.

—Anotado. Nada de pétalos sobre la cama. —Los dos nos mondamos de risa—. Quería pedirte perdón —dijo al fin—. Quería hacer algo por ti y compensarte el hecho de que, bueno…, a veces soy un imbécil. Y se me ha ocurrido…, yo lleno todo esto de velas y… ¿hacemos como si nada? —Su sonrisa me enterneció.

—No tenías por qué hacer todo esto. Con hablarlo es suficiente. Todo el mundo discute alguna vez.

—Bueno, tanto como discutir…, lo del otro día fue un intercambio de opiniones.

—Pues cuando intercambias opiniones te pones bastante tenso. Y gritas.

—Pierdo los nervios porque... soy imbécil, ya lo sé. Pero... —rebufó— soy nuevo en estas cosas. No sé nada del amor. —Me acerqué y le besé en los labios, porque con esa última frase me había ablandado un poquito más—. ¿Me perdonas?

—Sé que tienes razón con lo de Adrián —concreté.

—Pero ¿vas a hacer algo?

—Tienes que darme tiempo. El mismo que te estoy dando yo, pero por otros motivos. —Tras su silencio añadí—: ¿Vas a castigarme por eso?

—Iba a ofrecerte vino y preguntarte si quieres sexo de reconciliación. ¿Sirve como castigo?

—Oh, sí —repuse en un tono exageradamente grave.

—Pero... antes..., te compré un regalo. —Me besó en el cuello mientras sus dedos patinaban sobre mi espalda.

Le miré sorprendida.

—¿Y eso?

—Aún no hemos celebrado lo de tu libro. Y... quería resarcirte por la cantidad de bragas que te he roto últimamente y que seguiré rompiendo con total seguridad. Tu regalo tiene dos partes, una que voy a disfrutar tanto o más que tú y otra un poco diferente... ¿Cuál quieres primero?

—No sé. —Me reí muerta de vergüenza.

Suspiró. Abrió un poco una de las hojas del armario y sacó una bolsita de mi tienda preferida de ropa interior.

Abrí la bolsita y, apartando un delicado papel de seda, saqué un salto de cama muy pero que muy breve. Era negro y de encaje de seda francesa, prácticamente transparente. Estaba segura de que dejaría muy poco a la imaginación, pero con gusto y con estilo. Si una se plantea ponerse un camisón tan atrevido, tiene que hacerlo bien.

—Eres un listo —le dije. —Se apoyó en la pared, con los brazos cruzados sobre el pecho y la mirada perdida en la poca tela que tenía en las manos—. ¿Lo elegiste tú? —le pregunté asombrada.

Negó con la cabeza.

—¿Me ves a mí eligiendo lencería en La Perla?

—Sí. Te veo eligiendo lencería para las propias dependientas.

Se echó a reír mirando al suelo.

—La verdad es que ni siquiera lo había visto. Lo compró alguien por mí.

—Tu madre. —Me reí.

—Se habría ofrecido seguro si se lo hubiera comentado, no te vayas a pensar.

—¿Entonces?

—Fue Lola. —Sonrió.

—Vaya con Lola.

—Vaya, vaya… —repitió con una expresión de lo más morbosa.

Me acerqué, le di las gracias y nos besamos. En mi vientre ya sentía una pulsión bastante animal, sucia y sexual.

—¿Por qué no te lo pruebas? —me preguntó—. Tendrás que recompensarme por el descaro con el que hablas en el libro de mí, ¿no? Y todas estas velas…, no vayamos a desaprovecharlo.

Entré en el cuarto de baño camisón en mano. Me solté el pelo, me desabroché el vaquero, me quité la camiseta y lo dejé todo doblado en una balda.

Antes de ponerme el salto de cama eché un vistazo a mi ropa, mi pelo, mi maquillaje, mi manicura y los zapatos que me acababa de quitar. Me miré en el espejo otra vez y recordé a la desastrada Valeria en la que me había convertido antes de conocerle.

No fue de la noche a la mañana. Se trató de un proceso largo y lento que también tuvo sus fases. Primero luché con aquella parte de mí, contra la pereza de dedicarme tiempo, mimos y demás detalles. Poco a poco esta fue ganando terreno hasta que me pareció que maquillarme o peinarme era una pérdida de tiempo. Estaba demasiado ocupada, me decía, pero lo que me pasaba es que me sentía insatisfecha y aquella era la manera en la que mi yo interior mostraba que algo no iba bien. Yo que siempre había sido la mujer más coqueta del mundo, aprendí a vivir conmigo misma descalza y en pijama y, aunque no era feliz y no me sentía contenta ni a gusto, la Valeria rebelde se calló. Hasta que llegó Víctor. Y con él no solo habían vuelto las coqueterías superficiales, había regresado una chispa…, algo…

Deslicé el camisón por encima de mi cuerpo, me atusé el pelo y salí.

La luz de las velas creaba en la habitación una atmósfera muy cómoda casi de película. El resto del dormitorio estaba oscuro y las llamas dibujaban sombras oscilantes en el techo. Sí, definitivamente era romántico.

Víctor me esperaba apoyado en la pared y al verme no dijo nada. Deduje por su gesto que le gustaba ver su regalo sobre mi cuerpo y me acerqué. Me recibió cogiéndome de la cintura. Ese único gesto me hizo sentir en casa, protegida, sexi y fuerte. Lo suficientemente fuerte para ser yo misma y no preocuparme de nada más.

—Lola tiene muy buen gusto —susurró.

Me besó en el cuello y sus manos fueron cayendo hacia la parte baja de mi espalda. Coloqué las manos sobre su cinturón y lo desarmé, desabrochándole el pantalón. Ahí venía el maratón de sexo de reconciliación.

Víctor dio dos pasos, pegándome a él y haciéndome retroceder; cuando noté la cama detrás de mis rodillas me dejé caer. Se quitó la camiseta y me subió el encaje del camisón por encima del estómago. Me besó la piel, me mordió suavemente en los costados, jugó con mi ombligo y se perdió en el recorrido hacia el resto de mi ropa interior. Verle así, perdido en mí y vestido solamente con unos vaqueros desabrochados, fue como una pastilla de Viagra. Solo deseaba tenerlo dentro, empujando hacia mi interior. Y en aquellos momentos no pensaba en nada más.

Víctor me bajó las braguitas y me besó húmedamente el monte de Venus. Después se deslizó por entre mis labios exteriores.

—Me gusta esta piel tan suave… y tu olor.

Su lengua se hundió más hasta encontrar el clítoris y yo me agarré a las sábanas mientras lanzaba un suspiro. Me abrió las piernas a la altura de las rodillas, se metió en medio y le acaricié su pelo negro con los dedos de la mano derecha.

Sentía el calor de su saliva y el paseo de sus dedos arriba y abajo, cerca de mi entrada. Me penetró con uno de ellos y, sin poder reconocerme, le pedí más.

—¿Qué más? —preguntó él al tiempo que se apartaba de entre mis muslos con los labios brillantes.

—Todo lo más que tengas —contesté.

Su lengua se movió con fluidez entre mis pliegues como si fuera un pez y yo gemí fuerte. Pobres vecinos. Aunque seguramente ya estaban acostumbrados a ese tipo de sonidos procedentes del dormitorio de Víctor.

Su dedo seguía penetrándome y su lengua lo recorría todo, acercándose hacia abajo. Le avisé de que me correría si no paraba y se puso de pie. A través del pantalón desabrochado se intuía una erección apretada en su ropa interior que, cuando se desnudó, salió como un resorte. Quise incorporarme, pero me detuvo apoyándome una mano abierta sobre el vientre.

—Mira cómo estoy de verte disfrutar. No me lo niegues.

—Me correré —le dije en un murmullo.

—Y volveré a hacer que te corras después.

Se hundió entre mis muslos y miré al techo. Me excitaba escuchar el sonido de su lengua al encontrarse con mi piel húmeda. Me agarró por las nalgas y me levantó las caderas hacia él, dejándome expuesta. Me devoró. Nunca, jamás, había sentido esas cosas. Ni siquiera me importó correrme sola en un alarido desconcertante.

Víctor se incorporó entonces, se secó la boca con el dorso del brazo y se lanzó sobre mí metiendo su lengua entre mis labios al momento. Desnudo y tan dispuesto, su erección se coló dentro de mí después de un forcejeo y me llenó, arrancándome otro grito.

Tiró de mí hacia arriba, me arqueó la espalda y, como si yo fuese una muñeca de trapo, empezó a penetrarme con fuerza. Sus brazos en tensión, su pecho…, Dios…, no podía desearle más.

Perdí la cabeza por un momento. Gruñó y grité.

—¡Dios! —chilló también.

—Espera… —le pedí—. Espera…, no te corras, no te corras.

Víctor me agarró con fuerza de las caderas y me llevó con él cuando se levantó. Sentí la fricción de sus embestidas, una, dos, tres veces, y volvió a dejarme caer en la cama.

—Hazme lo que quieras —susurré cuando él volvía hacia mí.

Y de un manotazo me giró en la cama, haciéndome rebotar contra el colchón. No me subió las caderas para ponerme a cuatro patas; me abrió las piernas y se coló dentro de mí, apoyándose sobre mi espalda.

—Lo que quiero es follarte hasta que me muera. Quiero…

—Hazlo…, hazlo… —le supliqué yo, muerta del morbo de la sensación que sus penetraciones me producían en esa postura.

Empezó a hacerlo más fuerte y sentí cómo palpitaba dentro de mí. Gimió.

—Me corro… —me avisó.

Pero en lugar de acelerar sus movimientos, se retiró de encima de mí y me giró en el colchón de nuevo.

—Tócate —me pidió—. Déjame que vea cómo te tocas…

Abrí las piernas con cierta timidez y colé la mano hasta mi entrepierna. Lancé la cabeza hacia atrás en un gemido mientras me acariciaba rítmicamente, dibujando pequeños círculos húmedos. Víctor me miraba embelesado mientras se acariciaba también. Me arqueé cuando ya estaba a punto de terminar y Víctor me abordó, colándose dentro y haciéndome estallar. Antes de terminar salió de mí y se corrió abundantemente, manchándome con su semen caliente los muslos.

Pasé la mano sobre mi sexo mientras miraba cómo se recomponía después del orgasmo. Tenía el pelo revuelto, la piel perlada de sudor y los labios hinchados y jugosos. Y me pareció tan erótico que no pude evitar dejar que mis dedos serpentearan por la piel, sensible, resbaladiza y manchada.

Al abrir los ojos Víctor me miraba casi sin pestañear. Me avergoncé y cuando fui a cerrar las piernas negó con la cabeza.

—No. Hazlo otra vez. Me muero… —Se mordió el labio inferior con fuerza—. Me muero por ti cuando te corres. Me haces… tuyo.

Confusa, me llevé la mano de nuevo hasta mi sexo y jugueteé hasta ponerme a tono. Los ojos de Víctor no se despegaban de mí y parecía que todo él se estremecía cada vez que yo gemía. Vi que se tocaba despacio otra vez, despertando.

Estuve a punto de preguntarle si quería ayuda, pero había algo en el ambiente…, algo más profundo, que no quería estropear.

Se tumbó a mi lado en la cama y yo me abalancé sobre él sin pensármelo en absoluto. Aún estaba húmedo y cuando me la metí en la boca, semierecta, todo el paladar se llenó de sabor a sexo. Víctor gimió intensamente y yo lo deslicé hacia fuera otra vez, pasé la lengua suavemente por la punta y después succioné. Víctor se removió.

—Joder. —Cerró los ojos.

Me sujetó la cabeza, acariciándome el pelo, y yo seguí relamiéndolo, pasando la lengua por todo su tronco para terminar en la base, donde revoloteaba, poniendo visiblemente nervioso a Víctor. Después de un par de veces, volvía a estar dura.

Coloqué las rodillas cada una a un lado de su cuerpo y dirigí su erección hacia mi entrada. Ante la mínima presión se coló rápidamente en mí. Víctor echó la cabeza hacia atrás.

—Me llenas… —gemí—. Y jamás tengo suficiente.

No contestó. Abrió los ojos y se quedó mirándome con los labios entreabiertos. Yo subía y bajaba sobre su erección, ondeando, moviendo las caderas y humedeciéndole. Me agarré el pelo, lo aparté a un lado y después me llevé las manos hasta los pechos, por encima del camisón que ni siquiera me había quitado. Gruñí de desesperación al sentir que se acercaba otro orgasmo. Mi cuerpo nunca tenía suficiente.

—No pares… —le pedí.

Pero en realidad Víctor no estaba haciendo absolutamente nada más que disfrutar.

Eché los brazos hacia atrás, me apoyé en la colcha y en esa postura me moví rápidamente hasta sentir ese cosquilleo con el que comienza el orgasmo.

—¡Ah! —grité—. Córrete..., córrete.

Me rompí en pedazos con un orgasmo completamente devastador y, cuando lo miré, Víctor seguía con los ojos clavados en mí. Paré el movimiento de mis caderas, avergonzada por lo salvaje que podía convertirme un asalto en la cama con él. Le acaricié el pecho mientras lo notaba aún duro dentro de mí.

—¿Te has corrido?

Sonrió.

—No creo que pueda tan pronto, nena... —Y al decirlo me acarició el pelo.

—Sí. Sí que vas a poder.

Me acomodé a su lado en la cama y me incliné sobre él. Saboreé la piel húmeda de los dos y le miré mientras hundía su erección en mi boca. Cerró momentáneamente los ojos.

—No sé si podré... —suspiró.

Yo seguí. Arriba, abajo. Dentro, fuera. Sobre la lengua, hasta lo más hondo que podía y nuevamente sobre los labios. Víctor gimió abiertamente tras un par de minutos. Sus dedos se retorcieron, apretando entre ellos la sábana desordenada. Jadeó secamente. Todo su cuerpo empezó a tensarse y seguí, seguí, seguí. Después de unos minutos Víctor ya no podía disimular la respiración alterada y los gemidos que se colaban en ella.

—Nena..., me corro —dijo encendido.

No tardé en sentir cómo palpitaba y derramaba lo que quedaba de él en mi boca, sobre mi lengua. Jamás lo había hecho antes. Nunca.

E hice lo que sabía que a él le gustaba: lo miré a los ojos y tragué.

Pero no me dio tiempo ni de respirar.

Víctor se incorporó y, cogiéndome la cara con una mano, me besó como nunca lo había hecho. Y no, no hubo lengua, ni intercambiamos saliva, no seguimos mordiéndonos y lamiéndonos. Solo nos besamos.

Después, con los ojos cerrados, apretó la mandíbula, apoyó la frente sobre mis labios y dijo:

—Eres increíble. Valeria, joder, ¿eres de verdad?

Y aquello me pareció una de las cosas más bonitas que nadie me había dicho en toda mi vida. Le acaricié la barba de tres días sobre las mejillas.

—Espero serlo —contesté.

—Es la primera vez que me siento de alguien. —Levantó los ojos hacia mí con el ceño fruncido—. ¿Qué me has hecho?

Y no supe qué decir. Solo me acurruqué sobre su pecho y cerré los ojos.

Pasó un buen rato hasta que recuperamos el resuello y cuando ya volvimos a nosotros, nos pasamos por el baño para darnos una ducha rápida. Hacía mucho calor y estábamos… sucios.

Víctor me animó a quedarme bajo el agua casi fría un rato más cuando salió y no desaproveché la invitación. Cuando terminé, él ya volvía a estar en la habitación. Había traído una botella de vino tinto espumoso muy frío y dos copas.

—¿Tienes hambre? —preguntó al verme salir con un sencillo camisón blanco de tirantes que había traído en el bolso, mucho más discreto que su regalo.

—¿Pedimos *sushi*? —y contesté con otra pregunta.

Víctor asintió mientras daba un sorbo, dejó la copa sobre la mesa y vino hacia mí.

—Tengo algo más para ti —dijo muy serio.

—¿Más? —pregunté alarmada.

No iba a decir que no a otro asalto de darse el caso, pero, vaya, que Víctor una noche de estas me iba a matar de agotamiento.

—De ese tipo de regalos no. —Una mueca parecida a una sonrisa le llenó los labios y metió la mano en el bolsillo de su pantalón de pijama.

Puso frente a mis ojos un llavero con dos llaves de colores.

—Humm…, ¿las llaves de tu corazón? —comenté con guasa.

—Ja, ja, ja —contestó con sarcasmo.

—¿Entonces? ¿Me has comprado un coche? —Sonreí y me dejé caer sentada en la cama.

—Llave verde: el patio; llave azul: la casa.

Me volví a levantar como si hubiera rebotado en el colchón.

—¿Qué es esto? —inquirí un poco tensa.

—Las llaves de mi casa.

—Y ¿qué quieres decir?

—Quiero que entres y salgas de aquí con normalidad. Es lo lógico, ¿no? Lo que hacen las parejas.

Me quedé mirándole, anonadada.

—Víctor, tienes una forma un poco curiosa de decir las cosas, ¿no crees?

—Puede.

—Yo…, esto es…

Hubo un silencio prolongado que le hizo fruncir el ceño.

—¿Hola? —dijo algo mosqueado.

—Víctor, ¿sabes lo que me estás dando?

—Sí. —Sonrió de nuevo—. Es un gesto de confianza. De… compromiso adulto. —Cogí las llaves y jugueteé con ellas—. Así, si no estoy en casa puedes esperarme dentro. Trae lo que te haga falta. —Vaya, vaya. Tenía que discutir con Víctor más a menudo—. ¿Aceptas el regalo? —preguntó impaciente.

—Supongo —le dije haciéndome la remolona.

—¿Y todo lo que significa que tengas llaves de mi casa?

—No sé si sé todo lo que significa tenerlas, pero dime: ¿lo aceptas tú?

Se echó a reír y asintió. Me pareció más guapo que nunca. A pesar de todo, Víctor estaba relajado.

—No te estoy pidiendo matrimonio, Valeria…

—Estás haciéndolo otra vez —murmuré molesta.

—¿El qué?

—Marcar territorio…

—Lo siento. —Se rio—. Me sale solo. ¿Las aceptas?

—Sí. —Las cogí y las eché al interior de mi bolso, que Víctor había dejado sobre el sillón de cuero de la esquina.

—Pues hay que celebrarlo. ¿*Niguiris* de salmón y rollitos California?

—Y *wakame*, por favor. —Sonreí.

22

Abrí un ojo. Víctor se vestía frente al armario. Tenía el pantalón del traje desabrochado y estaba abotonándose la camisa. Me removí y él se giró, mirando en mi dirección por encima del hombro. Al ver que estaba despierta me guiñó un ojo, se metió la camisa por dentro del pantalón y después de abrochárselo se acercó, inclinándose sobre la cama.

—Buenos días.

—¿Qué haces levantado? Es demasiado pronto. Aún no están puestas ni las calles. —Miré el reloj de la mesita de noche. Marcaba las seis y cuarto.

—Tengo muchas cosas que hacer antes de las vacaciones.

—¿Vendrás a comer?

—No. —Y me pareció que estaba muy serio—. Volveré sobre las ocho. Hoy tengo que pasarme por una obra que estamos terminando y después quiero ir al gimnasio. ¿Estarás aquí cuando vuelva?

—No sé. Ni siquiera sé si está bien que me quede en tu cama durmiendo mientras tú te vas a trabajar.

—Tienes llaves. Entra y sal cuando quieras.

—Haré una fiesta en el salón.

Levantó una ceja y me acarició los labios con la yema del dedo índice de su mano derecha.

—Venga, duérmete otra vez.

—¿No desayunas?

—No…, he quedado con mi padre para tomarnos juntos un café frente al estudio y aquí —se rio— sigo sin tener más que un limón mustio y unos ganchitos rancios. Mal desayuno ese.

Y su risa me relajó. ¿Cuándo llegaría a tener la confianza suficiente en mí misma y en nuestra relación como para dejar de sufrir por cada gesto o cada sospecha?

Encendió el aire acondicionado, lo puso a una temperatura moderada y me arropó.

—Venga, duerme un poco por mí, cariño.

Me acurruqué sobre su parte de la almohada. Olía tanto a él… Vaya…, la otra parte ya era mía. ¿Ya no habría más chicas pasando por ella? No. No las habría. No habría más morenas, rubias y pelirrojas revolviéndole el pelo sobre sábanas diferentes, revolcándose con él. Solo su olor y el mío. ¿Verdad? Me entró una feliz modorra. Cuando cerró la puerta yo ya estaba sumida en un espeso sueño. Valeria y madrugar: enemigos irreconciliables.

Me desperté con un molesto dolor en la espalda y una punzada en el vientre. Me revolví con las sábanas enrolladas entre las piernas, medio atontada, y me sentí realmente incómoda. Miré el reloj. Eran casi las once. Dediqué un solo segundo a pensar en que a lo mejor Adrián tenía razón cuando dijo que yo vivía en unas eternas vacaciones.

Me giré de nuevo en la cama, algo más despierta, haciéndome a la idea de levantarme. Tenía un dolor sordo. ¿Qué sería? De pronto lo recordé. La tableta de pastillas se había terminado hacía…, a ver…, uno, dos, tres, cuatro…, cuatro días. Me puse boca arriba y sentí los muslos húmedos.

Levanté la sábana con miedo. ¡Oh, no!

Tenía una mancha de un rojo brillante que me traspasaba la ropa interior y que me había manchado las piernas y las sábanas. Hasta el camisón.

—¡Joder!

Me levanté de un salto y fui corriendo al baño, donde abrí el grifo de la ducha y me metí rauda y veloz.

Al salir, cogí una muda de ropa interior y un tampón del bolso y encontré el desolador paisaje de las sábanas de Víctor totalmente manchadas. ¿Por qué yo? Estupendo estropicio para el primer día que me quedaba sola en su casa. Un comienzo propicio para demostrar que era digna de confianza para tener las llaves de su casa. Me consolé pensando que, de todas formas, después de lo de la noche anterior las sábanas necesitaban agua y jabón a raudales.

Hice un gurruño con ellas y las metí en la lavadora. Tardé diez eternos minutos en enterarme de cómo funcionaba y otros tantos en encontrar detergente y suavizante.

Se iba a dar cuenta…, estaba claro.

Cogí mi flamante juego de llaves y bajé a la calle. Localicé el supermercado más cercano, pero antes hice una visita fugaz junto a mi tarjeta de crédito, que lloriqueaba, a una franquicia de una maxiconocida tienda de ropa interior, donde me hice con un par de braguitas de algodón con dibujitos nada sexis y un pijama mono con el que dormir. Pero todo muy barato y rebajado, claro está.

Bueno…, vale. No estaba rebajado y entre pitos y flautas al final me gasté casi cincuenta euros que, por supuesto, no debería gastar. Pero esto era de causa mayor.

Después me paseé por el supermercado como buena ama de casa, pensando qué podría hacer falta en la nevera de un soltero. Por un momento me sentí su madre, haciéndole la compra…, aunque conociendo a su madre seguramente el lubricante o una caja de condones sería el elemento estrella. Quizá ella era la responsable de la cantidad ingente de profilácticos que acumulaba en su mesita de noche. Bueno, quizá no, con toda probabilidad.

Metí en el carro huevos, pan, algo de pasta y condimentos para cocinarla. También verdura y todo lo necesario para una ensalada. Me paré a pensar en que Víctor era un hombre y no compartiría los mismos hábitos alimenticios que yo… Con Adrián no me pasaba. No solía tener problemas porque era una de esas personas a las que no les gusta comer y casi lo hacía por obligación. Jamás lo vi darse un atracón. Hasta para eso era soso, el pobre.

Cogí el teléfono móvil y llamé a la primera persona que pensé que podía ayudarme. Tardó en cogerlo más de lo que imaginé y ya estaba a punto de colgar cuando contestó:

—¿Quién osa molestarme en mi primer día de vacaciones?

—Lo siento Lolita. —Cogí también una caja de tampones—. Pero es pasado el mediodía. Pensé que estarías despierta.

—Estaba despierta. Acabo de darme un revolcón con mi consolador. Nos estamos fumando el cigarrito de después. ¿Qué haces que se oye ese barullo?

—Estoy haciendo la compra. —Y como estoy acostumbrada, no hice ni caso a su confesión.

—Aburrida.

—No es una compra aburrida.

—¿Estás comprando juguetitos guarros? —dijo de pronto emocionada—. Yo puedo ayudarte a elegir los mejores. Pasa de la discreción. Caballo grande ande o no ande.

—Joder, no. No —remarqué mientras me apoyaba en el carro, con los ojos cerrados—. Estoy haciéndole la compra a Víctor.

—Oh, Dios mío…, ¿qué te ha hecho? ¡Sublévate! La tiene grande, pero, oye, que se busque una chacha para eso, ¿no?

—Es largo de contar. Oye…, ¿qué come un soltero?

—No sé, deberíamos llamar al Discovery Channel a ver qué opinan ellos.

—¡Lola! —me quejé.

—Es que lo dices como si fueran animalitos en peligro de extinción.

—Ven a ayudarme.

—Valeria…, come lo mismo que tú, por Dios. No comen solteras ni cocinan a las monjas vuelta y vuelta en la sartén. —Un silencio—. Oye…, ¿te dejó Víctor las llaves de casa y se fue a trabajar?

—Si vienes te lo cuento…

—Joder, ya voy. Adiós al segundo orgasmo…

Luego colgó, como siempre, sin despedirse.

El móvil comenzó a vibrar en mi bolsillo justo después y creí que sería Lola para decirme que se lo había pensado mejor y que eso de sacarla de la cama ya, ni hablar del peluquín, pero era un número con una extensión eterna que me hizo ponerme alerta.

—¿Sí?

—¿Valeria?

—Sí.

—Soy Jose.

¡Gracias a Dios!, pensé.

—¿Qué tal, Jose?

—Te llamaba para ver qué día de la semana que viene podríamos comer juntos.

—¿Invitas tú? —dije riéndome.

—Invita la editorial, como siempre. ¿Has leído la crítica que te hacen en *Cuore*?

—No. —respondí avergonzada por no haberme preocupado del asunto de mi novela un poquito más—. ¿Es buena o mala? Si es mala no me lo digas.

—La recomiendan para estas vacaciones. Dicen que es sincera y divertida.

—Oh, gracias. Pero ¿dicen eso de verdad o es que no me quieres decir que…?

—Me dijiste que si era malo no te lo contara.

—Da igual, quiero saberlo —insistí.

—Es una mención de dos líneas a letra minúscula en una sección de las del final. Esa es la mala noticia. ¿Te quedas ya más tranquila?

—Sí. Oye, Jose, en realidad yo quería comentarte algo.

—Lo deduje en cuanto leí tu mensaje —dijo en un tono divertido.

—No me pintes peor de lo que soy.

—¿Es dinero?

—¿Cómo? —pregunté sin entenderle.

—Que si el problema que tienes es de dinero.

—Bueno..., a lo mejor sería mejor hablarlo en la comida.

Me tapé la cara, avergonzada, y una señora se me quedó mirando al pasar junto a mí.

—Si tenemos que quedar a comer para hablar solamente de eso, nos ahorramos la cita, que estoy a punto de coger las vacaciones y no tengo demasiadas ganas de ir de arriba abajo reuniéndome con un tropel de escritores pobres como ratas. Dímelo ya y punto. —Ese era Jose, quizá demasiado directo, pero ¿de qué sirven realmente los rodeos?

—He pensado que... —Tragué saliva y aparqué el carro en un lugar tranquilo: la sección de alimentos biológicos.

—Te voy a ahorrar el mal trago. Preguntaré a un par de conocidos a ver si tienen algo para ti, ¿vale? No puedo hacer más. La cosa está difícil. ¿Te han dicho ya tus papás que lo de dejar tu trabajo...?

—Sí, sí, no hace falta que insistas en ello.

—Te llamaré en cuanto sepa algo.

Después, recordándome a Lola y tras una minúscula y casi imperceptible despedida, colgó.

Y hablando de Lola, por ahí entraba, con unas gafas de sol divinas y el pelo recogido en un moño favorecedor. Qué rápida la tía. Vivía cerca, pero… no me imaginaba que la curiosidad pudiera hacer andar a nadie tan rápido.

Llevaba una minifalda vaquera y una camiseta gris de hombro caído por cuyas exageradas y amplias mangas se le veía el sujetador negro de encaje cuando se movía. La saludé con un sonoro beso y ella, sin quitarse las gafas, se hizo cargo del carro.

—Déjame a mí y cuéntame.

Lola empezó a llenar el carro de cervezas.

—Anoche Víctor me regaló… Oye…, ¿no te estás pasando con la cerveza? —La miré sobresaltada.

—Víctor bebe como un soldado ruso que intenta entrar en calor en la estepa siberiana, que no te engañe su apariencia de *lord* inglés.

—No digas tonterías. —Y seguí mirando alarmada la cantidad de cervezas que había metido en el carro.

—Bueno, bueno…, ya lo irás viendo. ¿Qué me decías?

—Que anoche me regaló…

—Ah, sí, lo elegí yo. Es divino, ¿verdad? —Sonrió.

—Aclárame eso… ¿Le acompañaste, lo compraste tú por tu cuenta o…?

—Fui yo a la tienda, lo elegí y lo dejé encargado. Di el nombre de Víctor y su número de teléfono y lo reservaron. Luego pasó él y lo recogió. Qué risa, les dije a las de la tienda que era su *personal shopper*.

—Estás pirada.

—Pero es precioso, ¿a que sí?

—Muy elegante. Gracias. Pero… no te iba a contar eso.

—Este Víctor debe de ganar más dinero que un ministro, porque con lo que se gastó en La Perla va la mitad de mi sueldo de un mes.

—Qué exagerada eres, reina. —Metí la mano en el bolsillo y seguí—. Me regaló esto.

Saqué las llaves y se las enseñé. Lola lo entendió enseguida y se paró en seco.

—¿Te ha dado las llaves de su casa?

—Sí.

Lola se apoyó en el carro con los ojos abiertos como platos.

—Debes de chuparla taaan bien… Un día igual te pido que me enseñes.

—Déjate de historias. ¿Sabes cómo se lo agradecí yo?

—¿Lo ataste a la cama? ¿Felación en la ducha? Con lo bien que se te da, igual lo siguiente son las llaves de una casita en Suiza.

—Lola, por Dios. —Aparté de mi mente los recuerdos de todo lo de la noche anterior, que había sido bastante pervertidilla.

—Venga, ¿cómo?

—Pues le he puesto las sábanas perdidas. Me bajó la regla esta mañana.

—¡Qué putada! ¿Y qué te dijo? ¡Si le manchaste a él también te invito a comer! —Se rio a carcajadas—. Ya me lo imagino. ¡Dios! ¡¡Sangre!!

Lola empezó a dar gritos y a reírse después.

—No dijo nada, Lola. Él no estaba, se ha ido a trabajar a una hora inhumana. Las puse a lavar a ver si sale la mancha.

—Les tenías que haber dado con un hielo, se les va a quedar cerco.

La miré preocupada mientras ella cargaba el carro hasta los topes.

—¿Tú crees? Tienen pinta de ser sábanas caras.

—¡Qué va! ¿Tú ves a Víctor pagando más de cincuenta euros por un juego de sábanas pudiendo gastárselo en profilácticos? —Se paró a mirar la etiqueta de una botella de ron y la reprendí, quitándosela al momento y dejándola en la estantería.

—A Víctor no le hacen falta profilácticos y sí, tienen pinta de ser muy caras —contesté—. Al tacto son..., son más suaves y...

—¿Subimos y me lo enseñas? Si vas a ponerte ahora a describir todas las cosas que hacen que las sábanas de Víctor sean maravillosas, vas a tener que invitarme al menos a una copa.

Entramos en la cocina cargadas como mulas. Abrí todos los armarios y estudié el orden con el que Víctor había colocado la poca comida que había. Lola me lanzó una miradita de soslayo cuando echamos una ojeada a la nevera.

—Ya lo sé —le dije.

—En serio, no entiendo a los hombres. ¿Qué hacen si tienen hambre?

—Se van a casa de su madre o comen fuera. Venga, ayúdame a colocar todo esto.

Entre las dos fue mucho más fácil y en un momento teníamos guardada toda la compra. Lola había decidido que de paso comprara un cepillo de dientes rosa fucsia, que dejamos en el baño, junto a la caja de tampones. Marcar territorio, se llama. Pero elegantemente, claro.

—¿Has estado aquí muchas veces? —le pregunté al verla moverse por allí con comodidad.

—Un par, pero vi poco más que el sofá y la cama. —Se rio.

Hice una mueca.

—Aún me cuesta hacerme a la idea de que os acostarais.

—Si te quedas más tranquila, probablemente lo que hicimos poco tiene que ver con lo que vosotros dos... —Juntó los dedos índices de sus dos manos—. Nosotros fornicamos. Como animales. Vosotros dos follaréis como personas.

—Me resulta chocante. Te has acostado con mi..., con el chico con el que... —Dejé por imposible lo de ponerle nombre dentro de mi vida—. ¿Cómo os conocisteis?

Lola me miró durante un instante que me pareció eterno. Luego sonrió y dijo:

—En la escuela de idiomas. Él iba a hacer un posgrado en el extranjero y estaba preparándose. De eso hace un trillón de años.

—¿Mejorando el inglés?

—No, el alemán. Vivió un año en Múnich.

—No tenía ni idea. Parece que le conoces bien. —La escruté con intensidad y vi cómo Lola miraba a su alrededor, deseosa de cambiar de tema.

—Supongo. Víctor es uno de esos amigos que... me gusta que estén ahí.

Levanté una ceja.

—Lolita... —dije con voz melosa—. ¿Qué me escondes?

Se mordió el labio y negó con la cabeza.

—Nada.

—¿Fue un rollo serio?

Se dejó caer en una banqueta de la cocina y se encendió un cigarrillo.

—Serio no.

—¿Entonces? —Arqueé las cejas.

—Entonces nada.

Respiré hondo.

—Lola, te conozco desde hace muchos años. Aún llevabas pantalones de talle alto y el pelo desteñido. Sé cuándo me escondes algo y el hecho de que lo niegues me asusta más, así que, sea lo que sea, dímelo de una puta vez antes de que me entre el siroco y empiece a darme vueltas la cabeza.

—¡Es que te vas a enfadar y no tiene importancia! —se quejó.

—Si no tiene importancia no me voy a enfadar...

Suspiró, resuelta.

—Vale, lo que quieras... ¿Te acuerdas de aquel chico que te conté...?

—Dios... —Me asusté y me senté en una banqueta.

—No, no… —Se rio—. Suena fatal, pero escúchame. ¿Te acuerdas de aquel chico con el que follaba de vez en cuando, cuando ninguno de los dos tenía pareja? Con ese con el que te decía que me llevaba tan bien y que tú insistías en que debía mirar con otros ojos y convertir en el hombre de mi vida…

—Sí, claro. El que le dio un puñetazo en un bar a un tipo que se propasó… —añadí asustándome por segundos.

—De eso ni me acordaba. Sí. Ese. Pues es Víctor. —Lanzó una carcajada.

Hostias…

—Que, a ver…, no pasa nada, Valeria. Víctor y yo ya llevamos un par de años sin acostarnos, lo sabes. Se puso a salir con la estirada de Raquel y yo conocí a aquel tipo…, bueno, que nada.

—Pero lo vuestro fue…, fue una historia, no un polvo loco. —Y encima se puso a salir con una tal Raquel, nombre que ya había escuchado de sus labios.

—Piénsalo antes de darle más vueltas. Junta a una persona como yo con una como Víctor. El resultado es el mismo que dos trenes de mercancías encontrándose en la misma vía a todo trapo.

—Pero… ¿por qué lo escondéis?

—No lo escondemos, chata, te lo escondemos a ti, que no es lo mismo.

—¿¿¡Por qué!?? —insistí.

—Pues porque…, ¡ay, yo qué sé por qué! Pues porque cuando os conocisteis… no me apetecía ir anunciando que Víctor y yo habíamos sido follamigos. Intentaba calzarme a un amigo suyo y…, vaya, que nos da un poco de cosa acordarnos. La relación que tenemos es muy estrecha, pero dista mucho de aquello. No volvería a tirármelo ni loca, independientemente de que esté contigo.

—Pero debiste hacerme algún comentario…

—Cuando la cosa empezó a ponerse seria, me imaginé que no te apetecería escucharme hablar sobre lo bien que se le dan a Víctor los cunnilingus o el morbo que le produce el sexo anal.

La miré horrorizada.

—¿Sexo anal? —pregunté con voz aguda.

—Si aún no te lo ha pedido, eso es amor. —Se echó a reír a carcajadas.

—Está bien. —Levanté las manos y dejé estar el tema. Lo que fuera que hubo ya no estaba, así que…—. No quiero saber nada más.

—Sé cosas que le gustan… ¿Quieres algún consejo?

—Quiero que te calles —insistí malhumorada.

—No, ahora en serio, Valeria. Víctor es muy amigo mío. Mucho. No quiero que te rayes y tener que alejarme de ninguno de los dos. —Me mordí los labios por dentro y asentí—. Además…, ¡menuda domada le has pegado! —Lanzó unas carcajadas—. Pero no lo amanses, anda. Víctor es como es. Una bestia parda.

—Déjate de bestias pardas. Vámonos. No sé si está bien que el primer día que tengo las llaves te meta en su casa. De paso me cuentas cosas de esa Raquel…

—¿Qué dices? ¡Quiero cotillear un rato más! —Sonrió de lado—. Puedo entrar en su ordenador y mirar qué tipo de porno le va, si quieres.

—¡Ni pensarlo!

—¿No tienes curiosidad? —dijo clavándome el codito en las costillas.

—Lo que me sorprende es que no lo sepas ya…

Puso los ojos en blanco.

—Claro que lo sé. Pero mejor no te lo digo. Ya lo descubrirás. —Lanzó un par de carcajadas—. ¡Divirtámonos un poco a su costa! ¡Vamos a cotillearle los cajones!

—No. Vamos, te invito a comer en casa —insistí.

—¿En cuál de tus dos casas?

—Muy graciosa. —Le levanté el dedo corazón.

—La lavadora ya ha acabado —comentó lanzándole una miradita.

—Ah, bueno…, pues entonces ven. Ayúdame.

Empezamos a sacar las sábanas y las extendimos. Un manchurrón enorme reinaba casi en medio y creo que aún estaba peor que antes de meterlas en la lavadora. La sangre había cogido un tono parduzco nada favorecedor y además tenía cerco. Vamos, todo un éxito.

—¡Dios mío! —exclamé asustada por el desastre.

—Vaya tela, Valeria. Pero ¿a quién has matado aquí encima? —Y Lola, sin paños calientes, empezó a descojonarse.

—¡No te rías! Ahora ¿qué hago?

—¿Les pusiste lejía?

—No. ¿Debería haberlo hecho?

Lola buscó la etiqueta y murmuró:

—No, yo tampoco me atrevería a echar lejía a unas sábanas de algodón egipcio de ochocientos hilos.

—¿De qué hablas? ¿Son caras? —pregunté esperando que dijera que valían dos duros y que merecía la pena reponerlas y olvidarse del asunto.

—Mucho —respondió Lola apretando los morritos—. Lo siento.

—Define mucho.

—Pues la verdad es que no sabría decírtelo, pero cerca de trescientos euros.

—¡Por Dios! —grité—. ¡Trescientos euros en unas sábanas, joder!

Y mi economía como estaba... A ese ritmo iba a tener que echar el currículo en la frutería de debajo de mi casa.

—Vaya con Víctor..., no me sorprendería que me contases que el papel del váter está hecho con seda y pétalos de flores.

—No seas cerda —gruñí—. Ahora las sábanas. ¿Qué hago?

—Busca otras sábanas y ponlas en la cama. Luego espérale desnuda encima de la colcha con las piernas bien abiertas.

—Sí, estoy yo para monsergas encima de la colcha —le espeté.

—Ah, vaya, ya... Bueno, siempre tienes la opción de la mamada, que por lo visto se te da de fábula.

—Pero qué bruta eres. Ven, ayúdame.

—Oye, ¿te das cuenta de que es mi primer día de vacaciones y tú estás muy mandona?

En el altillo del armario del dormitorio encontré perfectamente planchadas unas sábanas de color lila que Lola y yo colocamos en la cama. Echamos un vistazo a la composición. Sí, estas también eran de algodón egipcio de ochocientos hilos. Pero… ¿con quién narices estaba acostándome yo? ¿Con la princesa del cuento del guisante?

Luego arrastré a Lola de la oreja a la tintorería, con las sábanas empapadas metidas en una bolsa del supermercado. Por Dios…, casi trescientos euros en ropa de cama… ¡¡¡A quién se le ocurría?!!

Después pensamos en irnos a mi casa, pero la verdad es que mucho hablaba yo de Víctor y mi nevera estaba en condiciones similares. Creo que solo me quedaba un brick de leche, unas manzanas y queso. No iba a hacer dos compras semanales sin sentido, ¿no? Así que volvimos al piso de Víctor y nos preparamos algo de comer. Nos sentamos en la barra con dos sándwiches y encendimos un cigarrillo mientras nos servíamos unos zumos de tomate. Bueno, a decir verdad eran dos *bloody marys…*, no sé a quién trato de engañar.

Lola me miró de reojo y, mientras se apartaba el flequillo de la frente, se mordió los labios por dentro, como siempre que quería preguntar algo peliagudo.

—Venga, dilo —la animé sin lanzarle ni una mínima miradita.

—Solo me preguntaba si…, estando tan reciente todo el rollo de Adrián y esas cosas…, ¿no te ha acojonado con el tema de las llaves?

—No. —Levanté las cejas mientras masticaba—. ¡Qué rico el queso!

—¿Lo tienes claro, Valeria?

—¿Qué es lo que crees que tengo que tener claro? ¿Querer estar con Víctor?

—Eso me consta que lo tienes clarísimo; lo que ya dudo un poco más es si tienes totalmente decidido no querer estar con Adrián nunca más.

Se me paró el bocado en la garganta.

—Creí que eras defensora acérrima de Víctor.

—Y lo soy, aunque a veces sea un imbécil como el resto de los humanos con pene, pero quiero que hagas las cosas a conciencia y con cabeza. No que las hagas como yo. Luego todo se complica y te ves metida en algo que no esperabas y de lo que no sabes salir. Además, aprecio a Víctor. Le quiero mucho. Creo que podríais hacer algo juntos…, algo de verdad.

Esa idea, la de Víctor y yo haciendo algo de verdad con lo nuestro, me descentró y tardé en formular lo que estaba pensando sobre Adrián.

—Es que… no creo que Adrián y yo podamos estar juntos ahora.

—Crees y ahora. ¿Te das cuenta? Te estás agarrando con uñas y dientes a algo que, por otra parte, creo que tienes claro que ya está muerto. ¿No lo ves?

Le di un bocado distraído al sándwich.

—Quiero estar con Víctor. Es lo único que sé y no quiero darle más vueltas, porque si lo pienso me apetece hacer un hoyo en el suelo y meter la cabeza —contesté con la boca llena.

Ella asintió. No insistiría. Conozco a Lola como la palma de mi mano.

—¿Sabes algo de Nerea? —comenté.

—Sí, la llamé ayer. Tenía la voz tomada. Creo que la pillé llorando.

—Vaya tela, qué fuerte. Pobre.

—No sé cómo le ha podido ocurrir a Nerea, con lo cuadriculada que es. Y lo va a pasar mal, Valeria.

—Pero lo tiene decidido.

—Y yo la apoyo, no vayas a creer. Estoy de acuerdo con ella en que sería una locura seguir hacia delante con este lío. Adiós carrera profesional, adiós relación idílica, hola familia insatisfecha. Tú conoces a sus padres.

—Sí, les faltaría poco para enterrarla viva, pero si ella lo tuviera claro en el sentido contrario, eso sería lo de menos. Ya sabes que mi opinión es más…

—Ya, lo sé. —Agarró el vaso de tubo con el *bloody mary*—. Gracias a Dios, Carmen no se ha enterado. Ella no lo vería con buenos ojos.

—¿Tú también piensas que tendría que ir Dani a acompañarla?

—Claro. Cada uno tiene que ser responsable de las consecuencias de tener polla e ir metiéndola en caliente.

Lola se marchó a las seis de la tarde. Me dijo que quería irse de compras, pero mi intuición femenina me decía que había algo más. Y no me equivocaba: a las siete menos cuarto llegó a casa de Sergio. Dudó durante unos cinco minutos si llamar o volver por donde había llegado, pero finalmente hizo de tripas corazón y llamó.

Sergio le abrió enseguida. A Lola le dio la absurda impresión de que la estaba esperando. Se encontraron en el quicio de la puerta.

—¿Qué tal las vacaciones? —le dijo él siguiéndola con la mirada mientras ella entraba.

—Bien, ¿qué tal en la oficina?

—¿A ti que te parece? —Se rio.

Sergio le señaló una banqueta y se sentaron en la cocina uno frente al otro.

—¿Qué has venido a decirme, Lola? Sé que no vienes a que te invite a un café.

—Quería pedirte disculpas, y no es algo que haga habitualmente. —Sonrió avergonzada—. Así que disfrútalo.

—¿Disculpas por qué?

—Por lo del viernes. Por lo de venir borracha, tratar de violarte y después vomitar como si no hubiera mañana. Por eso. Y por todo lo que pude decirte y que no recuerdo. Por eso también.

—Bueno. —Sonrió —. No fue nada.

—Gracias por portarte tan bien conmigo. No sé si yo hubiera sido tan benigna de haberse dado la situación al contrario. Probablemente habrías terminado esposado y vomitando en comisaría.

Sergio se apoyó en el taburete de la cocina con los brazos cruzados sobre el pecho y asintió, con una sonrisa.

—No hay de qué. —Se miraron en silencio un momento. Luego él cogió aire para hablar—. Lola, ¿por qué te presentaste aquí a las tres de la mañana?

—Había bebido demasiado. Se me nubló el raciocinio y solo pensaba en que me rellenaras como a un pan de perrito. —Se encogió de hombros.

—¿Solo querías un polvo?

—Es que lo haces muy bien, eso tienes que admitirlo. Pero, de todas formas, en aquel momento no sabía muy bien lo que quería. —Se rio—. Igual me podría haber dado por buscar un Dunkin' Donuts abierto o tratar de convencer a Nerea para que se lo montara conmigo.

—Pero viniste aquí.

—Sí. Vine y vomité como una loca adolescente. Me habría salido a cuenta violar a Nerea.

Los dos se rieron.

—Me gustaría mucho poder aclarar las cosas, Lola.

—¿Qué quieres aclarar?

—Pues, lo primero, me gustaría que aceptaras que lo que estás haciendo es tu manera de castigarme. Y no es que no me lo merezca, pero creo que tenemos que empezar a ponerle nombre a las cosas.

—No sé a lo que te refieres. —Se hizo la tonta.

—Claro que lo sabes; me echas un polvo y luego casi me echas a la calle con el condón puesto.

—No quiero nada más de ti —contestó ruda.

—¿No? Pues déjame que lo dude, Lola —dijo Sergio muy seguro de sí mismo.

—Eres un gilipollas engreído. El problema es que siempre se me olvida. —Lola se estaba poniendo seria.

—A lo mejor, pero no me creo que cuando tengas ganas de follar no dispongas de nadie aparte de mí.

—Satisfaces mis necesidades mejor que el resto —quiso sentenciar Lola, pero Sergio siguió con la cantinela.

—¿Y el rubio con el que te ibas en moto? ¿Ese no las satisfacía?

—Cuestión de tamaño —añadió—. Pequeñita.

—De esto ya hemos hablado, Lola. Primero trataste de darme una lección con ese tipo y ahora me usas como un macho de monta. Pero no pasa nada, lo acepto y al darme cuenta reacciono. Ahora ya sé de sobra lo que hay y lo que siento. No quiero empeñarme en dar más vueltas al asunto.

—Quizá me equivoqué queriendo que reaccionaras, Sergio. Ya era demasiado tarde y no me valía de nada.

—¿No te vale la pena estar conmigo? ¿No te vale de nada que empecemos otra vez?

—No lo sé. Ni siquiera me lo he planteado. Lo que hacíamos antes rozaba la prostitución. —Sergio se acercó a Lola y la miró a los ojos, desde muy cerca. Su respiración empezaba a agitarse—. Voy a ser sincera, Sergio, y para serlo me voy a quitar de encima todas las corazas. Siempre me has hecho daño, siempre. Nuestra relación es autodestructiva. Nos atraemos, pero tratar de hacerlo real implicaría una energía que yo ya no tengo. No sé si seré capaz de perdonarte la manera en la que me hacías sentir. Y, además, no sé si podrías quererme como sé que merezco que alguien me quiera. Y no sabes lo que me cuesta decirte esto y no dejarme llevar. Sería mucho más fácil ser débil y…

Sergio besó a Lola tras acercarse lentamente, mientras la apretaba contra su cuerpo con las manos abiertas sobre su espalda. Lola cerró los ojos.

—No quiero que esto termine con una conversación como esta. Deja al menos que nos despidamos...

Lola sonrió, se alejó y negó con la cabeza.

—Adiós, Sergio —susurró—. Espero que encuentres a quien buscas.

Lola ya sabía que no estaba preparada para él o que quizá lo estuvo hacía demasiado tiempo. Le gustó pensar que olvidaría a Sergio teniendo en la boca un sabor casi dulce.

Víctor llegó a casa a las nueve menos cuarto. Entró en la cocina, donde yo intentaba preparar la cena, y dejó las llaves sobre la mesa. Nos miramos con una sonrisa y luego susurró que le encantaba llegar a casa y encontrarme allí.

—Es raro —dijo riéndose.

—¿Demasiado raro? —pregunté sin mirarle.

—Me gusta lo raro. —Nos dimos un beso—. ¿Qué cocinas?

—He hecho ensalada de pasta. Soy una pésima cocinera, así que no quise arriesgarme a mandarte al hospital.

—¡Qué bien! ¡Ensalada de pasta! —dijo emocionado.

Abrió la nevera y se echó atrás, como quien se encuentra con algo que no esperaba. Una exclamación surgió de su boca sin dar forma a ninguna palabra en concreto. Me acerqué y le abracé por la cintura, desde detrás.

—¿Has hecho la compra? —preguntó anonadado.

—No. Cuando me levanté ya estaba así. Creo que tienes gnomos viviendo bajo el fregadero.

Se giró, me miró y se echó a reír.

—Sabes que no tenías por qué hacerlo, ¿verdad?

—Pero quería hacerlo. Por egoísmo, no vayas a creer…

Miró de reojo dentro del frigorífico.

—Hay cervezas —susurró con placer.

—No te acostumbres a todas estas cosas. Soy una fatal ama de casa.

—No te preocupes. A mí tampoco se me da especialmente bien. —Me abrazó—. Demos gracias a Estrellita por dejarme esto como una patena tres veces por semana.

—Ya decía yo. —Me reí.

Después de cenar compartimos un cigarrillo asomados a la ventana del salón. Hacía una noche estupenda; habríamos salido si Víctor no hubiera estado tan cansado.

Al entrar en el dormitorio Víctor echó un vistazo a las sábanas y me miró extrañado.

—Ah, vale —dijo de pronto—. Lo de anoche.

Me sonrojé. Lo había olvidado por completo. Lo de la noche anterior y lo de las sábanas al levantarme aquella mañana. Me gustaba más recordar el sexo que mi periplo sabanero.

—Esto…, las cambié porque además tuve un problemilla esta mañana —aclaré.

—¿Te measte en la cama? —Se rio mientras se desabrochaba la camisa.

—No…, pero tus sábanas han tenido que ir a la tintorería. Las manché enteras.

—¿Con qué? —Frunció el ceño al tiempo que se quitaba la prenda.

¡Dios! Pero ¡qué sexi! Casi me puse bizca. Nada, que no terminaba de acostumbrarme a verle sin ropa. Pestañeé para centrarme.

—No quieras saberlo —sentencié.

—Oh, sí, quiero saberlo. —Sonrió.

—Cosas de chicas —dije poniendo los brazos en jarras y fingiendo que no me iba a morir de un momento a otro de vergüenza.

—Ah, bueno, no te preocupes. Esas cosas pasan.

—Supongo que no en unas sábanas de algodón egipcio de trescientos euros —murmuré de mala gana.

Me miró con las cejas levantadas mientras se quitaba los zapatos mecánicamente.

—¿Cómo?

—Tus sábanas, Víctor. Tus sábanas de marajá.

—¿Esas sábanas valen trescientos euros?

—¿No sabes cuánto cuestan las sábanas de tu cama?

—¿Cómo voy a saberlo? No las compré yo.

Me quité el vaquero y lo dejé sobre el sillón de cuero negro. Al verme la ropa interior se echó a reír.

—¿Se puede saber de qué te ríes?

—Pero ¿qué llevas puesto? ¿Las bragas de tu primera comunión?

—Oh, déjame —refunfuñé—. ¿Y quién te compra las sábanas?

—Pagarlas, las pago yo. Pero las eligió una decoradora del estudio. Me ayudó con el piso en todo lo que eran estores, papel de pared, ropa de cama, ropa de baño…

—¿Otra mujer te elige las sábanas?

Asintió al tiempo que se metía en la cama en ropa interior.

—¿Cuál es el problema? —preguntó.

Hombre, antes no tendrías ningún problema, pero si esperas que esto llegue a formalizarse y que nos llamemos novios, olvídate de que otra elija la ropa de la cama en la que me voy a acostar contigo.

Claro, no lo dije. En su lugar, escogí una respuesta más protocolaria.

—No hay ningún problema, pero pensaba que eras un hombre con extremado buen gusto.

—Lo soy, mírate.

Me puse el pijama y nos acomodamos en la cama, yo sobre su pecho. Apagamos la luz. Le acaricié el vello con las yemas de los dedos.

—Compraste sábanas de trescientos euros sin saberlo... ¿Cómo puede ser?

—Me pasó el coste total y la verdad es que no me paré a... Mejor no quiero saber lo que gasté en sábanas. Me pareció caro pero..., joder. Y no son las únicas que compró. Creo que fueron cuatro juegos. ¡Qué tía! Mañana se lo diré.

Una sospecha me rondó la cabeza.

—Y esa decoradora y tú... ¿hacíais juntos algo más que comprar ropa de cama? —No lo miré, pero el silencio dijo mucho más de lo que pretendía—. ¿Te acostabas con ella? —Apoyé la cabeza en la almohada.

—Sí.

—Y... ¿tu padre no tenía nada en contra de que te acostaras con una colega?

—Bueno, no trabajamos juntos. Es como una subcontrata. De todas formas, no es un tema que me dedique a comentar con mi padre a la hora del café. Eh, papá, ¿sabes qué? Anoche me follé a Virginia a cuatro patas. —Le miré con cara de pocos amigos aunque no creía que pudiera verme—. ¿Qué?

—¿No crees que me das demasiada información? —Fruncí el ceño.

—Bah, eso hace tiempo que se terminó.

—Y… ¿duró mucho la historia?

—¿Ves? Eres tú la morbosa —respondió.

—Aceptado —sentencié—. Soy una morbosa, pero contéstame.

—Pues bastante, supongo, no sé.

—¿Cuánto es bastante?

—Un año y medio…, quizá dos.

—¡Un año! ¡Dos!

Víctor se incorporó un poco en la cama. Los ojos se nos habían acostumbrado ya a la negrura de su dormitorio y podíamos intuir los gestos en la cara del otro. Me giré hacia él, dispuesta a no perderme nada de su lenguaje corporal.

—Pero no era una relación —aclaró—. Teníamos… buen rollo. A ella le daba igual que yo anduviera con otras o que me fuera de su casa en plena madrugada y a mí… pues me traía sin cuidado lo que hiciera cuando no estuviera conmigo.

—¿Compaginaste a Lola y a esa?

Víctor se puso tenso.

—¿Qué quieres decir?

—Venga, Víctor, ya sé que Lola y tú tuvisteis ese rollo tan moderno y que follasteis como animales por todo Madrid. Lo que no entiendo es por qué narices me lo escondisteis. —Rebufó—. Dime, ¿las alternaste?

—Sí. Poco tiempo, pero sí —asintió—. Y entre ellas se caen fatal, para más datos. Así que te agradecería que no lo comentaras con Lola.

—¿Primero Lola, después la decoradora y más tarde Raquel?

—No. Lola, la decoradora, Lola, Raquel y la decoradora. Ay, Dios. Deja de preguntar ya, Valeria… Pero no podía.

—Y Raquel y tú ¿ibais en serio? —Le miré y le pillé poniendo los ojos en blanco—. Joder, Víctor, ¡es que no te puedo preguntar nada!

Rebufó otra vez. Obtener información era como sacarle una muela.

—No. No íbamos en serio. Al principio pensé que podríamos hacerlo en un futuro, pero me duró dos meses. Era una pija estirada que utilizaba el sexo para tratar de manipularme. De esas que si no las llevas a cenar adonde quieren cuando quieren, cierran las piernas. Acabé harto y la largué. Seguí con mi vida y punto.

—¿Y nunca te planteaste empezar nada con la otra, con la decoradora?

Me miró mientras se tumbaba de lado, con la cabeza apoyada en la mano.

—No —negó—. No era en ese plan. Era más algo como…, yo salía un viernes y si a las dos de la mañana aún no tenía plan y tenía ganas, la llamaba y si ella no estaba metida en la cama de otro, se metía en la mía. —Abrí los ojos de par en par—. Follamigos —aclaró—. Solo eso.

—¿Y no te daba… asco?

Víctor se echó a reír y me interrumpió.

—Claro que no me daba asco, Val, por Dios. ¿Te doy asco yo? Yo también me he acostado con muchas otras personas además de ti. Me consta que de eso eres consciente.

—Sí, claro que lo soy —dije para defenderme—. Pero… yo…

—No era como cuando tú y yo… —Entrecerró los ojos, buscando las palabras—. Tú y yo tenemos intimidad además de sexo. Ella y yo… follábamos. Y ya está.

—No sé… —balbuceé.

—Para que lo entiendas: nunca me la follaría a pelo. Ni a ella ni a ninguna de las anteriores. ¡Ni a Lola! Y con Lola tengo mucha confianza. No lo haría con nadie más que contigo. Es… íntimo, es especial y es nuestro. En eso, perdí la virginidad contigo.

—¿Y por qué?

Se incorporó en la cama otra vez, con expresión de guasa.

—¿Por qué qué?

—Que por qué nunca lo hiciste con nadie.

Víctor dejó escapar de entre los labios una carcajada contenida.

—Valeria, puedo estar toda la noche contestando a todas estas preguntas sobre mi anterior vida sexual si quieres, pero… no entiendo qué estás esperando encontrarte en mis respuestas.

—¿Te enamoraste de ella? —disparé.

—¿De quién?

—De la decoradora.

—¿De Virginia? —Un tono demasiado agudo en su pregunta me dio una pista de por dónde iba a ir la respuesta—. No, claro que no, por Dios. —Se carcajeó—. Me lo preguntas porque no la conoces. Es… histriónica y egocéntrica a niveles exagerados. Solo…, ya sabes…, solo follábamos. Mucho y muy a menudo, pero de Virginia no me interesaba absolutamente nada más que ponerla mirando a Cuenca.

—¿Y por qué terminó? ¿Te cansaste de ponerla mirando a Cuenca? —Y la última frase la dije con retintín, para darle a entender que era una expresión que no me gustaba.

—Dejé de llamarla porque una noche salí por ahí y mi amiga Lola me presentó a una chica. Tenía los ojitos así, bonitos y brillantes, y un pelazo espectacular que olía de maravilla. —Le lancé una mirada de soslayo. ¿De quién narices me estaba hablando ahora?—. Intenté ligármela y me comí los mocos, ¿sabes? Resulta que estaba casada.

—¡Vaya por Dios! —espeté sorprendida en el fondo de que estuviera hablando de mí.

—Pero no tiré la toalla, ¿eh? Soy muy cabezón. Quien la sigue la consigue. Así que la llamé. Y salimos un par de veces a tomar un café, una copa de vino, a escuchar jazz, a comprar vestidos… —Sonrió muy descarado.

—Pero si estaba casada… —le seguí el juego.

—Estaba casada, pero con un imbécil que no la cuidaba nada. Y aunque al principio pensé que jugaríamos un rato y al final perderíamos el interés…, empezó a cambiar.

—A cambiar, ¿eh?

—Cuando la tocaba —se acercó y empezó a susurrar—, hasta me daba la corriente. Y yo le decía a mi amiga: «Lola, no lo entiendo. No sé qué me da. No sé qué tiene. Cuando estoy con ella empiezo a sentirme lleno hasta no poder respirar y cuando se va, estoy vacío». Como un gilipollas. —Tragué saliva y él siguió—: Lola se reía, ¿sabes? Me decía que Superman había encontrado su kriptonita. Una noche, en mi cama, la besé y... me di por perdido. Ella se acercaba, se alejaba, me besaba y se sentaba en mis rodillas con la falda subida, pero nunca quería que nos dejáramos llevar. Me moría por desnudarla, por besarla en todos los rincones de su cuerpo..., y se alargaba tanto que era un suplicio.

—Y ¿te cansaste de ella?

—No. Me enganché. Mucho. La entendía y la respetaba. Una noche apareció en la puerta de mi casa diciendo que quería acostarse conmigo. Y a pesar de que no quería que me utilizara, aquella noche me dejé. Hice el amor después de muchos años. Le encontré sentido a todo.

—Y ¿entonces...?

—Repetimos, si no me equivoco, en la ducha, en la cama y de pie en el dormitorio, en la mesa de la cocina, en la ducha otra vez, en el sofá, en la alfombra y otra vez en la cama. En la cama varias veces, además. Y otra vez en la ducha... y sobre la mesa de mi escritorio en el trabajo y...

—Sí, ya, me he hecho una idea... —Me reí.

—Dejó a su marido —susurró.

—Eso debió de asustarte... —repliqué con sorna.

—Claro que me asustó. Yo no quería enamorarme. Eso complica siempre las cosas.

—¿Enamorarte? —pregunté.

—Sí, ese proceso en el que estamos ahora. —Por poco no me desmayé, como una auténtica adolescente impresionable. Él siguió hablando—: Y sí, mi vida es más complicada ahora, pero me gusta. A pesar de que tenga que lidiar con exmaridos, excuñadas, anillos... —Carraspeó—. Pero nada podría compararse a cómo es mi vida desde que me cambias las sábanas y me llenas la nevera.

—Eres imbécil. —Me reí mientras me acomodaba en mi lado de la cama, mirando hacia el armario.

Víctor se acercó, me rodeó con sus brazos y me besó sobre el pelo.

—Me asustas. Mucho y todos los días, porque estás allá donde mire. Todo ha cambiado. El mundo entero. Y nada es igual desde que me di cuenta de lo que significas.

Aquello me recordó súbitamente a *Oda,* mi primer libro, en concreto al pasaje en el que él admitía quererla. Recordé que él confesaba haberla querido desde que era un niño aunque no lo supiera; recordé que él había decidido que no podría luchar contra ello mientras la veía pelar una naranja con las manos.

De pronto me entristecí, porque era inevitable acordarme del momento en el que me di cuenta de que estaba enamorada de Adrián. Fue una tarde en el jardín de unos amigos. Adrián se había derramado coca cola en el pantalón y, mientras bromeábamos sobre la leyenda urbana de que esa mancha desaparece cuando se seca, él cogió una gota de la lata y me la puso sobre los labios.

—Ojalá tú seas así. Ojalá no manches —había dicho sonriendo—. Pero ojalá yo sepa cómo hacer que no te seques.

De aquello hacía más de diez años. Por aquel entonces aún pensaba que si querías a alguien no podías hacerle daño…

Yo jamás me había sentido querida de ese modo. Jamás me pareció que alguien se daba cuenta, de súbito, de que su vida iba a cambiar por haberme conocido. Y dudé poder sentirme así alguna vez.

—¿Qué pasa? —Víctor me giró hacia él.

—Me has recordado a un capítulo de mi primer libro.

—¿Un capítulo triste?

—Sí —confesé.

—Pero esto no es triste —contestó con mucha más energía—. No es triste que nuestra primera vez juntos fuera especial, que me descubrieras que mi mundo puede girar a tu alrededor o que puedas ponerme el estómago en la garganta solo por pestañear. Me fastidia, pero no es triste.

Le fastidiaba. Dejé escapar una risa entre los labios. Esa era la verdad y lo entendía. Él, tan distante, tan frío, tan «me acuesto contigo y antes de que te despiertes habré desaparecido», enamorándose. Supongo que hasta se habría convertido en el centro de las burlas de sus amigos.

A pesar de la oscuridad de la habitación vi que sonreía y yo también sonreí. Cerré los ojos y lo recordé apareciendo de repente frente a mí, la noche que le conocí; le vi sonreír mientras se alejaba de la puerta de mi casa en su coche, quedarse sin habla dentro de un probador, besarme en el sofá de su casa, hacerme el amor sobre el suelo del pasillo…

—A veces no entiendo esta manera que tienes de gestionar las cosas, Víctor. Hace unos días me estabas diciendo que no sabías si querías una novia y ahora me da la sensación de que me tratas como si lo fuera y además supiéramos que vamos en serio.

Él suspiró y se removió.

—No sé hacer las cosas de otra manera. Me muevo por impulsos y a veces son impulsos no demasiado consecuentes.

—No me siento… segura.

—Eres la única mujer capaz de ponerme un nudo en la garganta. Ya llegará todo lo demás… El amor y todas esas palabras grandilocuentes…, ya llegarán.

—Y, doctor, ¿cuándo cree que llegarán? —bromeé.

—Cuando menos te lo imagines.

—Pareces muy seguro.

Se rio.

—Claro. Tú ya me quieres, pero aún no te has dado cuenta.

¿Cuándo habíamos empezado a hablar de amor con todas sus letras? ¿Qué había pasado con la extraña relación de tanteo que habíamos llevado hasta el momento? Y, sobre todo, ¿tenía razón? ¿Ya le quería? Pero ¡un momento! ¿Quería decir eso que él me quería también?

23

A la mañana siguiente Víctor me despertó con suavidad. Y menuda visión la mía con todo el pelo revuelto por la cara y un poco de baba escurriéndose por la comisura de los labios. Él, como siempre, estaba perfecto, vestido ya con un traje azul marino y camisa blanca. Remoloneé apoyada en su hombro cuanto pude mientras me ponía un cojín detrás de la espalda. Después me aparté a manotazos el pelo de la cara, di los buenos días y él me colocó sobre las rodillas una bandeja con el desayuno. Se marchó a trabajar enseguida, pero con la promesa de que volvería a la hora de comer. La bandeja tenía una nota, breve.

«Eres la única que me ha hecho sentir así en toda mi vida».

Como una tonta, miré la nota durante minutos y acaricié el trazo, fuerte y decidido, de sus letras. Era la primera vez que veía su caligrafía y la primera vez que me sentía tan ilusionada en años.

Al rato me fui a casa. Estaba borracha de Víctor. Todo era Víctor y hasta el café me sabía a su olor. No, aquella era otra Valeria, una muy colgada, muy ilusionada, muy… ¿enamorada? Podría convivir en el mismo cuerpo con ella siempre y cuando me dejase algo de espacio.

Pasé el día en mi piso y me dediqué a escribir un rato por puro placer. Víctor llamó a las dos y relató su profunda decepción por no encontrarme en casa a la vuelta. De todas formas me pareció que en el fondo le aliviaba saber que comprendía que el hecho de que me hubiera dado las llaves de su casa no significaba que tuviéramos que vivir juntos los siete días de la semana.

Después hablamos de nuestras cosas, como una pareja cualquiera. Víctor no iba a poder coger vacaciones el miércoles y tendría que esperar dos días más, lo que no le hacía exactamente feliz. Me temía que estaba planeando algo para los dos durante ese mes de vacaciones y que los cambios de última hora le incomodaban, pero él no dijo nada al respecto y yo tampoco confesé estar sospechando.

El viernes por la mañana, a eso de las doce, llamé a Nerea. No sabía nada de ella y se suponía que aquel día era la fecha concertada para la interrupción de su embarazo. Ella me contestó con voz fatigada.

—Te iba a llamar ahora mismo. Los de la clínica me dejaron un mensaje ayer en el contestador. Dicen que se equivocaron al darme la cita y que necesitan que lo retrasemos hasta el miércoles de la semana que viene.

—Oh, Nerea…, yo no sé si estaré aquí la semana que viene.

—¿Sales de viaje?

—No estoy segura, pero juraría que Víctor me quiere llevar a algún sitio de sorpresa. Sé que si al final son películas que me he montado en la cabeza voy a quedar fatal, pero es que…

—No tienes ninguna obligación. No voy a hacer que pares tu vida por mí. Tendré que decírselo a otra persona.

—Percibí en su voz una nota de decepción que me pareció injusta.

—Nerea, cariño, lo siento, pero yo me programé para…

—No, no te preocupes. Perdóname. Estoy un poco nerviosa hoy. No me lo tengas en cuenta.

Quedé en llamarla el martes para charlar un rato y nos despedimos.

Cuando colgué el teléfono me di cuenta de que mi hermana me había mandado un mensaje en el que decía que la niña estaba para comérsela y que tenía que ir a verla. Una lucecita se me encendió dentro de la cabeza.

Aparecí en la oficina de Víctor a las dos, arreglada, peinada y maquillada. Saludé a la chica de recepción y le pregunté si él estaba en su despacho. Me dijo que sí y le dije que si podía entrar sin que le avisase, a darle una sorpresa. Aunque la noté reticente, al final acabó cediendo.

Caminé despacio por el pasillo hasta su despacho y llamé a la puerta formalmente. Me fijé en su nombre, en una placa en la puerta, y sonreí. Qué importante parecía.

—Pasa —dijo desde dentro.

Me asomé. Estaba inclinado sobre una mesa de dibujo de espaldas a la puerta, bajo un potente haz de luz y armado con un lápiz. Se había quitado la chaqueta, que tenía colocada en el respaldo de la silla, y llevaba la camisa arremangada hasta los codos y un par de botones desabrochados. Hacía calor allí dentro. A pesar de ello, cerré la puerta a mis espaldas.

—¿Tiene usted un momento?

Se giró y, sorprendido, vino a besarme. Tenía las manos manchadas de carboncillo y descubrí que sobre la mesa tenía el boceto de un interior.

—Perdona que no te toque todo lo que me apetece, pero no quiero ensuciarte. ¿Y esta sorpresa?

—Me ha surgido una cosita.

—¿Pasa algo? —Cambió la expresión.

—No, qué va, voy a comer a casa de mi hermana, a ver a la niña.

—Ah…

Le miré fijamente, con una sonrisa, a la espera de que añadiera algo más. Como no lo hizo, seguí:

—¿Tardarás mucho en salir?

—No, me pillas a punto de irme.

—Venga, pues coge las cosas —le pedí resuelta.

—¿Quieres que te acerque?

—¿No quieres conocer a mi sobrina Mar?

Arqueó las cejas. Y mientras se pasaba el dorso de la mano bajo la nariz fue hacia la mesa y dejó el lápiz. Nada que no hubiera previsto ya.

—Bueno, Valeria…, a mí estas cosas no se me dan especialmente bien, ¿sabes? —Me eché a reír y se giró de nuevo hacia mí—. ¿De qué te ríes? —preguntó contagiándose de la risa.

—De ti. Venga, coge la chaqueta y relaja el culo. Si te lo pido será porque no te va a doler, palabrita.

Como respuesta, solo una sonrisa de conformidad.

Llegamos a casa de mi hermana después de muchas vueltas para poder aparcar. Después de salir de su despacho, Víctor no mostró ni un ápice de nerviosismo. En realidad no era como si fuera a presentárselo a mis padres y a obligarlo a que me pidiese la mano. Era Rebeca, y si algo tenía era una capacidad natural asombrosa para ser amigable.

Mi hermana nos abrió la puerta muy sonriente y miró de arriba abajo a Víctor antes de presentarse.

—¡Hola! Soy Rebeca.

—Encantado, Rebeca. No puedes negar de quién eres hermana. —Sonrió él.

—¿Tú crees? —bromeó ella. La verdad es que nos parecemos muchísimo.

—Sin duda. Soy Víctor. —La magnífica sonrisa de Víctor, con su dentadura blanca perfecta, la dejó flaseada.

Mi hermana esperó más explicación con una sonrisilla en la cara.

—¿Un amigo? —pinchó.

—Creo que eso debería contestártelo ella. —Me señaló con una simpática mueca.

—¡Oh! ¡Qué cabrón! —Lanzó una carcajada—. Ya me caes bien. ¿Qué quieres beber? ¿Cerveza?

—Sí, gracias.

Víctor le estrechó la mano a Eduardo, el marido de mi hermana, se presentaron y me miró cómo cogía a Mar en brazos.

—Se te ve muy desenvuelta.

—No, a mí no me pega eso de ser madre. Carezco de estos superpoderes.

—Es cierto. Es inútil perdida —convino mi hermana al tiempo que le pasaba una cerveza fría a Víctor y otra a Eduardo.

—¿Puedo cogerla? —preguntó tímidamente Víctor.

—Claro.

Dejó el botellín en su posavasos y cogió a la niña mientras se sentaba, frente a mí.

—Vaya, pues parece que el caballero también tiene mano con los niños —dijo mi hermana al ver la postura con la que sostenía a Mar.

—Tengo un sobrino recién nacido al que trato de coger todos los días. —Sonrió y yo aprendí algo más de él que no sabía—. Me gustan mucho los críos.

—No sabía que tu hermana… —susurré mesándole el pelo.

—Se le adelantó un poco. Fue cuando estabas… —levantó la mirada hacia mí— dándome espacio.

Los dos sonreímos y yo susurré un «cobarde de la pradera» que nos provocó carcajadas a los dos.

Víctor se acomodó en el sofá con la niña en sus brazos y le acarició la carita con la yema de su dedo índice. Yo, enfrente de él, le miraba ensimismada. Desde allí arriba, sus pestañas negras y espesas caían sobre sus mejillas, mientras miraba a Mar y le dedicaba un arrumaco. El corazón bombeó de pronto más lento y me mareé. Luego un repiqueo molesto me acosó, un bum bum rápido que resonaba dentro de mi pecho. Me posó la mano que tenía libre sobre la pierna y me miró.

—Es preciosa, Rebeca —dijo sin dejar de mirarme.

—Muchas gracias —escuché decir a mi hermana de fondo.

—Valeria está babeando. —Se rio.

—Lo hace a menudo —bromeó ella—. Es como los perros de Paulov.

¿Cómo no iba a babear? ¿Hay algo más sexi que un chico guapo sujetando en brazos a un bebé? Para mí no.

—Tu hermana es una mujer muy inteligente —murmuró Víctor cuando salíamos del portal de casa de mi hermana—. Y muy divertida.

—Sí. Lo es.

—Y tú has estado tan… —Se paró junto a su coche y se quedó mirándome.

—¿Tan qué?

—Tan relajada.

—Quería que me vieras así. Así de paso Rebeca ha podido echar un vistazo y comprobar que tengo muy buen gusto.

Me dio una palmada en el culo y fue andando hacia la puerta del asiento del conductor, pero en lugar de meterse dentro, se apoyó en la carrocería.

—¿Qué miras con esa cara? —le reprendí con coquetería.

—Me gusta que esto vaya hacia delante.

—Vaya, vaya, ¿quién lo iba a decir?

—Sí, quién lo iba a decir. —Y con una sonrisa despegó los ojos de mí.

Yo no dejaba de mirarlo. El sol le daba de cara y él arrugaba un poco los ojos, mientras se mordía los labios y buscaba las llaves del coche en los bolsillos del traje. Su cuello, su piel, sus ojos, la perfecta línea de su nariz, lo mullido de sus labios, la leve sombra de su estudiada barba de tres días, la manera en la que pestañeaba cuando perdía la paciencia... ¿Cómo podía parecerme todo tan adorable? ¿Me estaría volviendo cursi?

Y no era solamente aquello. Era el cosquilleo insistente en mi estómago y esa sensación de placidez cuando nos despertábamos juntos. Era esa voz que me decía, desde muy dentro, que podría pasar todos los días de mi vida solamente con él.

Entonces me di cuenta de que Víctor tenía razón. Estaba enamorada de él..., le quería... ¿Era posible? ¿Ya? El corazón se me aceleró, me faltó la respiración. Le quería.

Víctor y su voz de terciopelo. Víctor y el vello de su pecho, tan sexi... Víctor y la piel de sus manos. Víctor y su forma de besarme, como si se terminase el mundo. Víctor y su risa. Víctor y el modo en el que me miraba de reojo. Víctor y su manera de desabrocharse la camisa y de quitarme la ropa.

Me acerqué a él.

—No encuentro las llaves —susurró sin mirarme—. ¿Has visto dónde las he guardado?

Le cogí la cara y le besé en la boca con pasión. Sonrió.

—Tenías razón —le dije.

—¿En qué? —Y me miró intensamente a los ojos.

—Aún no me había dado cuenta...

Víctor tardó unos segundos en reaccionar, pero cuando lo hizo, sus labios dibujaron una sonrisa de satisfacción preciosa. Después me apoyó contra la carrocería brillante de su coche y me besó en los labios, primero apretando su boca contra la mía. Luego me atrapó el labio inferior entre los suyos.

—Me haces sentir como un crío enamorado.

Sí..., era posible.

24

Nerea cogió todo el aire que pudo dentro de su pecho y después lo dejó escapar poco a poco. Se convenció de que era una tontería. No era una de esas cosas de las que uno trata de autoconvencerse sabiendo que en el fondo no tiene razón. No, ahora la tenía. Necesitaba hacer aquello. Cogió el teléfono inalámbrico y se sentó en el sofá, donde suspiró un par de veces más. Marcó el número de memoria y esperó escuchar los tonos. Uno, profundo, grave. Dos, monótono. Tres, haciéndose eterno. Cuatro, invitándole a colgar, y al quinto, la voz cantarina de Carmen le recibió con un enérgico:

—¡Hola, preciosa!

—Hola, Carmenchu —dijo Nerea cariñosa—. ¿Te pillo mal?

—Para nada. Con esto de la jornada intensiva estoy de lujo. ¡Salir a las tres! Pero ¡si hasta tengo vida por las tardes! De repente dispongo de tiempo para ver a Borja y todo. Para verlo, claro, y para discutir, no te vayas a pensar.

Nerea asentía, aunque Carmen no fuera a verla.

—Pero dime, Nerea, guapa, ¿querías algo?

—No. Solo charlar —mintió.

—Bueno, cuéntame, ¿qué tal? Pero no me cuentes cosas de ese cretino. Ya sabes a quién me refiero. Sé que tendré que ir digiriendo poco a poco que algún día os casaréis, pero dame tiempo. Ahora se me atraganta. Mamón asqueroso. Y lo digo con respeto, cielo, con respeto hacia ti.

Nerea sonrió. En el fondo nunca la ofendió ese odio acérrimo a Daniel. Casi la entendía. Si ella hubiera estado en la situación de Carmen le habría suministrado cicuta la primera semana. Su chico era terriblemente guapo y atractivo, pero podía ser frío y monstruoso como el abominable hombre de las nieves. Eso lo sabíamos todas ya a esas alturas. Lo que había pasado entre Carmen y él no había dejado mucho lugar a dudas.

—Oye, ¿de verdad no pasa nada? —insistió Carmen.

—Bueno...

—¿Qué pasa? ¿Te ha hecho algo? ¿Es eso? ¿Quieres que le den una paliza? Si quieres que se la den, creo que podríamos apañarlo con unos cuantos cientos de euros...

—Carmen... —se quejó Nerea.

—No bromeaba.

—Lo sé, eso es lo que más miedo me da.

—¿Qué pasa?

—Lo que pasa es que te he escondido algo y me siento ridícula porque no tenía que haberlo hecho.

—¿Qué pasa? —repitió Carmen preocupada.

—Me he quedado embarazada.

—Oh, Dios —se escuchó gimotear a Carmen.

—No voy a tenerlo. Iba a interrumpirlo ayer, pero al final en la clínica se equivocaron al darme cita... —Suspiró—. Iré la semana que viene.

—Pero...

—Daniel no lo sabe y no quiero decírselo.

—¿Por qué? ¿Crees que reaccionaría mal?

Nerea arqueó una ceja. Ni siquiera se lo había planteado.

—No, no es eso. Es que quiero hacerlo y punto. Ya está. Él me dirá cosas como que tenemos que pensarlo bien y... yo quiero deshacerme de todo este lío lo antes posible. ¿Entiendes?

—No... ¿No quieres tenerlo? —Y Carmen, en su casa, se tocó el vientre de manera involuntaria. Su opinión sobre ese tipo de interrupciones era tan diferente...

—No. ¿Qué hago yo ahora con un bebé que no quiero?

—Quizá después te arrepientas, Ne. Deberías pensarlo detenidamente. Igual ahora crees que no quieres a ese bebé pero después...

—No lo voy a querer nunca. Odio esto. Odio...

—Y... ¿la adopción?

—¿Y qué hago con los nueve meses anteriores? ¿Qué hago en mi trabajo? ¿Qué pensarán de mí? ¿Y mi madre?

—Vale, vale —contestó Carmen.

Cerró los ojos y se obligó a sí misma a no juzgarla, a no pensar en «lo que yo haría es...». Respiró hondo. Conociendo a Nerea, no sería una cuestión de irresponsabilidad o de falta de educación sexual. Sería un error ajeno a ella que no habría podido controlar. Ya no éramos unas crías. Tenía que entender que, aunque su reacción no hubiera sido la misma, debía respetar que Nerea pensara de otro modo.

—Acompáñame —escuchó suplicar a Nerea.

—¿Yo? —preguntó sorprendida.

—Sí. Por favor.

—¿No puede Lola?

—A Lola no lograría arrastrarla hasta allí ni metiéndola en un carromato lleno de hombres desnudos.

—Bueno, quizá así sí que podrías. —Las dos se echaron a reír y la tensión se rebajó un poco—. Nerea, sabes lo que opino sobre el aborto.

—Por eso me cuesta tanto pedírtelo.

—No voy a juzgarte, pero preferiría no pisar jamás una de esas clínicas.

Nerea se calló. Se tapó la cara y sollozó en silencio. Ella no pensaba mejor de sí misma, pero sabía que era lo que quería y debía hacer.

—Cariño... —dijo Carmen—. Dime que me entiendes.

—Te entiendo, Carmen. Siento ponerte en esta situación. Es culpa mía.

Carmen suspiró y en su casa también se tapó la cara. Las dos se quedaron en silencio. La cabeza de Carmen iba a toda velocidad. Abortar. Ella nunca lo haría. Para ella aquello era muy diferente. No podría hacerlo. ¿Por qué no podía acompañarla yo? Ella no. Por favor, ella no. Pero... ¿iría entonces Nerea sola? ¿Pasaría por aquello sola? Ya había tenido que tomar sin ayuda ni respaldo la decisión, que no era precisamente fácil. Nerea sola y ella en su casa, ignorando el problema de una de sus mejores amigas. Pero ¡es que no estaba de acuerdo con aquello! Dios, qué difícil. Sin embargo… ¿lo más importante no era seguir siendo el tipo de amiga que nosotras éramos para ella?

—Tranquila, Nerea. Vale. Haremos una cosa. Vamos, lo hacemos y después volvemos a tu casa y te mimo. Será noche de chicas, ¿vale? Tú y yo. Comemos helado, vemos alguna peli de hombres sudorosos semidesnudos y jugamos a la Wii. Pero nada de hablar de tu chico. Si me lo prometes, yo tampoco hablaré del mío.

—Prometido —repuso Nerea con una sonrisa tonta—. Pero tú puedes hablar de Borja si quieres. Me cae bien.

Después se despidieron y Carmen, antes de colgar, le dijo:

—Te quiero mucho, Nerea. Que no se te olvide nunca. Sobre todo cuando me meto con él.

Y cuando colgó, Nerea se dio cuenta de que no tenía sentido tener miedo, porque con nosotras siempre podría sentirse en casa. Sin secretos. A su madre, que le dieran viento fresco y una caja de Valium.

Carmen anduvo hasta el final de la avenida con los brazos cruzados sobre el pecho, meditando sobre la conversación que acababa de tener con Nerea. ¿Cómo había podido pasarle? Con lo cuidadosa que era… o, más bien…, con lo cuadriculada que era. Se dijo que debía andarse con ojo. Sabía que Borja no iba a repudiarla si le pasara y que incluso se ilusionarían. Sus padres tardarían un poco más en encajarlo porque apenas conocían a Borja, pero terminarían por animarse con el rollo de ser abuelos. Pero... ¿la madre de Borja? Ella se tiraría desde el balcón. Humm..., quizá quedarse embarazada no era tan mala idea.

Vislumbró a Borja al final de la calle, fumándose un cigarrillo apoyado en una pared. No pudo evitar sonreír al imaginarse a su suegra tirándose de un cuarto piso al grito de «Gerónimo». Él se giró, la vio y le devolvió la sonrisa de una manera tan clara que a Carmen le hormigueó el estómago. No tenía duda. Aquello era estar enamorada.

—¿Qué pasa, mi vida? —dijo él rodeándole la cintura con un brazo y besándola.

—Fumas mucho.

—Eso es que te echo mucho de menos.

—Bah, no trates de camelarme.

Una chica con una carpeta de piel bajo el brazo se paró frente a ellos y les preguntó si habían quedado para ver un piso.

—Sí, yo soy Borja, encantado. Hablamos esta mañana.

Le dieron un apretón de manos cada uno y subieron con ella al tercer piso de aquel edificio.

Lo primero que les sorprendió fue el ascensor, de los antiguos, pero a diferencia de todos en los que Carmen había subido hasta el momento, era amplio. La chica los miró con una sonrisa y dijo:

—No os asustéis por el ascensor. Es más nuevo de lo que parece. *Vintage.* —Lanzó una risita y sin perder la sonrisa añadió—: Y cabe un carrito de bebé, por si pensáis ampliar la familia pronto.

Borja se echó a reír mirando al suelo y metió las manos en los bolsillos y Carmen, de pronto, tuvo miedo. ¿Bebé? ¿Ampliar la familia? ¿Cuándo había pasado de hablar de ligues, ropa, sexo, trabajo, política, literatura… a hablar de bebés? El corazón le retumbaba dentro del pecho y tuvo que hacer un esfuerzo para tragar saliva.

Se trataba de un piso de unos sesenta metros cuadrados, pero ellos no buscaban más. Eran dos y, por lo que ella tenía entendido, a no ser que la señora Puri quisiera mudarse con ellos, por ahora no planeaban ser más. Tenía una cocina digna, no como la minúscula barra en la que ahora cocinaba, un salón que podría definirse hasta como amplio, dos habitaciones y dos baños. Estuvieron viéndolo todo minuciosamente, tratando de no quedarse con ninguna duda.

—¿Tiene calefacción? —preguntó Borja.

—Sí, calefacción y aire acondicionado.

—¿Gas natural?

—Gas natural para la calefacción y el agua caliente. El resto va todo con luz. El horno, la vitrocerámica, el aire acondicionado… Mirad, tenéis también toma de teléfono y luz aquí, aquí y aquí. —Les señaló tres puntos del dormitorio principal.

Carmen abrió el armario y sonrió al tiempo que le lanzaba una miradita de aprobación. Era un buen armario, sin duda. Miró a Borja de reojo, que apuntaba cosas en una pequeña libreta, y los dos se sonrieron.

Carmen hizo resonar sus tacones sobre el parqué y anduvo hasta la habitación que había junto al que podría ser el futuro dormitorio de los dos. De los dos. Ya no de ella. De Borja y suyo. Menudo paso. Era un paso importante.

Llevaba cuatro años viviendo sola. Al principio había compartido piso con unas cuantas chicas, pero cuando se dio cuenta de que el mundo estaba lleno de gente loca, quiso salir de allí sin tener que arriesgarse a que las siguientes estuvieran peor. Por eso alquiló su pequeño estudio. La soledad le gustaba y no le importaba que su dormitorio, su despacho y su salón fueran casi la misma estancia. Al fin y al cabo era para ella sola y, siendo realista, no podía gastarse más. Ya era un lujo vivir sola. Pero cuando Borja y ella empezaron a salir supo que su tiempo allí estaba a punto de terminar. El estudio se le quedaba pequeño. Era lo natural, ¿no?

Conoces a alguien, te enamoras poco a poco de él y al final se toman decisiones entre dos. Primero los besos, después las caricias, luego el sexo y las palabras de amor. Las promesas, los planes y, poco a poco, la vida en común. ¿Iba ella a asustarse ahora por un paso tan natural?

Sí.

Un poco.

Tragó saliva otra vez, entró hasta el fondo de la habitación y se asomó por la ventana, mientras escuchaba a Borja y a la chica de la inmobiliaria charlar de fondo, sin prestar atención a lo que decían. Suspiró, se apoyó en la pared y se dio cuenta de que parecía que había terminado el instituto dos días antes. Hacía una milésima de segundo ella cumplía dieciocho años con la ilusión de hacer doscientas cincuenta mil cosas emocionantes con su vida. Tenía todas las puertas abiertas. Y, de pronto, tenía casi veintinueve años, algunas puertas ya se le habían cerrado, estaba viendo un piso prácticamente vacío para alquilarlo con su pareja y alguien había hablado de niños... ¿Era aquello lo que quería? ¿Tan rápido? ¿Tan pronto?

Unos pasos detrás de ella la devolvieron a la habitación vacía y al girarse se encontró con Borja, que sonreía.

—¿Qué te parece?

—Es bonito —contestó Carmen.

—¿Te gusta?

—La verdad, me gusta mucho. Es el mejor de los que hemos visto.

—¿Te has fijado en los techos? —dijo él señalando las molduras.

—Son una pasada. —Carmen se embobó un poco mirando por la ventana otra vez.

—Es un buen barrio. El piso está reformado. Tiene dos baños..., dos habitaciones... Creo que es lo mejor que encontraremos por este precio. —Carmen suspiró y asintió—. Pero no tenemos por qué conformarnos, ¿sabes, cariño? Podemos seguir mirando. Podemos echar un vistazo a otras zonas, otros barrios. Quizá salir un poco más, alejarnos del centro.

Ella le miró y él dibujó otra vez una sonrisa clara.

—Me gusta. En el dormitorio cabría hasta un tocador —bromeó ella.

—Sí, y el palacio de la Nancy —le contestó Borja mientras sacaba su manoseado paquete de tabaco del bolsillo de sus pantalones—. ¿Dónde he dejado el mechero?

—En el bolsillo de la camisa —le contestó ella dándole una palmadita en el pecho.

Por un momento solo se escuchó el ruido del mechero y una calada al cigarrillo. Después el humo se acercó sigilosamente a ella y las manos de Borja le abrazaron la cintura, por detrás. Apoyó la barbilla en la coronilla de Carmen y suspirando le dijo:

—Yo preferiría que esperáramos, que hablásemos con los bancos y que compráramos un piso...

—Como antaño. —Se rio ella.

—Pues sí, supongo —ya lo habían discutido. Estando la cosa como estaba en el tema económico, ella no se atrevía a dar un paso tan grande. Él siguió hablando—. Pero ¿qué le voy a hacer? A estas alturas ya es más que evidente que harías de mí lo que quisieras.

—¿Sí? —Le miró de reojo.

—Claro. Porque te quiero más que a mi vida.

A Carmen las rodillas se le pusieron flojas y el estómago le estalló. Se vio a sí misma saludando a Borja por primera vez, en el trabajo, creyendo que en realidad le estaban presentando a un tal Enrique. Después recordó la primera vez que se sorprendió a sí misma ensimismada mirando el pestañeo de sus ojos amarillos, escondida detrás de su ordenador. Cogió aire y aspiró ese olor, mezcla de tabaco, perfume y él mismo, y sonrió.

Borja y Carmen eran como el sol y la tierra. No podían ser más diferentes. Ella era algo rebelde por naturaleza, abierta, contestataria, tenía un genio de mil demonios y algunas veces resultaba hasta soez. Era independiente y sorprendentemente sensible a la vez. Sin embargo, Borja era tradicional y tímido, rayando en el hermetismo. Era familiar, pero extrañamente frío para algunas cuestiones. A veces discutían por nimiedades y hasta les entraban ganas de mandarse a tomar viento, pero es que el amor es así de aleatorio; no busca a quienes mejor se llevarían para juntarlos. Hay cosas que exigen ser peleadas. Carmen empezaba a tenerlo más que claro.

Y por si aún tuviera alguna duda, Borja la estrechó y le puso una de sus manos abierta sobre el vientre. Se acercó y le susurró al oído:

—Estoy aquí y no dejo de pensar… que contigo tengo ganas de ser padre. Y que eres la mujer de mi vida.

Y Carmen, sin más, sonrió. No. Sentir miedo no tenía sentido, porque aquel era Borja.

Lola estaba absorta en el baileteo de un poco de vino tinto en una copa que sostenía en su mano, haciendo que el líquido empapara las paredes para volver después plácidamente al fondo. No sabía cuánto tiempo llevaba así, pero a juzgar por lo lleno que estaba el cenicero, debía de ser más bien mucho.

Estaba asustada. A Lola, aunque a nuestros ojos era una superheroína sin miedo a nada, le daba miedo pensar en estar sola. Llevaba un par de días interrogándose a sí misma sobre si en el caso de Sergio y ella no sería suficiente con quererse. Podían intentarlo.

Trató de imaginárselo, pero no pudo.

Estuvo pensando largo rato si no sería ella el problema. Quizá estaba aquejada del síndrome de Peter Pan y no se sentía aún preparada para el compromiso. Pensó en que hasta el más inútil sabe vivir acompañado y se sintió sola. En un intento por sentirse fuerte pensó que quizá lo complicado era saber estar con una misma. Ella se conocía y, aunque a veces se había mentido con el tema de Sergio, estaba segura de saberse todos los entresijos y triquiñuelas de las que era capaz para hacerse sentir bien. No, en el fondo ella nunca lograba engañarse.

Hizo un repaso mental sobre sus últimas relaciones. Relaciones, que no rollos. Para ella siempre fue muchísimo más fácil conocer a un chico mono, besarle, llevarlo a casa y después de correrse, pedirle que se fuera. Nunca pasó un mal trago, aunque muchas veces se arrepintió. Como con Carlos. Hacerlo con alguien por despecho no hace más que engrosar el saco de sentimientos perversos y malintencionados que tenemos hacia una persona y que, al final, terminamos gestionando solas.

Saúl le había gustado mucho, pero su relación no pasó del año. Era imposible porque él iba un poco de «molón» y se quería demasiado a sí mismo y a sus planes de futuro. ¿Y cuáles eran esos planes? Pues daba un poco igual, porque a ella jamás dejaron de parecerle una rocambolesca patraña que terminaría quedándose en un matrimonio con una niña rica y caprichosa que pudiera seguir permitiéndole vivir sin dar un palo al agua. Esas cosas casi siempre terminan así. Ni siquiera le lloró. Siempre lo tuvo demasiado claro.

Una cosa llevó a la otra y se acordó de Miguel. Buf. Miguel. Aún se le encogían las entrañas al acordarse de él. Su única relación sincera. La única, se repitió. Aquello sí que le había hecho daño, sobre todo porque no tenía edad para enfrentarse a ciertos sentimientos. Ella tenía dieciséis años y Miguel treinta y dos. Nunca se habrían enfrascado en aquella historia de no ser porque Lola nunca aparentó tener la edad que tenía. No le mintió, pero cuando se dio cuenta de que él pensaba que iba a la universidad, calló, sin sacarlo de su error. Él era demasiado serio como para meterse en historias de ese tipo por diversión. Cuando se enteró… lloró. La miró, se sentó y se echó a llorar. Y aquello a Lola la destrozó, porque ya era tarde para los dos. Estaban enamorados.

Lola estaba segura de que él también había sufrido mucho. Ese había sido el motivo por el que después de tres años había terminado todo. Miguel no dejó ni un segundo de martirizarse y torturarse por el hecho de haberse enamorado de una chica de esa edad. Podrían haberlo llevado en secreto, esperar a que ella tuviera dieciocho o diecinueve años y después destapar el pastel, como quien se acaba de enamorar de súbito, pero estaba el pequeño detalle añadido de que Miguel era un hombre casado. Lola se preguntó si no sería aquello lo que le había terminado atrayendo de Sergio…, un nuevo Miguel.

El día que Miguel se presentó en la puerta de su universidad por sorpresa ella tuvo una corazonada: o empezaban de verdad o lo dejaban para siempre…, y poco le costó darse cuenta de que era más bien la segunda opción.

Se ofreció a llevarla a casa y, metido en el coche, en el enorme aparcamiento, le dijo que nunca dejaría de quererla pero que aquello tenía que terminar.

—Esto no es una excusa, te juro que lo hago por ti. Tienes demasiadas cosas por vivir. Yo no tengo derecho a hacerte esto, Lola. Y en el fondo no puedo dejar de pensar que tú me olvidarás un día y que yo nunca dejaré de quererte.

Lola supo que todo aquello era verdad cuando, poco después, se enteró de que Miguel se había separado y había aceptado un puesto de trabajo en otra ciudad. Era, probablemente, el único hombre bueno del que Lola había estado enamorada. Miguel…, cómo sufrió. Quizá siguió sufriendo al despedirse de ella, pero era lo justo para los dos. Cuando maduró, Lola lo entendió.

Lloró mucho. Lloró, lloró y lloró. Pensó que se moriría de pena. Tres años con él, haciendo planes que siempre tuvieron intención de cumplir. Pero Miguel luchaba contra algo que tenía demasiado arraigado dentro de sí mismo: la idea de que lo suyo estaba mal. Lola sonrió al pensar en el tiempo que esperó Miguel para acostarse con ella… porque estaba mal. No lo pareció cuando lo hicieron por primera vez. Lola casi había olvidado que el sexo puede ser algo más. Dio gracias por tener el recuerdo de Miguel, por haberse entregado por primera vez a alguien bueno.

Dejó la copa sobre la mesa auxiliar que había junto al sofá y de pronto se sintió sumamente liberada. No. No había muerto de pena en aquella ocasión, cuando Miguel la dejó, y no moriría ahora, cuando aceptara que Sergio y ella no tenían futuro de verdad. Futuro sano, como se merecían.

No, no tenía sentido sentir miedo porque, si había podido enamorarse de Miguel y después de Sergio, llegaría un día en el que encontraría a alguien y con un poco de suerte la vida le habría dado ya suficientes lecciones como para hacer las cosas bien.

25

El reloj de la mesita de noche de Víctor marcaba las nueve menos cuarto de la mañana cuando me despertó.

—Arriba, dormilona.

—No. —Me tapé la cabeza con la sábana.

—Venga…

—Es sábado. Estás de vacaciones. Media hora más —contesté de manera inconexa.

—De eso nada. Tenemos muchas cosas que hacer.

—¿Como qué? —me quejé.

—Aún tenemos que ir a tu casa a que hagas la maleta.

Me destapé y le miré con una sonrisa somnolienta.

—¿Cómo que la maleta? ¿Adónde vamos? Aún sigo siendo pobre, ¿verdad?

—El dónde lo sabrás cuando toque. Levántate.

—No mires; estoy desnuda —le dije riéndome.

Se acercó.

—Vale, cerraré los ojos y olvidaré que anoche te desnudé yo mismo.

Tras un breve paso por mi casa en el que metí prendas sin ton ni son en una maleta, fuimos en taxi hasta el aeropuerto. Allí me enteré, a punto de embarcar, de que nos íbamos a Menorca.

Víctor, con los ojos cerrados, aguantó durante el breve vuelo todas mis preguntas con paciencia y una sonrisa.

—Pero ¿por qué Menorca? —decía yo emocionada.

—Mis padres tienen una casa allí y no van a ir esta quincena. Se van a Viena, creo. Quería haber organizado algo mejor, pero no me dio tiempo y pensé que unos días en Menorca eran una buena idea.

—¿Cogí bikini?

—Sí, cogiste al menos tres.

—Creo que me olvidé el pijama.

—No sé para qué querrías un pijama.

—Eres un hippy —bromeé.

Abrió los ojos y me acarició el pelo.

—Quiero que pases las mejores vacaciones de tu vida.

—Llegas tarde, las mejores las pasé con mis amigas en un pueblo de Castellón. —Sonreí.

—Ah, ya, alcohol, chicas adolescentes y chicos extranjeros.

—¡No te rías!

—No dudo de que fuera un buen viaje…, pero cuando vuelvas de este ni siquiera recordarás con quién fuiste a ese pueblo. —Se rio.

A decir verdad, a día de hoy a veces me cuesta recordar detalles de esas vacaciones de las que presumí frente a Víctor.

El viaje con mis amigas que hice a los veinte años casi se borró poco a poco. De aquellos días en Menorca, con él, guardo hasta el recuerdo exacto del reflejo del sol en el agua y el tacto de la arena de cada cala. De eso y de él. Los olores, los sabores, los placeres, los sonidos y la piel de Víctor pegada a la mía casi a cada momento.

Fue íntimo. Fue especial. Fue… lo mejor que me había pasado en la vida hasta aquel momento. Para mí fue la prueba de que aquella relación podía funcionar. Podía ser plácida, tranquila, sexi pero suave. Víctor podía ser divertido, intrigante, cariñoso y sensual a la vez. Era todo lo que yo necesitaba.

Cierro los ojos y convierto mi cabeza en un cine en el que, en pequeños fotogramas, se suceden los recuerdos de aquel viaje, como una película grabada en Super 8.

Sol. Agua transparente. La arena suave. Paseos en una Vespa antigua, abrazada a su cintura, con la mejilla apoyada en su espalda. Cala Mitjana y cala Mitjaneta y los dos bañándonos desnudos. La noche más oscura del mundo y el tacto del césped en mi espalda desnuda, mientras hacemos el amor. Cenas en la terraza. Una botella de vino blanco, frío, y una gota que resbala por la piel de mi escote antes de ser recogida por sus labios. La cama inmensa, con sábanas blancas. Más sol, más playa, más agua cristalina. Más paseos y alguna conversación larga sobre quiénes fuimos. Una siesta con ronquidos incluidos. Un revolcón adolescente al despertar. Recuerdos de cuando éramos más jóvenes y aún no nos conocíamos. Cala Macarella. Víctor infundiéndome tranquilidad mientras recorremos un camino estrecho, alto y resbaladizo para llegar a cala Macarelleta. Una tarde mirando hacia el mar en silencio, intentando encontrarle el final. Una rodilla magullada, un beso tierno sobre la herida y uno húmedo unos palmos más arriba. Una tarde pervertida. Abrazarlo dentro del agua. Hacer el amor en el mar, ya de noche, en una cala solitaria. Un chapuzón en la piscina a las cuatro de la mañana. Una cena quemándose en el fogón mientras Víctor y yo nos comemos a besos contra la nevera. Un día con mucho viento. Compartir mesa y probar una caldereta. Más paseos en moto. Un día al completo en la cama, con un ramillete de lavanda sobre la mesita de noche. Más sol, más agua, más charlas, sentados en la arena, viendo cómo el sol se pone en cala Galdana. Y Víctor, de pronto, cercano, tangible y más mío, diciendo «te quiero».

Te quiero.

Llegué a casa a las nueve de la noche de un martes. Y llegué de un humor de perros, claro. Víctor tenía razón, habían sido las mejores vacaciones de mi vida y no creo que pudieran compararse con nada. Ni siquiera a mi luna de miel. Habían sido infinitamente más románticas, dulces y prometedoras que mi viaje de novios.

Además de las pocas ganas que tenía de volver al mundo real donde mi habitación no tenía ventana con vistas al mar, mi madre me había llamado de camino del aeropuerto a casa para echarme una bronca bestial. Se acababa de enterar de que me había ido de viaje con un hombre que ella no conocía de nada. Mi hermana tenía la boca como un buzón de correos. Aunque no quise entrar en conflictos y me limité a repetir como en un mantra que Víctor y yo solo éramos buenos amigos, resultaba inevitable que me hirviera la sangre al escuchar a mi madre enumerar todas y cada una de las razones por las que aquel viaje era una auténtica barbaridad. La primera era contundente y me sentó como una patada en el hígado: «Estás casada».

¿Casada? ¿Como cuando Adrián se tiraba a su ayudante de veinte años?

¿Es que no iban a entenderlo nunca?

Me dije que nunca debía contestarle a mi madre en lo concerniente a esos temas y que, además, tenía que hablar con Eduardo, el marido de mi hermana y mi abogado, para ver cómo empezar a tramitar la separación legalmente. Aquello me parecía un cachondeo. No estaba dispuesta a que mis padres me reprobaran algo así a los casi veintiocho años y que todo el mundo pudiera opinar sobre mi vida. Iba a arreglar el asunto muy pronto.

Además, era un poco más pobre de lo que ya era antes de irme. Aunque Víctor pagase los billetes de avión y allí no tuviéramos que pagar nuestra estancia, no permití que él se hiciera cargo de todos los gastos y ahora, después de consultar mi cuenta a través de Internet, empezaba a plantearme si no habría sido mejor dejarle a él presumir de situación económica.

¡Maldición! ¡Y sin ni siquiera ir a las rebajas! ¡Pobre y con el armario anticuado!

Sin embargo, un mensaje de Lola en mi buzón mejoró la perspectiva de aquella noche.

«Valeria, eres una verdadera golfa. Me acabo de enterar (y no por ti) de que llegas dentro de un rato. Estaré en casa y posiblemente Carmen también se anime. Por favor, ven y danos envidia contándonos eso de tu piel morena sobre la arena y que nadas igual que una sirena».

Dejé la maleta tirada en mitad del salón/dormitorio/sala de estar y me fui a casa de Lola tal y como había llegado a la mía.

Me recibió con un abrazo. Barrí con la mirada el salón y vi a Carmen tirada en el sofá, con los pies encima de los cojines, y a Nerea sentada sobre la alfombra, con una sonrisa bonachona en los labios. No sabía nada de ella desde la noche después de su intervención.

Carmen me tiró un cojín en cuanto cerré la puerta detrás de mí.

—Pero ¡qué morena estás, cabrona!

—¿Cómo quieres que no lo esté? ¡Si no he hecho otra cosa que tomar el sol! —Me reí.

—Bueno, alguna otra cosa habrás hecho —murmuró Lola.

—¿Qué? —le pregunté divertida.

—¿Cerveza? —me ofreció.

—Bueno, cuéntanos —dijo Nerea, que seguía sentada en el suelo, con las rodillas encogidas.

—No, no, me he perdido dos semanas de vuestra vida. Ponedme al día. ¿Qué tal todo? —Miré sobre todo a Nerea.

—Bien. Ya te dije que fue bien. Nada del otro mundo.

—Eres una campeona.

—Bah, lo tenía muy claro. Fue un mero trámite.

Lola salió de la cocina con un botellín de cerveza y un bol de ganchitos.

—¿Y tú? ¡¿Y tu pisito?! —le pregunté a Carmen al ver que Nerea no quería hablar más sobre el tema.

—Pues ya está elegido. Nos mudamos en breve.

—¡Cómo me alegro!

—Tiene dos habitaciones, está cerca de casa de Nerea y es precioso. Tiene unos techos altísimos.

—¡Qué bien! Tienes que hacer una fiesta de inauguración.

—La madre de Borja aún no lo sabe, así que…

—No hace falta que la invites a la fiesta si no quieres —comentó con sorna Lola.

—¡Lo digo en serio!

—Bueno… —Le hice una mueca—. Tarde o temprano se enterará. No hay más.

—A lo mejor se pone tan contenta que te hace tapetes de ganchillo para todas las mesas —comentó Lola.

—Y para los sofás —secundé yo.

—Callaos ya; con la suerte que tengo se nos instala en la habitación del ordenador.

—O duerme entre vosotros dos para que no haya roce, que eso es por lo menos, por lo menos, pecado mortal. —Nerea le guiñó un ojo.

—¿Lola? ¿Y tú? —pregunté.

—Sin novedades. Nada del otro mundo.

Las demás la miraron sorprendidas. Nerea empezó:

—Lo ha dejado definitivamente con Sergio y ha prometido solemnemente sobre mi pintalabios de Dior que jamás volverá a llamarle para acostarse con él.

—¿Juraste por Dior?

Lola puso los ojos en blanco.

—No me quedó otra. Se puso histérica —dijo señalando a Nerea—. Ahora tendré que cumplir mi palabra. Pero solo por el amor que le profeso a Christian.

—¿Qué Christian? —preguntó Carmen, que se había perdido.

—Christian Dior, mema —le reprendió Lola—. Venga, ahora tú. Danos envidia y cuéntanos cosas truculentas.

Resoplé con cara de felicidad.

—Han sido unas vacaciones geniales. En serio…, preciosas. —Lola se metió los dedos en la garganta y fingió una arcada. Supuse que tenía que darle carnaza para contentarla, pero quise retrasarlo un poco—. Lo único que ha empañado el viaje es que mi madre me ha llamado hace un rato fuera de sí y me ha dado una charla sobre lo inmoral que es fugarse a una isla del Mediterráneo con un hombre que no es tu marido.

—¡Eso es porque no ha visto lo inmoral que es que Víctor esté tan bueno! Pero, chata, la culpa es tuya. ¿Cómo se te ocurre decírselo? —me preguntó Lola.

—¡Yo no se lo dije! ¡Se lo sonsacó a mi hermana! Maldita Rebeca, qué poco duraría en un interrogatorio…

—Bueno, cielo, si lo tuyo con Víctor va en serio, tendrán que ir haciéndose a la idea, ¿no? —dijo Nerea.

—Qué va, no se la van a hacer nunca. Seguro que ahora mismo está pensando que los he deshonrado o algo por el estilo.

—Y olvidándonos de tu madre, ¿qué tal todo lo demás?

Me dejé caer en un sillón, frente a ellas, y sin poder evitarlo esbocé una sonrisa de tonta enamorada.

—Ha sido increíble. Los padres de Víctor tienen una casa muy bonita con vistas al mar y una terraza enorme y cerca de una cala con difícil acceso a la que íbamos todos los días en una Vespa. —Pestañeé soñadora.

—De película —dijo Carmen—. Te odio, te envidio y me dan ganas de arrancarte los ojos.

—Qué mona —contesté con sorna.

—Y con Víctor ¿qué tal? —murmuró Nerea.

Me sentí cursi por ser tan feliz. Al final suspiré y contesté.

—No tengo palabras. Tenía miedo de estar tanto tiempo a solas con él, ya se sabe, por si terminaba de mí hasta el culo, pero ha ido todo rodado. Hemos tenido tiempo para hablar, para conocernos más, para…

—… para follar —dijo Lola mirando a las demás.

—¡Ay, Lola! —espetó Nerea.

—Pues sí. —Me reí—. Es Víctor, ¿qué esperabas?

—¿Te ha pedido ya enchufártela por la puerta de atrás?

Nerea dio un saltito, ofendida por la vehemencia de Lola. Carmen y yo nos reímos.

—No —le dije rotundamente.

—Tú te lo pierdes —replicó.

—Pero ¡cuéntanos algo más! ¿Habéis colgado fotos en Facebook? —preguntó Carmen.

—No. —Me reí sonrojada—. No hemos hecho muchas fotos y las que hemos hecho no pueden ir a Facebook, te lo aseguro. —Todas soltaron un silbidito impertinente, pero las ignoré y seguí hablando—: En serio, ha sido un viaje de lo más clarificador, muy tranquilo, los dos solos... Un día ni siquiera salimos de la habitación. Abrimos el ventanal y las cortinas y nos pasamos el día allí, contándonos cosas, hablando y besándonos.

—Vaya... —dijo Nerea maravillada.

—Y... —seguí mientras las miraba a todas, dando un repaso visual.

—¿Y? —repitieron todas a la vez.

—Ay, por Dior, que cuente ahora cosas de rabos —rezó Lola con las manos juntas junto al pecho, mirando hacia arriba.

—Víctor me dijo «te quiero» —confesé triunfal.

Lola se levantó del sofá como si de pronto le hubieran sentado sobre brasas.

—¡¿Cómo?! —gritó.

—Me dijo «te quiero». —Sonreí.

—¿Dónde, cuándo y cómo? —inquirió Carmen.

—Pues el sol se ponía, hacíamos el amor en la cama con las sábanas recién cambiadas, olía a lavanda y él dijo: «Te quiero, mi amor».

—¿¿¿Te quiero, mi amor??? ¿En qué postura lo estabais haciendo? —preguntó Lola.

—¿Crees de verdad que eso viene a cuento? —le dije arqueando una ceja.

—¡Claro!

—Yo encima —confesé esperando que no preguntase nada más.

—¿Sexo vaginal o anal?

—¡Lola, por Dios! —me quejé—. ¡He dicho que estábamos haciendo el amor!

—Sí, es muy romántico —sentenció muy seria.

—¿Y tú qué contestaste…?

—Lo lógico. «Yo también te quiero». —Sonreí despreocupada.

Nerea y Carmen soltaron un «oooohhhhh» a coro que me hizo reír. Mientras tanto Lola se fumaba un pitillo alucinada.

—Parece que has visto un fantasma —le dije.

—Más o menos. Es como si ahora mismo te dicen que yo he encontrado la fe y me he metido a un convento de clausura.

—¡No seas exagerada!

—Valeria, que yo he visto a ese hombre enrollarse con dos hermanas sin que ellas lo supieran. Pero ¡si una vez se hizo a la novia de un colega en el baño de un restaurante mientras su novio comía tranquilamente! ¡De uno de sus colegas! Eso fue bueno, la verdad… —Sonrió y le dio una calada al cigarrillo—. En el fondo me muero de envidia, ¿sabes? Yo no pude con él. Eres la excepción que confirma la regla.

Y la confesión me sorprendió.

—¿Qué regla? ¿Salir con tu amiga Lola de copas cuando estás casada sale mal? —preguntó Carmen muerta de risa.

—No, que una mujer no puede cambiar a un hombre. Todas hemos fantaseado alguna vez con el hecho de coger a ese hombre incorregible y hacerlo nuestro perrillo faldero —dijo Nerea.

—Víctor no es mi perrillo. —Sonreí.

—Es mejor, es un hombre increíble enamorado de ti.

—Ya. —Pestañeé—. Es fantástico.

—Es guapo, tiene un buen trabajo, una polla como un misil, una lengua hábil, hábil…, un montón de abdominales y dinero, por no hablar de que le encantan los niños y te llevarías una joya de suegra —añadió Lola—. Porque yo conozco a su madre y te digo desde ya que es aún mejor de lo que parece.

—¡Joder, quiero matarla con mis propias manos! —susurró Carmen sin mirarme, crispando los dedos.

Sonreí. Sí, era muy afortunada. ¿Demasiado? No. Nunca se es demasiado feliz.

¿Qué importaban los discursos morales que me diera mi madre por teléfono mientras Víctor y yo tuviéramos aquello? En realidad, hacía relativamente poco que habíamos empezado. Apenas tres meses desde que nos conocíamos y ya parecía que iba en serio. ¿Sería una de esas cosas que parecen, parecen, parecen pero luego se esfuman sin ser? No tenía sentido preocuparse y dejar de vivir aquello. Además, ¿por qué iba Víctor a camelarme con semejantes milongas?

Antes de acostarme recibí un mensaje suyo en el que decía lo mucho que le iba a costar dormir sin encontrar mi cuerpo a su lado en la cama. Se despedía con un «te quiero».

Humm…, todo era tan perfecto que… ¿no parecía un poco imposible?

26

Eran las siete y media de la tarde y hacía un calor bestial. Se trataba de uno de esos días de calor húmedo inaguantable que me había obligado a cancelar una cita con Lola para salir a ayudarla a elegir un nuevo guardarropa de soltera y resguardarme en casa con el aire acondicionado a tope. Iba a morir de un golpe de calor si salía.

Sin embargo, Víctor podía llegar a ser muy insistente y había reservado mesa a las nueve en un restaurante para cenar, en la terraza. Llevaba tiempo hablando de aquel sitio y estaba muy ilusionado con ir. Era una villa a las afueras, en medio de un jardín enorme donde, seguro, me zamparían entera los mosquitos. Pero no supe decir que no. Habíamos quedado a las ocho y media en su casa y yo, muy «previsora», correteaba por casa esperando poder llegar a tiempo.

Estaba a punto de salir cuando llamaron al timbre. Abrí sin ceremonias porque, por mucho que me gustara la idea, no tenía poderes extrasensoriales que me previnieran de este tipo de cosas. Y ¿quién estaba ahí? Evidentemente, Adrián. Adrián, sí. Adrián mi exmarido. Adrián, el hombre con el que me casé a los veintidós y del que ya apenas me acordaba. Y no era un Adrián amigable. No. No era un Adrián dispuesto a restablecer una mínima relación cordial conmigo y de paso hablar de los papeles formales del divorcio. Era un Adrián que no me gustaba un pelo.

Traía la cara desencajada, estaba ojeroso y despeinado, casi podría decir que hecho un asco. Por si se me escapaba la verdadera razón de su visita, en su mano derecha llevaba mi novela, manoseada y arrugada. No pintaba bien.

Me miró de arriba abajo e hizo una mueca.

—¿Salías? —dijo con chulería, apoyándose en el marco de la puerta.

—Pasa. Tengo diez minutos.

—Oh, diez minutos, qué bien.

Entró, se quedó de pie y, mirándome, tiró el libro sobre la cama.

—Te dije que antes debías acabarlo —sentencié.

—Tenías toda la razón del mundo. —Nunca había visto a Adrián tan enfadado. Me dio miedo—. La verdad es que lo he leído dos veces, para hacerme a la idea. Quise venir a verte cuando lo terminé la primera vez, pero entonces apareció Natalia y me contó que te había visto sobándote como una cualquiera con otro tío en la cola de un cine… Alto, moreno, guapo. Víctor, supongo, aunque no me sorprendería que ahora estuvieras con otro… —Suspiró—. Entonces lo empecé de nuevo. La primera vez es posible que las ganas de morirme me hicieran perderme algún detalle.

No supe qué contestar. No estaba acostumbrada a ver a Adrián en aquellas condiciones. Me temblaban las piernas. Me descalcé y me senté en el sillón, subiendo los pies sobre él y encogiéndome.

—¿Tienes alguna queja en concreto, Adrián?

—Sí. Tengo millones de quejas en concreto.

—Pues va a ser mejor que empieces ya.

—Publicar esto es lo peor que has hecho en tu vida. No te denuncio por no darte más publicidad. —Asentí, sin contestar. Él siguió—: Si querías hacerme daño te bastaba con una patada en los cojones. Me has ridiculizado y humillado.

—No lo pretendía. Quería contar una historia real y esta es real como la vida misma.

—Esta es una verdadera mierda —espetó con los ojos muy abiertos—. Has pasado de ser escritora a ser… —Miró el libro— eso: una puta que presume de serlo y que encima se cree guay.

—Adrián, no te pases. —Fingí convincentemente tranquilidad.

—Me has humillado.

—Yo no te he humillado.

—Soy un cornudo que encima sabe las maravillas que un cretino le hace a su mujer en la cama. ¿No te parece humillante? —Bajé la cabeza. No tenía contestación para eso. Pero yo también era una cornuda—. ¿Crees que necesitaba enterarme de cómo te toca ese tío? —me preguntó señalándose con el dedo en el pecho.

—Adrián, ¿no has aprendido nada de ese libro?

—Sí —dijo violentamente—. Que me casé con una guarra y lo peor es que en el fondo siempre lo supe.

Me quedé quieta. Adrián nunca me había faltado al respeto. No supe reaccionar durante demasiados segundos. Fue como cuando un golpe te deja fuera de juego durante un rato.

—Y tú ¿qué eres, Adrián? —contesté cuando pude.

—Según ese folletín, soy un engreído que va de artista, un cobarde, un aburrido, un mal amante y un gilipollas integral. Eyaculador precoz también, ¿no, cielo?

—¡No mentí en nada! ¡No exageré en nada! ¡Te acostaste con otra! —le grité.

—¿Antes o después de que tú jugaras a las posturitas con ese tío en su cama? ¿Antes o después de que soñaras que te tocaba? ¿Antes o después de que te metieras medio desnuda en un probador con él? O que durmieras con él, le besaras, os tocarais y...

—No intentes darle la vuelta a la tortilla. Eres un hipócrita. ¡Llevabas meses sin tocarme! ¡Te escuché gemir con otra, Adrián! ¿Cuánto tiempo llevabais haciendo eso a mis espaldas? ¡Vienes aquí hecho una puta furia a echarme esto en cara, como si yo me hubiera arrastrado a tus pies para pedirte otra oportunidad! ¿¡¡Qué más te da!!? ¡Yo ya no te quiero, ni te quería cuando hice todas esas cosas!

Se giró hacia la pared y se tapó la cara con las manos. Entonces mi móvil empezó a vibrar.

—Te suena el móvil —dijo mirándome.

No contesté, esperando que se olvidara del teléfono. Yo sabía que era Víctor. Sin embargo, Adrián se acercó a la mesa auxiliar sobre la que estaba el móvil, lo alcanzó y dijo:

—Víctor. Es él. ¿No vas a cogerlo?

—Déjalo sobre la mesa, Adrián.

—¿No vas a contestar y a decirle que el gilipollas de tu marido ha venido a pedir explicaciones?

—Tú ya no eres mi marido.

Lanzó el teléfono a la otra punta de la habitación; este rebotó en la pared y terminó en el suelo. La batería salió rodando por una parte y la carcasa por otra.

—Pero ¡¿¿qué haces??! —le grité al tiempo que me ponía de pie.

—No sufras, llamará a casa o vendrá a salvarte, como si fuera el príncipe del cuento. Y se encontrará conmigo, ese imbécil que ni te toca ni te folla ni te comprende, pobrecita mía.

—¡¡Tú ya no eres mi marido!! —repetí con rabia.

—Ah, ¿no?

—¡No, no lo eres desde hace años! ¡Me quieres cuando ya me tiene otro! ¡¡Eres patético!!

—Debe de ser que no te follaba lo a menudo que tú necesitas, ¿no? Las tías como tú necesitáis cantidad y variedad, por lo visto.

—Vete a la puta mierda, Adrián.

—¿¡Que me vaya a la mierda!? ¡Es donde he estado metido durante años! ¡¡En la mierda!! —añadió rojo de ira.

—No, no te engañes. Esto no siempre fue así —contesté tratando de tranquilizarme—. Antes nos queríamos.

—Y…, en tu opinión, ¿qué lo estropeó? —Se apoyó en la pared, respirando con fuerza.

—Los dos. Lo estropeamos los dos. Si hubiéramos tenido un mínimo de conocimiento, esto no habría pasado.

Se calló y se giró, con la frente apoyada sobre la pared lisa. Resopló, encogiéndose.

—Te he querido tanto… —Se llevó las manos hasta la cabeza y se revolvió el pelo.

—Creo que somos lo suficientemente adultos para solucionar esto, Adrián. Pero no ahora. Vete.

—No hay nada que solucionar. —Se volvió, con el gesto desencajado—. Lo has roto del todo.

Sonó el teléfono de casa. Insistente. Lo escuchamos los dos en silencio. Finalmente Adrián se acercó, tiró del cable y lo desconectó, llevándose con el hilo también parte de la pintura de la pared.

—¡¡Para!! ¡¡Para de una puta vez!! Vas a conseguir que venga. ¿Es lo que quieres? —grité histérica.

—A lo mejor él tiene una explicación convincente de por qué me has hecho un desgraciado.

—Tú no me quieres, Adrián. ¡Haz tu vida! ¡Haz tu puta vida y déjame que yo rehaga la mía! ¡¡En lo único que me equivoqué es en no dejarte antes!! ¿Me has oído? ¡¡En no dejarte antes para que no tuvieras nada que reprocharme!!

—¿Quererte es tragar con todo, puta niñata? ¿En serio crees que esto durará? ¿En serio crees que te va a querer ni la mitad que yo?

—Adrián, déjalo. Te estás poniendo en evidencia. —Si hubiera podido me habría sentado en el suelo y me habría tapado las orejas—. Él me abraza, ¿sabes? Y cuando lo hace, hasta tú me importas una mierda.

—¡Cállate, por Dios! —contestó.

—¡¡Cállate tú!! ¡Vete de mi casa, joder!

—¡No me da la gana! ¡No me da la gana! —Y cada vez gritaba más.

—¿Cuándo te convertiste en esto? —Le miré con resentimiento.

—¿Cuándo me hiciste así, dirás?

—¿Yo? ¿¡¡Yo!!? —Me reí irónicamente—. ¡Sí, claro! ¡Yo te convertí en esta mierda de persona que primero me engaña con una niñata y después me echa en cara que yo le hiciera lo mismo con una persona mejor! ¡Pues mira, a lo mejor te hice así poco a poco! ¡Sí, hombre, todas las noches que ni siquiera nos hemos rozado durmiendo en la misma cama o los días que has preferido repasar trabajos acabados a estar conmigo o todas y cada una de las veces que me presionaste para que acabase tomando la decisión que a ti te parecía adecuada!

—Soy un hijo de puta, ¿no? ¿No es eso? ¡Todo lo he hecho mal!

—¡¡No, lo hemos hecho mal!!

—Cuando te canses de él y vengas a buscarme, me va a dar asco hasta mirarte —dijo levantando las cejas.

—Adrián, no voy a ir a buscarte.

—Sí, lo vuestro será eterno y comeréis perdices.

—Si mañana mismo dejara de ver a Víctor para siempre, serías la última persona con la que querría estar. A mí también me da asco hasta mirarte. ¿Y Alejandra? ¿Es que te ha plantado ya?

Nos callamos. Me lanzó una mirada envenenada y una mueca en sus labios imitó a una sonrisa.

—¿Sabes? Me ha hecho mucha gracia leer tus licencias literarias. No tienes ni idea de lo que pasó entre Álex y yo, pero tú..., tú lo escribes como si hubieras estado sentada en el sillón tomando notas.

—Nunca me aclaraste lo que realmente pasó en csa habitación, a lo mejor por eso tengo que imaginarlo.

—Te quedaste muy corta. —Me miró con rabia—. Te quedaste muy corta y no tienes ni puta idea de lo que fue lo nuestro...

—¿Te das cuenta? Vienes a echarme en cara que has tenido que leer lo que pasó entre Víctor y yo y ahora te regodeas con tu revolcón con una niñata. Pues ¡enhorabuena! ¿Qué quieres que te diga? Si pretendes hacerme daño, mejor ahórrate los detalles, porque ya me importa una mierda —le contesté con más rabia aún.

—Si he tenido que leer cómo te regodeas tú con lo maravilloso que es todo cuando te folla un tío como Víctor, prefiero que sepas que me acosté con Álex y no contigo porque ella sí me la ponía dura. Siempre la he hecho disfrutar. ¿Cómo me iba a apetecer acostarme contigo? —Me miró con desprecio—. ¿Para qué? ¿Para empujar entre tus piernas mientras tú mirabas al techo e imaginar que eras ella?

Joder..., aquello fue una bofetada.

—Podría contestarte que Víctor no opina lo mismo que tú cuando me hace el amor todas las noches, pero mejor te voy a pedir que te vayas de mi casa. No me obligues a echarte. Vete.

—No, quiero esperar a tu novio. Tu novio —repitió, riéndose de mí.

—¡¡Vete!! —grité fuera de mí.

Sonó el timbre. Víctor golpeó la puerta con el puño. Había decidido pasar a recogerme…

—Valeria, soy yo. Abre —pidió.

—Estarás contento. —Clavé la vista en Adrián, que me devolvió la mirada sin cambiar de expresión, como si fuera un muñeco de cera colérico.

Abrí la puerta y salí.

—Víctor…

—¿Qué pasa? Te llamé pero… —Y parecía tan preocupado…

—Está aquí Adrián. —Se quedó callado—. Está muy… alterado. Algo agresivo. Mejor vete. Te llamaré esta noche.

No tuve que haber dicho la palabra «agresivo». Víctor bordeó mi cuerpo y entró en casa. Se quedó mirando a Adrián y luego el destrozo de mi móvil sobre el suelo y el cable arrancado del fijo. Me coloqué detrás de él y, tirándole del brazo, intenté sacarlo de nuevo.

—No, déjame, Valeria —me dijo al tiempo que se soltaba—. No voy a montar ningún numerito, solamente quiero que me diga todo lo que tenga que decirme y que luego se vaya y nos deje.

—Por favor, Víctor —supliqué.

—No, déjame.

—¿Qué quieres que te diga? —contestó Adrián—. ¿Que me has destrozado la vida? ¿Que eres un niñato que no acepta que algo no esté a su alcance? Eres un cobarde de mierda y en el fondo sabes que el día menos pensado esto será demasiado para ti y le darás puerta. ¿Me equivoco, valiente?

Víctor se sujetó el puente de la nariz con dos dedos.

—Yo no he destrozado nada. La has destrozado tú solo. Acepta que nadie rompe una relación de diez años que funcione. Ya no había nada que destrozar. Por favor, deja a Valeria en paz y sigue con tu vida. No voy a decir nada más.

—Vete, Víctor, por favor —le pedí.

—Sí, eso, vete, Víctor, esto es una cuestión entre marido y mujer.

—Por poco tiempo, me parece —dijo Víctor mientras daba media vuelta.

—¿La ayudarás tú a firmar el divorcio? A mí me da la impresión de que para entonces ya estarás con otra guarra.

—Ni estaré con otra ni ella es una guarra. Trátala con el respeto que se merece o el que dejará de tratarte bien seré yo.

Jamás había escuchado salir de la garganta de Víctor un tono tan grave. Casi gruñía.

—¿Me estás amenazando?

—No. Te estoy pidiendo por favor que te vayas. Di lo que tengas que decir y vete.

—¿Te la follas a gusto, Víctor? ¿Es complaciente? ¿Es eso? ¿Te deja que le hagas todo lo que te apetezca?

Víctor se giró y se quedó mirándolo, pero al final levantó las manos con las palmas hacia arriba y volvió hacia la puerta diciendo:

—Salgo fuera. Esperaré hasta que se vaya. No puedo con este tío.

—Cobarde —insistió Adrián.

Víctor dio media vuelta de nuevo.

—No soy cobarde. Es que me estás pidiendo a gritos una hostia y si te la doy, con las ganas que te tengo, salgo de aquí esposado.

—¡Qué machote! —se burló Adrián.

Empecé a pensar si no iría borracho. Gracias a Dios, Víctor no entró al trapo y le dio la espalda.

—Eres un mierda. —Víctor cerró la puerta con un portazo.

—Vete. No quiero tener problemas con él —le dije a Adrián.

—Sabes de sobra que te dejará tirada.

—¿Como tú? ¿Me dejará tirada como me dejaste tú? No te preocupes por mí.

—¡¡Yo no te dejé tirada!! ¡¡Te lo follaste!! Te odio, joder, te odio —contestó estallando en lágrimas.

Eso me sorprendió. No. Adrián no era de los que gritan, ni de los que sollozan, ni de los que odian. Y verlo allí, rojo de ira, temblando y sollozando, me trajo a la garganta un sabor horrible. No me gustaba. No disfrutaba viéndolo así, por muy dolida que nuestra relación me hubiera dejado. Adrián estaba destrozado. Y yo, en el fondo, también. Me di cuenta de lo rota que me había quedado por dentro y de la poca atención que me había prestado a mí misma para superar que la relación en la que volqué toda mi ilusión se hubiera destrozado de aquella manera.

Me senté en el sillón y yo también lloré cara a la pared. ¿Yo era una guarra y una puta por haberme acostado con Víctor? ¿Y él? ¿Qué era él? Yo me acosté con Víctor y rompí con Adrián. Él estuvo con Alejandra meses. Lo sabía. En el fondo siempre lo supe. Y de pronto me dolía hasta por dentro...

Adrián vino hasta mí, se sentó en el suelo y apoyó la cabeza en mis rodillas con el pecho agitado por el llanto. Al fin susurró que me quería tanto que iba a morirse.

Miré al techo y sollocé. ¿Por qué se empeñaba en hacer las cosas tan difíciles? Ni él me quería ni yo le quería a él. Ya está. ¿Por qué tenía que agarrarse con uñas y dientes a algo que ni siquiera respetó cuando existía? Teníamos que llorarlo, guardarle el duelo que merecía y después seguir con nuestra vida. No aquello.

—No vas a morirte, Adrián. Tú no me quieres y yo tampoco te quiero ya. No quiero que me toques, que me mires..., no quiero volver a verte. No quiero...

Adrián no dijo mucho más. Se limpió las lágrimas brutalmente con el dorso de la mano, se levantó y se fue, mirando al suelo. Ni siquiera cruzó una palabra con Víctor, que esperaba en la puerta.

¿Eso era yo? ¿Era una cría de veintiocho años que se paseaba de la mano con su nueva conquista sin pararse a pensar ni un segundo que acababa de romper su matrimonio? ¿Seríamos eso siempre Víctor y yo? Un supuesto que pintaba bien, unos novios eternamente posadolescentes. Pero... ¿de qué conocía yo a Víctor? Porque si Adrián, al que conocía desde hacía más de diez años, había terminado resultando alguien diferente, alguien dispuesto a hacerme daño, ¿de qué otra forma podría terminar lo mío con Víctor? Y de repente sentí terror, porque las palabras de Adrián dolían, pero si fuera Víctor el que un día decidiera hacerme daño, en ese caso no sabía si podría resistirlo.

Tenía dentro de mí una lasaña de sentimientos encontrados que no lograba entender por más que quisiera. Tenía que haber esperado. Tenía que haberlo pensado bien. Tenía que cuidar de mí.

Víctor entró despacio en casa y cerró la puerta. Caminó lentamente hasta mí y se sentó en el brazo del sillón. Me puso una mano sobre la espalda.

—No te preocupes —susurró—. Firmad los papeles. Si después vuelve a presentarse, llama a la policía.

—Terminarás cansándote de esto. Te he complicado la vida —musité.

—No digas eso.

—Terminarás cansándote de esto, de mí y de acostarte con una sola chica que no sabe… —Estaba tan nerviosa que no me di cuenta del agresivo tono en el que estaba hablándole.

—No, eso no es verdad —contestó de forma seca.

—No sé por qué hacemos esto, Víctor. Esto es…, es una pérdida de tiempo.

—Para mí no lo es. Si lo es para ti es que hay un problema.

—Yo ya no sé ni siquiera si ando a tientas. —Me tapé la cara.

—Valeria, ¿qué haces? ¿De qué va esto? —Levantó las cejas, sorprendido.

—Creo que no tenía que haber empezado algo… contigo… —Pensé que no tenía que haber empezado algo con él tan pronto, pero esas dos palabras finales se quedaron en el tintero—. No confío en ti.

—¿Que no confías en mí? ¿Y me lo dices después de la bronca con tu ex? ¿Qué es lo siguiente? ¿Que me digas que él tiene razón y que te arrepientes de haberme conocido?

—Sí. —Y lloré sin poder explicarle que no me arrepentía de haberle conocido pero sí de que las cosas hubieran pasado de aquella manera, pero lloré en silencio, muy dignamente.

—Me voy. No dices más que tonterías. —Se levantó.

—No son tonterías, Víctor. Te irás. —Le miré—. Y me dejarás peor de lo que me dejó él. Yo no voy a poder soportarlo. —Víctor caminó por la habitación—. ¿Puedes jurarme que no te irás? — le pregunté.

Se giró, me miró y se mordió el labio.

—No me hagas esto, Valeria.

—Dímelo. ¿Puedes jurar que no te irás? ¿Puedes prometerme que esto va a ser de verdad y que no acabaré hecha mierda?

—No, claro que no puedo. Pero ni yo ni nadie. Nunca te he engañado, Valeria. Creo que siempre he sido muy franco contigo.

—Por eso. —Levanté las cejas—. Sé qué clase de hombre eres, Víctor.

—¿Sí? ¿Qué clase de hombre soy, Valeria?

—De los que me hacen daño. Vete, por favor.

Víctor se quedó mirándome sorprendido.

—¿Qué estás haciendo? —preguntó otra vez.

—Cuidar de mí misma. Vete, por favor.

Me encogí y seguí llorando. Él fue hacia la salida, pero se paró un momento frente a la puerta. Le toqué la fibra, supongo.

—Esperaré unos días a que te tranquilices —dijo conservando la calma, tras un suspiro.

—No. No me hagas esto —sollocé.

—Nos lo hacemos si rompemos, Valeria. Piénsalo. —Me tapé la cara y sentí que me faltaba el aire. Él siguió—: Esperaré unos días, pero cuando vuelvas, hazlo con un papel firmado que me asegure que se terminaron estos follones. Estoy hartándome de numeritos.

—¿Qué numeritos?

—Esto es un numerito. —Nos señaló, ceñudo.

—No me presiones. —Cerré los ojos.

—No te quise con la alianza puesta y no te quiero casada con ese hombre. ¡¡Mira lo que nos hace!! Estoy harto de que esto sea una telenovela. ¡¡Estoy harto!! —Escuchar gritar a Víctor era lo que faltaba para terminar de rematarme—. ¡¡Yo no te voy a dejar tirada por otra guarra como dice tu marido!! ¿Por qué tienes que pensar eso? ¿Por qué no puedes pensar que acabamos de empezar, que podemos...?

—¡Porque no eres de esos, Víctor! ¡Porque te cagas de miedo y reculas a la mínima! Necesito alguien que me haga sentir fuerte después de esto. ¡No quiero tener que estar siempre preocupándome por si algo te asusta y saldrás huyendo! —le contesté—. ¿Ahora quieres compromiso? ¡Eres tú el que no sabe lo que quiere!

—¡No te estoy pidiendo que te cases conmigo, por el amor de Dios! ¡Implícate o déjame, joder!

—¿¿Lo ves?? ¿Lo ves, Víctor? ¡Eres tú quien no se implica! ¿No he estado yo implicada? ¿Has echado en falta algo? ¿Eh? ¿Has echado en falta algo durante estos meses?

—No, en falta nada. Lo que ha habido siempre ha sido cosas de más.

Abrió la puerta y dio un paso para traspasar el umbral, pero se quedó allí. Después se giró. Me enjugué disimuladamente una lágrima y le sostuve la mirada.

—¿Qué?

—Ten cuidado, Valeria, no quiero tener que odiarte porque sufro…, y esto empieza a no ser divertido.

—Las relaciones no siempre son divertidas. Crece de una vez.

Víctor abrió los ojos sorprendido y lanzó una risita con sordina, pero de estas que se te escapan cuando algo te ha dado una soberana patada en la entrepierna.

—No me pidas que crezca porque lo que me dan ganas de contestar es que contigo envejezco.

¿Contigo envejezco? De pronto me pareció que Adrián terminaría teniendo razón. Ya no era una amenaza vaga. No. Víctor no estaba preparado para lo que yo necesitaba y no me veía con fuerzas de tener que lidiar todos los días con ello. Estaba harta de mendigar.

Y vi a Víctor cansándose de mí y besando a otra. Me vi a mí misma sola y sintiéndome ridícula… A decir verdad, ya me sentía ridícula. Mucho.

Quizá aún estaba a tiempo de… ser fuerte.

—Vale —asentí, aguantando las lágrimas—. Vete, por favor. Pero no vuelvas.

—Estás nerviosa y Dios sabe que estoy teniendo mucha paciencia, pero…

—Deja de tenerla. Vete y búscate la vida. Está visto que tú tampoco me quieres. Los dos sabemos cómo terminará. Vete ya y ahorrémonoslo.

Víctor dio dos pasos hacia atrás, sin dejar de mirarme, y luego desapareció.

27

Nerea volvió a las diez y se apresuró en arreglar la casa y ponerse cómoda antes de que apareciera Daniel. Habían quedado para cenar.

Cuando él llegó se besaron en la puerta, con dedicación.

—Te he echado de menos —le dijo él mirándole a los ojos.

—Y yo.

Nerea sintió una punzada de remordimientos. ¿Lo diría él como ella, como un formulismo, o realmente lo sentiría?

—Me muero de ganas de que lleguen las vacaciones —siguió Daniel.

—¿Has pensado ya adónde iremos?

—Estoy en ello; de tanto pensar me entró dolor de cabeza. —Se tocó las sienes.

—Exagerado.

—No, en serio, he tenido una reunión con la plantilla y me han puesto de una mala leche…

—Y eso que ya no está Carmen.

—Buf…, llega a estar Carmen y allí acabamos a tortas.
—Se rio.

—¿Quieres una aspirina?

—Gracias, cariño.

—¿Puedes cogerla tú? Está en el armario del baño.
—Nerea se puso a hacer la cena. Daniel tardaba y todo estaba en silencio. ¿Qué pasaba?—. ¿Las encuentras?

—Nerea…

Ella se giró. Daniel llevaba en la mano todas las cajas de los medicamentos que había tenido que tomar los días posteriores al aborto.

—Dime. —Quiso fingir naturalidad.

—¿Qué es todo esto? ¿Estás enferma?

—Oh, no, nada. Unas tonterías que me recetó el especialista.

—Esta no parece una tontería… —Tenía el prospecto en la mano—. Aquí dice que sirve para detener hemorragias y sangrados.

—Entre otras cosas. ¿Qué te apetece cenar?

—Nerea, ¿qué pasa?

—Nada. Si pasara algo no estaría tan tranquila, ¿no crees?

—Estás fingiendo tranquilidad. ¿Qué es todo esto?

Ella se apoyó en el banco de la cocina y se humedeció los labios.

—Hace un par de semanas me sometí a una pequeña operación sin importancia y tuve que estar tomándome todas esas cosas en el posoperatorio.

—¿Qué pequeña operación?

—Muelas —dijo lo primero que se le ocurrió.

—Te vi esa semana y no fueron las muelas. —Daniel estaba empezando a sentirse aturdido.

—Dani…, no le des importancia a algo que no la tiene. —Nerea cerró los ojos, se apartó el pelo de la cara con las dos manos y luego cogió aire y lo soltó—. Daniel, aborté. Estaba embarazada de casi nueve semanas; por supuesto, de ti. Me ha dicho la ginecóloga que lo más probable es que la píldora aún no fuera efectiva cuando me quedé. O quizá falló.

Él se quedó mirándola durante unos segundos, en silencio. Nerea pensó que, tristemente, había llegado ese momento que había estado postergando. Iban a tener que hablar… Pero en ese instante Daniel abrió la boca y se encogió de hombros.

—Bueno, ¿estás bien?

Nerea palideció. De todas las reacciones que esperaba, aquella era la más extraña.

—Sí, supongo que sí.

—Pues…, esto…, ¿te ayudo con la cena?

Nerea no contestó. Su cara prefabricada de no pasa nada se había puesto en funcionamiento. Por dentro se preguntaba qué narices acababa de pasar. ¿Qué se suponía que tenía que hacer? ¿Qué esperaba realmente de Daniel? ¿Por qué se sentía tan decepcionada?

Aunque era muy buena conteniendo sus emociones y reacciones, no pudo evitar pedirle a Daniel que no se quedara aquella noche. Inventó con naturalidad que al día siguiente tenía una reunión que aún no había preparado y que necesitaría estar sola para concentrarse. Cuando se besaron en la puerta, al despedirse, Nerea no sintió nada. Nada.

Y entonces se empezó a plantear algunas cosas como «¿realmente lo he sentido alguna vez?».

Borja y Carmen se miraron en la mesa. Estaban cenando en casa de los padres de él, en teoría, para anunciarles que habían alquilado un piso y pronto se mudarían. Pero nada, el reloj seguía con su tic tac, tic tac y Borja no se decidía. Él y su padre seguían charlando sobre los buenos resultados de una campaña en la que había trabajado y su madre le explicaba a Carmen cómo hacer un buen guiso. Por favor, una soga...

Por mucho que quisiera fingir ella no era así, no le gustaba verse dentro de aquel museo de ganchillo y porcelana. Se ahogaba. Ni siquiera podía resistir más de dos horas seguidas en casa de sus padres. Todas las casas excepto la suya se le caían encima después de un ratito.

Allí esa sensación se multiplicaba a la enésima potencia. En la casa de los padres de Borja lo que en casa de su madre le hacía reír aquí se convertía en una experiencia aterradora. Llevaba toda la cena mirando angustiada un payaso sonriente en la rueda de una bicicleta, todo de cerámica. Si se hubiera despertado con eso a los pies de su cama habría entrado en un coma irreversible.

Le miró de reojo a él, que tenía toda su concentración puesta en cortar en pequeños trozos toda la comida del plato. Era evidente que tampoco se sentía cómodo, que para él era una obligación, pero siempre cedía al chantaje emocional de su madre. Carmen recordó cuando él decía que las relaciones eran de dos personas y de nadie más. Tuvo ganas de coger un megáfono y gritárselo allí mismo.

La señora Puri seguía hablando sobre cuánto tiempo tenía que estar el hueso de jamón en la olla. Dios…, las agujas del reloj parecían no avanzar. Borja levantó la mirada del plato, miró a Carmen y puso los ojos en blanco sin saber que mentalmente ella le maldecía por no arrancarse a hablar sobre lo que habían venido a hablar. Nosotras, que la conocíamos bien y desde hacía muchos años, sabíamos la facilidad que tenía para retroalimentarse en situaciones de tensión, pero Borja no adivinó el momento en que Carmen decidió que estaba harta. Iba a hacerlo por su cuenta y riesgo.

Cruzó las piernas, se acomodó en la silla y con la ceja izquierda levantada se aclaró la voz y dijo:

—Bueno, Borja…, ¿les has puesto al día ya?

Un silencio en la mesa contestó por él que no. Borja la miró de reojo mientras soltaba el tenedor y buscaba su paquete de tabaco en los bolsillos de su pantalón.

—No vi el momento —contestó seco, lanzándole una mirada.

—¿Estás embarazada? —preguntó su madre alarmada.

—No, lo que estoy es estupenda —respondió ella en tono condescendiente.

El padre de Borja se pasó la servilleta por la boca para disimular una carcajada.

—¡Qué susto! ¡Qué disgusto me iba a llevar! —siguió Puri.

—La verdad es que... —Borja se mordió los labios—. Hemos decidido irnos a vivir juntos.

La madre de Borja dejó caer la cuchara sonoramente sobre el plato.

—Pero, hombre, no os precipitéis. Aún os estáis conociendo —dijo con la voz tomada.

—Bueno, está más que decidido. Ya tenemos piso —informó Carmen.

El padre de Borja les dio la enhorabuena. Preguntó si no habría boda de por medio, pero sin darle mucha importancia. Sonrió a Carmen y empezó a contarle, con ternura, lo duro que es el primer año de convivencia.

—Aunque os enfadéis, no os vayáis nunca a dormir sin daros un beso —les recomendó.

Para una persona normal aquello no era más que ley de vida. Un paso más. Ya está. Para una madre dominante aquello era una patada en el hígado. Su suegra se levantó de la mesa sin decir nada, recogió los platos y fue hacia la cocina. Aún se preguntaba cómo podía ser que Borja fuera un hombre completamente normal, desenvuelto y decidido, y se convirtiera en el hijo obediente temeroso de su mamá en cuanto traspasaba el umbral de la puerta de aquella casa. Sobre todo cuando su padre era tan afable y...

—Estarás contenta —susurró Borja entre dientes interrumpiendo sus pensamientos.

—Pues sí —le contestó de peor humor aún.

Cuando la cena terminó e inmersos en un ambiente en el que se podía cortar la tensión Carmen anunció que se iba.

Después se apartó en un rincón con Borja y le dijo que no quería que la acompañase a casa.

—Cogeré un taxi. Ahora mismo no eres buena compañía.

Borja estaba enfadado, tenía los labios apretados, y Carmen estaba segura de que meterse en el coche con él no era buena idea. Él añadió que la acompañaría abajo. Así que ya estaba decidido... se iba a armar parda de todas formas. Borja no era de esos que se dejaban cosas en el tintero y menos en aquellas condiciones de ánimo.

Bajaron en el ascensor callados y se miraron en la oscuridad del portal. Carmen esperaba que él empezara. Iba armada hasta los dientes de argumentos lógicos y adultos, pero no sabía por dónde le iba a salir Borja y eso le generaba cierto temor.

Este se aclaró la voz y empezó:

—¿Por qué te empeñas siempre en hacer las cosas a tu manera? ¿No entiendes que a veces no es la adecuada? No es tu madre. No es tan fácil. ¡Déjame a mí, joder!

—¡Si espero a que tú te arranques puedo cumplir los cuarenta!

—¡¡Es mi madre, joder!! Deja que lo haga a mi ritmo. Acabas de cagarla ahí arriba y parece que incluso te sientes orgullosa. Diría que... incluso... ¡lo has hecho a propósito!

—Borja, faltan dos semanas para que firmemos el contrato y demos de alta la luz, el agua, el gas... ¿No te parece que ya has tenido suficiente tiempo? Además, ¡ya viste a tu padre! ¡Se alegró!

—Déjalo, Carmen, no lo entiendes.

Borja se fue hacia el ascensor otra vez.

—No, Borja, el que no lo entiendes eres tú. No soporto esto. No lo aguanto y si lo hago es por ti. —Carmen captó su atención.

—¿Qué no aguantas? —Y Borja retrocedió a grandes zancadas.

—Pero ¡si no aguanto mis propias comidas familiares!

—Pero ¿a ti qué te pasa? ¿De dónde has salido? —contestó él sorprendido.

—¡Lo que me faltaba! ¡¡El problema no soy yo, Borja!! Cada uno tiene sus límites y yo lo tengo muy corto con las cuestiones familiares, no hay más. El problema es tu actitud para con tu madre. Si no dejas de darle alas, siempre la tendrás detrás.

—Ella solo se preocupa por mí, es completamente normal. Lo que no es normal es que tú tengas este tipo de actitud, porque, Carmen, te guste o no esta es mi familia y si esto sigue adelante terminarán siendo parte de la tuya. ¿Adónde vamos a parar si no?

—Una cosa es preocuparse por su hijo y otra muy distinta entrometerse. Y nunca serán mi familia. Son la tuya y soy consciente de que siempre tendré que ser amable y estar dispuesta a estar metida en el museo del ganchillo con tu madre de vez en cuando, pero no es mi madre. ¡No es mi madre, no tengo por qué tragar ciertas cosas! Si a esto me vas a contestar de malas maneras, cojo la puerta y me voy, porque ante todo, por mucho que sea tu madre, tienes que ser imparcial y darme la razón en algo tan evidente.

—Hacer las cosas así no mejora nada, Carmen.

—Pero ¡alguna vez tendríamos que decírselo! ¡Vas a mudarte! ¿Sabes qué? Fue un error venir. Fue un error conocer a tus padres. ¡Yo quiero vivir contigo, no con tus padres!

—Pues lo siento, Carmen, pero las cosas no funcionan así y lo sabes.

—¡A ti tampoco te gusta tenerla detrás! —dijo ella exasperada

—Pues ¡claro que no me gusta, por Dios, Carmen! ¿Crees que no querría poder hacer lo que me saliera de las pelotas?

—Pues ¡hazlo! ¡¡Tienes treinta años!!

—¡Carmen, no lo entiendes!

—Borja, no soy madre, pero mi opinión es que cuando una trae al mundo una criatura se hace cargo de que un día querrá tener vida propia. —Borja salió a la calle y se encendió un cigarrillo—. Discutir por esto es una pérdida de tiempo si no intentas ni siquiera darte cuenta de la realidad —contestó Carmen tranquila.

—Discutir por esto es una pérdida de tiempo porque tendrías que haberte quedado callada ahí arriba.

Carmen localizó la luz verde de un taxi y salió a la calzada para hacerle una seña. El coche paró justo delante de ella.

—No me llames hasta que lo entiendas. Si no lo haces nunca, yo no quiero vivir contigo.

28

No pegué ojo en toda la noche. Cuando Víctor desapareció me metí en la ducha y estuve cerca de una hora allí intentando autoconvencerme de que acababa de tomar la decisión adecuada. Estaba velando al fin y al cabo por mi salud mental, por mi integridad emocional... y otras mierdas varias.

Cuando me desperté decidí que tenía que ser consecuente con todo lo que había hecho y dicho el día anterior y atar los cabos sueltos. Luego podría olvidarme de todo y entrar en coma si quería.

Lo primero era solucionar los papeles del divorcio y lo segundo, el tema de que mi madre se creyera con la potestad de opinar sobre las cosas que estaban bien o no en mi vida. Llamé al timbre de casa de mi hermana a las once de la mañana y la suerte quiso que pudiera matar dos pájaros de un tiro: mis padres habían aprovechado la mañana del sábado para ir a ver a la niña. Mi madre iba a tener que escucharme decir ciertas cosas que a lo mejor no la hacían del todo feliz, pero que tendría que aceptar sí o sí.

Me dirigí a Eduardo nada más llegar y delante de todos le pregunté si podría ayudarme a gestionar mi divorcio con rapidez.

Mi madre entró en bucle…

—No hagas tonterías, Valeria. Estás siendo una cría y…

—¡Cállate! —la interrumpí gritando. Un silencio reinó en el comedor. Todos me miraron—. Quiero hacerlo cuanto antes —le dije al marido de mi hermana.

—Necesito un papel que atestigüe vuestro estado civil. Vamos a intentar hacerlo de mutuo acuerdo. Será mucho más rápido.

—¿Y si no hay acuerdo?

—Habría que hacerlo por lo contencioso y es algo más complicado. Lo bueno es que al no tener hijos no hay que hablar de retribuciones económicas mensuales ni de custodia… Me pondré en contacto con Adrián cuanto antes —afirmó Eduardo muy serio—. Y no te preocupes, Valeria, yo me encargaré de todo.

—Te estás equivocando —volvió a decir mi madre.

—¡No juzgues cosas que no conoces! ¡Adrián se acostó con otra! ¿Qué?, ¿eso también lo tengo que callar como una buena esposa? ¡Pues no me da la puta gana! ¡Ha estado acostándose con su ayudante mientras yo me sentía una mierda en casa! ¡¡Se acabó!! Ayer vino a casa, me gritó, me llamó puta y me destrozó el teléfono. ¡No quiero volver a escuchar hablar de él!

—Pero, Valeria…

—¡No! —contesté—. Se acabó. Mi vida es mía y en ella solo mando yo.

Se escuchó el llanto de mi sobrina en una explosión y cerré los ojos.

—Joder, Rebeca, perdona. Perdona. No quería despertarla.

—No te preocupes. —Me dio un beso en la mejilla—. Soluciona eso cuanto antes y olvídate de todo lo demás.

Después volví a coger aire, me pasé las manos por el pelo y me marché. Aún tenía cosas que hacer.

Respiré profundamente frente a la puerta de Víctor. Las llaves palpitaban en mi bolsillo derecho, pero llamé al timbre. Por sorpresa, no fue él quien abrió.

—Hola, Aina —dije avergonzada.

—Oh…, vaya, Valeria. ¿Qué tal? Pasa. —El tono de su voz evidenciaba que estaba al tanto de la situación.

Me pregunté cómo me habría recibido Natalia, la hermana de Adrián…

—Solo venía a devolverle a Víctor algo… ¿Podrías dárselo tú?

—Casi preferiría que fueras tú misma la que…

—No, no, por favor, toma. —Le ofrecí las llaves en una súplica.

Aina recogió las llaves en la palma de su mano y después cerró los dedos sobre ellas. Escuché la voz de Víctor. Estaba hablando por teléfono.

—Por favor, dáselas tú, Valeria —suplicó en un susurro.

—No, no puedo.

—No le dejes —y lo dijo en un murmullo muy sentido.

—Lo siento.

Me di la vuelta para irme cuando Aina llamó a su hermano con una voz. Él acudió en dos zancadas desde el salón y ella desapareció dentro de la casa.

—Te llamo luego, ¿vale? —escuché decir a Víctor.

Me giré lentamente. Él tenía en la mano el llavero que yo le había entregado a su hermana y estaba dejando el teléfono en la pequeña balda del recibidor. Me recordó la noche en la que me acosté con él por primera vez.

—Solo venía a devolverte las llaves —dije con un hilo de voz.

—Ya veo.

Asintió. Ninguno de los dos dijo nada.

—Será mejor que me vaya —añadí al cabo de unos segundos.

—¿No vas a entrar en razón? —Frunció el ceño, pero sin rastro de enfado, sino más bien de decepción.

—No. —Negué con la cabeza—. No puedo.

—Entonces ¿esto es definitivo? ¿Estás rompiendo conmigo de verdad?

—Sí.

Víctor se apoyó en el marco de la puerta y dejó caer la cabeza sobre la madera. Estuve a punto de flaquear.

—Me da igual lo que diga Adrián. Yo sé lo que siento por ti —y lo confesó en una voz muy baja como si le avergonzara tener que decirlo.

—¿Que te hago envejecer? —dije.

—No me hagas caso cuando me pongo así. Digo tonterías... —Se pasó la mano por los ojos y se los frotó.

—Víctor, no son tonterías... Es lo que piensas.

—Entra —me pidió.

—No. —Negué enérgicamente la cabeza—. No voy a entrar.

—Entra, por favor. Al menos vamos a hablarlo como personas adultas.

—¿Es lo que somos?

Víctor hizo chasquear la lengua contra el paladar. Después dijo:

—Te quiero.

—No. —Y aguanté estoicamente las ganas de llorar—. No me quieres, Víctor. No lo haces...

—Sé por qué estás haciendo esto. —Levantó las cejas.

—No, no creo que te hagas a la idea.

—Me hago cargo. —Sonrió entre dientes—. Es más fácil así, ¿no?

—Esto tampoco es fácil para mí. Deberías saberlo. Pero tú no..., no puedes... —Cerré los ojos y después, recuperando la compostura, añadí—: Me voy.

—Así no haces más que darme la razón y de paso a él una alegría.

—Déjalo estar, Víctor.

—¿Te vas? ¿De verdad me dejas y te vas?

—Sí.

—¿No me quieres? —Bajé la mirada al suelo. No contesté—. Si te vas, me destrozas, Valeria... —susurró.

—No puedo...

—No lo hagas.

—No puedo quedarme. —Le miré.

—Si te vas voy a tener que pedirte que no vuelvas.

La voz de Víctor sonaba serena.

—No pensaba hacerlo.

—Te lo dije ayer. No quiero terminar odiándote. Prefiero quedarme con el recuerdo de que yo sí lo intenté. Has sido tú quien ha tirado la toalla. —Miré al suelo avergonzada. Como no añadí nada más Víctor terminó—: Bien. Si es lo que quieres, al menos hagámoslo bien.

Me di la vuelta y antes de alcanzar el primer escalón ya escuché la puerta cerrarse, suavemente, detrás de mí.

Víctor iba a rehacer su vida. Víctor saldría aquella noche y si quería podía incluso volver acompañado a casa. Podría follarse a otra sin más y olvidarme pronto. Volver a llamar a las chicas de su agenda un día sí, otro también. Víctor volvería a enamorarse un día, de pronto. Ese día sonreiría al pensar que en realidad nunca me quiso y que todo había sido un espejismo.

Bajé a la calle con la cara empapada por las lágrimas. No me reconocía. Con lo dura que había sido siempre con los lloriqueos. Últimamente parecía una cría en plena edad del pavo, sin dejar de llorar.

Quise respirar hondo, controlarme, pero por más que lo intenté, no pude. Era como si hubiera ido llenando un vaso y se estuviera desbordando.

Me metí en un taxi desconsolada y muerta de vergüenza. No podía dejar de pensar que Víctor se recuperaría de esto en cuestión de días, que él me olvidaría y que yo me quedaría sola. Pensé que en aquel preciso momento probablemente ya se había dado cuenta de su error.

Llamé a la puerta de Lola hecha un mar de lágrimas. No podía parar de llorar. Lola al abrirme se asustó tanto que cuando nos sirvió una copa a las dos le temblaban las manos. Me costó que entendiera por qué no iba a volver a ver a Víctor jamás, porque aquella ruptura sí era definitiva. Le costó mucho menos entender que la semana siguiente ya estarían en trámite los papeles de mi separación.

En este tipo de ocasiones Lola no es muy amiga de las palabras. Tiene la sabia idea de que cuando no hay nada que tú puedas hacer para mejorar una situación, el silencio es la mejor salida. Así que al principio, fiel a su costumbre, no comentó nada. Me acomodó en su sofá, mientras yo lloraba. Aquel silencio me reconfortó. Lola me acariciaba el brazo, sentada en el suelo junto a mí, mientras se fumaba un cigarrillo, pero más pronto que tarde decidió hablar.

—Esto no es normal, Valeria. Tú nunca lloras. Tú eres de las mías. Ni siquiera a Adrián le lloraste tanto y eran un divorcio y diez años juntos… ¿Crees de verdad que es mejor alejar a Víctor?

Asentí.

—¿Por qué?

—Mejor ahora que dentro de un tiempo.

—Sabes que eso no tiene por qué pasar. Él no es…, él nunca fue como contigo.

—Pero si deja de quererme me muero —sollocé.

Lola suspiró y se sumergió en un sabio silencio.

29

El lunes a mediodía Eduardo, mi cuñado y abogado, me llamó para decirme que ya se había puesto en contacto con Adrián y que todo podría hacerse de mutuo acuerdo sin tener que llegar a complicar mucho la cosa. Esa misma tarde el que me llamó fue Adrián para pedirme, en un tono muy serio pero cordial, que nos viéramos en una cafetería del centro. Era lo único que pedía antes de firmar el divorcio. Ni en mi casa ni en su estudio ni en un restaurante que nos recordara nada. Una cafetería gris y desconocida, sin ningún recuerdo adosado como una bomba lapa.

Cuando nos vimos los dos sonreímos tirantes. A ninguno se nos habían olvidado las cosas horribles que nos habíamos dicho el uno al otro. Adrián y yo habíamos discutido muchas veces en nuestra relación, pero jamás como aquella tarde.

Nos sentamos en una mesa al fondo y me fijé en que ya no llevaba la alianza; me sorprendió descubrir que aquello me dolía. En el fondo yo no odiaba a Adrián. Iba a ser una separación dura.

Durante un rato hablamos fríamente de algunos asuntos sobre nuestra separación que según Eduardo era mejor aclarar. Cosas desagradables llegados a aquel punto. Mi casa, las cuentas del banco, la moto, lo poco que teníamos de valor... Eduardo iba a encargarse de todo y Adrián ni siquiera necesitaría buscar un abogado. Pronto firmaríamos los papeles y dejaríamos de ser marido y mujer.

Mientras Adrián, muy serio, me explicaba cómo procederíamos con nuestras cuentas conjuntas del banco y garabateaba en un papel, me acordé de cuando, en la cafetería de mi universidad, hicimos la lista de invitados de nuestra boda y organizamos las mesas. Recordé la ilusión y el miedo de aquel momento. No sabíamos si la gente tendría razón y aquello sería una locura. Al final sí lo fue. Les dimos la razón.

Adrián sacó las cartillas del banco actualizadas y anotó cifras en el papel en blanco. Dividió. Esto es tuyo, esto es mío. Todo en un tono tan frío...

—Tú pagaste la Vespa, así que... —y siguió hablando.

Vi el casco apoyado en una silla vacía. Nos montamos en aquella moto vestidos de novios. Quise comprarla para que tuviéramos algo nuestro aquel día. La pagué con todo lo que había ahorrado trabajando en una pastelería.

Nos casamos en un jardín precioso un día de abril, en una ceremonia íntima a la que no asistieron más de cuarenta personas... Yo llevaba un vestido corto color marfil con zapatos marrones y él un pantalón gris pardo, una camisa blanco roto, unos tirantes beis y zapatos marrones. Brindamos con botellines de coca cola en lugar de con copas de champán.

Aquella noche me desnudó despacio y lo hicimos por primera vez sin preservativo, como si fuera nuestra forma de perder la virginidad. Después nos levantamos de la cama y, vestidos con nuestra ropa de dormir, nos comimos las sobras de la tarta nupcial…

Tragué saliva y me acaricié el dedo en el que antes llevaba la alianza. Al levantar la mirada me encontré con la de Adrián.

—Quédate la moto. Fue mi regalo de boda. —Me froté la frente—. Tú me regalaste aquellos zapatos…

La expresión de Adrián cambió un ápice y se volvió más cálida.

—¿Estás segura?

—Sí, pero júrame que irás con cuidado. —Se me hizo un nudo en la garganta y empecé a toquetearme la frente con nerviosismo.

Él asintió y lo anotó en el papel en el que estaba escribiendo todos nuestros acuerdos.

—Creí que resultaría más fácil —dije de repente.

—Eduardo se encargará de todo —contestó mirando el papel concentrado en el trazo que describía con el bolígrafo.

—No, no es a eso a lo que me refería. —Sentí un nudo de nuevo—. Estaba acordándome del día de nuestra boda. —Sonreí evitando parpadear demasiado—. He decidido que es el recuerdo con el que me quiero quedar.

Adrián cogió aire y después lo echó fuera de su pecho.

—Yo… Ojalá pudiera borrar todas las cosas que han ido mal, Valeria. Estoy enfadado, pero sé que un día me levantaré y se me habrá pasado. Nunca debí decirte aquellas cosas ni faltarte al respeto. Y mucho lo he hecho sin darme cuenta.

—Siento que todo haya sucedido de esta manera. De verdad que lo siento… —Jugueteé con una servilleta.

—Y yo, pero tienes razón. Esto está destrozado. Quizá podríamos volver a levantarlo, pero ya no sé si… —Se pasó las manos entre el pelo y las dejó caer sobre la mesa—. Tú has rehecho tu vida y…

—No, yo… —Cerré los ojos y tragué saliva.

—Pídele disculpas a Víctor. Sigo pensando que cruzó por donde no debía, pero no fueron maneras. Ni siquiera recuerdo bien qué le dije. Estaba… como loco.

—Adrián…, Víctor y yo ya no… —No creo que tenga ocasión de decírselo—. Hemos roto.

Me sostuvo la mirada.

—¿Te ha dejado? —dijo con expresión neutra esperando escuchar un sí para decir eso de «yo tenía razón».

—No. Yo…, era demasiado pronto. Yo…, yo le dejé.

Hubo un silencio en el que no me pasó desapercibido que Adrián se tocaba el dedo anular de su mano derecha, donde antes estuvo la alianza.

—¿Es por mí? ¿Ha sido porque…?

—Dijiste algunas cosas… —bufé, qué duro estaba siendo—. Dijiste cosas que creí que podrían hacerse realidad. Y no estoy preparada para otra ruptura traumática. Con esta ya tengo suficiente.

—¿Traumática?

Apoyé los codos sobre la mesa y después la cara sobre una mano. Sonreí con pena.

—Dejar de quererte no está siendo un proceso fácil, Adrián. Claro que es traumática.

Se mordió el labio y miró a la mesa.

—Para mí tampoco está siendo…

Asentí. Él hizo lo mismo.

Se removió en la silla y supe que iba a decirme algo sobre nosotros, sobre lo que signifiqué en su vida. Siempre se sentía incómodo cuando se veía abocado a hablar de emociones. No le gustaba manejar sentimientos. Para ser artista era un hombre muy contenido.

Al fin suspiró y confesó:

—Si nunca te dije lo muchísimo que te quiero es porque no sé decirlo. Solo sé que jamás podré querer a otra mujer. —Un nudo en la garganta no me permitió tragar y los ojos se me humedecieron. Disimulé. Él siguió hablando—: Me bastaron unos días con Álex después de irme de casa para saberlo. No…, no era lo mismo. ¿Te acuerdas de cuando te ibas de mi cama por las mañanas para ir a clase?

—Sí. —Me reí al recordar la cantidad de mentiras que tenía que contarle a mi madre para poder dormir con él.

—Dejabas las sábanas llenas de cosas bonitas de las que acordarse. Por eso me dio por fotografiar nuestra cama desecha durante tanto tiempo. Cuando Álex se iba las sábanas estaban vacías y yo también. ¿Por qué rompí lo nuestro para meterme entre sus piernas? No lo sé. Pero sí sé que solo podré quererte así a ti. No podré enamorarme nunca de la misma manera.

—Sí podrás —dije al final.

—No, lo supe en el mismo momento en el que me di cuenta de que te quería.

Aquello llegaba tantos años tarde…

—¿Y cuándo lo supiste? —Y no pude evitar que me temblaran los labios.

—En el jardín de casa de Jaime una tarde tomando algo. Se estaba poniendo el sol y te daba en la cara. El pelo te brillaba mucho y deseé que nunca se hiciera de noche, que los días no pasaran. Te dije algo… —se rio—, algo de averiguar cómo conseguir que no te secaras. Supongo que no lo recordarás…, hace muchos años.

—Se te derramó la coca cola en el pantalón y bromeamos sobre que esas manchas desaparecían. —Una lágrima cayó encima de una servilleta de papel y respiré hondo.

—Tú siempre lo supiste demostrar mejor que yo. —Nos callamos. Me sequé las mejillas—. Por fin estamos haciendo algo bien —dijo—. Venga, Valeria, nos quedará buen sabor de boca cuando pase el tiempo y todo se calme —él siguió hablando algo más resuelto. Dejábamos de lado, por lo visto, los asuntos sentimentales y volvíamos a lo práctico—. Quería aprovechar para decirte que voy a irme una temporada. Un colega me arregló unos trabajos fuera…

—Vaya.

—Sí… Necesito irme. Empezar de cero.

—Lo entiendo.

—No te llamaré en una temporada. Quizá pase mucho tiempo hasta que pueda hacerlo. Necesito dejar de escuchar tu voz, dejar de verte y…, ya me entiendes, volver a familiarizarme con las cosas ahora que no estás. Han sido muchos años… —Respiré hondo—. No voy a volver para arreglarlo. Me conoces y quería al menos darnos ese alivio. Un se acabó de verdad. Solo… sé que con el tiempo te llamaré y que me encantará saber, no sé, que te has casado otra vez, que tienes niños. —Sonrió tristemente—. Tú siempre quisiste niños… Pero tendrá que pasar mucho tiempo para que me alegre por ti y no me duela.

Sonreí y me sequé las lágrimas.

—¿Puedo preguntarte algo? —dije.

—Claro.

—¿De verdad el libro te pareció…?

—Bueno… —me interrumpió—, no puedo decir que me gustara, pero no soy objetivo. Yo no puedo hacerte daño con mis fotos, pero las palabras son mucho más peligrosas.

—No intentaba hacerte daño.

—Bueno, pero siempre te gustó demasiado escribir guarradas —dijo sonriendo.

Cuando nos despedimos en la puerta de la cafetería lo hicimos hasta el día de la firma de los papeles. Después de aquello ya no sería hasta luego. Sería adiós y, conociendo a Adrián, sería de verdad.

Bien. Parecía que los cabos sueltos se iban solucionando.

Ahora solo me quedaba volver a casa, hacerme un ovillo y lamerme las heridas.

30

Carmen había decidido que Borja y ella necesitaban un poco de aire. Quizá, se dijo, solo era el estrés lo que les había vuelto tan susceptibles. La cuestión era que desde que se pelearon en el portal de casa de Borja, solo se habían visto una vez, en el centro, para tomarse algo y discutir las cosas con calma para sentar las bases de una relación adulta.

Aunque después se fue a casa más tranquila, no dejaba de producirle mala sensación el hecho de haberse dado cuenta de que todo había sido demasiado frío. Y Borja con ella no era así. Apenas se habían tocado. No se habían dado la mano al caminar, no se habían abrazado y como despedida solamente se habían dado un beso distraído que no les había sabido a nada. Ella era consciente de que Borja era muy suyo para algunas cosas; quizá él solo necesitase más tiempo para olvidarse de la dichosa pelea. No es que fuera la primera, pero sí la más importante. Hablaban de vivir juntos y del tipo de relación familiar que esperaban del otro. Hablaban de su relación y de su futuro.

Así que, visto aquello y dado que acababa de empezar sus vacaciones de verano, decidió ser buena persona y visitar a sus progenitores en el pueblo. De este modo a lo mejor le demostraba a Borja que no era un bicho raro desnaturalizado, sino que su madre era muy pesada y algo desagradable con ella. Le invitó, no obstante, a ir a verla y pasar un día con su familia. Él aceptó.

—Iré el miércoles, ¿vale?

—Si te quedas a pasar la noche me vuelvo contigo en coche el jueves —planeó ella.

Cuando Borja llegó al pueblo el miércoles, Carmen se deshizo en atenciones hacia sus padres y los trató con mucho mimo. No es que no lo hiciera habitualmente, es que nunca conseguía ser tan dulce durante tanto tiempo seguido. Pero se esforzó muchísimo e incluso ayudó a su madre a cocinar. Pobre madre de Carmen, pensaba que su hija había enloquecido o sucumbido a las drogas de diseño.

Para tremenda sorpresa de Borja los padres de Carmen no tuvieron ningún problema en que durmieran juntos. No eran tontos y ella ya hacía mucho tiempo que era completamente independiente. Además, Borja les parecía tan buen chico…

A la hora de acostarse la imaginación de Carmen se puso al rojo vivo y cuando Borja se metió en la cama, ella se puso en plan seductor…, pero la cosa seguía fría. Se dieron un par de besos y cuando Carmen se subió a horcajadas sobre él, esperando que no pudiera controlarlo por más tiempo y se lanzase sobre ella, Borja le cogió la cara entre las manos, la miró a los ojos y le dijo:

—Carmen, ¿tú me quieres?

—Claro —contestó ella más concentrada en averiguar si Borja tenía una erección que en su contestación.

—¿Piensas alguna vez en el futuro?

El tono de voz de Borja la devolvió un poco a la realidad. Estaban a oscuras, pero entre las rendijas de las persianas se colaba la luz blanca de las farolas del pueblo. Carmen se encogió de hombros y, tras bajarse de su regazo, se sentó con las piernas encogidas frente a él. Se temía que algo no andaba bien.

—Todos pensamos en el futuro. ¿Por qué?

—Tú… ¿realmente te imaginas pasando toda tu vida conmigo? Y dímelo con sinceridad. Dime si de verdad sabes que nunca querrás estar con otra persona.

Carmen rebufó. Joder…

—A ver… Por más que tú quieras, yo no puedo hablar por la Carmen de dentro de diez años. Yo hablo por la de aquí y ahora, y la que no puede dejar de pensar en ti desde que te conoció.

—No me sirve —murmuró él—. Eso no es un compromiso.

—¿Qué quieres saber?

—Para mí el compromiso es básico y significa que por muy desagradable que a veces se ponga mi madre tú la tolerarás, porque es mi madre. A mí me dará igual que un sábado a las seis de la mañana me despiertes para venir al pueblo solo porque te apetece ver a tus padres. Yo me comprometo contigo. Quizá voy un paso más allá, pero ya pienso en dentro de esperemos muchos años cuando tus padres necesiten ayuda. Y sé que pondré todos los medios a mi alcance para que tú hagas las cosas como más correctas te parezcan. Pero me da la sensación de que tú no te has parado a pensar en que si esto es para siempre hay muchas cosas que tendrás que aprender a capear. Y mis padres son mayores…

—A lo mejor tienes razón. Yo siempre he vivido más al día. En eso somos diferentes.

—Somos diferentes en ochocientos millones de cosas más, cielo, pero eso es lo que más seguro me hace estar sobre lo nuestro. Yo jamás pensé que terminaría con una chica como tú. Me enamoré, punto. No hay más discusión. Hay cosas que no me gustan, Carmen, pero te quiero y tengo que darte más cancha cuando la necesitas. Por eso ni siquiera menciono el tema de que estoy seguro de que tus amigas se mantienen muy al día de nuestra vida íntima…, quizá un poco demasiado para mi gusto. ¡No hay problema! Acepto que soy muy antiguo para algunas cosas y cedo. Pero ¿y tú? ¿Cedes?

—Todos cedemos en pequeñas cosas. Yo jamás me quejé por tener que cenar los viernes por la noche con tus padres en lugar de reservar una mesa en un buen restaurante, bebernos una botella de vino y unos cócteles, y marcharnos a mi casa a follar como locos. —Se encogió de hombros—. Pero cedo, porque lo que quiero es estar contigo aunque sea en casa con tu madre.

Borja asintió y le dio a entender que la comprendía.

—Mira, mi vida, te voy a hablar muy claro. Tú sabes muy bien por dónde voy. Ahora solo me falta saber por dónde vas tú.

—No hablas nada claro. ¿En referencia a qué? —contestó ella.

—A lo nuestro.

—¿Todo esto es por tu madre?

—No. Todo esto es por nuestra relación y porque no estoy muy seguro de que queramos ir en la misma dirección.

No. Evidentemente a Carmen se le habían quitado las ganas de ponerse retozona y estaba segura de que Borja tampoco tenía la mínima intención de entregarse al fornicio. Ahora, además, tenía mucho en que pensar, porque no terminaba de entender por dónde iba exactamente Borja. Pero, claro, como muchas veces pasa, se calló, por vergüenza.

El primer fin de semana en que me di cuenta de que Víctor no aparecería por mi casa fue triste. Me obligué de todas formas a resignarme. Así es mejor, me dije.

Y es que me había agarrado con uñas y dientes a sus reticencias, a esos pequeños gestos que según él eran involuntarios, con los que marcaba territorio y espacio vital. Me autoconvencí de que aquello demostraba que en realidad Víctor no quería comprometerse. Y no estaba hablando de que se arrodillara con un pedrusco de dimensiones faraónicas, y más después de mi experiencia matrimonial que, todo sea dicho, era bastante reciente. Yo solo quería estar tranquila, hablar tranquila, actuar tranquila. No quería preocuparme por esas cosas de «no, no digas eso…, lo asustarás. Pensará que estás desesperada y se irá». Yo no estaba desesperada y tenía más bien claro en base a mi propia experiencia que mejor sola que mal acompañada. ¿Cómo podía haber gente que siguiera pensando que era mejor estar casada aunque un poco a disgusto que sola? Si una decidía no casarse, estaba en su total derecho y, además, ¿qué más daba? ¿Me lo tenía que haber callado todo, la ausencia de sexo y hasta de mimos y de cariño, la infidelidad y los sentimientos que otra persona me despertaba, en pro de nuestro proyecto en común? Eso era tirar sola de un carro que pesaba demasiado. No. Nunca debí casarme con Adrián.

Pero con Víctor era diferente. Aunque, ¿qué más daba? Ya estaba hecho. Víctor y yo ya no éramos Víctor y yo. Solo dos personas, independientes, que no tienen más en común que el recuerdo de haber estado unos meses juntos.

Continuamente trataba de convencerme de todas esas cosas: de que era mejor sin él, que era mejor haberlo hecho en aquel momento, que aún no nos habíamos habituado demasiado al otro, que las cosas no se habían terminado de poner serias. Pero parecía olvidarme, en una especie de amnesia selectiva, de las llaves de su casa, de la fiesta en la que me presentó a su familia, de las vacaciones en Menorca y de su boca susurrando aquel «te quiero, mi vida», con los ojos cerrados y expresión algo torturada, como si el hecho de sentirlo le hiciera débil. Y lo obviaba porque en el fondo estaba segura de que Víctor no era de los que regalaban palabras de amor sin más. Pondría la mano en el fuego al afirmar que era la única chica que en los últimos diez años había escuchado eso de su boca.

Víctor se escudaba en una vida de desdén emocional, eso estaba claro. Detrás de los fines de semana de sexo sin compromiso no había nada tormentoso, simplemente la ausencia total de empatía con el género femenino. Así dicho suena fatal. Suena a sociópata, la verdad, pero lo que quiero decir con innecesaria galantería es que Víctor no necesitaba más que sexo de esas chicas porque aún no había conocido a nadie que satisficiera sus expectativas. Y lo peor es que creo que esas expectativas no eran reales y que nadie en todo el universo las cumpliría. Pero entonces llegué yo, que, aunque tampoco las cumplía, era un reto interesante.

Qué película: al final se implicó demasiado. Se le fue de las manos y poco importan ya las expectativas cuando el reto se ha convertido en una emoción extraña.

Después de creerme todas esas mentiras sobre mi seguridad emocional y sobre perder el tiempo con relaciones que no llegarían a ningún lado, pasé por otra fase. El segundo fin de semana sin él, sin llamadas ni mensajes ni señal alguna de que seguía vivo, pasé a recordar con melancolía resignada todas las cosas que había tenido durante unos escasos meses.

Me enamoré de Adrián con la ceguera de la posadolescencia y me había casado con él en un estado de total enajenación mental transitoria… ¿O debería decir enajenación emocional transitoria? Si lo hubiera pensado un mínimo de manera adulta, habría visto que las pequeñas cosas que nos separaban ya en aquel momento a Adrián y a mí pasarían de ser pequeños detalles que nos hacían sonreír a gigantescos problemas que harían de lo nuestro algo irreconciliable. Después, cuando ya llevaba meses dándome cuenta de que estaba sumida en un matrimonio que zozobraba, conocí a Víctor y en un curso acelerado tuve que aprender sobre los hombres, en semanas, lo que una mujer normal aprende desde la veintena hasta los treinta.

Y después de aprenderlo, lo había tenido todo durante unos meses.

Al tercer fin de semana, cuando me di cuenta de que hacía más de veinte días que no veía a Víctor y que no sabía nada de él, me enfadé muchísimo. Quizá albergaba, en el fondo, la estúpida y egoísta convicción de que él volvería corriendo bajo la lluvia gritando mi nombre en plena noche. La verdad, las mujeres somos un poco tontas pero no es culpa nuestra, no. Es culpa de la industria cinematográfica, de los cuentos de princesas de Disney y de los libros que siempre terminan bien.

No le dije a nadie que me sentía frustrada por que Víctor no hubiera decidido volver montando un numerito estupendo que contar a nuestros hijos. Lo primero, porque yo aún andaba haciéndome la durita.

Después de llorar en el regazo de Lola me había enclaustrado en mi fortín de treinta metros cuadrados a anhelar y sollozar bien sola, que para esas cosas no necesito público. La primera semana engordé dos kilos. La segunda los perdí. La tercera semana me debatía entre la angustia vital que no me permitía ni levantarme de la cama para comer y la ansiedad más estrambótica, que me llevaba a hacer un enorme pedido de comida grasienta a domicilio que al final, presa de los remordimientos, terminaba durando días. Por lo menos eso me permitió ahorrar. ¡Ahorrar!

Dios…, estaba convirtiéndome en otra persona. Lo normal en mí habría sido que, una vez que Adrián y yo nos repartiéramos el dinero que teníamos en una cuenta común, yo hubiera salido de compras a hacer algún roto, pero no. Conté el dinero, que Adrián me hizo llegar en billetes mundanos (nada de esos glamurosos cheques) y bajé a la sucursal bancaria, donde los ingresé sabedora de que o encontraba un trabajo pronto o terminaría con todos mis ahorros en el lapso de siete u ocho meses.

(Modo ironía On) Qué bien, eso me animaba mucho… (Modo ironía Off)

Me pregunté cuándo se me pasaría y mientras veía un capítulo de *Sexo en Nueva York* quise que Charlotte tuviera razón al decir que para recuperarse de una ruptura hace falta justo la mitad del tiempo del que has estado con él. Víctor y yo habíamos estado juntos unos cuatro meses. Solo cuatro meses, contando cuando sin estar juntos, lo estábamos. En fin. Cuánto drama para una relación tan corta, ¿no? Pues volviendo a lo de superar lo nuestro, estaba cerca del ecuador de mi duelo. ¿Resurgiría después como el ave fénix? ¿Me cambiaría el color de pelo y me compraría ropa sexi y prieta con la que salir de caza?

Un pensamiento llevó al otro y cuando hizo un mes del día de nuestra ruptura me eché a llorar, mientras planchaba, pensando en lo que me esperaba a partir de ese momento. ¿Ligar? ¡¡Yo no había sabido hacerlo en mi puñetera vida!! A mí las cosas me salían natural y no estaba muy segura de tener capacidad suficiente como para saber ponerme coquetona con un desconocido. Bien pensado, tampoco me interesaba conocer a ningún hombre. Quería estar con Víctor o estar sola.

Bueno, al menos en eso estaba en lo cierto. Sola iba a estar…

31

C armen y Nerea eran como el sol y la luna; no se parecían en nada. Bueno, las dos son hembras humanas. Por lo demás, nada de nada. La una llevaba las uñas largas y pintadas con el esmalte a la francesa y la otra siempre cortas y de colores oscuros. La una pensaba que estar delgada era una bendición mientras que la otra, aunque se preocupaba por que los vaqueros siguieran abrochándole, se «cagaba desde lo alto» en la superficialidad. La una era clásica, tradicional y un poquitín carca (lo siento, Nerea, cariño, pero tú sabes que es verdad); la otra estaba al día, era moderna y nunca agachaba la cabeza para acatar ninguna orden que no considerara lícita y justa.

La cuestión es que casi nunca estaban de acuerdo ni en lo más mínimo, pero... ahora resultaba que siempre se daban la razón, terminándose las frases la una a la otra y asintiendo en modo ceñudo. A los hombres no había quien les entendiera, decían; se nos vendía a las mujeres la idea de que una debe ser independiente y tomar sus propias decisiones, que debe hacer su vida sin necesitar un hombre al lado. ¿Por qué? Porque una chica que admitía públicamente que quería ser madre y esposa daba miedito.

Y ahora que Nerea tomaba una decisión por sí misma, creyendo que de esa manera iba a proteger su relación con Daniel, se daba cuenta de que en realidad a él le daba igual que la tomara, no la tomara o hiciera el pino puente. ¿Cómo puede dar igual que tu novia te confiese que se quedó embarazada, que abortó y que encima pretendía escondértelo por los siglos de los siglos? Sabía lo que las demás pensaríamos y diríamos si ella nos lo contaba, así que prefirió callárselo, al menos hasta averiguar qué era lo que más le inquietaba del asunto. Pero mientras tanto, ante nuestra estupefacción, renegaba de los hombres como buena mujer despechada sin dar más que vagas explicaciones del tipo «hemos discutido» o «nunca lo entenderé».

Por otra parte, Carmen no era de esas que adoran el hogar. A ella le encantaba su estudio y su intimidad, pero había decidido que había llegado el momento de dejar de pensar en ella para pensar en un nosotros que se le antojaba ideal. Pero lo de la novia maruja metida en casa de la suegra haciendo calceta… ya le superaba. Su suegra merecía todo el respeto del mundo como madre de Borja, pero no sumisión. No estaba por la labor de darle alas a una situación que no entendía y que le parecía absurda y patética. Lo malo es que su postura parecía ser un poco radical y había enfadado a Borja mucho más de lo que pensaba. Veía a Borja con menos asiduidad que antes y cuando lo hacían, ni arrumacos en el sofá ni palabra del piso al que se tenían que mudar en cuestión de nada. Habían conseguido atrasar un mes su entrada allí y con eso se habían quedado. De repente los dos fingían estupendamente estar muy ocupados y no tener ganas de follar.

Yo por mi parte…, pues ¿qué decir? No, ni supe nada de Víctor ni lo olvidé. Me pasaba los días tumbada en la cama, paseando por mi pequeño piso o sentada junto a la ventana fumando un cigarrillo detrás de otro. ¡Me daba tanta rabia no poder recuperarme! Jamás me había imaginado que acusaría un vacío tan grande. Si al menos hubiera tenido que trabajar…, pero no, claro, estaba en una pausa creativa. Era imposible que nada saliera de mis dedos en aquel momento, aparte de lamentos y sandeces moñas que no quería escribir.

Y la llamada de Jose con una supuesta oferta de «trabajo» que solucionara al menos mi precaria e inestable situación económica no llegaba. Y no quería acosarle telefónicamente y que terminara mandándome a la mierda, porque la verdad es que si él me ayudaba era por simpatía personal, ni de lejos por obligación.

Lola estaba cansada de verme vagar como un alma en pena. Le resultaba raro y, aunque ella lo niegue, también algo patético verme en tales circunstancias. En ocasiones me echaba en cara, esperando verme reaccionar, que jamás hubiera imaginado que una persona como yo se escondería del mundo durante tanto tiempo. Pero, bueno, si pude llegar a salir en pijama, sin peinar y sin maquillar a la calle cuando estuve casada con Adrián, casi que cualquier cosa era posible.

Yo quería preguntarle por él, pero tenía miedo. Al fin y al cabo eran amigos. Muy amigos. Amigos que habían follado durante años sin ningún tipo de compromiso ni mal rollo y que, si mal no recordaba, según confesaba Lola, compartían después del sexo un buen rato de confesiones, risas, planes y cigarrillos. Dios..., qué horror. Ella tenía más historia con Víctor que yo.

Concretando: no quería meterla en medio.

Sin embargo, ella misma notaba la presión del ambiente, cargado de preguntas por hacer, y un día, aplastada por un signo de interrogación, me dijo que no sabía nada de él desde hacía dos semanas y que Juan le había comentado que probablemente había salido de viaje.

Me resigné. Así debía ser a partir de ahora. Él tampoco querría verme y yo había sido la que había decidido romper, así que...

Lola tiene muchas virtudes, pero la paciencia no ha sido nunca una de ellas. Había aguantado ya el resto de su mes de vacaciones con mis «no me apetece», «mejor en mi casa», «no me hagas salir»... Me dejaba los viernes por la tarde diciendo que no iba a mutar a octogenaria conmigo en el calor de mi piso y resucitaba al tercer día con un cigarrillo entre los labios pintados de rojo. Estaba en su derecho de disfrutar de sus días libres y, por más que le pedí que hiciera planes sin mí, no salió de la ciudad con la excusa de que había gastado demasiado en ropa y copas como para permitirse unas vacaciones propiamente dichas.

A lo que iba. Su paciencia, estirada como un chicle, estalló en pedazos un viernes a mediodía al salir del trabajo. Carmen aún tenía una semana libre y aburrida; había llamado a todas horas para ver si hacíamos algo y Nerea empezaba a las dos de la tarde su mes de vacaciones. Era el día perfecto para una comida de esas que acaban en plena madrugada.

Pero yo... seguía acurrucada sobre la cama regocijándome en un estado que Lola llamaba «Oh, qué desgraciada y frígida soy».

—Carmen quiere ir a ese japonés que hay en la plaza de..., bueno, no recuerdo el nombre de la plaza, pero seguro que tú no has podido olvidar esa tienda de zapatos que hay haciendo chaflán... —decía Lola sentada en el borde de la cama mientras se limaba las uñas.

—No sé, Lola..., me da pereza. Y no tengo dinero.

—Dinero, dinero, dinero. ¿No puedes gastarte cincuenta euros? Venga, por Dios. Es el colmo de la depresión. Estoy segura de que ni siquiera te has depilado desde que no ves a Víctor. —Trató de subirme la pernera del pantalón de pijama.

—Déjate de depilación. —Le di un sonoro cachete en la mano.

—El próximo tío que te toque va a creer que ha encontrado al yeti.

—Eres imbécil. —Me reí.

—Te harán una foto y se la mandarán a Iker Jiménez. Oye, ¿nunca has pensado que tiene su puntito sexi?

—¿Quién: el yeti o Iker Jiménez?

—Bah, eres tonta. Dúchate, ponte un vestidito y unos taconazos. Nos probamos zapatos y comemos *sushi* hasta que el *anisakis* o el *sake* nos maten. Pero depílate antes.

—No sé... —Me tumbé mirando hacia el techo.

—Voy a ser cruel.

—Qué novedad...

—Me tienes hasta las pelotas. —Sonrió, pero hablaba en serio—. Sal de casa. Estás hecha un auténtico asco. Hasta tienes menos tetas. Y todo el mundo sabe que tus tetas siempre han sido parte fundamental de tus encantos, chata.

—¡Venga, Lola! No seas pesada, solo conseguiría aguaros la fiesta.

—Valeria, todas somos igual de desgraciadas. —Frunció el morrito—. Además... hay unos zapatos mega rebajados preciosos... —Me tapé con un cojín—. Vi unos que te irían genial con ese vestido azul que tienes de verano...

—No. No puedo —farfullé.

—Rebajas del setenta por ciento. Pares sueltos. Y como tienes ese pie tan pequeño, igual...

—¿De qué color? —Asomé un ojo.

No se debía flaquear ante Lolita.

Las chicas se sorprendieron al verme aparecer tan bien vestida, bien calzada y bien maquillada para una salida con ellas. Pero, como bien había aprendido yo de las seis temporadas de *Sexo en Nueva York* que me había tragado en casa casi del tirón, una tiene que salir siempre perfecta a la calle porque en cualquier rincón puede estar esperándote, agazapado, un ex. Y mira tú por dónde que yo tenía un ex muy guapo que no quería que me viera hecha un asco.

Cargadas con dos cajas de zapatos (yo con una, por no tener después demasiados remordimientos de conciencia), llegamos al restaurante a las dos y media y nos encontramos con que estaba plagado de gente. Según Nerea, que todo lo sabía, se había puesto de moda porque una revista muy esnob lo había colocado entre los diez mejores restaurantes de la ciudad. Me sorprendió, pensé que era imprescindible tener unos precios astronómicos para ponerse de moda entre ese tipo de gente. Además, desde fuera tenía pinta de tugurio infernal.

El establecimiento tenía una barra a la entrada, junto al puesto donde te recibía el camarero, así que después de conseguir que nos colaran en la lista de espera para las mesas, nos sentamos allí a tomar una copa de vino.

—He escuchado que una noche vinieron los príncipes a cenar aquí —dijo Nerea muy emocionada.

—¿A este cuchitril? —repuso Carmen—. Pues si yo tuviera la pasta que tienen ellos no me iban a ver por estos sitios.

—Ellos tienen un sueldo como tú y yo —respondió Nerea, que era más monárquica que Juan Carlos.

—Huy, sí, exactamente como tú y yo, cielo.

—Mujer, es más alto, pero porque sobre sus hombros pesa una gran responsabilidad.

—¿Y cuál es esa responsabilidad? —Carmen levantó las cejas, sorprendida.

—Representar al Reino de España.

Las tres no pudimos evitar lanzar una sonora carcajada. Ya decía yo que Carmen y Nerea no podían mantenerse tanto tiempo de acuerdo en todo.

Lola estaba riéndose aún de la solemnidad con la que Nerea hablaba de algunas cosas cuando le cambió la cara.

—¿Qué pasa? —preguntó Carmen.

—Oye, chicas, tengo mucha hambre, ¿por qué no buscamos otro sitio? Total…, ya hemos comprado los zapatos.

—Pero… ¿a qué viene esto? —le dije mientras me volvía hacia ella.

Lo vi con el rabillo del ojo. Era inevitable verle. Sobresalía entre todos los demás, no solo por su altura. Víctor irradiaba una energía sexual que tenía a casi todas las chicas que estaban haciendo cola con los ojos puestos en él. Estaba perfecto, como siempre; llevaba unos vaqueros y un polo azul marino y miraba a alguien a su lado al que no llegaba a ver entre la gente. Estaba sonriente. De pronto estalló en carcajadas. Aunque no le hubiera visto, habría reconocido su risa.

Pero… ¿cómo se podía tener tan mala suerte? ¡¡Con la de restaurantes que había en Madrid!!

Las demás me miraron dubitativas al darse cuenta del desafortunado encontronazo.

—Joder —musité entre dientes—. Qué puta mala suerte. ¿Qué es lo próximo? ¿Una almorrana?

Carmen lanzó una risita, pero cuando la miré volvió a ponerse seria y me pidió perdón.

—¿Nos vamos? —preguntó.

—No, no, si nos movemos nos verá y para salir tenemos que pasar por su lado. Lo mejor es… no hacer nada.

Suspiré, me terminé la copa y le pedí otra al camarero.

—Puta mierda... —murmuró Lola.

—¿Qué pasa? —le dije.

—Va con la arpía de Virginia —dijo Lola mirando hacia otra parte.

Me paré a pensar un segundo... ¿Virginia la de las sábanas de trescientos euros?

—Lola —cerré los ojos—, ¿me quieres decir que viene acompañado de la decoradora?

—Sí, ¿de qué la conoces?

—No la conozco. Vámonos. No quiero saber de ella más de lo que ya sé.

Nerea paró a uno de los camareros con una sonrisa amable.

—Disculpe, ¿no tienen más puertas de salida?

—Las de emergencia —contestó extrañado el joven.

—¿Podríamos utilizarlas? Tenemos una emergencia. Mi amiga acaba de encontrarse con un exnovio que va con otra chica y quiere salir de aquí.

Estuve a punto de estrangularla con mis manos. El camarero frunció el ceño, dijo que no y se fue murmurando en su idioma palabras que me sentí afortunada de no entender... Vale, atrapada en un antro del centro con Víctor y la decoradora de gustos caros.

—¿Es guapa? —pregunté de espaldas a ellos al tiempo que cogía la copa que acababan de servirme.

—Mírala tú misma. A mí me parece un asqueroso putón verbenero —soltó Lola.

Miré por encima del hombro, con sigilo. Carmen y Nerea se movieron disimuladamente para permitirme verla.

Vale.

Quería morirme.

Virginia era una chica bajita y delgada pero con un cuerpo lleno de curvas sensuales. Tenía un pelo negro largo hasta debajo del pecho y lo llevaba ondulado impecablemente con tenacillas. Vestía un microvestido blanco que favorecía su piel morena y unas sandalias de cuña altísima del mismo color, conjuntadas con un bolso de mano de rafia con un ribete blanco. Se giró hacia nosotras en un golpe de melena, dejándonos ver sus pestañas largas y espesas, sus ojos amarillos, una naricita perfecta y la boquita de muñeca.

Era preciosa.

Era preciosa, menuda y seguro que cinturón negro en todo tipo de técnicas sexuales que permitieran a Víctor explotar en un jugoso y húmedo orgasmo.

—Se podía haber pintado un poco más… —murmuró Carmen irónicamente.

—Da igual, dejadlo, chicas —supliqué.

Miré por encima del hombro de nuevo. Ella hablaba animadamente, gesticulando, y él la observaba con los ojos entrecerrados y se reía. Seguramente iban de camino a casa de él a darse un revolcón salvaje.

Un camarero se acercó a nosotras. Ya teníamos la mesa preparada. Se giró hacia los que esperaban en la puerta y preguntó si había alguna mesa de dos pendiente. ¡Venga! ¿¡Algo más!?

Víctor levantó la mano y él y Virginia sortearon a la gente hasta encontrarse con nosotras de frente en el mismo momento en que ella le dedicaba una caricia en la zona donde la espalda perdía su casto nombre. No pude evitar que mis ojos fueran directamente a esa minúscula mano que pellizcaba el culo del que hacía más bien poco era mi novio. Él le apartó la mano en un ademán rápido y se acercaron.

—Chicas, ¿os importa si me voy a casa? —dije al tiempo que sacaba de mi bolso de mano un billete arrugado.

—No, no te preocupes. Vete, deja eso, nosotras invitamos —contestó Nerea apartándome la mano con el dinero.

—Joder, sale a cuenta lo de tener mal de amores —se quejó Lola—. ¡Invítame a mí, Nerea, que yo también soy una desgraciada!

Di dos pasos hacia la puerta haciendo caso omiso de los comentarios de Lola. Víctor y yo nos encontramos con una sonrisa tímida.

—¿Te vas? —me preguntó mientras se metía las manos en los bolsillos.

—Sí.

—Espero que no sea por mí.

—No, claro que no. Me alegro de verte —mentí.

—Y yo.

—Adiós.

—Adiós.

Salí a la calle y cogí aire, pero aún hacía un calor de mil demonios, así que no me ayudó demasiado. De pronto recordé que había olvidado la bolsa con los zapatos que había comprado y abrí la puerta de nuevo. Podía estar jodida, pero no sin mis zapatos, que mis buenos euros me habían costado y no estaba la cosa para ir tirando el dinero.

Cuando puse un pie dentro me choqué con Víctor, que se disponía a salir también.

—Valeria. —Llevaba la bolsa en la mano.

Avanzó, me hizo retroceder y cerró la puerta tras de sí.

—Gracias. Me dejaría la cabeza si no fuera porque la llevo pegada al cuerpo.

—No es nada. ¿Qué tal todo? —Me tendió los zapatos.

—Bien. —Cogí la bolsa evitando rozarle la mano.

—¿Bien a secas?

Sonreí como contestación.

—¿Y tú? —le pregunté desviando el tema de mi estado.

—Bien también. Cogí el resto de mis días de vacaciones hace poco. Me incorporé esta semana al trabajo, así que, ya sabes, la rutina.

Asentí. Bajé la mirada por su barbilla, su cuello, el pecho, que se marcaba en el polo. No, por ahí vas mal, Valeria. Vas fatal.

—Bueno, no quiero entretenerte. Tu acompañante… —dije con un hilo de voz.

—No te preocupes, Virginia está hablando con Lola.

—¿Virginia? —pregunté maliciosamente.

—Esto…, sí —asintió.

—Pensaba que Lola y tu decoradora no eran precisamente amigas. —Y qué mal sonó lo de «tu decoradora».

—Sí, bueno. Ya sabes…

—Vaya. —Fingí una mueca.

—Sí. —Miré hacia la bocacalle y el casi nulo flujo de gente que caminaba por allí—. Valeria…, yo…

Nos encontramos con la mirada otra vez. La Valeria más débil se acordó de aquella tarde en la que él me había dicho que me quería mientras hacíamos el amor. Me abstraje y de pronto me pregunté por qué habíamos roto. Él decía que me quería. Yo también le quería. El sexo con él siempre había significado algo importante para mí y era brutal.

Quería tocarlo, alargar la mano y acariciarle los antebrazos. Suspiré, me contuve y me di cuenta de que él seguía mirándome también. Recordé a la chica que le esperaba dentro y entonces comprendí por qué habíamos roto.

—Cuídate. —Sonreí forzosamente cortando lo que quisiera que fuera a decirme.

—Igualmente.

Caminé calle arriba sin escuchar abrirse o cerrarse la puerta del restaurante. Víctor seguía allí de pie, pero la verdad es que Víctor ya tocaba a otra…

32

Carmen tenía la mosca detrás de la oreja. No dudaba ni por un segundo que algo estaba pasando con Borja y aquello le daba mala espina. Quizá el temor se debía a lo desconocido, pero no era normal que Borja se mantuviera callado en cada una de sus «citas», que contestara apenas con monosílabos y que fuera reacio a los besos y las caricias. Estaba meditabundo. ¿Estaría planteándose terminar con todo aquello?

Carmen pasó por todas las fases posibles en un proceso como aquel. Primero temor, un «Oh, Dios mío, si me deja, ¿qué hago?». Luego negación: «Pero ¿cómo me va a dejar?». Después irritación y amenaza: «¡A que le dejo yo! ¡A que le dejo yo!»; y por último resignación: «Si es lo que tiene que pasar, que pase».

Carmen estaba cansada de ese sí y no, de ir tanteando con los pies como si anduviera a oscuras en un terreno lleno de socavones. ¡Cómo la entendía!

Habían retrasado ya un par de veces la dichosa firma del contrato del piso con excusas varias. A decir verdad, era ella quien llamaba suplicando a la inmobiliaria que los esperara. Los dueños del piso debían de estar muy desesperados por alquilarlo, porque siempre conseguían llegar a un acuerdo.

Pero... cualquier cosa antes que sentarse con Borja y hablar del tema; no quería arriesgarse a sufrir un hongo atómico. Sin embargo, no podía retrasarlo más.

Faltaban tres días para la firma definitiva del contrato cuando Borja la llamó y le dijo que tenían que hablar. Carmen no sintió ni siquiera nervios. Seguía en su fase «Lo dejo en manos del destino». Borja había reservado mesa en un restaurante a las nueve y media.

—¿Quieres que pase a buscarte? —le preguntó.

—No hace falta. Nos vemos allí.

Nos mandó un mensaje a todas cuando se encontraba frente al armario en el que nos decía que estaba dudando qué ponerse para ir a cenar con Borja. «Creo que debería ponerme un vestido negro, ya se sabe, como voy de entierro... Debería ir encargando la corona para lo nuestro. Que pongan algo como "Fue bonito mientras duró..."».

Todas le contestamos que era una agorera, pero la verdad es que teníamos nuestras dudas. No conocíamos tanto a Borja como para poner la mano en el fuego y saber que no pondría en peligro su relación por tenerle pánico a su madre.

Cuando Carmen llegó, Borja ya estaba sentado a la mesa. Qué raro que no la esperara en la puerta. Fue entonces cuando a Carmen le dio un vuelco el estómago. Estaba tan guapo… Con el codo apoyado en la mesa, se fumaba un pitillo mirando al vacío. Frente a él, dos copas de vino. Ella se sentó y le sonrió. No se atrevió a besarle, por no querer pensar que aquel podía ser el último beso que le diera. De pronto, como en un fotomatón mental le pasaron por la retina cientos de recuerdos. La primera vez que él le intentó coger la mano, las conversaciones en el coche, los nervios en el estómago cuando de repente se acercaba, su declaración, su primer beso, la primera vez que hicieron el amor…

Le empezaron a temblar las piernas.

Borja también parecía nervioso. Ella vaciló entre una fase y otra dudando si llorar o enfadarse, porque para romper no hacía falta tanto tinglado. ¿Qué había sido de las típicas llamadas de teléfono y los clásicos «no eres tú, soy yo» o «solo podemos ser amigos»? Al fin, sin querer demorarlo más, ella rompió el hielo.

—Bueno, Borja…, creo que querías hablar conmigo sobre algo, ¿no? No le demos más vueltas.

—Estoy buscando las palabras adecuadas para decir esto, pero es probable que no las haya.

Carmen flaqueó un momento y se sintió muy tentada de huir hacia la salida. Sin embargo, dedujo que ya no tenía edad de salir corriendo con los brazos arriba y dando gritos, así que asumió que su madurez emocional se haría cargo de la ruptura.

—Dilo sin más. —Y bajó la cabeza.

—No sé si estarás de acuerdo conmigo, pero creo que las cosas se nos han ido de madre; no he sabido llevar esto como debería. No me reconozco en estos planes, no soy así. La culpa es mía, lo sé. Me he callado, he agachado la cabeza y no he sido del todo sincero contigo en lo concerniente a nuestros planes.

—¿Qué quieres decir con eso?

—Que yo no quiero ir a vivir contigo.

A Carmen la saliva se le congeló y bajó hasta la boca del estómago cristalizada. Prefería una excusa educada que no dijera nada en particular que aquel bofetón de realidad.

—Solo tenías que decirlo.

—Lo siento, tienes razón. —Él agachó la cabeza.

—¿Puedo preguntarte por qué?

—Porque, por raro que parezca, yo no hago las cosas así.

Ella asintió sin acabar de entender a qué se refería con aquel comentario.

Borja sonrió de pronto, como entre dientes, cosa que le molestó sobremanera. ¿Tendría a otra? ¿Sería eso? Seguro que su madre le había presentado a la hija o a la sobrina de alguna amiga que le gustara más que ella.

Él rompió sus razonamientos cogiéndola de la mano.

—¿Entiendes lo que esto significa?

—Creo que sí. —Sonrió ella tímidamente.

—Tengo que intentar hacer las cosas a mi manera. Si tú no estás de acuerdo, podemos hablarlo, pero necesito que conozcas mi postura.

—Es lógico.

Poca conversación más. Carmen quería irse a casa cuanto antes. La verdad, no entendía por qué seguía sentada en la silla comiendo lasaña cuando lo que quería era estar en pijama en su casa escuchando a Elton John y llorando. Todo se había acabado allí, punto. Alargar las cosas no tenía sentido.

Dedicó un momento a meditar sobre aquella ruptura. En realidad, pensaba, muchas relaciones se acababan de la misma manera. Era un punto de inflexión importante: hacia delante o nada. Ella jamás quiso que aquello sonara a ultimátum, pero sentía que cada día necesitaba más y no deseaba acomodarse y contentarse con menos de lo que quería.

Salieron del restaurante. Borja tenía una actitud indefinida, cercana al alivio, a los nervios y a la emoción, que Carmen no entendía. La única explicación lógica es que él hubiera encontrado a otra persona y que se estuviera quitando un peso de encima.

—Carmen…, ¿te gustaría dar un paseo?

Eso la pilló con las defensas bajas, así que asintió, sin más, sin saber qué contestar. Fueron andando en silencio hacia un jardín, que olía a jazmín y a hierba mojada. Carmen jamás se olvidaría de aquel olor a verano.

Una enredadera cubría una pared de ladrillo y las farolas salpicaban de luz el césped y el camino de piedra y guijarros. No había nadie alrededor. Carmen pensó que sería un recuerdo precioso si aquello no fuera una despedida, sino una primera cita.

Borja se paró y se giró hacia ella.

—¿Crees en nosotros, Carmen?

Ella no entendía nada.

—Yo sí creo, Borja, pero tú no quieres…

Borja se metió la mano en el bolsillo y sacó algo que tendió a Carmen sin demasiada ceremonia. Ella creyó adivinar que él le estaba devolviendo algún regalo, pero no reconoció lo que le entregaba.

—¿Qué es esto?

Borja lo sujetó entre sus dedos pulgar e índice y algo brilló al encontrarse con el haz de luz de la farola. Algo que no podía ser verdad…

—Carmen, yo estoy chapado a la antigua… —Ella abrió la boca pero no supo contestar. Estaba tan segura de que jamás se vería en aquella situación…—. El problema no era mi madre ni mi familia ni nada… El problema era que yo quería hacerlo así.

—Yo…, no…, pero… —Ni una frase coherente.

Borja cogió aire, hincó la rodilla en el suelo y la miró.

—Cásate conmigo, Carmen.

Ella fue a coger el anillo, para verlo de cerca y confirmar que aquello no era un espejismo, pero Borja lo deslizó en su dedo anular con soltura. Le quedaba perfecto. Era precioso. Tan clásico, tan sencillo. Un diamante de talla brillante montado en oro blanco. Carmen lo miró de cerca.

Se podía decir que desde hacía diez años había perdido la fe en aquella clase de finales felices de película. Para ella casarse siempre tuvo connotaciones negativas; significaba quedarse en el pueblo, como algunas de sus amigas de la niñez; significaba abandonar su carrera y su vida y su rutina y…

Pero ahora…

No, nunca se imaginó vestida de blanco. No era como Nerea, que compraba de vez en cuando revistas *Vogue* de novias y marcaba lo que le gustaba para su futuro compromiso, y elegía la tarta, y miraba restaurantes. No era como yo, que aunque lo hice a mi manera, creí en el matrimonio.

Tampoco era como Lola. Nunca se consideró nacida para una cosa o para otra. Nerea, a pesar de amar su trabajo, aseguraba que había nacido para ser madre y esposa. Yo albergué durante muchos años la ilusión de que Adrián tomara la decisión de ser padre. Lola, sin embargo, lo negaba categóricamente. Ella nunca se lo había planteado.

Borja esperaba, mirándola vacilante. Entonces Carmen lo vio. No era cuestión de creer o no creer; no era cuestión de nacer para una cosa u otra. Solamente lo necesitaba a él y si tenía que ser así, que fuera.

—Sí.

—¿Sí?

—Sí. Pero levántate ya. —Se rio.

Borja la levantó entre sus brazos y se besaron apasionadamente.

Aquella noche Borja sí se quedó a dormir en casa de Carmen sin que ella tuviera que pedírselo. Entraron en el salón deshaciéndose en besos. Se echaron sobre el sofá, rodaron hasta el suelo y se desnudaron con frenesí. Después se tranquilizaron e hicieron el amor lentamente. Cuando terminaron estuvieron hablando durante casi toda la noche hasta que ella se quedó dormida.

Carmen se iba a casar.

33

Tengo un montón de recuerdos que empiezan con la misma escena: todas nosotras en una cena en nuestro restaurante preferido, en el rincón reservado, esperando el *carpaccio*. Todas llevando encima la carga de las cosas que nos sobrepasan, que al salir de aquel restaurante pesarán menos, aunque siempre callemos algunas de nuestras ansiedades por no sentirnos tan débiles.

Carmen carraspeó cuando todas tuvimos las copas servidas. Sería la primera en participar en la terapia alcohólica del grupo.

—Chicas, la verdad es que quería contaros algo.

Cualquier otra chica habría vibrado de ilusión. Contarles a sus mejores amigas que iba a dar el gran paso al altar era un momento especial para cualquier chica, pero a Carmen le daba un miedo horroroso lo que pudiéramos pensar de ella. Pensaba que Lola bufaría y le diría que no esperaba algo tan típico de ella, yo le daría ánimos, aunque mi experiencia no fuera muy positiva, y Nerea gritaría de alegría y aplaudiría.

—¿Lo habéis dejado? —preguntó con voz triste Nerea.

—Más bien no.

—¿Ha mandado a la mierda a la vieja? —indagó Lola.

—Oye, ¿por qué no la dejamos hablar a ella? —dije yo al tiempo que me encendía un pitillo.

—Pues…, buf, a ver cómo os cuento esto.

Dejó la mano izquierda sobre la mesa y el diamante relució al encontrarse con la luz de la lámpara de techo que iluminaba sobre nuestras cabezas. Todas contuvimos la respiración.

¿Carmen se casaba? Ya me podrían haber quemado con cera ardiendo en aquel mismo momento que no habría sentido ni calor. Lola lanzó un grito, pero, al contrario de lo que todas podíamos creer, fue un grito de alegría.

—¡Aaaaaaaahhhhhh! ¡Que me aspen! Carmen, hija de la gran puta, ¡que te casas!

—Ya… —Torció la cara en un intento de sonrisa.

Yo solté el cigarro y me tapé la boca. Estaba alucinada. Carmen se casaba…

—Carmen, cariño, enhorabuena —logré decir mientras estiraba una mano para tocar la suya.

—Gracias. —Se encogió de hombros.

—¡Tenemos que organizarte una buena despedida de soltera! ¡¡Si no te gustan los estríperes no te preocupes, les decimos que yo soy la novia!! —Lola.

—¿Ya tienes fecha? —Yo.

—Dime que no necesitarás dama de honor. Si nos vistes de repollo te arruino la boda follándome al cura en el altar. —Lola de nuevo.

—¿Habéis decidido ya dónde será? —Yo otra vez.

—¡Te vas a vestir de niña de comunión! —Lola.

—Estarás preciosa. —Yo.

—¡Tienes que comprarte esa ropa interior de novia que es casi de fulana! —Evidentemente, Lola.

¿Y Nerea? ¿No había venido con nosotras a cenar? Juraría que la había visto sentarse justo enfrente de mí.

Sí. Allí estaba, pero en pulcro silencio. La miramos las tres. Todas esperábamos la misma reacción por parte de ella: gritos, saltos y el ofrecimiento de ayudarla en todo lo que necesitase organizar. Sin embargo, sonrió tímidamente y entre dientes dijo un «enhorabuena» bastante pobre.

Durante el resto de la cena tampoco habló mucho. Carmen nos contó que querían celebrar la boda a finales de la primavera siguiente, sobre principios del mes de junio. Lo harían por la Iglesia en una capilla pequeña a las afueras. Querían que se oficiara por la tarde noche y que la cena fuera en un jardín. Ella no quería un vestido recargado y solo deseaba que pasase todo pronto y no tener que preocuparse de detalles como qué regalar a las señoras.

Nos despedimos de ella en la puerta del local. Había quedado con Borja para darse un homenaje de amor, como lo expresó ella. Estaban, de pronto, más melosos que nunca y a ella le brillaban los ojos de un modo…

Lola y yo nos animamos y decidimos salir a tomar una copa a algún garito del centro, de los que cerraban pronto, pero Nerea no quiso apuntarse y se fue a casa en un taxi. A mí tampoco me apetecía en exceso. Prefería volver a mi cueva y meterme en la cama sin quitarme las pinturas de guerra, pero había que celebrarlo. Nerea se estaba poniendo en evidencia.

Lola y yo pensamos exactamente lo mismo y teníamos el mismo sentimiento de decepción. Estaba claro que Nerea tenía pelusilla, pero se casaba una de sus mejores amigas. Esperábamos más de ella.

Nerea llegó a casa hecha un mar de lágrimas. Ni siquiera sabía por qué lloraba tanto. Se sentía fatal; por una parte, no estaba orgullosa de cómo había reaccionado ante la noticia de la boda de Carmen; por otra, en realidad no se alegraba.

Siempre pensó que ella se casaría antes. Siempre pensó que se casaría con el hombre de sus sueños y que todas la envidiaríamos. Siempre pensó en ser madre pronto. Y que tendría los hijos más guapos del mundo y todo el mundo le diría que eran tan guapos como su madre.

Pensó en que su situación tampoco era tan mala. Tenía novio formal. Lola era la típica amiga que se quedaba soltera de por vida y yo…, yo estaba divorciada.

Ella podía casarse con Daniel…

Silencio dentro de su cabeza. Ni pizca de emoción en su estómago.

De pronto todo lo que recordaba de él era el último rato que habían pasado en la cama. Un rato en la cama que fue más pragmatismo que pasión. Daniel era un hombre, tenía sus necesidades, y ella una mujer, con las suyas, por más que las controlara. Aquello no era, ni de lejos, hacer el amor. Había sido un encuentro de quince minutos escasos, aburrido y sin salsa, en el que ella se había puesto encima sin quitarse siquiera el sujetador, y se había movido sobre él con los ojos cerrados hasta conseguir un orgasmo. Había sido casi obligación. Después Daniel se vistió y se fue. Al día siguiente tenía una reunión, o eso decía.

Pero era un buen chico que iba en serio con ella. Daniel era de los que se casaba y ella lo sabía. Incluso lo habían hablado. Aún era pronto, dijeron los dos, pero llegaría el día en el que él se arrodillaría tras una velada perfecta y le colocaría en el dedo anular un solitario con un diamante enorme que le hubiera costado, como dicta el protocolo, al menos el veinte por ciento de sus ingresos anuales. Y ella sería una novia preciosa, aunque estuviera mal pensarlo de sí misma. Y su boda sería la mejor del mundo y…

¿Y Daniel era un buen chico e iba en serio con ella? ¿Boda?

Se sentó en el sofá de su piso y se sirvió una copa de vino, aunque ni siquiera la probó. Después meditó. Nerea podía ser fría, pero siempre fue una chica inteligente. No le costó darse cuenta de lo que las demás ya sabíamos: ella no buscaba al hombre perfecto; ella siempre había buscado al marido perfecto. Un hombre que quisiera casarse, con éxito y guapo. Alguien que encajara, que combinara con la vida que ella llevaba; alguien que le permitiera vivir al ritmo que ella quería. Se sintió esnob, se sintió vacía y se dio cuenta de que Daniel solo era alguien que cumplía requisitos.

Y de pronto descubrió que lo que más le había inquietado del hecho de que a él le diera igual que ella se hubiera sometido a un aborto fue ver que para él ella era lo mismo. Una chica guapa y presumida, de buena familia y buenos modales, educada y con buen trabajo, dispuesta a dejarlo todo, casarse y criar a sus hijos, que serían muy guapos.

Entonces se debatió entre varias opciones. La primera era su típica reacción hacia algo que no le gustaba: adiós. Esperar a que se le templaran los nervios, ir a ver a Daniel y dejarle antes de que él la dejara a ella. Ya encontraría otro. Daniel no era el único hombre sobre la faz de la tierra.

La segunda era más bien la que habría elegido Carmen: este es el camino que quiero llevar en mi vida y este es mi planteamiento de las cosas; ahora dime con sinceridad si puedo contar contigo. Dime qué buscas tú.

La tercera era más bien digna de Lola y mía en alguna de nuestras borracheras nocturnas: presentarse en casa de Daniel y hablar las cosas con todo el torrente de sensaciones que la acosaban en aquel preciso momento, para que no se le olvidara ninguna.

¿Ser ella, ser Carmen o ser nosotras?

Ser Nerea no le había ido bien. Había tomado decisiones en frío que quizá necesitaban uno o dos minutos en el microondas. A Carmen ser como era le iba con altibajos. A Lola y a mí… Le invadió un escalofrío. Nerea nos respetaba, pero ella no sería feliz ni soltera con mil ligues a su espalda ni separada con un exligue en proceso de pérdida total. Pero tampoco quería la vida de Carmen…

Ninguna de las opciones era buena en sí misma, así que cogió un taxi.

Daniel le abrió la puerta sorprendido. Tenía asimilado que el comportamiento de Nerea respondía a un patrón establecido por una mente como la suya: recatada, educada, siempre pulcra y fingiendo una independencia sobre la que tenía serias dudas. En eso se había basado su relación desde que empezaron. Que se presentara a las doce de la noche en su casa se salía del patrón.

—¿Pasa algo? —dijo él al tiempo que la dejaba pasar.

—No me gustó lo de la otra noche. Me callé, como siempre me callo estas cosas. Mi madre siempre me dijo que a los hombres no os gustan las respondonas, pero ¿sabes qué? Que siempre he pensado que mi madre es una machista que nos dio carrera para hacernos más atractivas a los ojos del hombre actual. Somos meros cromos en su catálogo de hijas diez —vomitó.

—¿De qué estás hablando? —preguntó Daniel mesándose el pelo.

—Aborté y a ti te dio igual enterarte, pese a saber además que yo pretendía escondértelo. Lo siento, hay algo que no me encaja. Sí, no te lo dije porque estaba tan avergonzada que quería morirme. Estas cosas no me pasan a mí. Jamás me han pasado a mí. De pronto esto y… —tartamudeó—, pum, ni lo pensé. Era la respuesta lógica dentro de mi vida lógica. No me arrepiento, lo volvería a hacer, pero ahora pienso que debí decírtelo. Y a ti…, a ti, plim. «¿Te ayudo con la cena?». ¿Tú de verdad crees que es la respuesta correcta? —Daniel no contestó. Se sentó en el sofá y siguió escuchándola—. Y no sé qué me pasa, no sé ni siquiera en qué tipo de persona me he convertido o si en realidad siempre fui así, pero no me gusta. Y…, y…, y…, ¿sabes qué? Quizá he amueblado mi vida de manera racional porque le gustas a mis padres, eres muy guapo, tienes un buen sueldo y un coche precioso, me llevas a restaurantes caros y me regalas bolsos de firma. Y yo ya no sé, Daniel, de verdad que no sé si lo que estamos haciendo lo hacemos porque queremos o porque nos han educado para hacerlo así.

Cogió aire para respirar y Daniel se levantó.

—Nerea…, simplemente entendí que no querrías hablar de ello. Si me lo escondiste sería porque, respondiendo a alguna extraña y femenina razón, no querías que yo lo supiese.

—¡Y no quería!

—Entonces ¡no entiendo por qué estás tan nerviosa y te presentas en mi casa a estas horas hecha un basilisco!

Nerea se dejó caer en el sofá y lo miró. Su madre habría desaprobado total y absolutamente aquella conversación. Según esa buena mujer, Nerea debía dejarse querer, pero se le estaba empezando a pasar el arroz. Ella fingía no darle importancia a todas esas cosas, pero se le incrustaban en la cabeza, entre los preceptos implantados desde niña, entre el «no te pongas eso, qué pensarán de ti», «no te juntes con ella, qué pensarán de ti», «no estudies eso, qué pensarán de ti», «no vivas sola, qué pensarán de ti». Suspiró.

—¿Te ha pasado algo esta noche, cariño? —susurró él.

—Esta noche me miré al espejo y no me gustó lo que vi. —Se revolvió el pelo.

—¿Por qué?

—Porque Carmen y Borja se casan y yo no me he podido alegrar.

Daniel sonrió, se agachó y se apoyó en sus rodillas.

—¿Estás celosa?

—No…, pero…, sí. ¿Te asusta?

Daniel se rio.

—No, no me asusta para nada. Me fijé en ti porque eres preciosa, pero ahora es lo que menos me importa. Y sé que algún día te haré mi mujer.

Nerea le miró con desconfianza pero él asintió. Ella cogió aire y Daniel se levantó y le dijo que iría a la cocina a por un vaso de agua para ella. Entonces Nerea se quedó sola de nuevo y, aunque quiso volver al punto en el que estaba cuando salió de casa tan enfadada, la idea de sí misma como mujer casada…, esa idea la bloqueó y no pudo concentrarse en nada más.

¿Para qué narices habría ido ella a casa de Daniel aquella noche?

Nadie cambia tan fácilmente…, pero al menos había accionado el botón de «pensamiento crítico».

34

QUIERO VERTE

Lola volvió al trabajo muy morenita. Todo el mundo alabó lo guapa que estaba, pero nadie sabía que no había pisado la playa ni un día. Se había dedicado a untarse autobronceador con mucho mimo. Cuando le empezaran a salir ronchas ya se preocuparía por disimularlo con unos buenos polvos de sol. Pero ahora debía disfrutar de su victoria.

Sergio la recibió con una sonrisa espléndida y comedida y cuando su estómago no reaccionó vibrando, se dio cuenta de que casi lo tenía superado. Poco a poco. Llegaría un día en el que ni siquiera lo recordaría como nada más que aquel chico con el que todo fue un poco complicado.

Miré el teléfono fijamente y tragué saliva, pero me dio la sensación de que tragaba piedras. Quería llamarle. Quería llamarle y decirle que deseaba verle. Quería llamarle, decirle que necesitaba verle para poder besarle. Y quería decirle que no quisiese a otra. No decírselo, pedírselo. Pero no podía.

Todas nos sentimos débiles de vez en cuando del mismo modo que todos cometemos errores continuamente. Yo siempre he sido de la creencia de que existen personas con las que uno puede permitirse el lujo de parecer humano y otras con las que no. Lola pertenecía al primer grupo, al menos en cuanto a mí. Que se cuidaran muy mucho sus enemigos y ligues de mostrar sus puntos débiles frente a ella, porque era una espartana. Pero por eso mismo, a pesar de que la quería, me comprendía y jamás me juzgaba, ir a llorarle porque me moría de ganas de ver a Víctor me daba vergüenza. A mí me entendería, pero la espartana que vivía dentro de ella tendría ganas de tirarme desde lo alto de un acantilado, por débil.

Nerea no era espartana, desde luego, pero era una peligrosa *victoriana*. Era como ir a contarle a tu madre qué tal es en la cama el muchachote con el que te ves. Bueno, a lo mejor no tan exagerado, pero lo que menos necesitaba yo en aquel momento era una charlita de las suyas sobre las cosas que puede y no puede hacer una señorita bien. Ahora que ya no estaba casada, volvía a entrar en el círculo de amistades necesitadas de su *coaching* sentimental y, la verdad, pasaba mucho de ese rollo…

Así que allí que me planté en el portal de casa de Carmen con la excusa de que me contara todos los detalles de su boda. Qué ruin…

Carmen me abrió la puerta enérgicamente y con una sonrisa de oreja a oreja en la cara. Así era ella: vivaz. A pesar de que su expresión me calmó nada más saludarnos, vi a Borja poniéndose una chaqueta en el salón y me sentí una cortarrollos.

—Oh, nena, ¿tenías planes?

—No, no te preocupes. Borja se tenía que ir ya. —Sonrió—. ¿A que sí, mi amor?

—Sí, Valeria, no te preocupes. —Sonrió él en mi dirección—. Cielo, ¿dónde he dejado el tabaco?

—En la mesita de noche —gritó ella—. Pasa, Val, ¿qué te pongo? ¿Cerveza, té con limón, una coca cola *light*, un *gin tonic*, una copa de vino?

Le eché una mirada y sonreí. Había pronunciado una de las propuestas con más ganas que las demás. ¿Adivináis cuál?

—Lo que quieras estará bien. —Y le guiñé un ojo.

Borja salió del «dormitorio», le dio un beso en los labios a Carmen y vino hacia mí.

—Ha sido breve pero, como siempre, un placer —dijo con su preciosa voz de barítono.

—Igualmente. Y enhorabuena; aún no había tenido ocasión de decírtelo.

—Muchas gracias. Me ha tocado la lotería. —Sonrió y sus ojitos amarillos relampaguearon de ilusión.

Después se marchó, dejándome mucho más deprimida que antes. No por envidia, ni por celos, ni por avaricia. Deprimida porque a mí nunca me habían mirado con aquella expresión.

Cuando la puerta se cerró, como por arte de magia Carmen ya estaba sirviendo dos *gin tonics* en copas de balón llenas de hielo.

—Somos alcohólicas —sentencié.

—Tú vienes a «llorar las penas de tu corazón *enamorao»*, como dice Bisbal, así que nada mejor que un copazo.

—¿Cómo lo sabes?

—La duda ofende. Te conozco. ¡Venga, escupe!

—Antes quiero decirte una cosa… —La miré, cogí mi copa y abriendo mucho los ojos le dije—: ¡Borja está guapísimo! ¡Pero, niña! ¿Qué le has hecho?

—¡Entregarlo al ejercicio del amor! Él está más delgado y mis nalgas son de acero.

Las dos nos echamos a reír y de repente me sentí mucho más relajada. Carmen tenía ese poder. Exhalaba comodidad y naturalidad por todos los poros de su piel. Así, le dio un trago a su copa y, repantigándose en el sofá, me animó a hablar.

—No me concentro. El brillo de tu anillo me va a dejar ciega —dije.

—Venga…, escúpelo. No busques más excusas.

Me mordí los labios, después las uñas y ya, para terminar, confesé:

—Le echo de menos. Le echo muchísimo de menos y ya no tiene solución.

—Todo tiene solución menos la muerte —sentenció.

—Esto no. Él ya está con otra chica y no puedo culparle. Yo lo dejé. Yo rompí porque me cagué de miedo. Siempre he criticado a las personas que hacen eso. Les llamaba cobardes y me creía mejor. Me creía valiente, pero solo era una atrevida inconsciente. Por eso me casé, por eso me dejé llevar demasiado con Víctor, por eso me divorcié y por eso escribí el libro sobre nosotras. Porque soy una inconsciente.

—No, no, no. —Negó con la cabeza y sus amplios y brillantes bucles bailaron alrededor de su bonita cara—. Te casaste enamorada cuando tenías veintidós años. Éramos unas románticas y sabíamos poco de la vida. Pero lo hiciste con la mejor de las intenciones: pasar la vida con el primer hombre del que te enamoraste. ¿Qué hay más bonito? ¿Y lo de Víctor? Tu relación con Adrián se estropeó, te hacía sufrir y Víctor apareció justo en el momento indicado. Te divorciaste para ser consecuente contigo misma y con lo mucho que habías querido a Adrián. El libro lo escribiste porque eres escritora. Punto y pelota.

La miré con resignación.

—¿Sabes? En el fondo todas esas cosas me dan igual. Solo me importa que echo de menos a Víctor y que ya no puedo hacer nada.

—Sí puedes hacerlo. Tienes muchas opciones. No todas son viables o… cómodas, pero menos da una piedra —dijo al tiempo que se miraba las uñas pintadas de rosa, purpurina y dorado—. ¿Te gusta mi manicura o roza lo *kitsch*?

—Roza lo *kitsch*. A ver, enumera mis opciones.

—Puedes llamarlo. Puedes enviarle un email. —Fue levantando deditos—. Puedes abrirte una cuenta de Facebook y agregarlo. Eso me gustaría. Yo podría cotillear. También puedes seguir viéndolo como amigos colándote en el grupo de amigos degenerados de Lola, a la espera de que vuelva a surgir, ya sabes, la llamita. Puedes ir a buscarle y tormentosamente confesarle que no has podido dejar de pensar en él. Puedes, no sé, ir y simplemente disculparte, decirle que no lo haces con ninguna intención y explicarle cómo te sientes. Si le preguntas a Lola te dirá muchas más opciones, no todas legales, eso sí...

—No. Ya no puedo hacer nada. Sería ridículo. —Me eché hacia atrás en el sofá.

—Valeria —suspiró—, yo estoy loca de atar y no controlo mis emociones. Nerea es fría y calculadora y Lola..., bueno, Lola no necesita explicación, más bien un exorcista. Pero tú siempre has sido la sensata porque has sabido equilibrarlo todo. Tú siempre has sido sincera y natural. Solo tienes que hacerlo una vez más.

—No te entiendo.

—Dices que te casaste con Adrián porque eras una loca irresponsable y todas esas cosas, pero lo que no te has parado a pensar es en por qué ese matrimonio que ahora te parece una absurdez duró seis años. ¿Sabes por qué lo hizo? Alguien tuvo que remar en la buena dirección y debo confesar que siempre me dio la sensación de que Adrián se dejaba llevar.

Me revolví el pelo, larguísimo, algo confusa.

—No sé por qué lo hice. ¿Por qué dejé a Víctor? Aún no sé decir por qué...

—¿Quieres que te lo diga yo? —Carmen dejó la copa sobre la mesa y se sentó en el borde del sillón.

—¿Me va a doler?

—Quizá un poco, pero lo que escuece cura, dice mi madre.

—Adelante.

—Rompiste con Víctor porque nunca creíste ser suficientemente buena para él. Todo lo que hacemos, decimos…, la forma en que miramos y el tono que le damos a las palabras…, todo comunica. Y es muy probable que le estuvieras dando continuamente la sensación de ser demasiado frágil y dependiente, cuando todos, incluso él, sabemos que no lo eres. Y ¿sabes? Como no lo eres y nunca lo has sido, a ti tampoco se te pasó por alto y no estabas cómoda. Era como calzar unos zapatos que te encantan y con los que andas de lujo, pero con los que piensas constantemente que te caerás. Al final el mínimo bordillo te hará caer, si no decides quitártelos antes. —Me quedé mirándola sin saber qué contestar—. ¿O no? El que Adrián apareciera en tu casa no fue más que la gota que colmó el vaso. Pero era un vaso que tú habías llenado hasta la mitad. En mi opinión, fue tu manera de volver a tener el control.

—Joder, Carmenchu. —Suspiré.

—Te he hecho daño. Lo siento —dijo al tiempo que me cogía la mano.

—No. —Negué con la cabeza—. Para nada. Es que suenas tan profesional…

—Sé que es duro escuchar a otra persona hablar de tu vida y de tus emociones de esa manera, pero…

—Pero —la ataje, levantando la cara— no es una persona cualquiera. Eres tú.

Ella sonrió y yo me acurruqué a su lado, dejando que me abrazara y me besara el pelo.

—¿Has pensado ponerte reflejos? Estarías muy guapa —dijo ella cambiando de pronto de tema.

—¿Y si está enamorado de ella? ¿Y si yo solamente fui un pasatiempo? —le contesté.

—Ay, cielo, lo dices con esa cara de angustia… ¿Y quieres quedarte para siempre con la incógnita? Haz magia. Si alguien que conozco puede hacerla, esa eres tú.

La miré apoyada en su pecho y ella me tocó una teta antes de echarse a reír. Esa era mi Carmen.

35

Si esto hubiera sido una película americana romántica, alguno de los dos habría terminado cediendo, demostrando su amor en algún portentoso acto con público, a poder ser. Pero no.

Haciendo caso a toda la cinematografía del género y al único consejo en el que Lola, Nerea y Carmen estaban de acuerdo, me dediqué un día a mí, con todo lujo de mimos. Sabía también que se me terminaba el chollo y que pronto tendría que volver a concentrarme en el trabajo. Tenía algún proyecto deambulando dentro de mi cabeza y no quería perder el hilo ni la inspiración por colgarme demasiado de las musarañas del techo. Así que era un momento estupendo para gastar un dinero que no me sobraba, para dar por cerrada una mala época y concentrarme en lo que vendría.

Era martes, un día cualquiera.

Me puse el despertador a las nueve, porque soy de las que piensa que un buen día tiene que empezar a esa hora.

Y no tenía nada especial que hacer, pero me levanté y me preparé un buen desayuno. Nada de beberme un café a deshora de pie en la cocina. Me serví un cuenco de fruta fresca, un café solo sin azúcar y un par de tostadas con tomate natural y queso fresco. Me lo comí despacio, mientras hojeaba una revista que me había llegado por correo el día anterior y que no había tenido inspiración ni para abrir. Tardé casi una hora en desayunar, cigarro incluido. Después lo despejé todo y me sentí orgullosa de tener la casa impecable. Al menos estar deprimida me había servido para reconciliarme un poco con mi parte «ama de casa».

Después me di una ducha caliente y estuve allí dentro el tiempo que me pareció, que fue bastante, a pesar de no lavarme el pelo. Después me puse crema hidratante, me depilé las cejas, me peiné una coleta tirante y me puse una mascarilla en la cara, que guardaba en la nevera para alguna ocasión especial. ¿Por qué no ese día?

Me tumbé mientras la crema hacía su trabajo y decidí lo que haría a continuación. Pasados veinte minutos me la quité, hice la cama, me vestí y salí a la calle, contenta y relajada.

Fui hasta el centro, a mi peluquería preferida, a la que no iba desde el pleistoceno. Me sanearon el pelo, dándole forma al corte, y me pusieron una mascarilla de color que le dio un bonito brillo anaranjado a mi castaño claro natural. Después fui a hacerme la manicura y la pedicura con masaje de piernas incluido. A falta de sexo, era lo que más me apetecía. Y una vez allí, víctima de la relajación y el hedonismo, me animé a ponerme extensiones de pestañas por un módico precio. Luego, tan campante, me fui a comprar. Vamos, de *shopping,* no a llenar la nevera, que buena falta le hacía, por otra parte. Y compré todo lo que se me antojó hasta un tope de dinero razonable que me permití a sabiendas de que al día siguiente seguiría con mi vida y empezaría a ser mucho más práctica.

Fui a casa, me hice un sándwich con las pocas cosas que tenía en la despensa, dejé todas mis nuevas adquisiciones, me cambié de ropa y me fui a El Corte Inglés más cercano en busca de un *stand* de cosméticos Benefit. ¡¡Ay!! ¡Cómo me gusta Benefit! Podrían hacerme entregar a mi primogénito a cambio de tres o cuatro productos. Y compré. Compré en cantidades ingentes y perturbadoras… Tanto compré que la dependienta, en un ataque de amor por el porcentaje que se iba a llevar, me maquilló, alabando de paso lo naturales que parecían mis pestañas, al confesarle que si eran mías era porque las había pagado.

Y fue justo al salir de allí, tras un breve paso por la planta de lencería para hacerle una visita a mi querida La Perla, cuando lo vi.

Pero ¡¡cómo narices conseguía encontrármelo en todas partes con lo grande que es Madrid!!

Serendipia.

Bueno, bien pensado él vivía relativamente cerca de allí…

Víctor andaba por la calle principal con la vista fija en su BlackBerry. Me quedé parada sin saber qué hacer durante unos cinco segundos, tiempo suficiente para que la señora que iba detrás de mí me pidiera de malas maneras que me apartara. Y… de repente pensé en Carmen, en todo lo que me había dicho y en eso de que en realidad estaba segura de que lo único que quería era recuperar el control sobre mí misma. Y lo había hecho. El único problema es que utilicé un método equivocado y había terminado por quedarme sin él.

No tenía nada que perder y ¿qué mejor día para encontrarme con él que aquel, en el que solamente me había dedicado a mí? Estaba peinada, maquillada, momentáneamente exultante por el subidón consumista, en parte estrenaba un modelito sencillo pero de los que te hacen sentir sexi (camiseta blanca básica algo descocada, pantalones vaqueros pitillo, americana entallada arremangada y zapatos de tacón *peep toe* negros) y, para rematar, llevaba en la mano una bolsita de La Perla, lo cual no dejaba de ser… sugerente.

Así que sin pensarlo, al verlo pasar de largo, me lancé a una carrera por la bocacalle de detrás con el fin de adelantarlo y salir a su encuentro como por casualidad, chocándome con él. Recordé que llevaba aquel perfume que tanto le gustaba y eso me hizo obviar el dolor insistente de mi costado mientras apretaba el paso. Estaría monísima de la muerte, pero mi forma física era lamentable.

La suerte estuvo de mi lado. La carrera no fue lo bastante larga como para hacerme sudar y tampoco me caí a pesar de llevar tacón alto.

Y mira tú por dónde que al final calculé mal y me tropecé con él sin querer.

Me di un susto de muerte, lo que permitió que la escena fuera más creíble. Mi cartera de mano cayó al suelo, se abrió y dejó que un pintalabios se asomara curioso. Me agaché y él me imitó sin darse cuenta aún de que era yo.

—Perdona —dijo.

—No te preocupes —contesté.

Una vez en cuclillas, nos miramos y sonreímos.

—Valeria… —susurró sorprendido.

Y me puse en pie, dejándolo con una rodilla hincada en el suelo frente a mí. Supongo que desde allí abajo mis piernas parecían más largas. Aquel gesto me hizo sentir segura de mí misma. Y él, a pesar de estar allí de rodillas, me pareció brutalmente atractivo. Infernalmente guapo. Llevaba el pelo revuelto, un jersey negro de cuello de pico, a través del que se adivinaba una camiseta blanca, y unos chinos negros. Pero soy fuerte. Aguanté.

—¿Qué tal, Víctor? Menuda coincidencia. —Cogí la cartera, que me tendía solícito, y tras cerrarla me la coloqué bajo el brazo.

—¿Adónde irías tú tan deprisa? —contestó al tiempo que se levantaba.

Echó una miradita a mi bolsa de La Perla, luego se humedeció los labios y volvió a sonreír. ¿Qué adónde iba tan deprisa? Pensé que iba a su encuentro desde que me había levantado pero que aún no lo sabía. Sonreí con más ganas aún.

—Fuiste tú quien me arrolló, así que deduzco que irás con prisa.

—No, qué va. Iba distraído con este cacharro. —Me enseñó la BlackBerry que llevaba fuertemente agarrada en la mano derecha.

Me miró con discreción de arriba abajo y, mordiéndose el labio inferior, jugoso, me preguntó hacia dónde iba.

—Pues iba a casa, la verdad. ¿Y tú?

—A casa también. Vengo de una obra, de supervisar algunas cosas.

—Ya se nota. —Me reí mientras le quitaba una mancha blanca de yeso del jersey negro.

—Si es que no te digo yo que iba enfrascado en los emails… Oye… —se rio, algo avergonzado—, estás…, estás muy guapa.

Noté cómo un hormigueo me subía hasta la boca del estómago y me teñía las mejillas de rubor.

—Gracias.

—¿Te has… —me miró la cara, el pelo, los labios, el cuello— hecho algo?

—Me he dado unos reflejos en el pelo —y al decirlo me acaricié unos mechones.

—Algo notaba yo.

—¿Te gusta?

—Me encanta.

¿Le encantaba mi pelo? Pues a mí me volvía loca el suyo y el tacto sedoso de este entre mis dedos. El tacto del vello de su pecho bajo las palmas de mis manos me catapultaba a un estado en el que poco me importaba lo demás. Él. Él me encantaba. ¿De verdad pude dejarlo?

—Bueno… —rompí el silencio.

—Sí.

Estaba claro que habíamos llegado a un punto en el que si alguno de los dos no decía nada, íbamos a tener que despedirnos sin más. Rebusqué en mi cabeza, esperando encontrar algo que me ayudase a alargar un poco más el momento, pero estaba atontada mirándole los ojos. Tan verdes... Oh, Dios mío, qué guapo era. Víctor también me estaba mirando en silencio, así que quise pensar que él tampoco quería irse.

—Ha sido un placer —le dije.

—¿Sabes? Soy de los que piensa que los placeres no hay que castigarlos y apartarlos.

—¿Cómo?

—Dijiste que ha sido un placer y...

—Ah, ya. —Me reí.

—No deberíamos dejar pasar..., no sé, tanto tiempo sin vernos.

Me sentí valiente y, al tiempo que descargaba el peso de mi cuerpo en la pierna derecha, repuse:

—Bueno, es lo que suele pasar cuando rompes con alguien, ¿no?

—Dado que rompiste tú —levantó las cejas significativamente—, ¿debo entender que no te apetece verme más? Porque a mí sí...

—No es eso —le corté—. Es solo que es raro. Al menos el otro día me lo pareció.

—Íbamos acompañados en los dos casos —puntualizó. Consultó su reloj—. Oye, ¿tienes un rato? Conozco un sitio por aquí donde podríamos tomarnos algo. Estaría genial ponernos al día.

Cogí aire, dispuesta a contestar que sí, coqueta y segura de mí misma, pero para mi rotunda sorpresa la lengua se aplastó contra el paladar y dije claramente lo contrario.

—No. —Los dos nos quedamos en silencio unos violentos segundos que yo me apresuré a atajar—. Disculpa es que... no se me dan demasiado bien estas cosas.

—¿Qué cosas? —preguntó mientras se apoyaba en la pared.

—¿Puedo ser totalmente sincera, Víctor?

—Claro.

—Creo que sé cómo podríamos terminar si vamos a cenar esta noche. —Le miré y vi cómo se dibujaba una sonrisa muy sexi en sus labios—. Por una parte, no creas que no me apetece. Pero... —Víctor dirigió su mirada al cielo y se echó a reír a carcajadas—. ¿Te hace gracia? ¿He dicho alguna mentira? —A punto estuve de avergonzarme por lo que acababa de decir. Pero ¡qué osada me había vuelto eso del hedonismo!

—No, no, en absoluto. Simplemente me hace gracia..., bueno, solo tú sabes ser de esa manera.

—¿Cómo?

—Tan sensualmente adorable. Venga, vayamos a cenar. Te prometo que no pasará nada.

Levanté la ceja izquierda con desconfianza.

—¿Me lo prometes?

—Te lo prometo.

Y fue increíble. Nunca me he sentido más cómoda que aquella noche cenando con él. Nos sentamos en una pequeña tasca de diseño y nos tomamos un par de copas de vino tinto. Picamos algo. Nos pusimos al día. Recordamos un par de anécdotas y nos reímos, sin que realmente terminara haciéndonos daño hablar de lo nuestro como de algo que estaba acabado. Bueno, algo de daño sí que hacía. Era como la sensación, placentera y molesta a la vez, de mover con la lengua un diente que está a punto de caer. Lo mismo.

Así, hablamos de cuando me caí en Menorca por un pequeño terraplén, de camino a una cala, lo que me dejó las rodillas escocidas y magulladas. No hablamos de que en casa él me curó los rasguños y después los besó hasta terminar con la boca mucho más arriba. También nos reímos a carcajadas de aquella tarde en su casa cuando conocí a su hermana Aina. Disfrutamos tanto de aquello que, tras apurar la tercera copa, Víctor susurró:

—Nos lo pasábamos muy bien juntos. Dime, ¿por qué lo dejamos?

—¿No te acuerdas?

—Creo que nunca lo he sabido.

—No hace tanto como para que lo hayas olvidado —le dije, antes de darle un trago a mi copa.

—No, no hace nada. Ni siquiera dos meses. —Y me secó una gota de vino pasando el pulgar por debajo de mis labios.

—¿Me has echado de menos? —le pregunté con soltura y picardía y poniéndome naturalmente coqueta.

—Mucho —confesó—. Demasiado.

—¿Te ha dado tiempo?

—Claro que me ha dado tiempo. Empecé a echarte de menos nada más cerrar la puerta de mi casa.

Oh, joder…, ¡qué bonito! No, no. Calma y sangre fría.

—Creí que habrías estado muy ocupado. —Levanté la ceja izquierda mientras hacía bailar la copa entre los dedos.

—Si lo dices por Virginia…

Le miré directamente a los ojos y negando con la cabeza le dije:

—No me interesa.

Fuimos paseando hasta un punto intermedio entre su casa y la mía. Fue lo mejor. Muy sano por nuestra parte. Nos detuvimos en la calle al darnos cuenta de que cada uno tenía que ir en una dirección y me preguntó si quería que fuéramos a su casa a coger el coche.

—Puedo acercarte si quieres.

—No te preocupes. Hace una noche increíble. Pasearé —le aseguré mientras me imaginaba a los dos besándonos desesperadamente si lo hacía.

—Desde aquí son al menos veinte minutos andando. ¿Te dejarán esos zapatos?

Me reí.

—Claro que sí.

—¿Te acompaño? No son horas de ir sola por la calle.

—Tú tendrás que volver solo y tampoco serán horas.

Intuí el calor de la mano de Víctor acercándose a la mía y me asusté. Creí que me besaría y, aunque había actuado con mucha seguridad hasta el momento, no sabía qué debería hacer de darse el caso. Pero sus dedos solo serpentearon sobre los hilos de la bolsa de La Perla.

—¿Es para alguna ocasión especial?

—Quizá. Cualquier día puede ser especial, ¿no?

—Claro que sí. ¿Puedo…?

Le tendí la bolsa de papel y le dejé asomarse a su interior. Metió la mano con cuidado, apartó el papel de seda con el nombre de la marca y echó un vistazo durante, quizá, más segundos de los que era necesario. Después sonrió y mirándome confesó:

—Estoy más de acuerdo que nunca. Con esto puesto, cualquier situación es especial.

Cogí la bolsa otra vez y di un paso hacia atrás, dándole a entender que me iba.

—Tienes razón, no debo acompañarte a casa —afirmó.

—No, no debes.

Di dos pasos, empezando a andar hacia atrás, y después me giré, sonriente.

—¡Valeria! —me llamó a mi espalda.

—Dime.

—Llámame.

—Sabes que no lo haré.

Víctor se quedó mirándome con el ceño fruncido, como extrañado. Creo que estaba preguntándose qué había podido pasar en ese tiempo para que yo hubiera cambiado tanto. Y creo que logré atisbar, antes de volverme de nuevo, cómo su gesto se convertía en una sonrisa perversa.

36

β orja y Carmen entraron en casa de los padres de él esperando encontrarlos allí y darles la noticia de su boda. Sabían que su padre se alegraría pero que para ella sería un shock, así que preferirían hacerlo con mimo y con unos canutillos de crema pastelera de por medio. Era verdad que solo llevaban unos meses saliendo juntos, pero lo tenían muy claro. Cuanto más lo pensaban, más acertado les parecía. Bueno, el tema de casarse o no a Carmen la traía sin cuidado, pero ya puestos, pues mira, vale, le daban una alegría a su madre.

Dejaron los dulces en la cocina mientras se daban cuenta de que estaban solos.

—¿Dónde estarán?

—Tu madre jugándose todos los duros en el bingo, seguro —dijo Carmen. Borja la miró con desaprobación pero no pudo más que lanzar una risita disimulada—. ¿Crees que será suficiente con los dulces?

—Al menos así nos aseguramos de que no le da un bajón de azúcar —le contestó él con un guiño.

—Tengo hambre —confesó Carmen al tiempo que le echaba un vistazo a la bandeja.

—Toma.

Sacó uno de los dulces y se lo dio. Después volvió a colocar el resto en la bandeja como si nunca hubiera habido allí ninguno más.

—Apañado —afirmó.

Al girarse se encontró a Carmen mirando por la ventana de la cocina, entregada al placer de comerse el canutillo de crema. Primero le dio la risa y después, al ladear un poco la cabeza, se dio cuenta de que le gustaba la escena un poco más de lo confesable.

—Joder, qué morritos pones, ¿no? —bromeó.

—¿Celoso?

—Sí —asintió.

Carmen se ventiló el dulce en un momento y, sin prestarle atención a Borja, se fue hacia el baño a lavarse las manos. Desde allí escuchó cómo él hablaba por teléfono con su madre. Unos pasos en el pasillo le precedieron y él apareció metiéndose el teléfono en el bolsillo.

—Están en casa de unos amigos. Dice que vienen dentro de un rato.

—¿Crees que les preocupa que nos quedemos solos? Podemos hacer cosas impúdicas en su ausencia —replicó Carmen con malicia.

—No dudes que mi madre estará sufriendo, pensando qué dirán las vecinas si nos han visto entrar sabiendo que ella no está.

—Seguro que creen que estamos entregados al fornicio y que hacemos un montón de cosas cochinas que no tienen como fin último procrear.

—¿Como qué?

—Como mamadas —contestó ella entre carcajadas malévolas.

—Si sigues hablando así me vas a terminar de poner tonto.

—¿Ya he empezado a ponerte tonto?

—Hace ya rato. —Borja se metió las manos en los bolsillos del pantalón y se quedó mirando a Carmen. Humm...

No habían pasado ni tres segundos cuando Borja y Carmen entraron enredados, morreándose desesperadamente, en la habitación de él.

Cayeron sobre la cama medio vestidos, medio desnudos y medio enredados. Carmen le pidió con insistencia que buscara un preservativo y él enarcó las cejas y le dijo que no tenía.

—¿Cómo que no tienes?

—¡Los tengo en tu casa, que es donde los necesito! —respondió él.

—¿No tienes ninguno aquí?

—No. Aquí no los uso. Si mi madre se los encuentra le da un patatús.

—¿Y en el coche? —indagó Carmen obviando el patatús materno.

—¿Me vas a hacer bajar al coche?

—Si no ya me dirás qué hacemos.

—Ay, Carmen… —se quejó amorosamente él mientras la besaba en el cuello—. ¿Qué más dará una vez?

—¿Qué más dará una jauría de niños que nos llamen papá y mamá? —Arqueó las cejas.

—Que no, que no, que controlo…

—De eso nada.

Borja se dedicó durante un rato a mordisquearle suavemente el cuello, los hombros y los lóbulos de las orejas, sabedor de que poco podía resistirse ella a eso, sobre todo mientras se frotaban desnudos sobre una cama. Al final ella lanzó un gritito de impaciencia y le pidió un calendario.

—Carmen, cariño, ¿un calendario?

—¡Sí! ¡Un calendario! —exclamó ella con la mano entre las piernas de Borja.

—¿Para qué?

—Método Ogino —le dijo crípticamente.

Pasados unos minutos, Carmen le dio a Borja luz verde y se pusieron manos a la obra. Él se puso encima y ella abrió las piernas y las enredó en torno a su cuerpo. La primera embestida la hizo gemir y el resto la catapultó a un estado de semiinconsciencia en el que solo se daba cuenta de estar apretándole el trasero a Borja con los talones. Y lo estaban haciendo con tanta intensidad que los dos sabían que era cuestión de minutos.

Los gemidos roncos y bajos de él le avisaron de que se iba y mientras ella se agarraba a la almohada, él lo hizo al cabecero. Aquello le pareció tan sexi a Carmen que se corrió, quedándose como desmayada sobre la colcha.

—Me voy… —gimió él.

—Oh, Dios... —jadeó ella aún recuperándose del orgasmo.

Una sensación cálida le avisó de que él también había terminado.

Y en ese momento, cuando todavía seguía dentro de ella, la puerta se abrió y la querida señora Puri, madre de Borja, se asomó. Después solo lanzó un grito y se la escuchó clamar al cielo y a la Virgen María antes de que la puerta se cerrara de golpe.

37

Nerea estaba mirando a Lola reírse a carcajadas, sin inmutarse. Incluso yo que había pretendido aguantar la risa por respeto a Carmen había tenido que resoplar un par de veces para disimular como si tosiera. Pero es que a Nerea no le hacía gracia. Ni la más mínima. Estaba horrorizada.

—Puedes reírte, Nerea, no me voy a enfadar. —Suspiró Carmen mientras se llenaba la copa de vino más de lo que dicta el protocolo.

—Es que no me hace falta reírme. Es horrible. No entiendo por qué a estas dos —nos señaló a golpe de melena— les parece tan gracioso.

—En el fondo sé que lo es. Y si no fuera porque era yo la que estaba desnuda sobre aquella colcha, también me habría descojonado.

—Es horrible —repitió Nerea—. Horroroso.

Lola se quejó del dolor de barriga y aspiró con fuerza, tratando de tranquilizarse, y yo sonreí.

—¿Y cómo terminó la cosa? —pregunté mientras yo también me llenaba la copa.

—Pues fatal. Perdí el sujetador y los gritos me alcanzaron en el rellano, donde tuve que ponerme las bragas. Decía que se iba a morir de vergüenza y de pena. ¡De pena!

—De pena de que no le metan un rabo a ella también con más asiduidad —sentenció Lola con una risita.

—¡Qué va! Dijo que no se lo esperaba de él. Que él jamás había sido así de sinvergüenza. ¡¡Que ha perdido el pudor y que esas cosas son sucias!!

—¿Eso lo dijo delante de ti? —Levanté las cejas.

—No, me lo ha contado Borja esta mañana por teléfono. Seguro que le dijo que soy una mala influencia —añadió compungida.

—Y llamó al párroco del barrio para exorcizar la colcha. —Se rio Lola otra vez.

—Tú ríete… —susurró Carmen antes de apurar su copa.

—Pero ¿¡por qué te afecta!? ¡Está loca!

—Estará todo lo loca que quieras, pero esa señora es mi suegra, la madre de mi futuro marido y la futura abuela de mis hijos. ¿Te parece poco?

—Lo de decirle que os casáis casi que lo dejamos para otro día, ¿no? —bromeó Lola.

—Se lo dijo Borja después, en el fragor de la batalla. Yo ya… me desentiendo —afirmó ella mesándose su bonito pelo color caramelo.

—Oye…, ¿y el padre de Borja?

—Pues lo primero que hizo fue darle una palmadita a Borja en la espalda, decirle que era un machote y después arrearle una colleja y añadir que guardara el pito mientras viviera en su casa. —Lola y yo volvimos a carcajearnos y Carmen sonrió con cara de circunstancias—. Ya lo sé. Es surrealista. —Alargué la mano y acaricié a Carmen en el brazo. Ella suspiró—. Cambiemos de tema, por favor.

—Pues entonces creo que deberíamos preguntarle a Valeria si tiene algo que contarnos... —susurró malignamente Lola.

La miré sorprendida.

—¿Cómo?

—Me ha contado un pajarito que el otro día te fuiste a tomar un par de copas de vino con cierto ex tuyo...

—¡¿Con Adrián?! —gritó Nerea.

—¿Y quién te ha contado eso? —le dije directamente a Lola, obviando a Nerea.

—¿Tú quién crees que me lo ha dicho?

—¿Habláis mucho? —inquirí un poco molesta.

—¿Celosa?

—Inquieta. No sabía que te callabas tantas cosas.

—¡Venga, Valeria! ¿Querías que te contara cosas de él mientras estabas hecha un moco tirada en la cama? ¡Por supuesto que hablamos!

—No me entero de nada —dijo Carmen al tiempo que se levantaba hacia la nevera, donde se enfriaba otra botella de vino blanco.

Suspiré, me revolví el pelo y dije en voz suficientemente alta como para que Carmen también me oyera:

—Me encontré a Víctor el otro día, saliendo de El Corte Inglés del centro.

—¡Dime que ibas divina de la muerte! —repuso Nerea dando palmaditas.

—Eso dice él —contestó Lola mientras le robaba la botella a Carmen y la abría en un santiamén.

—¿Eso dice él? —pregunté.

—Me dijo que se quedó alucinado. Que te vio tremendamente cambiada, para bien, puntualizó. En realidad, como habló en mi idioma, dijo otras cosas que suenan peor pero que a mí me gustan más.

—¿Como qué?

—Como que se la pusiste de la consistencia del cemento armado solo con oler tu pelo.

Le lancé una miradita de soslayo. Esta Lola…

—¿Te pusiste retozona? —preguntó Carmen sentándose a mi lado.

—No. Me puse chulita. Chulita como me ponía a los diecisiete en una discoteca. Creo que… —El sonido del teléfono fijo me interrumpió y, tras alcanzar el auricular desde el rincón donde estaba sentada, contesté sin ceremonias—: ¿Sí?

—Si algo eres es una mujer de palabra.

—¿Cómo? —dije sin terminar de creerme que era él y que había comenzado la conversación de aquella manera.

—Sí, eres una mujer de palabra. Dijiste que no volverías y no lo hiciste. —Pulsé el manos libres y todas contuvieron una expresión de sorpresa—. Y dijiste que no me llamarías y no lo has hecho.

—Lo dices como si ser una mujer de palabra fuera algo de lo que tuviera que avergonzarme.

Lanzó una carcajada muy sensual y sin más rodeos preguntó:

—¿Nos vemos?

—¿Cuándo?

—Ahora —contestó resuelto—. Ahora. Ya.

—No puedo.

Las tres se pusieron a hacer aspavientos, cada una por un motivo. Lola porque quería que me marchara con él, Nerea porque quería que me quedara en casa y Carmen porque lo que quería es que conservara la calma.

—¿Tengo que pedir disponibilidad? —preguntó como si hiciera un mohín.

—Sí, a mi secretaria y al menos con veinticuatro horas de antelación.

—Te lo planteo de otra manera…, quizá más lamentable por mi parte, pero no importa, me dejo con el culo al aire y confieso que estoy en el coche, en la calle de detrás de tu casa, esperando a que me digas que sí.

—No puedo.

—¿O no quieres?

Lancé una carcajada y las tres me levantaron el pulgar en señal de consentimiento, como si se hubieran puesto de acuerdo para hacerlo.

—Baja y nos fumamos un cigarrillo juntos.

—Tú ya no fumas —respondí.

—Si bajas sí lo haré.

—Entonces no debo bajar.

—Pues… si no bajas, volveré a fumar. Igual hasta me paso al crack.

Las miré a las tres indecisa, con una mueca. Lola me señaló la puerta, Carmen me pasó su brillo de labios y Nerea lo negó con fuerza. Chasqueé la lengua fuertemente contra el paladar.

—Eres muy insistente.

—Lo sé. ¿Bajas?

—Pero solo un rato. Me pillas a destiempo y…

—No te molestaré. Solo…, solo baja. Deja que te vea otra vez. Aún no me puedo creer lo del otro día.

—¿Qué no te puedes creer?

—Joder, Valeria. —Se echó a reír—. Después de verte apenas pude ni dormir.

Carmen y Nerea aplaudieron en «mudo» y Lola hizo un gesto soez con su mano derecha mientras susurraba la palabra «pajillero».

—No me creo que estés ahí abajo, sentado dentro del coche como un acosador. Dame diez minutos.

Mientras las chicas terminaban con todas mis reservas de vino, bajé por las escaleras con tranquilidad. Nada de trotar por los descansillos hasta el último tramo, esperando que él no me notase los nervios. Es que, simplemente, como no terminaba de entender qué hacía allí, necesitaba todo el tiempo que pudiera repelar para pensar qué actitud iba a tomar con él.

Me había dado tiempo a arreglarme un mínimo, pero supongo que no estaba exultante, como en nuestro último encuentro. Llevaba el pelo suelto con la raya en medio, una camiseta azul marino con rayas marineras y escote en barca y unos vaqueros campana, en plan retro. Como maquillaje, solamente un poco de colorete, *eyeliner* y rímel.

Lo encontré apoyado en la puerta, en el rellano. Iba vestido con unos vaqueros, una camiseta blanca y un cárdigan gris. Por el amor de Dios. Salivo de acordarme. Tenía los brazos cruzados sobre el pecho, pero cuando me vio, los dejó caer hacia los lados mientras se erguía.

—Hola —dije.

—Hola.

Por el momento no dijimos nada. Él sonrió y a mí se me contagió la expresión. Saqué un arrugado paquete de Lucky Strike del bolsillo de detrás de mi vaquero y me encendí un cigarrillo.

—¿Tengo de tiempo hasta que se consuma? —preguntó señalando el cigarrillo. Sonreí—. Estás muy guapa —añadió.

—Gracias.

—Me lo pasé muy bien el otro día.

—Y yo.

Nos callamos y le di una calada al cigarrillo.

—¿Me das un poco?

—¿Quieres uno?

—No. Solo una calada.

Le tendí la mano con el cigarro cogido entre el dedo índice y el corazón, se lo pegó a sus labios y fumó.

—Bueno, ¿qué te cuentas? —dije rompiendo el hielo.

—¿Y tú?

—Poca cosa.

—¿Te he pillado trabajando? —preguntó.

—No. Me he dado unos días más de vacaciones antes de ponerme con el nuevo proyecto.

—¿La segunda parte de…?

—¿Te gustaría que hubiera segunda parte?

—Me encantaría leer cómo me pones a caldo. —Metió las manos en los bolsillos y apoyó la espalda contra la pared.

—¿Y por qué tendría que ponerte a caldo?

—No sé. Es lo que siempre hacéis las mujeres cuando no funciona una historia. Ponernos a caldo a nosotros. Seguro que añades algo de ficción y conviertes a mi personaje en un mujeriego al que terminas por encontrar en la cama con dos rusas.

Levanté las cejas sorprendida.

—¿Dos rusas? Eso suena a fantasía recurrente, muy pensada y manoseada…

Asintió.

—Dos rusas y tú —puntualizó en voz muy baja—. Me la pelo pensando en eso todas las noches.

—Ah, ¿sí? Creía que lo de pelártela no te hacía falta. Pensé que fantasearías con ello con los ojos cerrados mientras tu follamiga, la decoradora, te la comía.

¡Toma!

—Buf…, qué perversa. —Y sus cejas dibujaron un arco precioso—. Dejemos el tema o terminaré confesándote que sí me acuerdo de ti cuando no debo, pero sin rusas. Entonces ¿no habrá segunda parte? ¿Nos vas a dejar a todos colgados?

—No estoy segura de que escribir sobre mí misma sea una buena idea. —¡Claro que iba a haber segunda parte!

—¿Te ha traído problemas?

—Alguno que otro.

—Estás un poco monosilábica, ¿no?

—Es que me has pillado por sorpresa. No te esperaba.

Víctor sonrió con seguridad y entendí que estuviera seguro de sí mismo. Debía de ser imposible que alguien tan guapo y tan sexi no estuviera al tanto de lo que sus gestos provocaban en el género contrario. Y no quiero pararme a enumerar todo lo que me estaba haciendo sentir en aquel momento.

Para mi sorpresa, alargó la mano y me cogió la muñeca. Miré cómo sus dedos se cernían sobre mi mano y me dejé llevar hasta él. Cuando me quise dar cuenta, estaba apoyada en su pecho. Una nube del olor de su colonia se mezcló con el humo del cigarrillo, que dejé caer al suelo en cuanto Víctor acercó sus labios a los míos.

Supongo que pude haberlo evitado, pero no lo hice porque estaba muerta de ganas de que estampara su boca mullida contra la mía con esa violencia con la que Víctor siempre besaba. Yo era de la misma creencia que él: los besos hay que darlos como si no hubiera mañana, como si ese beso que das fuera el último que se te permitiera. Los besos no son cualquier cosa y, desde luego, aquel no lo fue, porque estaba cargado de deseo.

Entreabrimos los labios a la vez, humedeciéndonos con la saliva del otro. Cogí a Víctor del cuello y lo pegué a mí, mientras con sus manos me agarraba el trasero. Su lengua se enrolló en torno a la mía y gemí casi en silencio, como en un ronroneo.

Un carraspeo en el rellano nos hizo separarnos de golpe. La vecina del primero B, una cincuentona que siempre iba de negro, nos miró y contuvo una sonrisa benévola y le dimos las buenas tardes. Cuando la puerta se volvió a cerrar, Víctor me arrolló contra la pared contraria, levantándome a pulso, de manera que mis piernas se abrazaran a su cintura.

Nos dimos un par de besos desesperados más antes de que Víctor suplicara, susurrandome al oído, que subiéramos a mi casa.

—No —le dije bajando de nuevo al suelo en todos los sentidos—. No puedo.

—Valeria...

Sonreí y le pasé los dedos por los labios secándoselos.

—No puedo. No es una excusa. Ahora no puedo. Tengo que subir.

—Pero... —balbuceó mientras me alejaba.

Subí los tres primeros escalones, me tiró del brazo y me besó otra vez. Los movimientos de su lengua eran fuertes, desesperados y muy sexuales. Me resistí a dejarme llevar y volví a agarrarme al pasamanos de la escalera.

Antes de que terminara de subir el primer tramo me pidió que lo llamara.

—No lo haré —respondí sin mirarle.

—Pues entonces lo haré yo.

Cuando entré en casa, Lola y Carmen se habían terminado ya la botella de vino y Nerea seguía bebiéndose su copa con sorbitos delicados. Las pillé de pleno hablando de mí.

—¿Tú crees que debería fiarse? —preguntaba Carmen con el ceño algo fruncido.

—Hola —dije.

—Hola. —Al unísono.

Las tres se quedaron mirándome los labios, enrojecidos. Carmen se rio por lo bajini, Nerea me reprendió y Lola lanzó una carcajada.

Pero… ¿qué significaba aquello?

38

Después de soportar estoicamente durante una hora una de las charlas de Nerea, tuve que escuchar todas las razones por las que según Carmen tenía que andarme con cuidado. Lola solo levantó las cejas, sonrió y las acusó de frígidas.

—Fóllatelo. Mucho, muy fuerte y hasta que te desmayes. La vida son dos días, el mundo se acaba. ¡Follemos!

En total, hora y media de reflexión sobre los últimos meses de mi vida y mi relación con Víctor. A todos nos gusta hablar sobre nosotros mismos, sobre todo si estamos inmersos en una situación algo confusa, pero la verdad es que a mí no me apetecía para nada estar allí charlando y charlando sobre lo que hacer y lo que no, sobre lo que era lícito y lo que era honesto, sobre lo que era sexo y lo que era amor. Yo solo deseaba volver a sentir los brazos de Víctor alrededor de mi cuerpo y dejar que me quitara toda la ropa que quisiera.

De modo que cuando se marcharon no pude sino sentir cierto alivio. Pensaba que necesitaba estar sola. Creía que en cuanto se fueran me daría una ducha, escucharía música y podría dejar de pensar en el asunto.

Ilusa.

Dos minutos después de que las chicas se marcharan el timbre volvió a sonar. Salí de la cocina, donde estaba tirando las botellas de vino en el cubo del cristal, y abrí la puerta. Sobre la pequeña mesa del espacio que hacía las veces de salón aún había cuatro copas y un cenicero con algunas colillas. El ambiente olía a tabaco, a principios de otoño y a perfume de mujer, exactamente al de Carmen. Y ahora, por la puerta se colaba también el jodidamente narcótico perfume de Víctor.

Al verlo me quedé un poco descolocada y no supe qué decir. Lo dejé pasar y cerré la puerta.

Cuando me giré, Víctor se estaba quitando la chaqueta despacio.

—¿Has vuelto? —pregunté confusa.

—No me he ido.

—¿Llevas una hora y media en el coche?

—Sí.

Me toqué los labios con nerviosismo, y Víctor me tiró de la camiseta hacia él.

—¿Por qué?

—Estaba esperando a que se fueran —contestó con seguridad.

—¿Sabías que estaban aquí?

—Claro.

—¿Tengo un topo en la organización?

—No. Instalé cámaras y micrófonos.

Sin hacer preguntas, sin hablar sobre nada en especial, Víctor me quitó la camiseta y yo hice lo mismo con la suya. En el fondo no podía evitar que me molestase que diera por hecho que yo iba a acostarme con él.

—¿Siempre das por sentado que las mujeres queremos acostarnos contigo? —dije apartándolo un poco.

—Aquí no veo más que una mujer.

—¿Y qué te dice que...?

No dijimos más. Nos besamos con entrega y Víctor me subió a la cama, donde me dejé caer mientras él me besaba en el estómago y me desabrochaba el pantalón vaquero.

—¿Llevas condones? —le pregunté.

—¿Desde cuándo...? —dijo arqueando una ceja.

—No sé dónde has estado estos meses. No sé dónde ni con quién —respondí con la intención de sonar firme.

—Si quieres saber algo, la manera más eficaz de calmar tu curiosidad es preguntar.

Me incorporé y decidí hacerle caso.

—¿Has estado con chicas durante este tiempo?

—Concreta un poco más.

—Sabes perfectamente a lo que me refiero.

—Pero quiero comprobar si puedes decirlo o explotas después de decir algo sucio —explicó con una expresión sádica.

—¿Has estado follando por ahí, Víctor?

—¿Quieres saberlo de verdad, Valeria? —imitó mi tono.

—¿Por qué no iba a querer saberlo? —Lo vi levantar las dos cejas. Me acarició la cintura con la yema de los dedos en dirección descendente, quizá tratando de desviar la atención, pero era un tema que él mismo había provocado, así que... Era hora de ser valiente y saber—. ¿Sabes? Sí quiero saberlo. ¿Has estado follando por ahí?

—Sí. ¿Qué esperabas?

—¿Con Virginia?

—Con Virginia. Entre otras.

¿Entre otras? Me dieron ganas de alargar la mano, alcanzar un cojín y hacer que se lo tragara. Maldito patán. Hola, Valeria nena, tú habrás estado muy jodida, pero yo he tenido la picha a remojo este tiempo.

—Vale, no quiero saber nada más.

Me levanté de la cama y resoplé. La mano de Víctor se cernió sobre mi muñeca y tiró con suavidad de mí.

—Valeria...

—No, no, tú y yo no estamos juntos. Tú puedes hacer lo que quieras y yo no tengo nada que decir ni que opinar sobre eso. —Y la verdad es que aquella enorme mentira sonó verosímil.

—¿Puedes venir un momento? —preguntó Víctor.

—No. Prefiero estar sola y... no sé si quiero que estés aquí. Tampoco te invité, ¿sabes?

—Me acabas de preguntar si traía condones —dijo levantando las cejas.

—He cambiado de idea.

—¿Has cambiado de idea porque me he acostado con otras después de que tú me dejaras? ¿Has oído? Me dejaste tú, Valeria. —Se levantó de la cama y se acercó a mí—. Escúchame. Como has dicho, tú y yo no estamos juntos. Tú me dejaste. Y follar es follar. Nada más.

—Follar es follar para ti. —Localicé mi camiseta. Estar hablando de aquello vestida con los vaqueros y un sujetador de encaje no me hacía sentir muy cómoda.

—No para mí, solo si no es contigo.

Arqueé la ceja izquierda perdida en la forma de sus labios, en la sombra de su barba de tres días y en lo verdes que parecían sus ojos rodeados por esas pestañas tan negras. Me obligué a concentrarme. Follar es solo follar si no es contigo. Eso había dicho… ¿Por qué entonces parecía todo tan complicado?

—Creo que deberías irte —le dije sin moverme ni un ápice.

—No quiero irme, Valeria.

Se acercó un poco más a mí.

—Es que me superas y… —empecé a decir sin saber muy bien cómo terminar la frase.

Un silencio. Cerré con fuerza los ojos, deseando no haberlo dicho, pero él se aclaró la voz.

—Tú también me superas a mí. Y te he echado demasiado de menos. Tu olor…

Con una mano me acarició el final de la espalda. La otra se posó en mi cuello y me acercó hasta su boca. ¿Qué decir de aquel beso? Que fue estupendo. Fue dulce, fue sexi y parecía decir muchas cosas.

No me resistí demasiado. Eché los brazos alrededor de su cuello y seguimos besándonos desesperados,

abriendo la boca, mordiéndonos, incluso gimiendo levemente. Víctor se dejó caer sobre la cama y yo me acomodé
sobre él a horcajadas. Estaba extremadamente excitado y su
erección se me clavaba en la entrepierna.

Posó sus labios entreabiertos en mi escote a la vez
que intentaba desabrocharme el vaquero. De ahí al infinito sexual, estaba claro. Valeria…, ni pizca de fuerza de
voluntad.

Muy mal.

Me levanté, me quité los pantalones y en ropa interior
volví a echarme sobre Víctor, a comérmelo entero. Le besé
en la boca con desesperación. No sé cómo no pensó que me
había vuelto loca. Pero él…, él no pareció hacerse ninguna
pregunta y solo me desabrochó el sujetador. Pensé vagamente en que él había estado echando polvos por ahí mientras yo me sentía ridícula y sola… Iba a indignarme, pero
el contacto de mis pechos sobre el suyo nos enervó y sus
manazas los atraparon con fuerza.

Víctor se encargó de quitarse toda la ropa y de quitarme también a mí lo que quedaba de mi indumentaria. Pronto ya volvíamos a estar desnudos, uno sobre otro. Lo único
que se escuchaba en la habitación eran gemidos, jadeos y
algún suspiro.

Bajé besándole el pecho, dejando las manos sobre su
fuerte abdomen, que se hinchaba histéricamente.

—¿Adónde vas? —preguntó con morbo.

—¿Adónde crees que voy?

—Dilo. —Y su lengua acarició sus dientes en cada
letra.

—Voy a metérmela en la boca —dije sentándome en la cama de rodillas— y voy a hacerte sufrir.

Cogí su erección, la llevé hasta mis labios y la posé sobre ellos, cerrados. Después fui abriéndolos y saqué la lengua, con la que rodeé toda la punta para bajar de un lametazo hasta la base. Víctor gimió.

—¿Qué más darán las demás, nena? Si eres la única que me hace sentir así.

Fue como una inyección de libido. La metí entera en la boca y succioné sacándola deprisa. Se retorció, maldiciendo entre dientes. Seguí rápido, dentro, fuera, dentro, fuera, hasta el fondo de mi garganta y otra vez a mis labios. Su mano, como siempre, me asió del pelo, entretejiendo los dedos entre los mechones desordenados. Empezó a gemir más fuerte. Estaba tan excitada...

—Para —me pidió. —Seguí un poco más—. No, Valeria, en serio, para, por favor.

Su respiración se fue haciendo cada vez más fuerte, con jadeos más evidentes que podían de nuevo traspasar las paredes de mi habitación. Apretó las sábanas con la mano izquierda e hizo de ellas un nudo. Murmuró algo. Lo ignoré. Me miró, levantó la cabeza de la almohada y la volvió a dejar caer. Deslizó la mano entre mi pelo y empezó a ejercer más fuerza mientras yo tragaba y saboreaba ese sabor a sexo.

—Valeria... —Me encantó escuchar mi nombre de su boca de bizcocho—. Para, para, para...

Me aparté de él cuando lo sentí palpitar. Sonrió mientras respiraba con dificultad.

Me acerqué y nos besamos en la boca.

—Casi haces que me corra —me regañó—. Si no me hubiera controlado ahora tendrías los labios húmedos y te habrías quedado sin fiesta.

—Yo no me quedo sin fiesta —contesté—. Ya se te habría ocurrido algo, te lo aseguro.

Tomó la iniciativa y, tras colocarme sobre su erección humedecida por mi saliva, me penetró brutalmente en una sola estocada, haciéndome arquear la espalda y gritar. En el fondo sentí miedo, enmascarado detrás de la excitación y del placer, pero no le hice caso. Miedo de que aquello no fuera más que sexo y solo me trajera más problemas. Pero no era momento de frenar. Me preocuparía por lo que significara aquello después, cuando ya hubiera acabado.

—Para y ponte un condón —le dije.

—No tengo, cariño.

—Para… —pedí con los ojos cerrados.

Apoyó las manos sobre mis caderas y fue marcándome el ritmo, levantándome a su antojo y dejándome caer… Su boca entreabierta gemía hoscamente.

—No puedo —contestó—. Y tú no quieres.

—¿Y las demás? Todas esas chicas…

—Siempre fue con condón. Nunca como contigo… Nunca lo haría con nadie, Valeria. Contigo es… más.

Más. Más. Más.

Dimos la vuelta en el colchón y se colocó sobre mí, entre mis piernas, que enrollé alrededor de su cintura. Me sujetó los brazos contra el cojín y, removiéndose, encontró esa tecla que me derretía. Me penetró con fuerza una, dos, tres veces. En menos de dos minutos me corrí sin poder controlar ninguna de mis expresiones guturales de placer.

—¡Joder! —grité—. ¡Córrete! ¡Córrete!

Cuando terminé, retorciéndome, Víctor se agarró al cabecero de la cama y, embistiéndome brutalmente, gruñó mientras se corría.

Y dos gemidos de alivio llenaron la habitación.

La respiración se escuchaba agitada y por la ventana abierta se colaban, además del olor de principios de otoño, el trajín de la calle y las conversaciones difusas de la gente que paseaba por allí abajo.

Pero en la cama…, nada. Silencio.

Silencio.

Después de unos segundos dentro de mí, mientras recuperaba el resuello, Víctor se dejó caer a mi lado en el colchón. Miramos al techo sin hablar, pero tampoco hacía falta decir mucho. Quedaba bastante claro que había algo allí que antes, cuando salíamos, no estaba. Y era una incómoda y brutal tensión.

El ambiente se cargó de una electricidad extraña y, pasado el momento de pasión más caliente, solo quedaban por allí el recuerdo de los sonidos y las palabras subidas de tono. Y Víctor respiraba hondo, con la mirada clavada en el techo del estudio y con el estómago hinchándose sobre su respiración. Callado. Demasiado callado. Su ceño demasiado fruncido. Su boca demasiado nerviosa, mordisqueando sus labios y tironeando de ellos.

Cuando la situación empezó a ser demasiado violenta para los dos, Víctor se levantó, se puso la ropa interior, recogió el resto de sus prendas y se metió en el cuarto de baño.

Le esperé enrollada en la sábana. Así me encontró apoyada en la pared cuando volvió a aparecer en el dormitorio. Sonrió, pero lo relativamente poco que le conocía me alcanzaba para saber que era una sonrisa incómoda que no tenía nada sincero.

—¿Te vas ya? —le dije.

—Sí. Mañana tengo cosas que hacer.

—Ajá —repuse con resquemor.

Víctor recogió su cárdigan, que se había caído al suelo, y me sonrió otra vez. Mi expresión había ido mutando desde el placer del orgasmo a la incertidumbre, el miedo y ahora a la decepción llena de rabia. Me sentía…, me sentía como una más. ¿Y si siempre había estado equivocada acerca de Víctor? ¿Y si esta era la situación que realmente había estado buscando desde el principio? Me sentía tan tonta que casi toda la rabia iba dirigida a mí misma. Por imbécil y crédula.

Víctor caminó hacia la puerta y apoyó la mano derecha en el pomo, pero antes de salir se giró y me miró. Dedicó un momento a suspirar, fijó la vista en el suelo y después al tiempo que daba un paso hacia mí dijo:

—Valeria…, no es lo que parece, de verdad.

—Vete —le pedí de mala gana.

—Sé lo que estás pensando. Esto no ha sido mi venganza ni nada por el estilo, pero…

—Pero ¿qué? —dije apretando la sábana aún más.

—Tienes que hacer el esfuerzo de ponerte en mi lugar. Sé que las cosas no han sido fáciles para ti, pero para mí tampoco.

—Todo esto me suena tan… —Cerré los ojos y me senté en el borde de la cama.

—No. Estoy siendo sincero por completo, Valeria. Yo… no es que no quiera estar contigo. Quiero y mucho. No he dejado de pensar en ti en estos dos meses. Pero…, pero no quiero que esto se ponga serio. No quiero nada serio.

—No quieres… ¿nada serio?

—No. Creo que es lo mejor.

—¿Y de qué estás hablando exactamente?

—Podemos…, podemos retomar el contacto, ¿sabes? Pero no quiero…, no quiero ser tu pareja, porque me hace daño. Prefiero saber a qué atenerme contigo.

—Claro, y así de paso puedes gestionar tú solo con quién compartes tu tiempo libre… —Suspiré.

—Esto es… complicado. —Se encogió de hombros—. Yo prefiero no engañarte ni prometerte cosas que ahora mismo no soy capaz de cumplir. Pero… no has sido la única a la que no le ha resultado divertido.

—Ya… —Bajé la mirada hacia el suelo, sin saber qué hacer, qué decir, cómo reaccionar…

Víctor se frotó la cara.

—Me dejaste cuando más me estaba esforzando para que lo nuestro saliera bien. No me quedó mucha fe en poder hacer las cosas mejor.

—¿Entonces?

—Sin explicaciones —dijo muy firmemente—. Ni tú a mí ni yo a ti. Pero, si quieres seguir viéndome, te prometo que no habrá otras.

Le miré sorprendida. ¿Y qué diferencia habría entre aquello y una relación?

—No entiendo.

—Iremos entendiéndolo, pero no voy a implicarme.

No sé si él había ido buscando aquella situación desde el principio, pero sé a ciencia cierta que era en la que más cómodo se movía. Como pez en el agua.

¿Qué haces, Valeria? ¿Le dejas llevar a él el timón?

—Está bien. Iremos hablando —respondí con un hilo de voz, avergonzada por claudicar.

Vale. Le tenía. Tenía a Víctor. Pero… ¿cómo? Agarrado con alfileres…, y empezaba a levantarse tanto viento…

39

Carmen entró en casa de la madre de Borja dispuesta a hacer que las cosas mejoraran. Sabía que en el fondo nunca había sido todo lo condescendiente que debería. Quizá había tenido miedo de que si no se hacía fuerte en su posición, nunca terminaría sacando a Borja de allí. Pero ahora con aquel anillo en el dedo era consciente de que en el plazo de un año ellos mismos formarían su propia familia, sabía que tenía que jugar muy bien sus cartas para sentar las bases de una sana relación con todos los que les rodeaban, tanto con su suegra como con sus padres...

Así que entró con una sonrisa de disculpa. Entendía que para ninguna madre tenía que ser plato de buen gusto encontrarse a su hijo entregado al fornicio sobre el cubrecama, así que se esforzó en ser amable.

—Hola, Puri —dijo sonrojada.

—Hola —la contestación seca de la madre de Borja le dio la pista de que fácil, lo que se dice fácil..., como que no iba a ser.

Borja pasó por delante de la puerta y le sonrió, como dándole el empujoncito final. Era un tema que ya tenían hablado. Habían llegado a la conclusión de que debían arreglar las cosas, aunque fuera de manera superficial, para que el trato fuera más fácil, sobre todo ahora que se enfrentaban a la preparación de una boda. Hizo de tripas corazón y, tal y como había ensayado con Borja, le dijo:

—Mira…, quería pedirte disculpas por lo que viste el otro día, aunque no es algo por lo que tengamos que pedir disculpas exactamente. Tu hijo y yo nos queremos y nos vamos a casar. Dios quiera que tengamos también la oportunidad de ampliar la familia, de tener niños, de hacerte abuela y…, bueno, tenemos una relación normal y sana, lo que implica, ya sabes, lo que viste. Pero no debimos hacerlo aquí. No ante la menor sospecha de que tú lo tomarías como una falta de respeto. No queríamos molestarte y no queríamos que pensases que te faltábamos al respeto. No fue algo premeditado y…

Puri intentó detenerlo con la mano y, levantando la barbilla con aire digno, susurró:

—Mejor cállate. No tienes que contarme lo que es una relación sana y normal, porque yo estoy casada desde hace cincuenta años y he tenido dos hijos. Uno de ellos, Borja, que no se te olvide. Mi hijo tiene muchas cosas buenas, pero entre sus virtudes no está el elegir bien, y vaya…, qué ojo ha tenido contigo… Y trago porque no me queda otro remedio, pero sobre lo de los nietos ya sabes lo que dicen: los hijos de mis hijas, nietos míos son; los de mis hijos, lo son o no lo son.

Carmen se quedó con la boca entreabierta. De todas las respuestas posibles que habían estudiado, no estaba aquella, sin duda. Sabía que no podía replicarle, y no porque no se fuera a quedar a gusto. Pero sería Borja el que se disgustaría, así que tragó saliva y salió de la cocina. La rabia se fue convirtiendo en un sentimiento que iba inundándola y ahogándolas, y que no podía capear. Se le hizo un nudo en la garganta y supo que no tardaría en echarse a llorar. Echó de menos a su madre y hasta aquello, tan natural, le dio pena. Se asomó al salón, donde estaba Borja con su padre, y, haciendo de tripas corazón, sonrió.

—Borja, mi vida, ¿puedes venir?

Este apagó el cigarro en el cenicero y salió junto a ella, quedándose junto a la puerta de la casa, en un rincón.

—¿Fue bien?

—Me voy.

—¿Cómo? —contestó él frunciendo el ceño.

—Me voy. Tengo…, tengo cosas que hacer esta noche y lo había olvidado.

—¿Es por mi madre? ¿Ha reaccionado mal?

—No, no, qué va. Lo arreglamos como buenas marujas. —Se rio falsamente tratando de dominar el tono de su voz—. Pero me tengo que ir. Ya se lo dije a ella, no te preocupes.

—Oye, que si…, que si no estás bien o…, podemos irnos a tu piso.

—No, no, quédate. Tengo cosas que hacer y te aburrirías.

—¿Estás bien? —Inclinó la cabeza, tratando de mirarla a los ojos, que ya se le empezaban a llenar de lágrimas.

—Claro, cariño. Es que me da pena no quedarme.

—Ya —contestó Borja algo confuso—. Espera, que te llevo.

—No, no. Por favor... —La voz le tembló un poco—. Quédate. Yo...

—Carmen, ¿qué pasa?

—No pasa nada, cariño. —Le tocó la cara—. Te quiero.

—Y yo.

Carmen abrió la puerta de la casa y salió al rellano, cerrando despacito a su espalda. Creía que Borja iría a por la chaqueta, las llaves del coche y la alcanzaría en el portal, pero él tenía la mosca detrás de la oreja y fue directamente a la cocina.

—Mamá...

—¿He oído la puerta? —preguntó esta.

—Sí, Carmen se ha ido. Tenía cosas que hacer.

—Ah, pues mira, mejor. Así cenamos en familia.

Borja se quedó dos segundos en silencio. Después se irguió, apoyado en el marco de la puerta, y tras carraspear dijo:

—Carmen está a punto de ser mi mujer. Es familia.

—Bueno, bueno. Ya me lo creeré yo cuando os vea en el altar. Ya se sabe cómo sois los jóvenes. Que un día pensáis esto y otro día pensáis lo otro. Y si encima esta chica te da... mucha carne..., pues ya. Igual con la cabeza fría te lo piensas mejor. —Y aquello parecía, por el tono de su voz, algo maravilloso—. Lo malo será el buen dinero que te has gastado en el anillo.

—Mamá..., ¿le has dicho algo que haya podido molestarla?

—Yo no. Si se molesta por un par de verdades es ella la que tiene el problema.

Borja cogió aire y contestó con su flemática rabia habitual, siempre educada. Era la única manera que conocía de hacer manejable esa emoción.

—Si ella no es de la familia, dentro de poco yo tampoco lo seré.

—¡Ves! ¡Te está poniendo en mi contra! —lloriqueó su madre.

—Me estás poniendo en tu contra tú sola. —Suspiró apenado.

—¡Es que no me gusta! —contestó fuera de tono su madre—. ¡No me gusta nada! Tiene pinta de buscona, ¿sabes? De esas gatas que saben mucho de gramática parda. ¿A que no fuiste tú quien la estrenó? ¿A que no? ¡A esa se la han pasado de mano en mano!

Borja cerró los ojos y después se los frotó.

—Si no la respetas, no me estás respetando a mí. Es lo único que quiero que entiendas.

—Cariño, esa chica no…

Borja entró en su habitación con tranquilidad, cogió una bolsa de mano, la llenó con unas cuantas cosas y salió por el pasillo.

—¿Adónde vas? —dijo su madre—. ¿Adónde vas?

—Me voy con mi mujer.

Un portazo terminó con la discusión.

Carmen ya estaba en casa cuando apareció Borja, con la boca hecha un piñón. No se dijeron nada. No hablaron de lo que había pasado en casa de Borja.

Solamente se abrazaron, se besaron y durmieron apretados.

Nerea estaba sentada en el salón de su casa con las piernas cruzadas. Si alguien hubiera entrado en aquel momento en la habitación se habría sentido en una de esas series de los ochenta, de familias adineradas que desayunan con sus mejores galas, con los cuellos abrigados por estolas de zorro. No era el caso, pero allí estaba ella, con un vestido negro con cuello blanco Peter Pan, las piernas bronceadas y unos zapatos negros de tacón preciosos, cogidos al tobillo con un enganche de cristal de Swarovski. Llevaba la melena suelta, peinada con unas ondas preciosas al estilo Hollywood de los cincuenta, y no olvidemos su collar de perlas. Su eterno collar de perlas, con el que jugueteaba ahora entre sus manos, que lucían una manicura perfecta.

Tenía la vista fija en Daniel, que había llevado el portátil a su casa y ultimaba los detalles de una presentación para un cliente. Él también iba bien vestido…, no era para menos. Iban a hacer las presentaciones formales con la familia de Nerea.

Y aquello debía hacerla sentir bien, hacerla sentir contenta y tranquila, porque tenía a su lado a un hombre de los que valían la pena, al menos en la escala de su madre. Y ella creía en aquella escala. Tenía un buen trabajo y ostentaba un cargo medianamente bueno en su empresa, con vistas a ser mucho mejor en algunos años. Era guapo. Muy guapo. Pensó en los hijos que podrían concebir. Rubios, altos, con ojos claros y gallardos. Estilosos querubines en pantalón corto y calcetines con borlas llamándole mamá. Y ella eternamente joven. Al menos en su fantasía así era. Siempre que se paraba a fantasear con ello, la imagen que tenía de sí misma jamás aparentaba más de veinticinco, aunque ya estuviera muy cerca de la treintena.

Treinta. Claro. Esa era otra de las cosas buenas de Daniel. Tenía treinta y cuatro años y estaba dispuesto a casarse; y Nerea se olía que el hecho de que Carmen se hubiera prometido no había hecho más que dar el pistoletazo de salida. Daniel no tardaría mucho en arrodillarse ante ella con un gran anillo en la mano. A lo sumo un año. Y ella sería la novia más guapa que nadie habría visto.

Con esto no quiero decir que Nerea fuera una persona creída o demasiado vanidosa. Para nada. Nerea era objetiva. Todas sabemos en mayor o menor medida lo que tenemos y lo que no tenemos. Y Nerea sabía que estaría muy guapa el día de su boda.

Y Daniel era guapo, de buena familia, tenía un buen trabajo, tenía estilo y quería ir en serio con ella. Siempre tuvo esa intención.

Humm… Una alarma interna se encendió en el interior de Nerea. ¿Sería porque se había enamorado de ella nada más verla? ¿Sería porque al conocerse ya supieron los dos, por ósmosis, que no podrían vivir un año más de su vida sin tener al otro? O…, ¿o más bien había sido pragmatismo? Ambos encajaban bien en las expectativas del otro. Ambos eran guapos, de buena familia, tenían un buen trabajo, tenían estilo y querían una relación en serio. Los dos querían casarse y tener hijos. Pero... ¿en abstracto o en concreto?

Nerea suspiró y siguió jugueteando con las perlas del collar. Daniel la miró y le sonrió. Se imaginó, de repente, qué canción bailarían el día de su boda. Algo clásico. Y se mirarían a los ojos y se susurrarían «te quiero». ¿Te quiero?

Pasarían la vida juntos. El uno junto al otro. Y ya no habría Nerea. Habría Nerea y Daniel... y los pequeños que vinieran. Ella ya no tendría ganas de seguir saliendo por ahí con nosotras, dando tumbos por la vida, ¿no? Ella quería... una vida adulta, con su casa, con sus niños, con una parcela con jardín en la que tener un perro grande, un labrador, que alguien cuidaría por ella para que siempre estuviera aseado y oliera a frutas.

Se dio cuenta de que estaba respirando entrecortadamente. Se dijo a sí misma que sería la emoción de que hubiera llegado el día de presentarlo a su familia. Desde Jaime no se veía en una situación similar. Desde Jaime, que también era guapo, de buena familia, que también la respetaba..., sí, la respetó siempre tanto que acabó haciendo guarradas con otra a sus espaldas. Eso era lo que le había dicho su hermana. Se había buscado a otra porque a ella la respetaba demasiado. A ella la quería y a la otra solo se la follaba. Ahora estaban casados.

Pero...

Daniel se puso en pie y le sonrió con bonanza.

—Ya he terminado.

—Yo también —dijo Nerea al tiempo que se levantaba del sofá.

—¿Cómo? —Ella se mantuvo callada pestañeando, con la expresión algo anonadada de sí misma—. Digo que ya nos podemos ir —susurró Daniel.

—No.

—¿Qué te falta?

—No quiero que vayamos. En realidad, no…, no te quiero a ti.

Daniel abrió los ojos exageradamente y después se rio.

—Venga, Nerea…, ¿qué pasa?

—Que no te quiero y no quiero perder más tiempo con cosas que no quiero.

Y… paradojas de la vida ella sí fue a casa de sus padres después, tal y como había quedado con ellos. Sin embargo, la velada fue bastante menos agradable de lo que habían planeado. Entró como una exhalación y, en una vomitona, les contó que había abortado por un fallo de los anticonceptivos y que se había sentido sola y asustada.

—Que no pueda acudir a mi familia en un caso como este es deplorable. ¡¡Deplorable!! Hacéoslo mirar.

Tras esto…, solo un portazo.

40

Al levantarme con la noticia de que Nerea lo había dejado con Daniel en un arrebato apasionado de sinceridad y amor por ella misma, no pude más que pensar que el mundo había terminado por volverse loco. El mundo al revés, como cantaba aquella cancioncilla infantil. ¿Qué sería lo siguiente? ¿Que Lola encontrase la vocación religiosa e hiciera voto de castidad?

Pero no. Gracias al cosmos, no todo fue extraño.

Que Lola hubiera zanjado su relación autodestructiva con Sergio estaba fuera de aquel saco de sinrazones. Probablemente era lo único que seguía teniendo sentido y que me daba una pista de que seguíamos madurando, haciéndonos mayores y de que el mundo giraba como siempre, en la misma dirección. Pero lo demás...

Aunque fuera una buena noticia que Carmen y Borja fueran a casarse, muy poca gente hubiera vaticinado algo así cuando empezaron a salir. ¿Carmen en el altar dando el «sí quiero», con un «para siempre» incluido? Por Dios, eso era muy fuerte. Y no porque fuera una persona a la que le costase comprometerse. Ella siempre lo había tenido muy claro con Borja, desde la primera vez que nos habló de él. Se le llenaba la boca con esa expresión que tantas veces utilizamos en vano: «Es él», nos decía con los ojos brillantes de ilusión. Y ella jamás había creído que ninguno de los anteriores hombres que habían pasado por su vida fueran los definitivos. Pero Borja había hecho algo…, algo que había alcanzado a Carmen como una descarga eléctrica cuando se dieron la mano el primer día de trabajo. Algo en sus ojitos color miel o en esa forma tan sutil que tenía de hacerle ver que la vida es mucho más que blanco o negro. Pero era nuestra Carmen la que iba a casarse, la que iba a dar aquel paso, y no dejaba de ser… raro.

Y que Nerea (¡Nerea la fría!) se hubiera sublevado…, aquello sí que era fuerte. Más que fuerte, impensable. ¿Quién iba a creer que algún día la rubia iba a cansarse de la rigidez victoriana de su madre y se iba a liar la manta a la cabeza? Me sentía muy orgullosa de ella por haberse atrevido a dar ese paso, lo que no significaba que no me hubiera dejado boquiabierta. Ella sabía que ninguna nos lo esperábamos y estaba orgullosa de haber podido sorprendernos. Aunque era posible que solo se tratase de una época de reafirmación personal que desapareciera tal y como había llegado. Ya se sabe…, que en un par de meses encontrara a otro caballero andante con cuyo corcel blanco trotara hacia el castillo del matrimonio, donde la esperaban un montón de niños monos. Pero… ¿quién nos decía que iba a quedarse ahí? Lo que suele pasar con las rebeliones es que se expanden, se expanden, se expanden... y llega un momento en el que, si vencen en una de las batallas, las tienen todas ganadas.

Parecía que todo iba cobrando sentido a nuestro alrededor. Lola, que era fuerte y demasiado buena para casi todos los hombres que se cruzaban en su camino, había decidido que no más relaciones basura. Carmen, que era pasional como ella sola, había decidido casarse con Borja, un hombre que se deshacía por dentro cada vez que la miraba, con ese orgullo con el que miran los enamorados. Nerea, que era fría y cautelosa, había terminado por dar carpetazo y alejar todas las cosas que tenía porque pensaba que debía poseer, no porque en realidad las quisiera. Bien pensado todo parecía bastante lógico, ¿no? Pero lo mío...

Recapitulemos. Cuando me presenté con mi pantalón corto de los noventa, sumida en el agobio de la sequía creativa y abriéndole la puerta a una Lola escapista laboral, estaba casada y ¿enamorada de mi marido? Bueno, al menos aparentemente. De eso hacía seis meses. Y en seis meses, ¡seis míseros meses!, me había dado cuenta de que algo andaba realmente mal, le había quitado la sábana con la que escondía el problema y le había plantado cara. Había conocido a VÍCTOR, con mayúsculas. Y me había encaprichado, había descubierto que si mi marido no me tocaba era porque tocaba a otra y me había redescubierto a mí misma surgiendo de entre las sábanas revueltas de la cama de Víctor, como la Venus de Botticelli escondiendo sus vergüenzas.

Me había separado, había empezado una relación con Víctor que, aunque a veces complicada, parecía sana y madura, algo adulto. Y ahora, en pleno mes de octubre, sabía que me esperaba un invierno muy frío, porque al tratar de ordenar mi vida había dado la vuelta al tablero y lo que antes había sido una partida de ajedrez se había convertido en una de oca. Y en la oca todo es azar y nunca dependemos de nuestros propios movimientos. El dado y el tiro porque me toca. Ya se sabe. Y yo en la casilla de la cárcel esperando tres turnos sin tirar, viendo cómo Víctor había retomado su vida tal y como la conocía antes de encontrarse conmigo en el camino.

Con casi veintinueve años, sin experiencia previa y con Víctor jugando al rollo sin compromiso. Esto no pintaba bien, sobre todo porque en aquel entonces yo ya estaba lo suficientemente enamorada como para saber que me quedaba mucho que tragar, muchas ocasiones para saltar y pasar por el aro y, a fin de cuentas, arrastrarme por un arrozal cual *geisha* de mala vida, por no decir como puta por rastrojo. Pero… ¿de verdad?

Y es que las mujeres solemos infravalorarnos continuamente. Si nosotras quisiéramos y lo creyéramos, el mundo sería nuestro. ¿Podría poner el mundo bajo mis zapatos o terminaría sin verme del todo en el espejo?

Epílogo

Hola, Valeria:

No, no me he olvidado de ti, pero ya sabes cómo es esto. Estoy hasta arriba. Hasta he preguntado en la editorial si puedo contratarte como ayudante, pero lo siento, parece que tengo que contentarme con un recién licenciado con una beca a media jornada. Y pobre de él, no de mí.

El caso es que he estado revisando todas las posibilidades que tengo por ahí y he echado mano de un par de contactos para ver si les interesa que colabores como freelance en sus publicaciones. Eso también iría muy bien para tus libros. Estoy en ello.

Por otra parte, no es por meterte prisa, pero… ¿y la segunda entrega de tu novela? En parte te lo pregunta el Jose profesional y en parte el Jose cotilla, que quiere saber cómo ha avanzado la cosa.

Llámame un día de estos y hablamos.
Un abrazo,
Jose

—¿Tienes material para escribir una segunda parte? —preguntó Lola mientras masticaba una zanahoria que acababa de robar de mi nevera.

Me quedé mirándola con resquemor. ¿Que si tenía material? Bueno, pues empezando por ella, ¿se le olvidaba todo lo que había pasado con Sergio desde que decidió que sería buena idea tenerlo a mano para echar un polvete cuando le apeteciera?

Carmen había pasado de un noviazgo normal a estar prometida y a esto había que sumarle el infierno de tener una suegra a la que daban ganas de quemar en la plaza del pueblo por bruja. ¿Y Nerea? ¡Hasta Nerea, que era de lo más previsible, había dado que hablar! Se había quedado embarazada, había abortado y se había terminado por dar cuenta de que Daniel pintaba en su vida lo mismo que el disco de las Spice Girls que su padre le regaló a los quince.

Y yo... divorciada formalmente, con Adrián de verdad fuera de mi vida, manteniendo un rollo posmoderno con el hombre que había provocado mi separación definitiva...

Rebufé, me levanté de delante del ordenador y le di una palmadita en la espalda a Lola, que masticaba mirándome.

—Habrá material hasta para una tercera.

—Y ¿después?

—Después... ¿quién sabe?

Agradecimientos

C uando le digo a la gente que los agradecimientos son la parte más complicada de una novela, suelo encontrar muchos gestos de sorpresa. Pero es la verdad. Es sumamente difícil condensar en unas líneas lo agradecida que estoy por el apoyo, por la ilusión compartida y por el esfuerzo conjunto. Y es que he tenido la tremenda suerte de encontrarme muy arropada en el lanzamiento de este proyecto.

Todo empezó una noche de verano con mis buenos amigos Álvaro y Bea. Óscar (mi marido) y yo habíamos pasado el día con ellos disfrutando de ese ambiente de comodidad que sientes cuando estás con amigos de verdad. Y allí estábamos, decidiendo si salíamos a cenar a un restaurante chino o si pedíamos unas pizzas cuando Álvaro se dirigió a mí y me dijo: «Explícame por qué no publicas tus novelas». Y la conversación que vino después fue el pistoletazo de salida para todo esto que estoy viviendo y que ha hecho realidad el sueño de mi vida.

Quiero dar las gracias a todas esas personas que tras leer mi primera novela se han puesto en contacto conmigo para compartir su opinión. A quienes conozco y a quienes no. A todas esas chicas que se han acercado a mí vía redes sociales para decirme que les hice pasar un buen rato o que devoraron el libro en horas. Gracias, por supuesto, a esas amigas que me han despertado en plena madrugada con una retahíla de WhatsApp encendidos y políticamente incorrectos sobre lo mucho que les estaba gustando la historia y lo apasionadas que estaban con el personaje de Víctor.

Así que aquí va esto para todos los que engrosan la lista de seguidores de Beta Coqueta en Facebook y a los que se animaron a escribirme tanto en esta página como en Twitter. Para los chicos de la pandilla #SinFiltros, que han dedicado mucho esfuerzo en apoyarme a través de todos los medios que tienen a su alcance. También para mi madre, mi padre y mi hermana, que se han convertido en unos expertos relaciones públicas y que hablan de mi novela allá donde van. Para mi marido, que se ríe, llora y suda sangre cuando se sienta a leer mis libros. Para el resto de mis amigas y amigos (del colegio, de toda la vida, del instituto, de la universidad, del máster, del trabajo), que han hablado a todo el mundo de este proyecto, que se han enamorado de Víctor, que se han reído con Lola, que me han mandado mensajes diciéndome que no han podido evitar ponerle mi cara a la protagonista o que han asaltado la cama de sus parejas con ganas renovadas.

También a Suma de Letras y a todo el equipo que ha trabajado para hacer realidad el sueño de mi vida. Y sobre todo a Ana, sin la que nada de esto sería posible.

A todos os debo haber podido emprender este viaje.

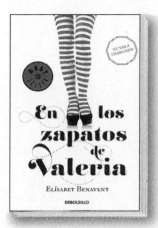

En los zapatos de Valeria
Elísabet Benavent
DEBOLSILLO

Valeria en el espejo
Elísabet Benavent
DEBOLSILLO

Valeria en blanco y negro
Elísabet Benavent
DEBOLSILLO

Valeria al desnudo
Elísabet Benavent
DEBOLSILLO

Los lectores han dicho...

«Me la he leído de un tirón, en menos de un día, me ha gustado muchísimo. ¡¡¡Estoy deseando leer más!!!».

«Muy entretenida, engancha desde las primeras páginas...».

«Sin convencionalismos, esta novela te introduce en la vida y en las peripecias de cuatro amigas, y hace que formes parte de su grupo, implicándote así en cada una de sus historias».

•♡•

«Recomiendo este libro a todos aquellos que quieran pasar un buen rato. Una vez que empiezas no puedes dejar de leerlo; es adictivo».

«En los zapatos de Valeria es esa historia que podría haberle pasado a cualquiera y en la que te sientes como una de sus protagonistas».

«¡Estos libros son un vicio total! Me encantan Valeria y Víctor. ¡Elísabet, sigue escribiendo, por favor, eres maravillosa!».

«Me he reído hasta llorar con las peripecias de estas cuatro chicas. ¡Mucho mejor que Sexo en Nueva York!».

«Caí en la tentación de Valeria siguiendo la recomendación que un locutor de Los 40 le hizo a una oyente. Me sumergí entre sus páginas y apareció Víctor... ¡No hace falta decir más! Es una lectura fresca, agradable, real, con personajes de verdad y muy adictiva».

•♡•

«La novela es todo un descubrimiento. Me he reído mucho, y también... ha habido momentos de gran ternura».